EL PUERTO DE LA LUZ

Jane Kelder

Editado por Harlequin Ibérica.
Una división de HarperCollins Ibérica, S.A.
Núñez de Balboa, 56
28001 Madrid

© 2017 Helena Tur Planells
© 2017 Harlequin Ibérica, una división de HarperCollins Ibérica, S.A.
El Puerto de la Luz, n.º 131 - 21.6.17

Todos los derechos están reservados incluidos los de reproducción, total o parcial. Esta edición ha sido publicada con autorización de Harlequin Books S.A.
Esta es una obra de ficción. Nombres, caracteres, lugares, y situaciones son producto de la imaginación del autor o son utilizados ficticiamente, y cualquier parecido con personas, vivas o muertas, establecimientos de negocios (comerciales), hechos o situaciones son pura coincidencia.
® Harlequin, HQN y logotipo Harlequin son marcas registradas por Harlequin Enterprises Limited.
® y ™ son marcas registradas por Harlequin Enterprises Limited y sus filiales, utilizadas con licencia. Las marcas que lleven ® están registradas en la Oficina Española de Patentes y Marcas y en otros países.
Imágenes de cubierta utilizadas con permiso de Depositphoto.com.

I.S.B.N.: 978-84-687-9781-6
Depósito legal: M-7911-2017

A *Calibán* y su mentor.
A todos mis compañeros de viaje.

Prólogo

La niebla acariciaba las calles con suavidad de lengua aquella madrugada de marzo, en que la humedad acentuaba la sensación de frío y el humo de las chimeneas ayudaba a oscurecer aún más la densidad del ambiente.

Al amanecer todo comenzó a teñirse de una luz blanquecina, como si la invisibilidad jugara a cambiar sus matices para insinuar siluetas que enseguida volvían a desfigurarse. A pesar de que hacía poco habían instalado el cableado eléctrico en Lindstrom House, una lámpara de gas había permanecido encendida durante toda la noche, pero ahora acababa de apagarse. Aun así, la señora Lindstrom no abrió las cortinas cuando se acercó a la ventana.

En realidad era incapaz de comprender que estaba amaneciendo ni de notar que el carro del lechero estaba apostado en el portal de enfrente. Ya no se esforzaba en retener las lágrimas, sino que tras la última confesión de su hijo, estas no eran capaces de brotar.

Permaneció diez minutos allí hasta que Jane entró sigilosamente para servirle una taza de té. Solo entonces reaccionó, cuando la criada estuvo a punto de derramar la infusión al notar que el señor Lindstrom había muerto.

–¿Está despierta... Nathalie? –estuvo a punto de decir «mi nieta», pero rectificó a tiempo.

–Creo que ha estado despierta casi toda la noche... Ya ha ocurrido, ¿verdad? –preguntó la muchacha, mientras contemplaba el rostro lívido del señor Lindstrom.

–Sí, Jane. Haz el favor de decirle a David que vaya a avisar al médico, pero primero indícale a Nathalie que la espero en mi habitación.

–¿Le cuento que...?

–¡No! –gritó sin darse cuenta–. No –repitió más relajada–, ya se lo diré yo.

La joven criada se sintió aliviada al poder abandonar la habitación que, con el cuerpo sin vida del señor de la casa, parecía más lúgubre aún. La sombra alargada y delgada de la señora Lindstrom la siguió, pero luego continuó hacia sus aposentos.

La anciana apretaba los labios y los puños como en un acto de contención, y cuando llegó a su dormitorio cerró la puerta con lentitud. Luego esperó a Nathalie sentada en una butaca que estaba al lado de la ventana.

Al cabo de dos minutos, cuando oyó que unos nudillos llamaban a la puerta, supo que era ella.

–Pasa –ordenó con sobriedad.

Nathalie entró temerosa, deseando que todavía no anunciara la noticia que todos esperaban, y contempló a su abuela, expectante.

–¿Cómo está mi padre? –inquirió con voz entrecortada.

–Debí haberlo sospechado –le dijo mientras la miraba de arriba abajo–. Toda nuestra familia tiene el cabello y los ojos claros. El cabello de tu madre era lacio y castaño y, sus ojos, tan verdes...

La expresión de Nathalie se relajó y, obviando la rudeza de su abuela, comentó:

—Supongo que si se dedica a hablar de características de la familia, es porque mi padre sigue vivo.

—Eso es algo que yo no puedo decirte —respondió sin ninguna delicadeza la señora Lindstrom.

—¿No ha pasado la noche con él? Debería haberme despertado, abuela. Yo he dormido mal y sabe que estaba deseando acompañarlo.

—¡No me llames abuela!

Ante esa exclamación, que sonó profusa y ahuecada, Nathalie tomó conciencia de la falta de amabilidad con la que estaba siendo tratada.

—¿Ocurre algo? ¿He hecho algo que la haya ofendido? —preguntó algo asustada.

La señora Lindstrom continuaba observándola como si hiciera un repaso de toda su figura.

Cabello negro, ojos oscuros, tez morena, cuerpo demasiado sinuoso... No era baja, pero tampoco tan alta como sus primas.

—Llevas la sangre de una mujer inmoral y sucia, no vuelvas a llamarme abuela.

—¿Cómo dice? —apenas balbuceó, sin dar crédito a su actitud ni a sus palabras.

—Mi hijo me lo ha confesado antes de expirar: tú no eres de mi familia.

Los ojos de Nathalie se empañaron al escuchar que su padre había muerto. Era una noticia que esperaban desde que el médico había dicho que su orina era dulce, y aunque sabía que ahora su sufrimiento desaparecía, sintió la fatalidad de lo irremediable. Pero la incredulidad y la ofensa que habían acompañado a la noticia hicieron que no derramara ni una lágrima y, aturdida, fue incapaz de pronunciar palabra.

—Te lo diré solo una vez, así que escúchame bien —prosiguió la señora Lindstrom—. Si lo hubiera sabido, nunca habría consentido ese matrimonio, pero mi hijo era un bendito, un alma cándida que se dejó engañar por una pécora como tu madre. Por fortuna, la tuberculosis se la llevó hace ya muchos años.

–¡No hable así de mi madre!

–¿Y cómo quieres que hable, hija del pecado? –le gritó–. ¡Tu madre se casó con mi hijo para tapar sus vergüenzas!

–¿Qué clase de persona es? ¿Acaba de morir mi padre y no se le ocurre otra cosa que insultar a mi madre? –le reprochó Nathalie, que ahora sí tenía el rostro lleno de lágrimas.

–No has entendido nada, ¿verdad? –inquirió la señora Lindstrom clavándole una mirada de desprecio–. Mi hijo ha muerto esta madrugada, no tu padre. Tú no eres mi nieta.

Por primera vez comprendió lo que aquella mujer le estaba diciendo. Las palabras se le atragantaron en la garganta al igual que hacían las imágenes en su mente. Intentó decir algo, pero no pudo. La señora Lindstrom la continuaba juzgando con la mirada y ella se sintió culpable de un pecado que no había cometido. Por fin acertó a preguntar:

–¿Qué significa que su hijo no es mi padre?

–¿Qué significa...? –repitió la señora Lindstrom con sarcasmo mientras la miraba despectivamente–. Significa que no llevas mi sangre, que mi hijo se casó por compasión con una mujer preñada de otro.

–¡Mi padre amaba a mi madre! ¡Siempre la recordaba!

–¡He dicho que no era tu padre!

–¿Y quién es, entonces, mi padre?

–Eso no lo sé, y tal vez tu madre, que por lo visto era de moral laxa, tampoco lo supiera. Pero es obvio que te engendró un español, basta mirarte.

Nathalie evitó recriminarle el nuevo desaire y se centró en la información sobre su paternidad.

–¿Por qué español y no de otro lugar?

–Es lo más probable –respondió la señora Lindstrom sin disimular su desprecio–. Mi hijo y tu madre se conocieron en Southampton, cuando ella y su familia regresaban de pasar una estancia en las islas Canarias.

Nathalie recordó que su madre había viajado a unas islas africanas antes de que ella naciera para curarse de una enfermedad pulmonar, y pensó que podía ser cierto. Aun así, no podía creerse que el señor Lindstrom no fuera su padre.

–¿Puedo verlo?

–¿A quién?

–A... su hijo. ¿Me permite besarlo por última vez?

–No tiene ningún sentido, pero no te lo impediré –le dijo con intención de dañarla–. Incluso permitiré que acudas al funeral, pero en cuanto este termine te quiero fuera de mi casa. Yo no soy tan blanda como mi hijo, no voy a aceptar la presencia de una bastarda.

–¿Me está echando? –preguntó Nathalie mientras sentía como si algo la estuviera rasgando por dentro.

–¿Y qué esperas? ¿Que acepte una presencia que me recuerde constantemente la ofensa que nos ha hecho tu madre durante todo este tiempo?

–¿Me considera una presencia, abuela? –preguntó entre enfadada y dolida.

–¡Te he dicho que no me llames abuela! ¡No me eres nada! ¡No perteneces a esta familia y no quiero que me avergüences!

Nathalie le dio la espalda porque no quería que la viera llorar. Era cierto que su abuela, o la señora Lindstrom, nunca había sido una mujer cariñosa, que su afición a leer la Biblia y a acudir a las reuniones casi diarias de la iglesia la convertían en una persona intolerante y altiva, pero pensaba que entre ambas existía un afecto de años que estaba por encima de la sangre.

Todavía no era consciente de la incertidumbre de su futuro, y por eso no le asustaba su nueva situación, sino que lloraba por el dolor del agravio y el desprecio. Se acercó hacia la puerta y la abrió despacio, como si esperara oír su nombre y que alguien le dijera que había vivido un mal sueño y nada de lo dicho durante los últimos minutos había existido. Pero nadie la llamó, y la puerta quedó a su espalda, en silencio.

Se dirigió a la habitación de su padre, o del señor Lindstrom, pues ahora sabía que no había sido su padre. Sin embargo, él sí la había querido como si ambos llevaran la misma sangre. Mientras caminaba, viajó por sus recuerdos y una sonrisa de agradecimiento apareció entre sus lágrimas. Luego entró en la habitación y Jane salió mientras le dirigía una mirada compasiva.

Cuando estuvo junto a él, se sentó en la cama y cogió su mano fría. La paz de su rostro la tranquilizó momentáneamente, pero enseguida volvió a llorar. Permaneció allí hasta que llegó el médico para certificar la defunción.

A lo largo del día la señora Lindstrom, a la que ya no se atrevía a llamar abuela, apenas le dirigió la palabra. La evitó todo lo que pudo, aunque hubieron de permanecer en la misma estancia cuando recibieron las visitas de condolencia durante el velatorio.

La señora Lindstrom pidió que le subieran la cena a su habitación y la joven supo que no quería soportar más su compañía. Ella cenó sola en el amplio comedor, demasiado grande para tanta soledad. Cada palabra amable de Jane, de Mary o de cualquier otra persona del servicio tenía la capacidad de remover sus sentimientos de una forma tan intensa que cada vez le creaba una nueva conmoción. Poco a poco iba asumiendo no solo la marcha definitiva del que había creído su padre, sino la suya propia de aquel lugar.

Por la noche Nathalie se tumbó en su cama por última vez. La incertidumbre de sus próximos pasos la mantuvo despierta hasta pasada la medianoche, pero el cansancio finalmente la venció.

Se despertó tarde y llegó al comedor cuando la señora Lindstrom ya había desayunado. Aunque no le reprochó su retraso de forma manifiesta, su mirada demostraba su enfado.

—Prepara una maleta con lo que consideres necesario. Te marcharás después del funeral. Diré que aquí los recuerdos te abrumaban y que te he enviado unos meses a la costa con alguna prima que ya me inventaré. Después, ya se me ocurrirá algo para justificar que nunca regreses.

Nathalie la contempló asombrada por su frialdad y se limitó a asentir con un gesto de cabeza. Había esperado que cambiara de opinión, pero estaba visto que había tomado la decisión muy convencida. No suplicó. Si hubiera encontrado en ella la expresión de una abuela, se habría arrojado a sus brazos y le habría dicho que la quería a pesar de no ser su nieta, pero la señora Lindstrom mostraba una arrogancia y un desdén que impedían que ella se sintiera tentada de otorgar ninguna muestra de cariño y, menos aún, de rogar su compasión.

—Por supuesto no te llevarás ninguna joya —le advirtió—. Todas las que tenía tu madre se las regaló mi hijo, por tanto, pertenecen a mi familia. Al igual que las tuyas, que también han salido del bolsillo de los Lindstrom.

Nathalie se sintió ofendida y respondió:

—El colgante turquesa era de mi otra abuela.

—Cierto. No pongo ninguna objeción a que te lleves ese colgante, era de la única abuela que has conocido. Otra cosa: espero que no permanezcas en Londres, no me gustaría que nadie te reconociera. Hay agencias de colocación en las que puedes encontrar trabajo fuera de la capital.

Esta vez la indiferencia de la señora Lindstrom no logró herirla, porque la evidencia de verse en la calle la hizo estremecer de tal manera que olvidó todo lo que no fuera la inquietud de su nuevo estado de pobreza.

Capítulo 1

Ya habían transcurrido tres años desde que Nathalie se había visto vagando por las calles en busca de un empleo. Durante ese tiempo un nuevo siglo había comenzado, su vida era otra y, ahora, la situación que sufrió cuando quedó en la calle por primera vez amenazaba con reproducirse de nuevo.

Nathalie recordaba las colas interminables en la agencia de colocación, los rostros desamparados de sus iguales que regresaban cada día con una esperanza desgastada, las miradas compasivas del oficinista que furtivamente les dedicaba. Y ella odiaba ser compadecida. Al principio había pensado ingenuamente que, con su educación, no tendría problemas para encontrar un trabajo, pero pronto entendió que no estaba preparada para el mundo moderno. Casi nadie necesitaba ya los servicios de una dama de compañía o una institutriz. Ni siquiera se buscaban buenas costureras, sino diligentes manipuladoras de máquinas de coser; ni personas con excelente caligrafía, sino experimentadas mecanógrafas con muchas pulsaciones por minuto. Otro oficio en auge para mujeres era el de telefonista, y Nathalie se lamentó de que la señora Lindstrom todavía no hubiera instalado uno de esos aparatos, aunque últimamente hablara de ello, y así haberse familiarizado con él.

El primer día fuera de Lindstrom House había pasado la noche en un hotel, aunque al día siguiente comprendió que más le valdría dormir de forma más modesta y no gastar tan deprisa el dinero que tenía. Se cambió a una pensión y, al cabo de una semana, en la que seguía sin empleo a pesar de haber logrado realizar tres entrevistas que había encontrado en los periódicos, decidió hospedarse en una habitación que alquilaba la señora Mirrow a mujeres solteras a bajo precio. Las entrevistas no habían salido tal como esperaba. En la primera casa no la quisieron admitir de institutriz porque era demasiado bonita, según escuchó decir a la dueña a una hermana que estaba de visita. En la segunda, tuvo la mala fortuna de acudir un día de lluvia y, justo antes de llegar a la dirección, un carruaje salpicó de barro su vestido y se presentó en un estado lamentable. A la tercera compareció cuando el puesto ya estaba ocupado, así que hubo de resignarse a que esa no era una buena semana para ella.

En la casa de la señora Mirrow conoció a otra joven que trabajaba para una fábrica de betún y esta se ofreció a hablar con su patrón a fin de conseguirle un puesto. Pero Nathalie aspiraba a algo mejor y, al conocer las condiciones y el salario, declinó la ayuda, lo cual hizo que enseguida adquiriera fama de remilgada y altiva entre sus compañeras de residencia.

Aunque había pensado en ello en varias ocasiones, el orgullo había evitado que contactara con Pearl Millhouse, la que había sido su mejor amiga mientras se había apellidado Lindstrom. Sin embargo, la escasa comida que les servía la señora Mirrow, además de su mal sabor, y las expectativas menguantes de encontrar un empleo de su categoría en poco tiempo, hicieron que la idea de visitarla con intención de suplicarle referencias para una buena colocación comenzara a tomar cuerpo en su mente. Continuaba resistiéndose, pero temía que llegara el momento en que no le quedara más remedio.

Sabiendo que la señora Lindstrom iba a enfadarse si se enteraba, pero pensando también que ya no le debía nada, llegó el momento en que se dirigió a la residencia de los Millhouse. A pesar de la vergüenza y, tras dudar un instante, se atrevió a llamar. La criada que le abrió la puerta estuvo a punto de desmayarse en cuanto la vio, y la propia Nathalie hubo de sujetarla para que eso no ocurriera. Entonces fue cuando descubrió que la señora Lindstrom había propagado la noticia de su muerte.

–Hace dos días los Millhouse acudieron a su funeral –le explicó la criada con voz entrecortada y ojos temblorosos.

Nathalie sintió un jarro de agua fría ante la nueva humillación de la que había considerado su abuela. Además de esa noticia sobrecogedora, supo que los Millhouse no estaban en casa y se marchó sin hablar con Pearl. Sin embargo, por la noche decidió escribirle una nota a su amiga para explicarle la verdad de lo ocurrido y citarla en una cafetería cercana en Trafalgar Square.

Pero Pearl Millhouse nunca se presentó a esa cita y Nathalie, a quien se le estaba acabando el dinero, supo que, definitivamente, su vida anterior había quedado atrás. Ya no podía tratarse de malentendidos o equívocos. Esta vez el rechazo estaba motivado por su nueva condición, algo que tal vez no estuviera en el espíritu de Pearl, pero sí de su familia, así que no valía la pena insistir. En la alta sociedad no había opciones para una bastarda desahuciada.

A su pesar, acabó accediendo al favor que le había ofrecido Mary, la compañera que trabajaba en la fábrica de betún, con el fin de continuar manteniéndose por su cuenta. Partió con ella al amanecer del día siguiente y, aunque llegaron antes de que la fábrica abriera, encontraron a un grupo de mujeres en la calle que, alborotadas, gritaban consignas y mostraban carteles que hablaban de derechos.

—Las sufragistas —le explicó Mary a la vez que la cogía de una mano—. Es mejor que vayamos por la puerta trasera.

Nathalie había oído hablar de las sufragistas y de la agrupación de Millicent Fawcett, pero nunca había visto a ninguna de cerca. La señora Lindstrom decía que eran unas anarquistas y que iban en contra del orden establecido por el Señor y, tal vez por eso, o por la comodidad en la que había estado instalada, no había llegado a interesarse en conocerlas mejor.

Ahora, su primera impresión ante la mirada de esas mujeres fue un miedo que le llegó impregnado de un fuerte olor a betún. Con Mary cogida de la mano, dobló la esquina y vio que, frente a la única puerta de la pared, otras sufragistas gritaban allí. Una de ellas, al ver que se detenían, las llamó:

—¡Venid aquí! ¡Cuantas más seamos, mejor!

—¡Solo queremos entrar! —respondió Mary.

—¡Hoy no se entra! ¡Ni tú ni nadie! —exclamó la otra en tono amenazante—. ¿Y quién es esa?

—Busca trabajo —le explicó, ahora con voz más temerosa.

—¡No queremos esquiroles! Si no vais a ayudarnos, id a buscar trabajo a otro lugar mientras otras luchamos por vuestros derechos.

—¿Qué derechos? —se atrevió a preguntar Nathalie—. ¡Si sois vosotras quienes nos estáis impidiendo el derecho al trabajo!

La que llevaba la voz cantante se encaró a ellas con gesto arisco, y Nathalie notó que su compañera temblaba.

—¡Querrás decir el derecho a ser esclava, bonita! —le reprochó—. ¡Mientras los hombres se voten entre ellos para legislar, será el único derecho que tengamos!

Al tiempo que le gritaba estas palabras le entregó una cuartilla, que ella cogió a tiempo antes de que Mary tirara de su brazo y la apartara de aquella mujer.

En esos momentos se oyó un grito alertando de la llegada de la policía y el grupo apostado ante el portal comenzó a dispersarse. Al notar que Mary también echaba a correr, Nathalie la siguió sin entender muy bien de qué huían. Intentaron esconderse en una panadería, pero el dependiente no se lo permitió y volvieron a correr sin rumbo fijo mientras oían los gritos de resistencia de algunas de las mujeres que estaban siendo apresadas.

Luego los gritos se convirtieron en ecos lejanos hasta que desaparecieron entre el alboroto de una calle de comerciantes a la que llegaron por azar. Aún corrieron durante unos minutos más, temerosas de que cualquier silueta entre la niebla que comenzaba a envolverlas se convirtiera en un agente de la autoridad.

Cuando sintieron que todo había quedado atrás, se detuvieron exhaustas, y Mary comenzó a llorar.

—Me harán la vida insoportable —logró lamentarse entre hipos.

—¿Por mi culpa? —se inquietó Nathalie.

—No, no es por ti. Es que no entienden que yo no puedo estar una semana sin cobrar ni mi cuerpo es capaz de resistir sus huelgas de hambre.

—¿Por qué hacen eso? —le preguntó al tiempo que comenzaba a leer la cuartilla que aún llevaba en la mano y, un minuto después, añadió—: ¿Y para qué quieren votar? Yo no sabría a quién votar, aunque pudiera.

—Lo siento —siguió gimoteando Mary a su lado—. No he podido ayudarte.

Nathalie, conmovida ante esas palabras además de preocupada por sí misma, la abrazó.

—Saldré adelante —trató de consolarla—. Y tú también.

—Yo las entiendo, entiendo sus reivindicaciones, pero ellas no me entienden a mí. Yo no soy valiente —dijo con voz entrecortada al tiempo que la miraba como si exigiera que ella sí la entendiera.

–A veces las causas justas no son justas para todos –comentó Nathalie, sin estar muy segura de que creyera en esas palabras.

Sin embargo, sí era cierto que al releer el panfleto y recordar aquel momento se le plantearon muchas dudas sobre la justicia del hombre, pero también sobre la de Dios.

Tras ese intento fallido, Nathalie solo pudo pagar una noche más a la señora Mirrow y, al cabo de dos días, esta la obligó a recoger sus cosas y a marcharse. En esa ocasión sintió tentaciones de empeñar el colgante turquesa que le había legado su verdadera abuela. Lo tuvo en sus manos durante más de una hora con el temor de que no le quedara más remedio que desprenderse de él, pero la evidencia de que solo le serviría para paliar su situación algunos días más y no para solucionarla, le hizo desistir. Sin comer, las primeras dos noches se protegió del frío escondida en una iglesia, hasta que fue descubierta y le impidieron la entrada a partir de entonces. Ni siquiera se atrevió a levantar los ojos de lo avergonzada que se sentía cuando eso ocurrió. El tercer día apenas durmió, pues no encontró ningún sitio donde se sintiera segura y se dedicó a vagar toda la noche por unas calles cercanas a Hyde Park, procurando buscar siempre la luz de alguna farola y alejarse a tiempo de los borrachos o maleantes. Al menos le sirvió para encontrar unas sobras de comida que alguien había dejado para los gatos.

La cuarta noche comenzó a llover y encontró refugio en un portal que hasta ahora no había descubierto, aunque no la protegía ni del frío ni de la humedad y las gotas que caían en un charco cercano le salpicaban las faldas de un vestido que ya empezaba a verse sucio y desgastado. Se despertó tiritando antes de amanecer y vagó por lugares cercanos para entrar en calor mientras estornudaba y continuaba empapándose. Ese día no comió y, a última hora de la tarde, protegida por las sombras de las nubes negras, regresó al mismo portal. Aquel lugar seguía sin protegerla del frío ni del agua, pero se sentía recogida y apartada de un tráfico de carruajes y algún automóvil que no vigilaban su velocidad. Se sentía aturdida y debilitada y cayó dormida sin apenas darse cuenta. Para su sorpresa, cuando despertó, escuchaba el crepitar de una hoguera y dos ancianas la contemplaban como si trataran de averiguar quién era.

Un vecino había avisado a las dueñas de la casa, dos hermanas entradas en edad, de que una joven dormía a sus puertas. La caridad cristiana hizo que se apiadaran de ella y decidieran darle cobijo. Nathalie las observaba, lejanas, y sentía la cabeza pesada mientras todo le daba vueltas. Estaba desconcertada hasta que oyó a una de las ancianas decir que tenía fiebre.

–Hemos avisado al médico –comentó la otra.

Luego tomó una taza de caldo caliente que le ofrecieron y volvió a quedarse dormida. Cuando despertó de nuevo, se encontraba en un dormitorio y un hombre de grueso bigote estaba sentado en una silla a su lado mientras le agarraba la muñeca para tomarle las pulsaciones.

Las dos ancianas habían avisado a un médico al que pagaban de su propio bolsillo sin importarles quién era ella. Durante los siguientes días se ocuparon de su bienestar, la cuidaron durante su enfermedad y se desvelaron como hubieran hecho con una hija. Por lo que oyó decir al doctor, si no hubiera tenido estas atenciones, probablemente ahora estaría muerta. Nathalie se conmovió al ver que su compasión era mayor que la de la señora Lindstrom. En estas circunstancias, el agradecimiento se impuso a la vergüenza y Nathalie, cuando se encontró mejor, acabó contándoles cómo había acabado allí.

Las hermanas Bullock se enternecieron con su historia y lamentaron que la señora Lindstrom no tuviera corazón. La joven les explicó que se sentía desamparada al no encontrar trabajo y enseguida una de las mujeres recordó que la señora Cunnigham estaba buscando una dama de compañía. Se trataba de una dama, formal y muy conservadora, a la que, por supuesto, convendría ocultar que Nathalie era una bastarda, así que decidieron que, a partir de ese momento, adoptaría el apellido de soltera de su madre y se llamaría Nathalie Battle.

Durante unos días cuidaron de ella hasta que se sintió plenamente recuperada y después se dedicaron a darle los consejos pertinentes para que la señora Cunnigham le concediera el empleo.

Así fue como Nathalie acabó trabajando para la señora Cunnigham, una mujer con dos hijos que vivían fuera de Inglaterra y con una hija en Londres a la que veía poco porque se había casado con un hombre que no era de su agrado. Tres años y cuatro meses había pasado junto a ella, no solo como dama de compañía, sino también como lectora, pues la anciana tenía problemas de visión y era amante de los libros.

Durante esa época, la señora Cunnigham la había tratado de forma correcta, aunque siempre mantuvo las distancias. Era amable a su manera, pero a veces ofensiva en sus comentarios sobre la clase trabajadora. La calidad de su trato no era comparable con el calor que había recibido de las hermanas Bullock, pero la joven se sentía agradecida por disponer de un techo y comida caliente cada día.

Había veces en que la señora Cunnigham perdía la memoria reciente, pero recordaba de forma minuciosa cualquier acontecimiento del pasado. En esas ocasiones resultaba difícil tratarla, y Nathalie debía armarse de mucha paciencia. Tal vez, si antes de encontrar este empleo no hubiera sentido el vértigo del desamparo, no se habría hallado cómoda en su papel de asistente, pero las penurias de los días anteriores y la amabilidad de las hermanas Bullock hicieron que ahora agradeciera esta oportunidad.

Durante los primeros meses la señora Cunnigham apenas recibió visitas hasta que un sobrino de ella, el señor Broderick, regresó de América y se instaló en las afueras de Londres. A partir de aquel momento las visitas del señor Broderick se sucedieron cada poco tiempo y, de pronto, la señora Cunnigham hizo amistad con una elegante mujer que, curiosamente, también acudía a saludarla al menos una vez por semana.

Nathalie admiraba la independencia en una mujer, y esa era la opinión que le causó Louise Fairley nada más conocerla. Aunque ya habría sobrepasado los veinticinco años y no podía ser considerada joven, mantenía intacto su atractivo. Tenía buen gusto y se acicalaba de forma favorecedora. Sabía desenvolverse con unos modales distinguidos a la vez que los dotaba de cierta ingenuidad que formaba parte de su encanto.

Nathalie no entendía qué placer podía encontrar la señorita Fairley en la compañía de la señora Cunnigham, pero esta sabía muy bien a qué se debían sus continuas visitas.

–Cree que, si se porta bien conmigo, conseguirá atraer la atención de mi sobrino –le dijo un día y, desde entonces, Nathalie estuvo atenta y pensó que no solo llevaba razón, sino que la señora Cunnigham era más inteligente de lo que parecía y la señorita Fairley, menos ingenua.

A partir de ese momento Nathalie observó que Louise Fairley, a quien sus conocidos llamaban Lou, tenía la capacidad de comenzar una conversación sobre cualquier tema y terminarla preguntando, como quien no quiere la cosa, sobre cuándo tenía pensado su sobrino realizar su próxima visita.

A la señora Cunnigham le gustaba jugar con ella, y no siempre le decía la verdad para que no interfiriese en su relación familiar. La anciana quería gozar de la compañía de su sobrino sin tener que compartirla, y Nathalie procuraba dejarla a solas con él cuando este la visitaba.

Poco a poco la joven fue olvidándose de todo lo referente a los Lindstrom. Ya no echaba de menos su antigua casa ni las comodidades que una vida falsa le habrían podido reportar. El grave desaire de la que nunca había sido su abuela ya no le dolía con la profundidad de antaño, y las palabras ofensivas, cuando la había llamado bastarda, comenzaban a quedar atrás.

Durante ese tiempo otra idea comenzó a anidar en su cabeza, o más bien en su corazón, y era una cuestión que tenía que ver con su propio origen. Empezó a preguntarse si su verdadero padre estaría vivo y si él sabría que tenía una hija. También comenzó a sentir curiosidad sobre las circunstancias de su nacimiento y, sobre todo, por conocer las islas Canarias, algo que no se había despertado antes en ella. Con sus pequeños ahorros compró los dos volúmenes de Olivia Stone que hablaban sobre su estancia en aquel archipiélago.

Con ese libro, su interés se multiplicó y pronto acudió a una biblioteca a por un diccionario de español y comenzar a aprender algunas palabras de ese idioma. Eso sería lo que compraría cuando hubiera vuelto a ahorrar.

Sin embargo, la posibilidad de visitar algún día aquel lugar era algo que veía como un sueño lejano y sabía que, en sus circunstancias, nunca tendría ocasión. Pero... ¡cuántas noches soñaba con ello!

Al tiempo que escuchaba las palabras banales de la señorita Fairley o los recuerdos que todavía conservaba la señora Cunnigham, su imaginación volaba a aquel lugar volcánico del Atlántico. Por las noches leía una y otra vez las páginas que Olivia Stone dedicaba a Gran Canaria y ya casi se las sabía de memoria.

En una ocasión oyó mencionar al señor Broderick que tanto en Liverpool como en Southampton había muchos barcos que partían casi diariamente hacia aquellas islas y, una vez, incluso se atrevió a sugerirle a la señora Cunnigham si no le sentaría bien la brisa marina con intención de que ella propusiera un viaje hacia alguno de aquellos puertos. Por desgracia, no le dio ningún resultado.

Pero ahora, a principios de verano, el yerno de la señora Cunnigham había muerto y su hija se había reconciliado con su madre hasta el punto de que había decidido llevársela a vivir consigo. Y de nuevo Nathalie se había quedado sin empleo. Por primera vez pensó seriamente en la posibilidad de encontrar un trabajo en las islas y, de paso, investigar quién había sido su padre, pero por otro lado sentía todos los miedos de que el resultado de sus pesquisas no fuera de su agrado. Presentía que no sería fácil encontrarlo ni sabía si él querría saber nada de ella.

También recordaba los días que había sufrido en la calle antes de encontrar el refugio en casa de la señora Cunnigham y, durante este tiempo, ni había aprendido a manejar las máquinas de mecanografía ni las de coser, así que de nuevo tendría que buscar una colocación similar a la que había ejercido. Al menos esta vez tenía referencias y, además, la señora Cunnigham, en su despedida, le dio una suma de dinero para que pudiera mantenerse al menos durante un mes.

Con esa liquidez y las ilusiones renovadas, compró un billete del ferrocarril que conducía a Southampton y, una vez allí, tenía intención de buscar un empleo para alguna familia que estuviera próxima a viajar a Gran Canaria.

Julio de 1902. Pensó en la fecha y la consideró un nuevo nacimiento. A partir de ahora tendría un objetivo en la vida: conocer a su padre.

Capítulo 2

El mar arremetía contra las rocas de forma sonora, repitiendo sus embestidas con ritmo lunar. El astro nocturno brillaba tímidamente tras las nubes que cubrían un cielo borroso y oscuro mientras la orquesta volvía a tocar. En el patio del Club Británico de Las Palmas de Gran Canaria, los ingleses se emparejaban para regresar a la pista de baile y Rachel Bell le pegaba un codazo a su hermano para que invitara a una de sus amigas.

–Estoy cansado. No creo que hoy sea un buen bailarín –se justificaba este.

Dan tenía fama de serio, callado y hombre centrado en sus inquietudes profesionales. En su caso, el trabajo era una vocación. No se le conocían vicios escandalosos y todos los que lo habían tratado aseguraban que no parecía hijo de su padre. Al contrario que su progenitor, no amaba la vida ociosa ni sentía ningún orgullo del mobiliario, los jarrones y las esculturas que habían heredado de la familia de su madre. No le gustaba hablar de sí mismo, no se abría de primeras a cualquier desconocido y, para lamento de su padre, no solo se relacionaba con ingleses. Le gustaba mezclarse con canarios, sobre todo con los que conocía del Gabinete literario, lugar al que prefería acudir antes que al club de tenis o al club de golf.

—Ya no me sirven tus excusas, querido. Amanda se ha esmerado en arreglarse y me temo que tú eres el causante de ese esfuerzo —insistió Rachel.

Dan observó a la amiga de su hermana, que en ese preciso instante retiraba la mirada para que él no notara su interés, y comentó:

—Ese sombrero no le favorece.

—¡Hombres! ¡Qué sabrás tú de modas! A ese sombrero le había echado yo el ojo y ella se me anticipó.

—No sé si será la última moda, pero no le favorece. Creo que has tenido suerte de que Amanda se te anticipara. Seguro que Richard está de acuerdo —respondió su hermano mientras guiñaba un ojo a su cuñado y, a pesar del tono bromista, a Rachel no se le escapó el sarcasmo.

—Permíteme que la obligue a hacer un poco de ejercicio, a ver si se cansa de ejercer de casamentera —dijo el aludido al tiempo que tendía una mano a su esposa para obligarla a bailar.

—Antes prométeme que de inmediato invitarás a Amanda —le exigió Rachel a su hermano mientras su marido ya la llevaba hacia la pista.

—Te prometo que invitaré a la señorita Dormer —respondió con una sonrisa y, en cuanto su hermana le dio la espalda, alzó los ojos al cielo y respiró profundamente.

A continuación se dirigió a las hermanas Dormer y, mientras una de ellas lo recibía con una amplia sonrisa, la otra lo saludó con el desinterés que permite la confianza. Sin embargo, cuando él le ofreció la mano a esta última con la evidente intención de invitarla a bailar, las dos se sorprendieron. Amanda borró su sonrisa y Phillipa estuvo a punto de señalarle su error, pero una pequeña satisfacción al notar el rostro decepcionado de su hermana la llevó a aceptar sin ofrecer ninguna resistencia.

Dan no la observaba, pero sintió la mirada censora de Rachel sobre su espalda y sonrió, aunque sabía que su travesura le costaría una regañina. Su pareja, como ya esperaba, apenas habló. Un comentario banal sobre la cantidad de personas que solían congregar este tipo de bailes y, otro, sobre lo cargado que estaba el ponche. Aparte de eso, ninguna conversación en la que se viera comprometido, ningún suspiro indicativo de que Phillipa esperaba algo más y ni siquiera un roce de dedos furtivo, tal como habría ocurrido de haber bailado con Amanda.

Cuando la pieza cesó, agradeció con un gesto la deferencia a su compañera y, tras soltar su mano, se acercó a la mesa en la que se encontraba el ponche. Sabía que iba a necesitar licor del olvido para la que se le avecinaba.

Y así fue, en menos de diez segundos, Rachel estuvo a su lado.

—No tienes perdón. Has desairado a Amanda —le reprochó.

—Según tu teoría, todas las damas que están en el club deberían sentirse desairadas porque he decidido bailar con Phillipa. Me temo, querida hermana, que no podré compensar tantas ofensas.

—Bien —trató de calmarse—, acepto que lo hayas hecho para llevarme la contraria. A partir de ahora… No, gracias —añadió al ver que su hermano le ofrecía un vaso de ponche—. A partir de ahora espero que te comportes tal como debes. Hemos hablado muchas veces de que Amanda es el tipo de mujer que te conviene y ella recibirá encantada tus atenciones.

—En caso de que yo quiera dárselas, supongo.

—¿Qué objeciones pones?

—Tal vez, me gustaría elegir.

—De eso ya hemos hablado, pero siempre demoras esa decisión. Tienes una edad en la que ya te convendría estar casado y le prometí a papá que, a su regreso, le ofrecerías una fecha.

—Eso te pasa por ir conspirando a mis espaldas.

—No te entiendo, Dan —refunfuñó al tiempo que decidía que, ahora sí, le convenía un vaso de ponche—. Amanda es la mujer más bonita de cuantas están aquí. Es educada, elegante, inteligente...

—Manipuladora y va excesivamente maquillada.

—El maquillaje es inherente a la mujer —protestó—. A la mujer británica —matizó—, a no ser que prefieras una de esas campesinas canarias, algo que yo aceptaría si simpatizara con ella, pero dudo mucho de que nuestro padre lo viera con buenos ojos.

—Con tantas virtudes como ves en Amanda, es una lástima que no tuviera un hermano gemelo para haberlo elegido a él en lugar de a Richard.

—¡Eres imposible! —se quejó, imitando con la boca el gesto de un niño a punto de hacer pucheros—. Amanda es mi mejor amiga y no sabes la ilusión que me haría emparentar con ella.

—Por eso es una lástima que no haya tenido un hermano, querida.

—Ayer me dijiste que hoy te esforzarías por conocer a alguna candidata.

—Y te aseguro que lo he hecho —afirmó y, en esta ocasión, no mentía. Nada más entrar, se había fijado en todas las jóvenes presentes, pero, tal vez porque todas seguían la moda y tenían un rostro tan inglés, no había conseguido que una destacase entre las otras.

Sin embargo, Rachel dio otra interpretación a sus palabras. Por unos instantes, quedó callada y Dan pensó que por fin había cesado en su intento de emparejarlo a toda costa. Pero entonces ella cogió su mano, se la apretó y, mientras sonreía, dijo:

—No sabía que te gustara Phillipa.

Cuando Dan reaccionó para negarlo, su hermana ya había desaparecido y, como su atuendo era similar al de otras, tardó unos momentos en distinguirla entre la gente.

Cuando la vio sujetando la mano de Amanda Dormer y a esta arqueando las cejas en señal de sorpresa, supo que había salido de un atolladero para meterse en otro.

Y no se equivocó. Al día siguiente fue a visitarlo a las oficinas del puerto con las energías renovadas. Rachel había entendido que estaba interesado en Phillipa y lo había asumido de buen grado. Todos los empujes que hasta ahora había sufrido hacia Amanda iban a ser repetidos hacia la otra hermana Dormer.

–Cuento contigo para el té de esta tarde. He invitado a Phillipa y a Amanda –le comentó su hermana nada más entrar en su despacho con un brillo de picardía en los ojos.

–Esta tarde he quedado con Rafael Romero en el Gabinete literario. Lo siento, Rachel.

–¿Con aquel joven poeta? ¿Vas a abandonarme por un canario?

–No dramatices, hermana –le pidió al tiempo que se levantaba para asomarse al ventanal.

En la calle, el bullicio de la actividad portuaria llenaba de movimiento y ruidos alegres un día plateado.

–Ahora Rafael estudia Medicina en Cádiz y tengo pocas oportunidades de verlo. Y los canarios, te recuerdo, son los que nos dan de comer. Estamos en su tierra.

–Pues yo más bien diría que somos nosotros quienes les damos de comer a ellos. Siempre han sido pobres.

–La pobreza de espíritu es un mal mayor –afirmó al tiempo que la miraba de un modo poco amable con la finalidad de que no volviera a criticar a los lugareños como siempre hacía.

Rachel, notablemente contrariada, frunció el ceño y añadió:

–Si el viernes organizo una cena, ¿podré contar contigo?

–Acudiré encantado, Rachel, pero, por favor, no intentes dirigir mi vida.

—Solo ejerzo de hermana —se justificó—. ¿Preferirías acaso que me fuera indiferente tu felicidad?

—De eso hablo, de mi felicidad. Me siento muy cuidado por ti, pero en ciertos asuntos procura ser más cautelosa —le pidió con cariño al tiempo que cogía su mano y se la besaba—. Ahora tengo trabajo, pero cuenta conmigo para esa cena.

Rachel se despidió y, a pesar de que le había dicho no al té, salió complacida de su despacho. Se fue pensando en sentar a Dan junto a Phillipa durante la cena y en la posibilidad de que, cuando su padre regresara de Inglaterra, pudiera anunciarle un próximo enlace.

Dan la observó salir y, cuando cerró la puerta, regresó al ventanal. De pronto, pensó que tal vez no sería mala idea tener una esposa como Phillipa Dormer. La joven era una mujer discreta, callada y poco dada a entrometerse en vidas ajenas. No poseía la frivolidad de su hermana, aunque tampoco su belleza, y una vida a su lado podría resultar cómoda y apacible. Sin duda, Phillipa no le reprocharía las horas fuera de casa dedicadas a su trabajo ni su amistad con canarios, ni tampoco le exigiría acudir cada dos por tres a cenas, bailes o reuniones sociales. Tenía vida interior. No sabía cuál, pues había cierto hermetismo en ella y no resultaba fácil de conocer, pero era una mujer que prefería un buen libro a una mañana de compras.

Sí, tal vez Phillipa fuera el tipo de esposa que le convendría tener a su lado y, sin embargo, mientras lo pensaba también notaba que esa idea carecía de pasión. Pero... ¿Qué sabía él de la pasión? Si la pasión era un empuje que uno sentía en el cuerpo, un arranque hacia una vitalidad superior o una atracción vertiginosa capaz de enfrentar cualquier riesgo para asomarse al abismo, lo más cercano a ese sentimiento lo había encontrado en su propio trabajo. Ninguna mujer lo había mantenido desvelado jamás, en cambio las ideas, las proyecciones y los diseños que una y otra vez aparecían en su mente cada noche sobre el futuro Puerto de la Luz le hacían nacer una inquietud que a todas luces podía calificarse de apasionada.

¿Existiría alguna vez una mujer que le produjese similar anhelo?

Apoyado en el quicio de la ventana, observó a unas jóvenes canarias que pasaban con sus cestas llenas de plátanos y, aunque reconoció que eran bonitas, en cuanto las oyó hablar, el tono alto y chillón, además de unas risotadas poco adecuadas, impidieron que pudiera admirarlas. El comedimiento y la educación de las inglesas, en cambio, las dotaba de poca naturalidad y, en general, notaba en ellas un encorsetamiento de carácter a tono con una mirada de ladrillo rojizo.

Unas desconocían la discreción; otras, la vitalidad. Tampoco en otras extranjeras, pues allí había mujeres de otras nacionalidades, lograba superar los ojos de modernidad europea y encontrar en ellas el hechizo de un espíritu fresco y afable, o cálido y zalamero, que emparejara con el alma de mar atlántica que tanto amaba.

Hasta el momento, no existía mujer que hubiera sido capaz de despertarle ninguna pasión, y se había limitado a contemplarlas como un espectador indiferente. Sin embargo, comprendía las ansias de su familia por verlo casado, y tal vez había llegado la hora de planteárselo.

Capítulo 3

En cuanto llegó a la ciudad portuaria buscó una pensión barata en la que hospedarse. Como todas las ciudades, Southampton tenía sus barrios humildes y sus calles de alcurnia y Natalia, pues ahora había decidido adoptar su nombre español, sabía que ya no poseía acceso a las últimas. En esta ocasión tenía la experiencia que vivió cuando la señora Lindstrom la echó y no quería volver a encontrarse durmiendo en un portal ni arriesgarse a ser víctima de otra neumonía.

Tras conseguir una habitación, incluso antes de buscar una oficina de colocación, sus pies la llevaron casi sin darse cuenta hasta el Bargate y allí quedó impresionada al contemplar el mar. La inmensidad del océano penetró en ella como un vértigo y una atracción. Sintió sus ojos atrapados en aquel azul infinito y procuró perderse en el horizonte con la vana esperanza de divisar las islas Canarias. Pero los destellos del sol sobre el mar impedían fijar la mirada sin cegarse, y pronto la claridad comenzó a nublarse ante ella. La bruma de ilusión y promesas la hizo estremecer y, por un momento, cerró los ojos con el temor de no lograr nunca cruzar el Atlántico.

Paseó con sus ropas desgastadas entre otras mujeres que vestían con opulencia y caballeros que parecían tener una suculenta cuenta bancaria. Se acercó a los muelles y notó que pasaba más desapercibida entre los estibadores que entre los pasajeros y, nuevamente, comprendió la distancia actual que la separaba de una clase social a la que había pertenecido. No le hubiera dolido si no deseara tener dinero para viajar, pero lo que guardaba en sus bolsillos no era suficiente ni para un pasaje en tercera clase, y mucho menos para luego mantenerse unos días hasta que encontrara trabajo. Resultaba necesario partir hacia las islas con una plaza segura y, con anhelos renovados, preguntó por la oficina de colocación más cercana.

Cuando llegó, un olor a escasa higiene la sobrecogió. Vio que la cola era más larga de lo que había esperado. Incluso parecía que aquí había más gente en busca de un empleo que en Londres, así que hubo de resignarse a esperar. El llanto de un bebé que una mujer llevaba en brazos se clavaba en ella como un aguijón y cada vez se ponía más nerviosa. Cuando por fin le tocó el turno y preguntó por las posibilidades de que buscaran a alguien con su perfil en Gran Canaria, le dijeron que las ofertas que tenían de esa isla eran varias de mecanógrafa y solo una de institutriz.

–¿De institutriz? –preguntó ilusionada de su buena suerte–. ¿Cuándo podría empezar? No me importa qué tipo de familia sea ni si el sueldo no es muy alto.

–El sueldo es de... Disculpe, señorita Battle, me he confundido. El empleo de institutriz es en Madeira, y piden que la persona hable portugués.

Natalia sintió que la luz que acababa de encenderse en su interior se apagaba con el soplo de este error, pero enseguida levantó el ánimo e inquirió:

–¿Está seguro de que no hay nada más?

–Seguro, señorita. Gran Canaria y Tenerife son lugares muy demandados por su clima. Hay muchas muchachas que desean ir allá. Es cierto que si supiera mecanografía, eso iría en su favor. Tal vez debería pensar en apuntarse a algún curso, puesto que cada día vienen bastantes jóvenes sin formación y, sin embargo, las que cuentan con una buena preparación para trabajar en una oficina se colocan antes de un mes.

Ahora sí quedó desconcertada y sin capacidad de reacción. Si las que lo tenían fácil tardaban un mes, ¿cuánto debería esperar ella? Otra vez, aunque ya lo había hecho en mil y una ocasiones, empezó a repasar mentalmente cuánto dinero tenía y el tiempo que podría mantenerse sin ningún nuevo ingreso.

–Señorita, por favor, deje turno –le advirtió el oficinista mientras la mujer que se encontraba tras ella en la cola la empujaba de un codazo y la obligaba a apartarse.

En cuanto salió de allí, lejos de desfallecer, Natalia detuvo a la primera persona con ropa limpia que halló y le preguntó si conocía alguna academia de mecanografía. Luego siguió las indicaciones referidas hasta que la encontró. Pero después de entrar y averiguar el precio, sí sintió que el desaliento hacía mella en su cuerpo. Ese era todo el dinero que tenía y no podía permitirse comer y dormir y a la vez pagarse el curso. Tal vez, primero debería encontrar un trabajo en Southampton y, cuando tuviera lo suficiente ahorrado, podría renovar sus esperanzas.

Regresó a la casa de huéspedes con distinto ánimo al que tenía unas horas antes y cenó, a pesar de la mala pinta, las gachas que le sirvieron. Luego, decidió acostarse pronto para aprovechar el día siguiente y, sobre todo, para no quedarse pensando sobre las frustrantes noticias de esa jornada.

Pero, como si fuera cosa de la providencia, antes de quedarse dormida recordó algo que siempre decía Louise Fairley: «En esta sociedad, es más importante parecer rico que serlo». Ese pensamiento la llevó a otro y se planteó que tal vez tendría más suerte si buscaba trabajo entre personas que viajaran a Gran Canaria que visitando oficinas de colocación. Se levantó de la cama y abrió la maleta, ya que en aquel antro no había ni un ropero, y extrajo un vestido que le había regalado la señora Cunnigham como despedida. Lo observó bien y pensó que, con un par de arreglos, podría sacarle partido, así que al día siguiente iría a una mercería a comprar hilo y aguja de coser.

A continuación volcó su monedero sobre la cama. Miró el dinero y pensó en sus posibilidades durante unos minutos. Finalmente decidió que no sería una mala inversión acudir alguna vez a algún restaurante de una buena zona. Aunque, para ello, otros días tuviera que quedarse sin comer. Si lograba alternar con las personas adecuadas, tal vez podría adelantar mucho camino en su búsqueda de trabajo.

Así que, cuando logró dormirse, sus labios volvían a sonreír.

A primera hora del día siguiente fue a comprar lo que necesitaba para la costura y se dedicó a hacer los arreglos que el vestido demandaba. Luego pidió a la señora que regentaba el negocio que le permitiera usar la plancha y solo fueron necesarios un par de peniques para que la mujer accediera. Cuando lo tuvo listo, se duchó con agua fría y usó el jabón que llevaba en su maleta, porque en los baños comunitarios no había ninguno. Se peinó lo mejor que supo, aunque no pudo hacerse el recogido que deseaba porque no se bastaba ella sola.

Con ilusiones renovadas, antes de mediodía se encontraba en la zona de Bugle Street y, después de muchos años, volvía a sentirse bonita al pasear entre otras damas muy bien arregladas. Al cabo de un rato distinguió un restaurante bastante concurrido y, como si fuera una mujer independiente, fingió seguridad y entró para sentarse a una mesa bien colocada. El camarero le preguntó si esperaba a alguien y ella, con una sonrisa que cubría su inseguridad, respondió que no. Pidió un martini mientras se dedicaba a observar los precios de las comidas que se ofrecían en la carta y que eran más altos de lo que había esperado. Finalmente se decidió por uno de los platos más económicos, con la convicción de que debía aprovechar la ocasión, pues no podría repetirla muchas veces más.

Observó con disimulo a sus compañeros de restaurante y procuró estar atenta a alguna de las conversaciones de mesas cercanas, aunque sin mucho éxito. En concreto, contemplaba a un matrimonio acompañado de una anciana y se preguntaba si esta última necesitaría una dama de compañía y si tendría intención de viajar a Gran Canaria. Sus miradas se cruzaron un par de veces y Natalia aprovechó para sonreír a la mujer. Pero ella optó por ignorarla y la joven lamentó no lograr ningún tipo de comunicación.

Unos caballeros que había en otra mesa, y estos parecían hombres de negocios, no pusieron tantos reparos en mantener su mirada en ella, pero esta vez fue Natalia la que no mostró interés. Resultaba evidente que las intenciones de ellos estaban muy lejanas a las suyas.

El olor de las comidas ajenas le despertaba el hambre, aunque cuando el camarero le sirvió su plato, sintió remordimientos por comer algo que continuaba resultando caro y se prometió que no dejaría ni una patata. Hubo de comedirse para no demostrar sus ansias de comer y recordó todas las instrucciones que de niña le dio su institutriz. Así que, aunque se muriera de ganas, apenas cogió pan para mojarlo en la salsa.

Durante el rato que llevaba allí, el restaurante se había ido llenando y ya solo quedaban dos mesas vacías. Una, cercana a la suya; y otra, al fondo, lejos de las ventanas. Natalia cruzaba los dedos para que su suerte cambiara, porque si no lograba entablar conversación con alguien, estaba desperdiciando el dinero. A medida que pasaban los minutos, su ánimo iba decayendo mientras sus inquietudes aumentaban.

Cuando entró un pequeño grupo de personas que se dirigían a una de las mesas vacías, ya no las contempló con las mismas esperanzas. Se encontraba bebiendo un poco de agua mineral cuando uno de los hombres que había entrado tropezó cerca de ella. Para no caer, tuvo que agarrarse a su mesa, con tan mala suerte que el plato de Natalia se volcó sobre su vestido recién arreglado y lo manchó de salsa.

El hombre, alto y entrado en carnes, de abundante cabello blanco y un bigote almidonado también canoso, la contempló apurado y emitió todo tipo de disculpas. Natalia estuvo a punto de llorar al ver el estado en que habían quedado sus ropas y el hombre debió de notarlo, porque cogió una servilleta y se la ofreció. Ambos se contemplaron con impotencia porque sabían que eso no serviría de nada.

–Lo menos que puedo hacer por usted es pagar su comida –dijo él avergonzado–. ¿Me hará el favor de permitírmelo?

Natalia no respondió. Miraba a aquel hombre de unos sesenta años sin verlo, pues solo podía pensar en su propia desgracia.

El hombre hizo un gesto al camarero para decirle que anotara en su cuenta todo lo que había consumido la joven y ella, como si deseara que la tragara la tierra, era incapaz de reaccionar.

–Espero que ningún caballero se ofenda por la invitación –añadió el hombre, que parecía verdaderamente apenado–. ¿Hay algo más que pueda hacer por usted?

Natalia, haciendo caso omiso a la pregunta, se levantó y echó a correr. Salió del restaurante a toda prisa y continuó corriendo por las calles de gente rica hasta que la propia agitación le hizo sentirse extenuada. En aquellos momentos, solo podía pensar en la dificultad de recuperar un vestido manchado de grasa y sentía que las circunstancias estaban en su contra. Por suerte, aquel hombre se encargaría de pagar su almuerzo, pero ya no podría usar nunca más la única ropa que tenía para disimular su condición.

Llegó hasta la casa de huéspedes y se desprendió inmediatamente de su vestido y lo arrojó con furia contra la cama, como si la prenda aliada ahora se hubiera convertido en su enemigo. Cuando volvió a mirarlo, por fin lloró y estuvo un rato con él en brazos manchándolo ahora de lágrimas.

Al día siguiente, más realista, se olvidó de las ropas de lujo y se dirigió de nuevo hacia la oficina de colocación, a ver si tenía más suerte al preguntar por un oficio en Southampton. La idea de ahorrar para realizar el curso de mecanografía renació en ella, sin embargo, temía que cualquier empleo que encontrara la mantuviera tan ocupada que le impidiera acudir a la academia. Ahora se sentía ingenua por su intento del día anterior de relacionarse con ricos, pero también se sabía más inteligente que hacía tres años, cuando la señora Lindstrom la había echado de su casa, y no pensaba repetir los mismos errores. La humildad y la consciencia de cuál era su lugar debían ser sus aliadas y no unos obstáculos a los cuales vencer.

Una vez más, se puso a la cola entre otras personas de aspecto poco atractivo y, en la mayoría de los casos, con ropas desgastadas y sucias, en las que aparecían miradas más desesperadas que la suya. Sintió un golpe de desesperanza, pero procuró que no le afectara de cara a proseguir en su empeño. Sin embargo, los ojos bajos con los que algunos abandonaban la ventanilla no alimentaban sus expectativas.

De pronto notó que se ruborizaba. En la misma oficina, vio entrar al caballero que el día anterior había manchado su vestido, acompañado de un matrimonio al que recordaba del restaurante. Bajó el rostro para que no la reconociera, pues algo en ella, tal vez la dignidad, no quería que supiera que su presencia en el local de lujo había sido una farsa. Se preguntó qué hacía allí y, por lo que observó de reojo, sus acompañantes se dirigieron a la taquilla a la que acudían los que buscaban a alguien que trabajara para ellos y en la que no había cola, aunque no pudo escuchar cuál era el puesto que ofrecían. Sin embargo, sí oyó decir que el lugar del empleo era Romsey, por lo que su atención se relajó.

El caballero responsable de la mancha no tenía el mismo interés que sus amigos en escuchar las respuestas del oficinista y se dedicaba a moverse y a observar a las personas del local. Natalia, sin saber por qué, abandonó la cola por el lado opuesto y, con sutileza, procuró avanzar despacio y salir de la oficina con discreción. A pesar de perder su turno, no deseaba ser vista en una situación que consideraba vergonzosa y decidió que ya regresaría más tarde.

Cuando por fin salió, comenzó a caminar hacia la izquierda, pero la suerte seguía sin acompañarla. De pronto, vio venir hacia el lugar en el que se encontraba a la señora Millhouse, la madre de su amiga Pearl, la que jamás había acudido a la cita cuando le pidió ayuda, y de nuevo sintió miedo a ser reconocida. Se preguntó qué hacía allí, pero enseguida recordó que en muchas ocasiones viajaba a la costa y dedujo que se trataba de una mala jugada del azar. Volvió a girar sobre sí misma y comenzó a retroceder, con tan mala fortuna que, cuando se encontró ante la puerta de la oficina de colocación, el caballero al que había intentado evitar en un primer momento también salía junto a sus acompañantes.

Al principio él no la reconoció, pues las ropas de ella y su peinado eran muy distintos a los del día anterior, pero las largas pestañas negras de Natalia resultaron inconfundibles.

–¡Qué suerte la mía al volver a encontrarla! –comentó alegre cuando fue consciente de esa casualidad y haciendo caso omiso del nuevo vestuario de ella–. Ayer ni siquiera pude presentarme ni preguntarle su nombre. Soy el señor Nordholme –dijo al tiempo que le tendía la mano de un modo un poco torpe.

Capítulo 4

Ella no estrechó su mano, sino que se limitó a hacer una leve reverencia para escapar rápidamente de ese momento vergonzoso, pero antes de que pudiera marcharse, él insistió:

—¿Puedo saber a quién tuve la mala suerte de estropear un precioso vestido?

Natalia, consciente de que la señora Millhouse se acercaba por detrás y podía oírla, sin apenas pensar, respondió:

—Soy la señorita Fairley, Louise Fairley.

La mentira la sorprendió a ella misma y ni siquiera entendía por qué había escogido el nombre de la señorita Fairley para ocultar su identidad. Aunque lo cierto era que durante los años trascurridos con la señora Cunnigham, a pocas personas había conocido, y ese era uno de los pocos nombres que le sonaba familiar. En esos momentos vio que la señora Millhouse pasaba a su lado y continuaba hacia delante, sin haber reparado en su presencia. Natalia contemplaba su espalda cuando el señor Nordholme dijo:

—Me temo que su vestido no ha podido salvarse.

El hombre la miraba de arriba abajo y ella se avergonzó de su atuendo actual. Con un gesto de cabeza, le indicó que tenía razón.

—Lo cierto es que todavía me siento culpable de lo que ocurrió. ¿Me permitiría que le comprara otro vestido?

—No puedo aceptar tanta generosidad, señor Nordholme. Ya me invitó usted ayer —respondió conmovida por su gesto y por la mirada paternal que él le dedicaba.

—No irá a comparar un almuerzo con un vestido estropeado. Insisto en ello. —Y, dirigiéndose ahora a sus amigos, añadió—: Frank, Lydia, ¿os importaría esperarme en el hotel? Supongo que a la hora del almuerzo ya estaré allí.

El matrimonio que lo acompañaba asintió y el señor Nordholme agarró a Natalia de un brazo y comentó:

—Creo que hay una tienda de modas no muy lejos. Le aseguro que no dormiría tranquilo durante mucho tiempo si no me permitiera reparar mi torpeza.

La señora Millhouse ya había desaparecido de su vista y Natalia no sabía cómo reaccionar. Le vendría muy bien tener un vestido nuevo, pero lo consideraba un gesto desproporcionado.

—A veces uno tiene tanto dinero que no sabe en qué gastarlo. Y debo visitar una tienda de moda, mi hija me pidió que no regresara sin un sombrero nuevo para ella, así que, por favor, no se resista, que en el lugar donde vivo apenas tenemos estos lujos. Usted me ayuda a mí y yo la ayudo a usted.

—¿No reside aquí? —preguntó la joven, que aún estaba asombrada.

—No, solo he pasado un par de meses en Inglaterra, pero en una semana regreso a Las Palmas, que es el lugar que hace años elegí para instalarme.

Esa información fue la que hizo que Natalia se inclinara por aceptar su oferta y se dejara agasajar por aquel hombre que bien podría ser su padre y se comportaba como tal.

Ella aprovechó para hacerle todo tipo de preguntas sobre la isla, pero el caballero tenía más interés en hablar de sí mismo que de la vida en Canarias. Se notaba cierta soledad en sus palabras, a pesar de tener dos hijas ya casadas y un hijo que estaba a punto de hacerlo. Había quedado viudo cinco años atrás, y no le gustaba el vacío progresivo que iba adquiriendo su hogar. Él agradecía sentirse escuchado y hablaba con una confianza impropia de alguien que conversa con una extraña.

Cuando llegaron a la tienda de modas, Natalia optó por un vestido modesto, y eso hizo que ese hombre todavía la mirara con mejores ojos.

–Mañana, junto a unos amigos, tenemos intención de visitar el castillo del duque de Wellington, ¿me haría el favor de acompañarnos? –le comentó antes de despedirse.

Ella aceptó. Pensó rápidamente que alguno de sus amigos podría necesitar a una dama de compañía o una institutriz y se ilusionó ante las nuevas expectativas que se le abrían. Aunque se arrepintió enseguida al comprender que se sentiría obligada a delatar cuál era el lugar en el que ella se hospedaba.

–Mi hotel está cerca del restaurante donde nos conocimos. Si quiere, podemos quedar allí –dijo para evitar que supiera que se alojaba en una casa de huéspedes.

–Perfecto. A las diez la estaré esperando.

A las diez menos cuarto del día siguiente, Natalia se encontraba a las puertas del restaurante con su vestido nuevo. El brillo de sus ojos demostraba agradecimiento por el cambio de su suerte. Es cierto que en algún momento pensó en si le convendría más regresar a la oficina de colocación y no aspirar a ningún tipo de atajo para lograr su objetivo, pero también creía que las oportunidades surgían por algo y se arrepentiría después si ahora la dejaba escapar.

Durante la tarde del día anterior, había comprado un trozo de tela y se había dedicado a coser una doble falda a su vestido manchado. Le cosió, además, unos ribetes bordados en el escote, y había acortado las mangas para que no pareciera el mismo, así que ahora tenía dos vestidos con los que relacionarse con personas de sociedad. Sin embargo, sabía que no podía mantener su apariencia de mujer independiente si quería contar con su ayuda de cara a buscar un trabajo, así que decidió que ese mismo día le contaría al señor Nordholme quién era ella y la realidad de su situación.

El señor Nordholme fue puntual, pero no llegó solo. Vino acompañado de los señores Peackering, el matrimonio del día anterior; la señorita Snodgrass, una cincuentona soltera, y del señor Sutton, que también habría cumplido ya los sesenta años, al igual que el señor Nordholme.

La presencia de una persona joven fue bien recibida en el grupo, sobre todo por parte de la señorita Snodgrass, quien, en cuanto fueron presentadas, mostró gran interés por conocerla mejor y no se separó de ella durante todo el día.

Natalia pasó una jornada agradable y, si no hubiera sido porque estaba suplantando la identidad de Louise Fairley y haciéndose pasar por alguien de clase superior, lo que le originaba cierto malestar, se habría sentido muy cómoda. El hecho de que el señor Nordholme no estuviera solo había frustrado su intención de contarle la verdad, y esperaba tener ocasión de hacerlo más adelante. De alguna manera, sentía que esto era un sueño del que iba a despertar, un paréntesis en su fatalidad, y que de un momento a otro todo se desvanecería y ella regresaría a las colas de la oficina de empleo o a vagar por las calles procurando no enfermar en cuanto nuevamente se le acabara el dinero.

Cuando le propusieron cenar con ellos al día siguiente en el Southampton Club Cricket, pensó que tal vez habría resultado conveniente declinar la invitación, pero fue incapaz, porque el señor Nordholme mencionó que los Perdomo, un matrimonio canario, también acudirían. Y Natalia estaba deseando conocer a canarios.

Así que, casi sin buscarlo, acabó relacionándose con esas personas como si fuera una más de su grupo. Durante la visita a Netley Abbey procuró acercarse al señor Nordholme en varias ocasiones, a quien cada vez consideraba más entrañable, para poder confesarle su condición, pero en todas ellas la señorita Snodgrass, que empezaba a ser muy inoportuna, los interrumpía con algún pretexto. Se notaba que había sido una mujer guapa, aunque los estragos de la edad ya hacían mella en su rostro. Era más bajita que Natalia, aunque no mucho, y, sin estar delgada, tampoco podía decirse que fuera una mujer corpulenta. Se notaba que se teñía y que era presumida, aunque su maquillaje le daba una apariencia de naturalidad. Sin duda, era una mujer de buen gusto y no solo vestía con prendas caras, sino que sabía llevarlas. Natalia pensó que esa mujer se había encariñado con ella porque no la dejaba ni a sol ni a sombra y le preguntaba muchas cosas sobre su pasado como si la moviera una gran curiosidad. En cada respuesta, Natalia contaba algo de la vida que conocía de la señorita Fairley y, aunque mentía, sentía que no tenía más remedio. Porque sabía que, en primer lugar, debía contar la verdad al señor Nordholme, no a ella.

Sin embargo, no lograba encontrar la ocasión. Cierto que también el señor Nordholme le dedicaba muchas atenciones, pero siempre había cerca otras personas y, finalmente, decidió no confesarse porque, al fin y al cabo, el señor Nordholme tenía previsto regresar a Gran Canaria, junto con los Perdomo, una semana después. Cuando eso ocurriera, la fantasía de pertenecer a otro grupo y de tener amigos se perdería en el Atlántico, así que finalmente desechó la idea de desvelar su pequeña mentira.

Pero en el siguiente encuentro previsto se vio obligada a enviar una nota y a poner un pretexto para justificar su ausencia. Continuaba ocultando que residía en una casa de huéspedes, así que, por supuesto, no puso ningún remite. Y mucho menos un día como ese.

Todavía de madrugada, la había despertado el revuelo originado en el primer piso y, tras ponerse unas ropas decentes, pero no bonitas, había bajado para saber qué ocurría. Al principio la confusión no le permitió descubrirlo. Otras inquilinas también habían bajado y una joven, que se hallaba en el vestíbulo, no paraba de llorar. La dueña de la pensión maldecía sin moderar su lenguaje y una mujer más serena solicitaba a todas que se alejaran de allí, aunque nadie le hacía caso. Luego aparecieron dos hombres en la escalera, que descendían mientras cargaban un cuerpo envuelto en una sábana, y se hizo un silencio estremecedor. La joven que lloraba se abalanzó hacia él, pero la dueña de la pensión la sujetó.

—Se expone a contagiarse si no lo ha hecho ya —la reprendió.

—¡Es mi hermana, es mi hermana! —Sollozó la joven desconsolada.

—Era su hermana —le rectificó la otra.

Tifus, tuberculosis, fiebre amarilla... Varios nombres de enfermedades fueron nombrados alrededor de Natalia mientras ella, conmovida, se acercó a la joven que lloraba y le tendió un pañuelo. Luego, cuando esta cayó derrotada en el suelo, Natalia se sentó a su lado y trató de consolarla. Pronto se unieron otras compañeras para que no se sintiera tan desesperada. Sin embargo, para aquella muchacha de diecisiete años que acababa de perder a su hermana, no existía ningún alivio a un dolor como ese.

Finalmente, mientras la dueña de la casa de huéspedes preparaba una tisana, otra compañera le pasó su frasco de láudano y la joven empezó a quedarse adormilada. Entre varias la tumbaron en un catre que improvisaron en el comedor, porque nadie se atrevió a devolverla a la habitación en la que acababa de morir su hermana.

Poco a poco se entabló conversación entre mujeres que ocupaban el mismo edificio y apenas sabían nada de las demás. Unas conocieron las penurias de las otras y Natalia sintió un gran contraste entre esa situación y los días que había vivido con el señor Nordholme y sus amigos. Entre aquellas mujeres, había varias que también deseaban viajar a las islas Canarias y, de ellas, dos sabían mecanografía y, aun así, no habían encontrado empleo.

–Hemos tenido varias entrevistas, pero finalmente se han decantado por otras.

Natalia supo que, aunque se apuntara a un curso de mecanografía, eso no le garantizaría cumplir su deseo.

No solo por la muerte de una compañera y la posibilidad de contagio que ahora temían todas, sino también por el panorama oscuro que dibujaron ante ella, Natalia se sintió desesperanzada durante toda la jornada. La experiencia vivida le recordó demasiado a los días en que acabó deambulando por las calles hasta que terminó enferma en el portal de las hermanas Bullock y se sintió atrapada por el miedo a que se repitiera de nuevo aquella situación. Tal vez, si eso no hubiera ocurrido, la decisión que adoptó al día siguiente habría sido otra, pero los sucesos ocurrieron así y ya no tenían vuelta atrás.

Cuando amaneció al día siguiente, Natalia se despertó con ganas de huir de esa atmósfera opresiva y se arregló para dirigirse al restaurante en el que solía quedar con el señor Nordholme y sus amigos, pero no los encontró allí. Esperó durante más de media hora por si aparecían y, cuando vio que eso no ocurría, desalentada, comenzó el camino de regreso. Como no les había dado ninguna dirección, ellos no podían encontrarla y sintió que sus aventuras en una clase superior se habían terminado. El recuerdo del día anterior y de la miseria que se había respirado en aquella pensión volvieron a introducirse en ella y sintió que, a partir de ahora, ese sería su destino.

Aún no había salido de la zona del Bugle Street cuando oyó que alguien exclamaba:

—¡Señorita Fairley!

Cuando se giró, vio que el señor Nordholme se acercaba corriendo hacia ella, aunque con el volumen de su tripa y un cuerpo que ya empezaba a encorvarse, no lo hacía a gran velocidad.

—¡Señorita Fairley! —repitió cuando se encontró a su altura—. Dígame inmediatamente su dirección, no quiero volver a pensar que ya no he de verla nunca más. Me sentí desesperado cuando anuló nuestro encuentro y no pude comunicarme con usted.

Fue entonces cuando Natalia, conmovida por su interés, se sinceró. Aunque no del todo. Le contó que había trabajado de dama de compañía y había quedado en la calle recientemente. Le explicó que estaba buscando trabajo y que por eso se había puesto el vestido que le había regalado la señora Cunnigham, y luego le refirió lo que había ocurrido en la pensión el día anterior.

El señor Nordholme se sintió impresionado ante el relato y, aunque procuró pensar en personas que pudieran estar interesadas en una dama de compañía o institutriz, no se le ocurrió ninguna. Ella continuaba hablando de su pasado y, cuando estaba a punto de confesar su verdadero nombre y que era una bastarda, él la interrumpió:

—Tengo una idea —dijo sonriente y, a continuación, le pidió que se casara con él.

Eso la dejó sin palabras. La evidencia de que la solicitud no tuviera un carácter romántico, sino más bien de ternura y compasión, y el hecho de que aquel hombre le inspiraba bondad hicieron que no rechazara la oferta de inmediato.

Entonces, él prosiguió en su alegato.

—No crea que hablo solo pensando en usted, también soy parte interesada.

«A mi edad», «una compañera», «la soledad» fueron palabras pronunciadas en aquella propuesta inesperada, pero el señor Nordholme también le indicó que no tenía prisa, que era consciente de que apenas se conocían y que la boda no sería inmediata. Si ella lo deseaba, podía acompañarlo a Gran Canaria y ya allí decidirían la fecha del enlace.

—Mi casa es grande y pronto quedará vacía. Como le he contado, mis dos hijas están casadas y esperamos que mi hijo lo haga en breve. Como ve, no tendrá que criar niños ajenos. Rachel tiene un carácter un poco alocado, ideas de juventud, ya sabe, pero Dan... Daniel es un hombre serio y de grandes principios. La mayor, Rebecca, reside en Ciudad del Cabo; su marido tiene negocios importantes allí y solo nos visita en Navidad. Sin embargo, me gustaría contar con su presencia para nuestra boda.

Natalia no lo dejó proseguir.

—Sentiría que lo estoy engañando, señor Nordholme, no estoy enamorada de usted.

—¿Quién ha hablado de amor? ¿No le agrada mi compañía? ¿No desea cambiar de vida? Sé que es muy precipitado por mi parte, pero aún faltan seis días para que regrese a Las Palmas y tiene todo ese tiempo para pensarlo. ¿Lo hará?

—Lo haré —respondió ella con una sonrisa agradecida y sintiéndose incapaz de negarse de una forma rotunda en esos momentos.

—Solo le pido un favor. Si acepta ser mi esposa, no diga que ha sido usted dama de compañía. Preferiría que mis amigos no supieran nada de eso. No sé si me entiende... solo trato de evitar habladurías.

Efectivamente, Natalia dedicó dos días a pensar sobre esa propuesta. El ambiente tórrido de la casa de huéspedes y el miedo a un posible contagio del tifus, enfermedad que se había llevado a una compañera, la obligó a replantearse sus opciones. Aunque no hubiera detectado piojos en su cabello, la sugestión le llevaba a rascarse a todas horas, al igual que a las demás, y las nuevas noticias que le dieron en la agencia de colocación no ayudaron a abrirle un panorama optimista si declinaba la oferta del señor Nordholme. Y lo cierto es que la posibilidad de viajar a Gran Canaria cada vez cobraba más peso. Si residía allí, podría dedicarse a buscar a su auténtico padre, que era su verdadero deseo. Se imaginó casada con el señor Nordholme y se vio a sí misma, si no feliz, sí agradecida en un matrimonio más unido por el cariño que por el amor, pero a estas alturas ya había abandonado las ideas románticas con las que un día soñó cuando aún llevaba el apellido Lindstrom. Finalmente, acabó decidiendo que, si él no encontraba objeciones por su falta de enamoramiento, no tenía por qué ponerlas ella. Y, sin embargo, había algo de su nueva situación que no terminaba de creerse. Demasiada buena suerte de golpe tras un pasado con tantas incertidumbres.

Cuando a finales de semana se presentó en los muelles del puerto acompañada de su prometido, la ilusión ante su futuro era mayor que la sensación de resignación que había acabado por aceptar. Contemplaba el horizonte a lo lejos sin comprender aún que en ese lugar brumoso se encontraba su futuro y, del mismo modo, aún no había tenido tiempo de hacerse a la idea de que su sueño de pisar tierra canaria se encontraba próximo.

Aturdida ante la inmensidad de agua salada y buques en constante balanceo, la sirena de un barco la devolvió a la realidad. En aquel momento descubrió que la señorita Snodgrass embarcaba con ellos, y se sorprendió de eso, pues había oído decir a la solterona que esperaría a finales de verano para partir hacia las islas. Por su parte, esta, que no sabía nada de este compromiso porque los últimos días había estado resfriada y no había alternado con el grupo, también se asombró al comprender lo que había ocurrido y miró a Natalia de arriba abajo antes de decir:

—Señorita Fairley, desde el primer momento he sabido que no iba a defraudarme.

Capítulo 5

Cuando terminó de subir la pasarela, Natalia descubrió que la mayoría de los viajeros eran ingleses. No todos parecían comerciantes o empresarios, como había supuesto en un principio, sino que la cubierta estaba repleta de jóvenes que partían en busca de un futuro en otro lugar, aunque sus posibilidades de trabajo se limitaran a servir en los negocios de otros ingleses. También había muchachas que, según supuso, sabían mecanografía y esperaban encontrar lejos lo que no les ofrecía su hogar. En el barco no solo había británicos, además viajaban al menos una familia alemana, unos señores holandeses y algún francés, y también habían embarcado muchos españoles que tenían negocios con los ingleses o jóvenes canarios que habían estudiado en Inglaterra. El matrimonio Perdomo también se hallaba allí, y cuando los oyó hablar entre sí en español, Natalia comprendió enseguida que, a pesar de su disciplina con el diccionario, no entendía ni una palabra. La pronunciación era muy distinta a la que ella esperaba. La señorita Snodgrass, que estaba a su lado, le comentó:

–No se preocupe, se acostumbrará. Si quiere, puede practicar conmigo, también estoy aprendiendo. Aún quedan muchos días para llegar a nuestro destino.

La señorita Snodgrass, nuevamente, no parecía deseosa de abandonar su compañía, y seguía empeñada en no dejarla casi nunca a solas con el señor Nordholme. Tenía unos ojos vivos e inteligentes, y daba la sensación de que había tenido una vida interesante. Ella, lejos de sentirse una solterona, alardeaba de su independencia. Heredera de una fortuna generosa, había residido en la India, Estados Unidos, Egipto y había viajado a Australia, a Sudáfrica y otras antiguas colonias británicas. Los últimos cinco años había vivido en Londres, sin embargo, un principio de artrosis la empujaba ahora a Gran Canaria. La salud era uno de los motivos por el que cierto tipo de turismo se había puesto de moda en las islas en las últimas décadas debido a su suave clima. La señorita Snodgrass se paseaba por cubierta con su guía de viajes de Alfred Samler Brown mientras fumaba cigarrillos Park Drive. Según le contó a Natalia, llevaba incubando la idea de visitar las Canarias desde que había visto, hacía más de veinte años, una exposición de acuarelas de Elizabeth Murray. Y también le confesó que ella tenía inclinaciones artísticas y dibujaba con carboncillo.

—Ahora lo tengo todo empaquetado. Pero una vez en la isla, le enseñaré algunas muestras. Espero dibujar mucho el tiempo que me quede allí.

—Pensaba que pretendía instalarse definitivamente.

—Esa es mi idea, pero ¿quién sabe? ¿Alguien conoce su futuro? —dijo al tiempo que la agarraba del brazo.

Al señor Nordholme no parecía molestarle la compañía de la señorita Snodgrass. Como ya era obvio que le gustaba hablar de sí mismo y, en este sentido, no poseía modestia alguna, se alegraba si la audiencia crecía ante la exposición de lo que él consideraba sus méritos. Se preciaba de codearse con los Miller, una familia británica instalada en Las Palmas desde principios del siglo XIX y que prácticamente manejaba la economía de la isla. Del mismo modo, presumía de su casa, de las piezas de colección que la amueblaban y de algunos jarrones chinos de prestigio milenario, ignorante de que ahora estaba de moda lo africano. Desde el primer momento en que Natalia aceptó su propuesta de matrimonio, se condujo hacia ella de un modo que no resultaba descortés, pero que implicaba una familiaridad que la relación no había inspirado. Así como la señorita Snodgrass en todo momento la trataba de señorita Fairley, su prometido se había tomado la licencia de llamarla Lou. Sin embargo, Natalia no se sentía molesta, porque notaba en su actitud un cariño más paternal que romántico.

Natalia pronto sintió que los remordimientos por adoptar el nombre de Louise Fairley iban aumentando y le acuciaba la necesidad de confesar al señor Nordholme que no se llamaba así. Aquella misma tarde escribió una cuartilla en la que le confesaba su verdadero nombre y el motivo por el que había mentido. Después la guardó en un bolsillo a la espera de la ocasión para entregársela.

Pero mientras cenaban en su segundo día a bordo, su exigencia de sinceridad se calmó y Natalia cambió de opinión. El señor Nordholme habló de ciertas personas que se hallaban en una mesa cercana y, refiriéndose en concreto a una de ellas, mencionó la palabra «bastardo». El desprecio que puso en su entonación fue contundente, y Natalia se estremeció al oír que añadía:

–Resulta obvio que las circunstancias de su nacimiento lo convierten en una persona nada recomendable.

–Es usted injusto, señor Nordholme –lo reprendió la señorita Snodgrass–, una persona no es culpable de los errores de sus padres.

–Tiene ideas muy modernas para su edad –la ofendió él, aunque tal vez sin pretenderlo.

–Y usted, unos prejuicios que no hacen justicia al verdadero carácter de un inocente de su origen –respondió la cincuentona sin inmutarse.

Natalia se sintió avergonzada por su condición de bastarda y por el comentario del señor Nordholme hacia la señorita Snodgrass y las ansias de confesar su secreto se calmaron.

–Los hijos heredan el carácter de sus padres. Eso es algo que una persona como usted debería saber –añadió el señor Nordholme, que a punto estuvo de volver a decir algo impropio.

La señorita Snodgrass no respondió para no comenzar una discusión que solo lograría prolongarse sin llegar a ningún acuerdo, pues ya había descubierto que el señor Nordholme era terco y no le gustaba ceder. Y tampoco él lograría cambiar las ideas de ella.

Tal vez fue el miedo a perder el respeto por parte de él, o la posibilidad de refugio que le había brindado, pero lo cierto es que, durante la travesía, Natalia fue conociendo mejor el carácter del señor Nordholme y, aunque continuó pensando que era un buen hombre, también era cierto que descubrió algunos fallos de carácter que no le gustaron y no llegó a realizar su confesión.

Ya sabía que era un poco presumido y que le gustaba airear que poseía una notable fortuna, pero desconocía la indolencia con que juzgaba a los demás. Había en sus expresiones cierto clasismo que le recordaban, más que a la señora Cunnigham, a la propia señora Lindstrom y, cuando las emitía, la señorita Snodgrass no reprimía una respuesta a la altura, aunque luego evitaba continuar la discusión. Por el contrario, el señor Nordholme era indulgente consigo mismo y empleaba distinto rasero cuando algo afectaba a su persona.

En cuanto se despertó al día siguiente, Natalia subió a cubierta para arrojar al mar la cuartilla en la que había escrito su confesión. Después de verla caer por la barandilla de estribor, descubrió que la señorita Snodgrass la estaba observando y se acercó a ella. La cincuentona se hallaba recostada en una tumbona leyendo su guía canaria, pero en cuanto la vio venir, le dedicó una sonrisa y cerró su libro.

–Me gustaría visitar la cueva de Gáldar. ¿Ha oído hablar de ella? –le preguntó a la joven.

–La he oído nombrar –dijo recordando lo que había leído–, pero lo cierto es que sé muy poco sobre la isla, aunque confío en subsanar mi ignorancia en cuanto lleguemos.

–Bueno, tal vez usted no lo haga inmediatamente, porque supongo que, al principio, los preparativos de la boda la mantendrán entretenida, querida.

Natalia no había pensado en eso. En su mente estaba la idea de investigar la identidad de su verdadero padre, y no había reparado en que los preparativos de la boda la mantendrían ocupada.

–¿Ya han fijado la fecha? –preguntó la señorita Snodgrass, sacándola así de su abstracción.

–No. Una de las hijas del señor Nordholme reside en Ciudad del Cabo y, antes de decidir un día, debemos saber cuándo les vendría bien a ella y a su marido asistir.

–Eso puede suponer varios meses. Imagino que usted no tiene prisa, aún es joven. –La miró de arriba abajo, tal como solía hacer cuando pensaba algo que no expresaba en voz alta–. No creo que haya cumplido los veinticinco.

–Se equivoca, los cumplí hace unos meses –dijo incómoda y también precipitadamente, pues, de haber reflexionado, habría recordado que la verdadera Louise Fairley tenía veintiocho años–. Me temo que usted no aprueba este matrimonio.

La señorita Snodgrass sonrió.

–No se apure por lo que digan los demás. El señor Nordholme tiene cincuenta y nueve años. Esa diferencia de edad antes era muy común. Y a usted no le importa, ¿verdad? –La señorita Snodgrass le ofreció automáticamente un cigarrillo, como hacía a menudo y, por primera vez, Natalia lo aceptó, aunque fue sin darse cuenta. Había notado cierta ironía en sus palabras, y eso la dejó desconcertada.

Después de dejar que su compañera le encendiera el pitillo y aspirar la primera calada, comenzó a toser y la señorita Snodgrass emitió una carcajada.

Natalia la regañó con la mirada mientras continuaba tosiendo y su compañera comentó:

–Es normal al principio. Ya se acostumbrará.

Cuando se sintió más recuperada, la joven le preguntó con voz carrasposa:

–¿Usted no tuvo oportunidad de casarse?

–¿Oportunidad? –Rio–. Las mujeres con mi dinero estamos sobradas de oportunidades. Incluso a mi edad, aunque no se lo crea. –A continuación hizo una pausa como si recordara algo, pero no lo contó–. Mi religión no me lo permite –bromeó–. Simpatizo con las sufragistas.

La experiencia de Natalia con las sufragistas no había sido agradable, porque su huelga fue el motivo de que ella no pudiera trabajar en la fábrica de betún, aunque ahora, visto con distancia, tal vez eso había sido una suerte.

–Me gustaría saber quién es realmente usted –añadió la señorita Snodgrass.

–¿Qué quiere decir? –preguntó la joven, asustada de pronto y temiendo que la hubiera descubierto.

–Me refiero a que me gustaría retratarla. Me gusta retratar a las personas, es como si penetrara en ellas y las conociera mejor. ¿Le importaría?

Aliviada, Natalia respondió:

–No sé si seré una buena modelo. Pero si usted quiere...

–Tengo un cuaderno de dibujo y carboncillos en mi camarote. Si su prometido me lo permite, empezaremos después del almuerzo.

Y así fue. Lo cierto es que durante la travesía, Natalia se relacionó mucho más con la señorita Snodgrass que con su futuro marido. En parte, por el motivo del retrato y, en parte, porque durante dos días tuvieron que atravesar un temporal y el señor Nordholme sufrió unos mareos que lo dejaron prostrado en la cama durante varias jornadas, tiempo en el que fue atendido por el doctor Perdomo.

Aunque era de talante hablador y social, el señor Nordholme se comportaba con cierta timidez ante Natalia cuando se encontraban a solas, como si en el fondo fuera consciente del privilegio que suponía para un hombre de su edad la compañía de una hermosa joven. Era como si pensara que, al acercarse más a ella, vulnerara alguna ley natural que se tornaría en su contra y la señorita Snodgrass contribuía a esa sensación con alguno de sus comentarios. Con ellos, también hacía dudar a Natalia. En otro tiempo jamás hubiera esperado involucrarse en un matrimonio sin amor, pero ahora, después de las penurias que había vivido y, sobre todo conociendo las pocas expectativas de futuro que tenía alguien como ella, sabía que debía sentirse agradecida.

Los vientos alisios que los empujaban desde las costas del sur de Portugal habían aumentado la velocidad del buque durante la última parte de la travesía y, al cabo de nueve días de haber zarpado, atracaron en Funchal. La escala duró varias horas, pero no permitieron bajar a tierra a los pasajeros cuyo destino no fuera Madeira. Un pequeño grupo de nuevos viajeros embarcó en aquella escala y ya empezaba a sentirse, entre la comunidad canaria, que pronto arribarían a su archipiélago. Cada día que pasaba, Natalia iba notando que sus ropas no eran apropiadas para aquella nueva temperatura. También, a aquellas alturas, ya se había acostumbrado a fumar los cigarrillos de la señorita Snodgrass.

El día en que estaba prevista su arribada, todos los canarios del barco salieron a cubierta para asomarse a la barandilla y mirar al horizonte.

–Sí que están ansiosos –comentó Natalia.

–No es solo el ansia por llegar, también buscan San Borondón –le explicó la señora Perdomo.

–¿San Borondón?

–La octava isla. Aparece y desaparece misteriosamente. Muchos niegan su existencia, sin embargo, está documentada desde la época griega. Debe su nombre a un irlandés, Brandán de Conflert, y en el Tratado de Alaçovas, cuando España y Portugal se repartieron el territorio atlántico, San Borondón quedó registrada dentro de las islas Canarias. Muchos dicen haberla visto, incluso los hay que afirman haber recalado en ella.

–Nunca había oído hablar de esa isla –comentó la señorita Snodgrass–. ¿Podremos visitarla?

–Muchas expediciones lo han intentado, pero, como le he dicho, desaparece misteriosamente del mismo modo en que aparece. Algunos escépticos dicen que es una ballena.

–Es posible. He oído que desde Gran Canaria pueden avistarse ballenas.

–Así es durante ciertos momentos del año. Pero dudo de que pueda pasearse sobre el lomo de una ballena pensando que se encuentra en una isla –ironizó.

–¿Quiere decir que es una isla fantasma? –preguntó Natalia.

De pronto, se montó un revuelo en torno a una parte de la baranda y muchas personas corrieron hacia allí. Un hombre gritaba que la estaba viendo y la expectación se mantuvo durante algunos minutos hasta que alguien rompió el hechizo y dijo que eso era la nube que cubría el Teide, en la isla de Tenerife.

Poco a poco los ánimos decayeron y nadie más divisó ningún espejismo de isla hasta que llegaron al Puerto de la Luz. La señorita Snodgrass logró acabar su retrato durante los últimos momentos de la travesía, pero no se lo enseñó a su amiga porque quería colorearlo antes de mostrarlo públicamente.

La primera en recibirlos fue la luz intermitente del faro de La Isleta. La señal luminosa llegó al alma de Natalia como una sonrisa capaz de infundir calor y una pequeña emoción se desató en su interior como si el recibimiento fuera dedicado solo a ella.

Se acercaron a tierra cuando estaba atardeciendo. No se veía el sol, el cielo estaba nublado y progresivamente comenzó a oscurecer. Aunque Natalia lo consideró extraño, vio más buques de bandera inglesa que de bandera española. La mayoría estaban fondeados, porque una parte del puerto aún estaba en construcción. Atracaron en el muelle de San Telmo y el ruido del ajetreo de tierra firme llegó hasta el barco. Las obras de ampliación del puerto se estaban llevando a cabo un poco más al norte, donde nacía el istmo de La Isleta, pasada la extensión de arena que, según le dijeron, era la playa de las Alcaravaneras. Ya no había estibadores a esas horas, y también las obras estaban detenidas, pero, incluso entre grúas y remolques ahora inactivos, se notaba que había bullicio. También abajo se oían voces y gritos de júbilo y pudo distinguir que alguien cantaba, como si otro corazón compartiera su entusiasmo. Y, tal vez, esa fue la primera impresión que Natalia se llevó de la isla, antes incluso que la luz: la alegría.

Capítulo 6

Sorprendida por la algarabía y comenzando a notar que su cuerpo se arrebataba con cierta vehemencia, los ojos de Natalia se dejaban llevar hacia todos los rincones del muelle. Cualquier cosa reclamaba su atención. Quería conocerlo todo y asumir cuánto había de propio en ella. Inconscientemente, también buscaba algún rostro que se asemejara al suyo y miraba entre las caras morenas por si se reconocía. Durante la travesía su piel se había bronceado, aunque no con un tono tan oscuro como el de los canarios, y sus mejillas tenían ese punto de viveza que el maquillaje busca imitar. El señor Nordholme y la señorita Snodgrass, al igual que la mayoría de británicos que habían viajado con ellos, tenían el rostro y los brazos peligrosamente rosados y, en algunos puntos, verdaderamente enrojecidos. Se notaba que la señorita Snodgrass había empezado a tener problemas en la piel, por mucho que se hidratara con ungüentos una y otra vez.

En cuanto descendieron, se encontraron con una de las hijas del señor Nordholme, que venía acompañada de su esposo. Aunque no se parecía en los rasgos, cuando sonreía tenía la expresión de su padre. Su cabello era castaño claro y, sus ojos, azules, pero si destacaba era más por su elegancia al vestir que por su belleza. La nariz, aunque aguileña, era demasiado pronunciada en un rostro huesudo. Padre e hija se abrazaron y Natalia empezó a temer la reacción de la joven cuando supiera a qué había venido ella.

–Cariño, debo presentarte a alguien muy especial. Ella es Louise, mi prometida. Sí, ya sé que es una sorpresa, pero estoy seguro de que te alegrarás por mí. Lou, ella es Rachel, mi hija menor, y este es Richard Bell, su esposo.

Efectivamente, el rostro de Rachel demostró su incredulidad ante la noticia. Su madre había muerto hacía cinco años y nunca había esperado que su padre volviera a casarse y, mucho menos, con una mujer tan joven. Pero la buena educación se impuso y, aunque sin poder disimular su perplejidad, tendió su mano a Natalia y le ofreció una tímida sonrisa. El señor Bell también se apresuró a saludarla y, enseguida, el señor Nordholme presentó a la señorita Snodgrass.

–¿Y Dan? –preguntó después–. ¿No ha querido venir?

–Partió anteayer a Tenerife por un asunto de trabajo, pero tiene previsto regresar mañana –respondió su hija.

–¿Se ha comprometido ya con la señorita Dormer?

–No, pero tengo intención de que lo haga en breve, al menos, con una de ellas.

–Bueno, no esperaba que lo hiciera con las dos –bromeó el señor Nordholme–. Pero ¿qué es eso de que tú tienes la intención? ¿No debería ser cosa de él?

–Espere al baile del Club náutico, padre. Confíe en mí, recuerde que si Rebecca está casada, es gracias a mi intervención.

La señorita Snodgrass los interrumpió en aquel momento para despedirse, pero el señor Nordholme se opuso a que se marchara sola.

–Si cabemos en el carruaje con todo el equipaje, la acompañaremos al hotel Santa Catalina. ¿Verdad, Richard?

Su yerno, que era quien había alquilado el coche, asintió amablemente y, al bajar la cabeza, dejó ver una coronilla incipiente.

—No es necesario que se molesten, seguro que hay más coches disponibles —insistió la señorita Snodgrass.

—Ni hablar. El hotel está muy cerca de aquí y nos viene de paso hacia nuestra residencia. Nos apretaremos un poco, porque veo que usted lleva varios baúles y tal vez tengamos que poner alguno en el interior.

Y así lo hicieron. Estaba anocheciendo y todavía no habían comenzado a encenderse las luces del alumbrado público, por lo que Natalia no pudo observar el paisaje con el detalle que habría deseado. Mientras abandonaban la orilla, se oyó el sonido distante de un tranvía y, a lo lejos, cuando alzó la mirada, no pudo ver por dónde pasaba, pero sí distinguió unos arenales sobre los cuales la luz natural se iba apagando. El señor Nordholme contaba la indisposición sufrida durante la travesía con un exceso de dramatización y su hija le recordaba que, a su edad, ya debía cuidarse. Hacía poco que habían abandonado el muelle y se habían introducido hacia la isla cuando el camino se convirtió en una zona ajardinada que pertenecía al hotel Santa Catalina.

—Ya le dije que el trayecto era corto —comentó el señor Nordholme a la señorita Snodgrass.

No sin antes prometer mantenerse en contacto, dejaron a la mujer a la entrada del hotel después de que el señor Bell la ayudara a descargar el equipaje. A continuación retomaron el camino y, casi de inmediato, llegaron a una casa de pared pintada de un color que parecía rojo vino, aunque la luz no permitía matizarlo, y grandes ventanales. Estaba rodeada de una verja y tenía un patio en la entrada, al que salieron dos criados para recibir a los recién llegados. Uno de ellos ayudó a entrar las maletas y la otra, que resultó ser el ama de llaves y tenía aspecto español, miró a Natalia sin disimular su desagrado.

La casa era grande. Si bien por fuera destacaba su estilo colonial, por dentro parecía una típica casa inglesa. El mobiliario británico estaba acompañado por cortinas de telas árabes y jarrones chinos, con ese eclecticismo que había caracterizado el estilo victoriano y que ahora daba una dudosa impresión sobre el gusto del señor Nordholme. Sin embargo, nadie podía negar lo lujoso de cada pieza por separado, y el dueño de la casa, tal como había hecho en el barco, aprovechaba ahora para presumir de cada una, saltando de una a otra como si todo lo que señalaba hubiera de entusiasmar a los demás.

Natalia observaba con detalle lo que a partir de ahora sería su residencia, pero de pronto sintió un estremecimiento cuando volvió a mirar a Rachel. La hija de su futuro marido tenía aproximadamente su edad y, aunque bien podía ser su hermana, iba a convertirse en su hijastra.

Se sentía extraña en aquella casa y con aquella gente y, sin embargo, como si una magia se hubiera introducido en su cuerpo, sentía que la tierra le pertenecía y que ella pertenecía a esa tierra. En esos momentos, nada era más cierto.

Cuando subieron al primer piso, le enseñaron su habitación y una criada joven la ayudó a deshacer su equipaje antes de la cena. Luego le hizo ver, delante del señor Nordholme, que sus vestidos no eran apropiados para aquel calor. Demasiada lana, a no ser que quisiera subir al Roque Nublo. El ama de llaves miró a Natalia con descaro, como si pensara que se estaba aprovechando de la ocasión cuando el señor Nordholme le propuso que, al día siguiente, visitara a una modista para renovar su vestuario y calzado y le pidió a su hija que la acompañara.

–Imposible. Mañana tengo la reunión del grupo de lectura en el Metropol. Supongo que a Louise no le importará que la acompañe una criada –objetó esta.

–Se lo propondré a la señorita Snodgrass. Si no tiene planes, estará encantada –respondió Natalia sin sentir ninguna contrición por ello. No es que pensara gastar mucho dinero en vestidos, sino que veía en esa posibilidad la ocasión de gozar de un espacio de libertad.

¿Dónde había quedado aquel malestar por usurpar una falsa identidad y engañar con ese disfraz a cada persona que iba apareciendo en su vida? De alguna manera que no entendía, tenía la sensación de que habría faltado igualmente a la verdad si hubiera dicho que se apellidaba Battle, puesto que ya no sentía que un linaje inglés la condicionara, sino que sentía que debía buscar su nombre real en aquella atmósfera cálida que la había recibido.

El yerno del señor Nordholme la trataba con mucha amabilidad y Rachel, que al principio había estado reticente a afianzar una relación con ella, se vio abocada a ser simpática. La hija del señor Nordholme demostró en su conversación estar muy interesada en quedar bien con sus relaciones en el club de tenis, del mismo modo que quedó patente su obsesión por otras cosas superficiales. Su marido, en cambio, se dedicó a explicar el estado de los negocios a su suegro, pero no por ello dejó de estar atento a las necesidades de la recién llegada.

Por lo que Natalia pudo entender, este se dedicaba a la exportación de plátanos, tomates y patatas y, últimamente, había cerrado un negocio importante. Durante la cena, el señor Nordholme también repitió, en reiteradas ocasiones, su queja sobre la distancia que lo separaba de sus nietas, las hijas de Rebecca. ¡Sudáfrica estaba tan lejos y su Rebecca solo lo visitaba, junto a su familia, durante la Navidad! Pero sobre todo hizo hincapié, una vez más, en que sus esperanzas estaban depositadas en la próxima boda de Daniel, el único hijo varón, que era ingeniero y trabajaba en las obras de ampliación del puerto, y del que esperaba que anunciara en breve su compromiso con la señorita Dormer y pronto le diera un heredero.

Después de que Rachel y su esposo se marcharan, el cansancio hizo que los recién llegados se retiraran pronto a sus habitaciones. Aquella noche, Natalia durmió incluso feliz. Acunada por la idea de que se hallaba por fin en la tierra de su padre, sentía cierto bienestar a pesar de saberse una extraña en aquella familia. Antes de acostarse se asomó a la ventana para ver las estrellas, pero no pudo distinguir ningún destello porque seguía nublado. Aunque no había humedad en el ambiente, la brisa marina llegaba hasta ella y semejaba una grata caricia de salitre y aroma de libertad.

Al día siguiente, el señor Nordholme escribió una nota y se la entregó junto a su tarjeta de visita.

—Así te fiarán en todos los comercios británicos. No escatimes en nada de lo que consideres necesario o, simplemente, de lo que te encapriches. Brito os acompañará con la tartana.

—¿No podemos ir paseando?

—En otra ocasión, querida. El tranvía que se coge al principio del puerto tiene un aparadero aquí cerca. Podréis bajar en la calle Triana, que es la más comercial de la ciudad, aunque llega hasta la calle Mendizábal. Pero hoy, por si regresáis cargadas, es mejor que vayáis en la tartana. Brito os esperará donde le indiquéis.

Natalia no tuvo más remedio que aceptar la compañía del criado. Hubiera deseado ir sola, ya que esperaba que la señorita Snodgrass se sintiera cansada después del viaje y decidiera quedarse en el hotel. Aparte de visitar un par de tiendas y no detenerse mucho en ellas, lo que en realidad deseaba era acudir al Queen Victoria Hospital para saber si alguna enfermera se acordaba de su madre, pero a la vista estaba que tendría que posponer esa excursión. Además, resultó que la señorita Snodgrass aceptó gustosa acompañarla en sus compras.

—Yo ya sospechaba que no tenía ropas adecuadas —le dijo—, pero no quería comentarle nada para no ofenderla. La primera vez que me trasladé a Egipto me ocurrió lo mismo. Y eso que yo tenía previsto mi viaje. En cambio usted, con la precipitación de su compromiso…

La señorita Snodgrass estaba de muy buen humor, apenas notaba los síntomas de su artrosis, y eso se apreciaba en que no dejaba de charlar. Comentaba cada detalle que observaba del paisaje.

La ciudad de Las Palmas original, la fundada por españoles, se encontraba a unas cuatro millas al sur del puerto y, entre ambos lugares, se hallaban el muelle de San Telmo, los principales hoteles y la zona en la que los ingleses habían construido sus residencias de estilo colonial que incluía un pequeño jardín. Desde el puerto hasta Vegueta, paralelo a la costa porque los arenales impedían internarse más, transitaba el tranvía. Desde la tartana, las dos mujeres observaban la vitalidad de una tierra con buen clima y una gente agradecida. A un lado quedaba el mar y, al otro, las calles comerciales, en las que también había negocios ingleses. Tras ellas, la clase obrera estaba asentada en unos riscos que asomaban sobre la calle Triana, por la que ahora se adentraba el tranvía y, entre unos y otros lugares, se veían dispersas muchas plantaciones de plataneras.

—Afortunadamente, los ingleses no hemos importado la luz británica. A pesar de estar nublado, la luz de aquí es distinta —comentó Natalia.

—Es muy blanca.

—Sí, todo parece mágico, como si una habitara un sueño.

—Tiene una mente muy romántica, Lou. Es extraño.

—¿Qué le parece extraño, señorita Snodgrass?

–Por favor, le repito que me llame Flora.

–De acuerdo, Flora.

–¿Qué me parece extraño? Que un alma romántica desee casarse con un hombre mucho mayor sin apenas conocerlo. Aún no he decidido si es usted tremendamente romántica y se ha tratado de un flechazo o si está huyendo de alguien. ¿Fue testigo de algún asesinato en Londres y teme que quieran eliminarla?

–Se nota que es una gran aficionada a la lectura, Flora –respondió al tiempo que le guiñaba un ojo–. El señor Nordholme ha sido un hombre muy amable conmigo y creo que no todas las mujeres tienen tan buena opinión de su futuro marido como la tengo yo de él.

–Así hablaría una mujer prudente, pero yo noto en sus ojos un carácter apasionado. Recuerde que la he retratado y, por tanto, sé quién es la mujer que se esconde bajo el nombre de Louise Fairley.

Natalia sintió que se violentaba al oír eso, incluso se ruborizó, pero enseguida se alivió al saber que la señorita Snodgrass se refería a su personalidad.

–Imagino que su vida no ha sido fácil –añadió con cierto aire indulgente la mayor de las dos mujeres.

–No me compadezca, señorita Snodgrass. He elegido mi futuro y le aseguro que me siento afortunada.

–Como las islas.

–Sí, como las islas.

–De todas formas, le diré que me alegro de que tengan que esperar a casarse a que llegue la hija del señor Nordholme de Sudáfrica. Eso le da un margen para pensárselo.

–Estoy convencida de lo que hago, señorita Snodgrass, aunque usted parece predispuesta a pensar lo contrario.

–Tal vez, si usted tuviera una herencia como la mía, también pensaría de otro modo.

Natalia no contestó. Recordó que el señor Nordholme le había pedido que no contara a nadie que había tenido que trabajar, pero tampoco se sintió con ánimos de desmentir la suposición de su compañera.

–Es una lástima que la mujer no posea los mismos derechos que el hombre –añadió la mayor de las dos mujeres.

–Me da la impresión de que usted ha sido una mujer muy rebelde.

–¿Lo duda?

–No me atrevería. –Le sonrió Natalia, que en parte envidiaba esa determinación de carácter.

–Tampoco creo que usted tenga una mente tradicional. Aunque lo niegue, yo sé que es una persona romántica. Estoy segura de que cambiaría todos los vestidos que hoy se comprará por un amor apasionado.

–No he conocido el amor apasionado del que habla, por tanto, no puedo resolver sus dudas. Pero sí le aseguro que el señor Nordholme es un hombre que me inspira un gran cariño.

–Y que busca una hija que no se vaya de casa.

–Me temo, querida Flora, que no logrará enojarme. Esta isla me despierta un buen humor que desconocía. ¿No respira aquí un aire más puro?

–Permítame, al menos, que dude de que no haya sido capaz de encontrar otro hombre más joven y dispuesto a casarse con usted. Su belleza es poco frecuente en Inglaterra. En cuanto al aire puro que menciona, es como si mi artrosis hubiera desaparecido. ¡Bendito clima!

–Le agradecería que dejara sus consejos para el tipo de tela de mis vestidos. Además, necesito una mente cabal para no gastar demasiado. Me gustaría corresponder a la generosidad de mi futuro marido.

–El futuro, como le dije en cierta ocasión, es algo que nadie conoce.

Afortunadamente, la señorita Snodgrass no insistió en el tema, pero tampoco se convirtió en la mente cabal que le había pedido su amiga. Sus consejos la obligaron a gastar más de lo que era su primera intención, pues Natalia no había contado con la ropa interior ni pensaba adquirir ningún vestido de fiesta, pero finalmente acabó comprando dos.

–Los españoles son muy festivos. Aprovechan cualquier oportunidad para cantar y bailar –le había indicado la señorita Snodgrass–. Y, en el poco tiempo que he podido conocer al señor Nordholme, he detectado que no es enemigo de derrochar.

Además de la adquisición de la ropa, Natalia también utilizó la ocasión para agenciarse un par de cajetillas de cigarrillos de la misma marca que su acompañante.

–Sumado esto a la cantidad de eventos que contó Rachel que se celebran en el Metropol, en el British Cricket y en otros lugares, lo que no debería es haber comprado ropa de diario –se lamentaba Natalia cuando Brito subía todas las cajas a la tartana.

–No creo que el señor Nordholme la lleve a sitios de canarios. ¿Le apetece tomar un té o un café tal como lo hacen los españoles? He cambiado moneda y aún es pronto. No lo suficiente como para dar un paseo por la parte histórica, pero sí para descansar antes de regresar al hotel. Brito puede llevar todo esto a casa del señor Nordholme y, así, nosotras podemos volver después en el tranvía.

A Natalia le agradó la idea e indicó al conductor que llevara las cajas al señor Nordholme y le dijera que se demoraría un poco más, aunque le garantizó que ya estaría allí a la hora del almuerzo.

Encontraron mesa en una terraza de la plaza de Cairasco, frente a la sede del Gabinete literario y, mientras que la señorita Snodgrass pidió un té, Natalia optó por un café bien negro, que no pudo decir si le gustó o no. Más que hablar, estuvieron pendientes de todo lo que ocurría a su alrededor mientras fumaban. Se distinguían de inmediato los ingleses de los españoles, no solo por el color de su piel y su expresión, también por sus ropas. De blanco, las mujeres inglesas y, de caqui, los hombres; mientras que los canarios llevaban mayoritariamente ropas desgastadas de campesino o trajes oscuros ya anticuados. Las mujeres locales cubrían sus cabezas con pañuelos, aunque también las había con vestidos algo más distinguidos, aunque más aparatosos que los que usaban las británicas. Pero, sobre todo, se reconocían por el tono de voz que empleaban al hablar. Los británicos mantenían el temple y hablaban bajo, mientras que los españoles eran más impulsivos y menos formales en su modo de comportarse. Había chiquillos corriendo sin madre ni niñera, muchachas que no disimulaban su interés por algún caballero y hombres que no escatimaban en piropear a esas jóvenes. Aquello parecía una estampa pintoresca que había tomado vida. Era como si aquel lugar fuera el elegido por la sociedad para ver y dejarse ver, pero al que se incorporaban sin desentonar momentos de la cotidianidad.

A la hora de pagar, les sorprendió que el camarero prefiriera cobrar en moneda inglesa y la señorita Snodgrass guardó su calderilla española y sacó unos peniques.

–Mañana cruzaremos uno de los puentes de Guiniguada y visitaremos la zona más típica; ahora conviene regresar. Temo que me dé una insolación, a pesar de tanta nube. No comprendo cómo puede estar usted tan fresca.

Al coger el tranvía, les sorprendió que un muchacho fuera caminando por las vías justo delante de la máquina y avisando a la gente de la llegada de la locomotora, lo que ralentizaba el viaje. La señorita Snodgrass preguntó a un caballero inglés el motivo de esa rareza y por respuesta obtuvo que se trataba de una medida adoptada el año anterior con el fin de evitar accidentes, pues los había habido con frecuencia.

Se apearon en el siguiente aparadero tal como les habían indicado, el que las dejaba en la zona del muelle de San Telmo. Al descender del tranvía, la señorita Snodgrass tropezó y, sin llegar a caerse del todo, apoyó mal un pie y notó un dolor intenso en el tobillo. El resto del camino lo hubo de hacer cojeando y agarrada al brazo de Natalia.

Se encontraban ya cerca del hotel Santa Catalina cuando la señorita Snodgrass se resintió y, tras pararse, comentó.

–Necesito descansar. ¿Le importa que nos detengamos cinco minutos?

Y entonces fue cuando él la vio.

Capítulo 7

Dan había desembarcado de madrugada en el Puerto de las Nieves, al noroeste de la isla, y hacía un rato que la diligencia le había dejado en la zona portuaria de la capital. Solo llevaba consigo una pequeña maleta con ropa interior y una muda, pues su escapada había sido breve. Había viajado a Tenerife con la intención de discutir con otro ingeniero un asunto sobre los paramentos verticales, que era la técnica que se empleó para la primera ampliación del Puerto de la Luz, y ahora regresaba a casa con prisas, pues era consciente de que el día anterior su padre había llegado de Southampton.

Con ganas de llegar, caminaba a buen paso, pero cuando vio a dos mujeres que parecían pasar ciertos apuros, se acercó a brindar su ayuda. Una de ellas estaba apoyada sobre unas piedras y la otra, la más joven, se había agachado para masajearle un tobillo. Por sus vestimentas, no había duda de que eran inglesas.

—Buenos días, ¿necesitan ayuda? —se ofreció cuando se encontró cerca de ellas.

En ese momento, Natalia se levantó ante la sorpresa de la injerencia y sus ojos le contemplaron directamente. Dan sintió un pequeño estremecimiento que con templanza disimuló. Notó luz en aquella mirada. Una luz que no poseían los ojos de otras inglesas, como si los de esa joven tuvieran brillo propio. Rafael Romero comparaba la mirada de las británicas con una tarde de niebla londinense, sin embargo, estos ojos que ahora lo contemplaban le recordaron la luz de un amanecer canario. Por un momento pensó que era española, hasta que ella habló:

—Mi amiga se ha torcido un tobillo.

La señorita Snodgrass, que no deseaba que un desconocido se agachara a toquetear su pierna, enseguida replicó:

—Ya me encuentro mejor. Gracias, Lou. Creo que, haciendo un esfuerzo, podré llegar hasta el hotel.

—Haga el favor de apoyarse en mí —respondió Dan, al tiempo que no podía apartar la mirada de la más joven. Estaba encandilado. La belleza española acompañada del rubor inglés. Distinción, gracia, gentileza y una voz suave, pero no mustia, en las pocas palabras que había pronunciado. Un cabello azabache, salvaje, pero domeñado por la elegancia. Y unos ojos profundos y enormes que agradecían chispeantes su ayuda.

La señorita Snodgrass no logró evitar que el desconocido le agarrase su brazo y la ayudase a caminar. Como era alto, procuró agacharse un poco para colocarse a la altura de la mujer. Natalia le dedicó una sonrisa que él agradeció.

—Gracias, es usted muy amable —le dijo.

Él también sonrió.

—¿En qué hotel se hospedan?

—En el Santa Catalina —respondió la señorita Snodgrass—. Como ve, estamos cerca. No sé si es necesario que...

—Sí, estamos muy cerca. Estos son sus jardines. Sea buena y déjese ayudar —insistió él. Luego recogió la pequeña maleta que había depositado en el suelo y, al hacerlo, por un momento sus dedos rozaron con los de Natalia, que también se había inclinado para agarrarla. Un magnetismo extraño atravesó sus cuerpos y ambos soltaron la maleta. Se miraron un instante, pero ella enseguida bajó los ojos y dijo:

—No pesa. Será mejor que la lleve yo y así usted puede manejar mejor a la señorita Snodgrass.

—No puedo permitirlo. Tiene las mejillas enrojecidas, seguro que ya está cansada.

Era cierto. El color rosado aumentaba la belleza en Natalia y su rostro era una expresión de vitalidad y de primavera. Y, ante su presencia, él se sentía así por dentro.

—Hemos venido en el tranvía. No me siento cansada –negó ella, aunque no pudo evitar que él cogiera la maleta.

—¡Maldito tranvía y malditos escalones! –exclamó la señorita Snodgrass.

—¡Flora! ¡No perjure! –se quejó Natalia avergonzada mientras comenzaban a caminar.

—Uno de los privilegios de mi edad y de mi fortuna es que puedo perjurar cuando se me venga en gana.

Lejos de suavizar el sonrojo de Natalia, con estas palabras lo aumentó.

—Ahora no nos oye nadie –procuró calmarla Dan al tiempo que le guiñaba un ojo a la señorita Snodgrass.

Natalia lo contemplaba con disimulo, impresionada por unos ojos azules que destacaban bajo un cabello oscuro, aunque no negro. Llevaba patillas bien recortadas y sin exagerar y el cabello corto, pero no demasiado. Un flequillo ladeado se balanceaba sobre su mirada de un modo que producía el deseo de pasar su mano por él y dejárselo quieto. O eso, al menos, era lo que le inspiraba a Natalia. Cuando fue consciente de ello, sintió vergüenza de sus propios pensamientos.

—Por cierto, ¿en esta isla no sale nunca el sol? ¿Tanto mienten las guías de viajes? –preguntó la señorita Snodgrass, a quien el dolor y la falta de autosuficiencia habían puesto de mal humor.

–Solo está nublado en el norte y dura todo el verano. Los de aquí llaman a este fenómeno panza de burro. Pero espere a que llegue septiembre. En unos días tendremos sol para cansarnos hasta finales del próximo junio –respondió Dan.

–¿Quiere decir que hasta septiembre no podré tomar unos baños de mar?

–Este año dicen que se despejará en breve. Pero creo que hace el calor suficiente como para que pueda tomar esos baños. Los canarios suelen ir a la playa de las Alcaravaneras y los británicos prefieren Las Canteras, en la Bahía del Confital. Pero, si quiere sol, le aconsejo que vaya un día de excursión al sur. En las dunas de Maspalomas, echará usted de menos un poquito de sombra.

–No, no, tampoco quiero coger una insolación. Primero debo acostumbrarme.

–¿Los canarios van a una playa y los ingleses a otra? –preguntó Natalia sorprendida.

–¿Le extraña? ¿No conoce el carácter británico? Vayan adonde vayan, a los nuestros no les gusta mezclarse con los *indígenas*.

–¿Considera usted indígenas a los canarios?

Dan notó que ella se ofendía y se alegró de que así fuera. Por supuesto, no había expresado su propio pensamiento y, por primera vez, encontraba a una mujer inglesa que no alardeaba de superioridad ante los españoles. No daba crédito a que existiera alguien que correspondiera a su ideal.

–Si por indígenas entiende usted salvajes, no, en absoluto –respondió–. Si, por el contrario, nota que quiero decir autóctonos, es una palabra que me gusta usar cuando hablo con cierta persona.

Natalia lo miró interrogante.

—Me refiero a un joven canario que escribe poemas y se burla de nosotros, los ingleses.

—¿Un joven canario se burla de los ingleses? —Se indignó la señorita Snodgrass—. Por lo que tengo entendido, hemos traído más civilización a las islas nosotros que los propios españoles.

—Se trata de un joven peculiar. Ya le he dicho que es poeta. —Se rio Dan.

Los dos jóvenes caminaban despacio, no tanto por deferencia a la señorita Snodgrass como por el deseo de prolongar ese encuentro casual.

—¿Le gusta a usted la poesía? —inquirió Natalia.

—Me gusta la buena poesía, y la de Rafael lo es. ¿Cuáles son sus gustos literarios?

En este punto, la señorita Snodgrass entendió que entre los dos jóvenes había interés por conversar entre ellos y dejarla al margen y dedicó una escrutadora mirada a su amiga. Notó que Natalia estaba nerviosa y que jugaba continuamente con una mano a colocarse los mechones de cabello que se le habían escapado del recogido. Estaba sonrosada, pero no pudo descartar que se debiera al ejercicio físico.

—Últimamente he leído comedias de Wilde —respondió recordando las lecturas que la señora Cunnigham le pedía.

Dan se entusiasmó al descubrir que mencionaba a uno de sus autores favoritos. Cada vez más hechizado, se apresuró a preguntar:

—¿Ha visto alguna en el teatro?

—No he tenido ocasión.

—¿Han estado ya en el Tirso de Molina? —Y como vio que no entendían a qué se refería, añadió—: El teatro de Las Palmas, cerca del barranco de Guiniguada.

—Creo que esta mañana hemos estado por esa zona —le comentó la señorita Snodgrass a Natalia—. No, no hemos ido, y ya puede soltarme, no quiero que me vean entrar en el hotel como si fuera una impedida –añadió dirigiéndose al caballero.

–Ya la ayudaré yo. ¿Quiere agarrarme del brazo? –le pidió Natalia a su amiga.

–No. Si me hace el favor, suba a mi habitación y tráigame el bastón. Está al lado de mi mesita de noche. Quiero entrar por mi propio pie. No soporto que me vean arrastrándome.

–Es usted una exagerada, Flora. Pero voy a hacerle caso porque me temo que si no, su humor no cambiará en todo lo que queda de día.

–Yo esperaré con usted –añadió Dan, que no quería marcharse.

Antes de irse, Natalia le dedicó una sonrisa de agradecimiento.

Mientras él y la señorita Snodgrass esperaban ante la puerta principal, salieron dos hombres que, en cuanto vieron a Dan, lo saludaron enérgicamente:

–¡Dan Nordholme! ¿Ya ha regresado de Tenerife?

–Hoy mismo. Ahora me dirigía a casa.

La señorita Snodgrass frunció el ceño en cuanto descubrió quién era su acompañante. Supo enseguida que, si sus intuiciones sobre la atracción que había surgido entre los jóvenes eran ciertas, se avecinaban problemas.

–Supongo que aún no ha visto a su padre. Su regreso ha sido una sorpresa.

–¿A qué se refiere? Su regreso estaba previsto.

–Yo de usted no me demoraría ni un minuto en volver a su casa. Ni se imagina lo mucho que se va a impresionar.

–¿Debo preocuparme? –preguntó Dan inquieto.

–¡Ya lo creo! ¡Lo que ha traído su padre de Inglaterra es motivo de preocupación para cualquier hombre cabal!

La señorita Snodgrass, que estaba escuchando toda

la conversación e indignándose cada vez más por las formas de hablar de ese hombre, se dirigió a Dan y le dijo:

–Váyase. No se preocupe por mí. Lou vendrá enseguida.

–No me gustaría… –Dudó, pero como la preocupación había hecho mella en él porque se había empezado a imaginar que su padre había traído alguna extraña enfermedad, añadió–: Haga el favor de despedirme de su amiga. Les prometo que vendré a invitarlas al teatro. Ahora… ahora… parece que es una urgencia.

–Lo entiendo, joven.

–Por cierto, me llamo Dan Nordholme –añadió mientras ya empezaba a irse y, aunque no lo dijo, se lamentó por no volver a ver a la joven que tanto lo había impresionado. Sin embargo, ahora sabía que volvería a buscarla, porque había encontrado a la mujer con la que había soñado.

El otro caballero, el que había indignado a la señorita Snodgrass con sus insinuaciones jocosas sobre su amiga, también se fue, y lo hizo sin disimular una sonrisa sardónica.

Cuando a los dos minutos regresó Natalia, la señorita Snodgrass notó la decepción en su rostro al descubrir que su acompañante había desaparecido.

–Ha sido una urgencia –comentó sin dar más explicaciones–. Gracias por el bastón.

–¿No ha dicho su nombre? –preguntó ansiosa Natalia.

–Creo que sí lo ha dicho, pero no lo he escuchado bien –mintió.

–¡Oh!

–Parece usted decepcionada.

–¿Por qué debería estarlo? –procuró disimular.

–Bueno, ya sabe que soy muy imaginativa. Pensé que ese caballero había sido de su agrado.

–Ha sido muy amable. Solo quería darle las gracias –intentó justificarse.

–Ya se las he dado yo.

–¿Y tan urgente era la urgencia? –insistió, como si se resistiera a admitir que él se había ido.

–Así me ha parecido.

–Bueno, si usted ya le ha dado las gracias, supongo que no tendremos más trato con él. –Acabó aceptando resignada.

–Usted siempre especula sobre el futuro, y ya sabe que mi experiencia no me aconseja sobre ello.

–Tiene razón. Tal vez sí volvamos a verlo. Me ha dado la impresión de que era médico. Los médicos suelen ir de un sitio a otro.

–¿Médico? ¿A qué viene eso? Si fuera médico, me habría examinado el tobillo.

–Es cierto –respondió desilusionada.

–Debería volver a casa, Lou, el señor Nordholme la estará esperando.

–Sí –comentó sin moverse y todavía mirando a su alrededor por si veía al hombre que las había ayudado.

–Y recuerde: aunque no las tengamos previstas, las cosas siempre suceden por algo.

–¿A qué se refiere?

–A lo incierto, querida, a lo incierto.

Capítulo 8

Cuando Natalia llegó a casa de los Nordholme, el ama de llaves, sin demasiadas simpatías, le dijo que el señor estaba reunido en el salón con su hijo, que ya había regresado de su viaje, y que almorzarían en un cuarto de hora. La joven se apresuró a subir a su habitación y a aprovechar esos minutos para asearse y ponerse uno de los vestidos que habían llegado con el cochero. Escogió uno de lino que le pareció apropiado y, a continuación, se soltó el recogido y cepilló el cabello. A falta de tiempo para peinárselo de nuevo, optó por dejárselo suelto.

Bajó al recibidor y oyó que llamaban a la puerta. María del Pino, la joven criada, se disponía a abrir y Natalia se dirigió al comedor, pues reconoció en esa dirección la voz del señor Nordholme. Se asomó y vio que su prometido estaba de pie, conversando con un hombre más joven que se hallaba de espaldas y, en cuanto el primero la vio entrar, comentó:

—Hablando de ella, aquí está. Dan, te presento a Louise Fairley, mi prometida. Querida, este es mi hijo Daniel.

El hombre más joven se giró y ya empezaba a dibujarse media sonrisa de acogida en su boca cuando de pronto se le borró. La impresión de la imagen que vio se reflejó en sus ojos y, si bien Natalia también estaba desconcertada, en él fue más obvia la estupefacción.

–¿Es una broma? –preguntó mientras se giraba nuevamente hacia su padre.

–¿Una broma? ¡Es un regalo, Dan, un regalo! ¡Dios ha querido que esta mujer apareciera en mi vida! Lou, querida, espero que hayas sido generosa contigo misma durante tus compras.

Dan la contempló con una mirada severa y censora que no recordaba en nada a cómo la había observado hacía solo un rato. Su padre no fue consciente de sus emociones ni tampoco de las de Natalia, quien bajó la cabeza huyendo de la vergüenza de la que estaba siendo presa. De pronto sentía como si hubiera sido descubierta cometiendo una grave falta.

El momento de apuro no se rompió cuando entraron en el comedor Rachel y Amanda, charlando animosamente, y tras ellas iba Phillipa, callada y centrando su atención en un punto del techo. En cuanto la hija del señor Nordholme vio a su hermano, se acercó a darle un beso.

–Veo que ya conoces a Louise. Sería una vergüenza que papá se casara antes que tú –le comentó al tiempo que miraba de reojo a su amiga Phillipa.

Las Dormer también saludaron a Dan, pero enseguida dirigieron sus atenciones hacia el señor Nordholme, que era quien había estado ausente durante más tiempo. Sin embargo, aunque hicieron los cumplimientos pertinentes a los familiares de su amiga, en ningún momento dejaron de contemplar a Natalia con notable curiosidad hasta que Rachel se decidió a hacer las presentaciones oportunas.

Natalia también las observó. Las dos hermanas tenían el cabello rubio, aunque el de Amanda, que parecía esmerarse en sus cuidados, brillaba más. Ninguna de las dos era muy alta, pero si no se colocaban al lado de Rachel, nadie habría dicho que fueran bajas. También había más entusiasmo en los ojos castaños de Amanda que en los verdes de Phillipa, y se notaba que la primera era presumida, mientras que en la segunda dominaba una timidez que le impedía llamar la atención.

Continuaban de pie y varios de los presentes hablaban a la vez, excepto Phillipa. La insistencia de las miradas y una confusión de sus propios sentimientos comenzaron a sugestionar a Natalia y a crear una presión que iba en aumento. Le parecía que algo en ella confesaba a gritos que estaban ante una aprovechada. Deseaba no encontrarse allí en esos momentos y no se atrevía a dirigir la mirada al hijo del señor Nordholme. De repente sintió que le faltaba el aire, que el corpiño le apretaba demasiado y fue presa de un pequeño vahído que la desestabilizó. Tuvo tiempo de agarrarse a una silla, respirar hondo y recuperarse lo suficiente como para alegar una excusa y abandonar el comedor.

No escuchó lo que le decían, aunque notó que seguían hablando. Subió a su habitación y abrió la ventana de par en par con cierta violencia. Su cuerpo le exigía aire. Quedó unos minutos apoyada en el alféizar y miró al horizonte. Los ojos volaron más allá, como si el alma saliera del cuerpo, y se sintió liberada. Pero fue una sensación momentánea, porque enseguida regresó la inquietud. Llamaron a la puerta y oyó la voz de Rachel que preguntaba si podía entrar. Natalia cerró los ojos y supo que tenía que afrontar la situación, su nueva situación, en la que ya había comprendido que sería mal recibida por el hijo del señor Nordholme. Porque esa mirada de censura que le había dedicado iba a reproducirse día tras día a partir de ahora. Sabía que debía calmarse y volver a enfrentarse al grupo. Al fin y al cabo, ella no había hecho nada malo. El señor Nordholme sabía que no se había prometido enamorada, así que, a pesar de los reproches que pudiera dirigirle Dan Nordholme, o tal vez los que nacieran en su propio interior, debía aprender a tener la cabeza alta.

–Está abierto –contestó.

Rachel entró con rostro preocupado y se acercó rápidamente a ella.

–Está usted pálida.

–Ya estoy mejor. Creo que el corpiño me apretaba, pero ya me estoy recuperando.

–Nos ha dejado a todos asustados. Debería saber que aquí ninguna mujer lleva corpiño. Hace demasiado calor y, con estas nubes, la presión no lo aconseja –comentó como si se lo recriminara.

–No pretendía crear ninguna alarma –se excusó Natalia, y a continuación trató de sonreír–. Gracias por interesarse.

Después de permitir que Rachel la ayudara a quitarse el corpiño, procuró mostrar seguridad al regresar al comedor, aunque no la sentía. El señor Nordholme y las Dormer se interesaron por su estado y ella trató de tranquilizarlos. Dan la miraba con cierto aire de reprobación. Tal como había sospechado, en estos momentos la amabilidad que había apreciado en él media hora antes había desaparecido de su rostro y había dejado en su lugar una mirada excesivamente seria y una expresión de implacable rudeza. Ninguno de los dos había mencionado que ya se conocían; de hecho, ninguno de los dos apenas decía palabra. Amanda le reprochó el silencio a Dan. Él se limitó a decir que estaba cansado después de su viaje y, desde ese instante, no se lo oyó más, hasta que a los cinco minutos se disculpó, alegando cosas pendientes que resolver, se levantó de la mesa y abandonó el comedor.

Natalia sintió cierto alivio, pero su malestar no se calmó.

–Ni por un instante olvida sus responsabilidades – comentó el señor Nordholme–. Me gustaría que supiera disfrutar un poco más, que no todo fuera trabajo. Es demasiado serio para ser hijo mío.

Rachel y la mayor de las Dormer estuvieron de acuerdo. Phillipa, en cambio, no dijo nada, y Natalia se sintió aún más culpable, aunque no sabía de qué.

Luego el señor Nordholme comenzó a hablarles de los bailes y las excursiones en Southampton, y Amanda fingió mostrarse muy interesada por todo lo que contaba, pero en realidad estaba pendiente de Natalia, quien procuraba no demostrar el nerviosismo que aún la embargaba. Por su parte, ella se fijó en Phillipa, de la que había oído que estaba a punto de prometerse con Dan. Si de Amanda se podía decir que era una joven hermosa y elegante, la opinión general sobre su hermana distaba mucho. Phillipa no era fea, pero el retraimiento de sus modos, su poca feminidad y el exceso de timidez borraban de ella cualquier atractivo. Parecía una joven enfermiza, mientras su hermana estaba llena de vitalidad.

Natalia se preguntaba si había esperado atenciones por parte del hijo de Nordholme y si estaba ofendida por su repentino abandono de la reunión, pero ella mostraba una expresión ambigua y no distinguió si reflejaba decepción o simplemente aburrimiento. A los pocos minutos de conocerla, comprendió que Phillipa Dormer no participaba del entusiasmo de su hermana por la vida social de Southampton ni por la moda que ahora se llevaba en Inglaterra. No distinguió si permanecía ajena a la conversación o si simplemente la escuchaba sin mayor interés. Y no pudo dedicar más tiempo a reflexionar sobre el carácter de esa joven, porque enseguida la conversación se volvió hacia ella.

–Señorita Fairley, le aseguro que no echará de menos Londres, aquí también tenemos mucha vida social –le comentó Amanda–. ¿Practica usted algún deporte?

–Me gusta pasear.

—Debería practicar el tenis. Yo siempre digo que una mujer se ve muy elegante con una raqueta en la mano.

—Además, en el hotel Metropol, donde están las pistas del club de tenis, hay muchos eventos —añadió Rachel—. Yo no podría vivir sin ser socia del club. No hay británico residente que no pase alguna vez por allí. Pero, si lo prefiere, también tenemos un campo de golf.

—¿Y no alternan con la sociedad canaria? —preguntó Natalia al recordar que su padre podría encontrarse en cualquier lado.

—¡Los españoles son tan ruidosos...! Hablan a gritos, cantan, no miden sus expresiones, carecen de modales... —se quejó Amanda—. Y las mujeres canarias son muy descaradas, se insinúan a los hombres sin ningún pudor.

—Eso, algunas jóvenes. Otras mujeres parecen no tener carácter y viven llenas de supersticiones y apatías por igual. Pero no podemos evitar relacionarnos con ellos —explicó Rachel—. Los que tienen dinero y profesiones más prestigiosas también frecuentan los clubes ingleses, pero al menos tienen cierta cultura. Incluso añadiría que la marquesa de Arucas es agradable.

—Pero son igual de ruidosos y su refinamiento deja mucho que desear —añadió Amanda y, luego, dirigiéndose al señor Nordholme, dijo en tono de burla—: Si quiere conocer a los autóctonos, le aconsejo que la lleve a una verbena. O mejor, a una romería.

—¿Te gustaría, querida?

Natalia, ante la oportunidad de relacionarse con canarios, respondió enseguida:

—¡Me encantaría! ¿Y podría invitar a la señorita Snodgrass si ya se hubiera recuperado de su tobillo?

—Por supuesto, Lou. La señorita Snodgrass ha sido nuestra compañera de viaje, puedes invitarla cuando quieras. No sé si hay alguna romería próximamente, pero lo tendré en cuenta. Por cierto, este viernes hay un baile en el Club náutico –explicó el señor Nordholme a las Dormer–. Espero que te hayas comprado vestidos de fiesta –le dijo de nuevo a su prometida–, aunque me temo que, en esta ocasión, no convendrá invitar a la señorita Snodgrass. Con su lesión, se vería impedida de cualquier danza –se excusó, aunque en realidad le apetecía una reunión más familiar.

–Tengo especial interés en que Dan acuda –añadió Rachel haciendo un guiño a Phillipa.

Pero la menor de las Dormer se limitó a esbozar una tímida sonrisa que no reflejaba el mismo interés.

El señor Nordholme preguntó qué le ocurría al tobillo de la señorita Snodgrass y Natalia relató su incidente al bajar del tranvía. Como su interlocutor fingió interesarse por la salud de su amiga, aprovechó para preguntarle por los hospitales británicos de la ciudad. Durante el resto del almuerzo la tertulia no despertó su atención. Ella aparentó encontrarse a gusto todo lo bien que supo, pero en realidad continuaba aturdida e inquieta. El señor Nordholme le comunicó que esa noche cenarían en el hotel Metropol, y la perspectiva de la vida social solo con británicos no le atrajo, pero supo que a partir de ahora eso era lo que le esperaba. Cuando subió a su habitación, colocó toda la ropa que había comprado en armarios y cajones y luego situó una silla al lado de la ventana, se sentó y permitió que entrara la brisa para sentirla en su rostro.

Los remordimientos por hacerse llamar Louise Fairley habían regresado por medio de las miradas que poco antes le había dedicado Dan, al igual que sus dudas sobre si había hecho bien al resignarse a un matrimonio sin amor solo para huir de la pobreza y poder viajar a las islas. Los ojos de Dan le hacían sentir que lo había defraudado, que la consideraba una advenediza, una aprovechada... Esta sensación angustiosa le aumentó la impresión de extrañez en un hogar que no era el suyo y sintió aún más imperiosa la necesidad de conocer a su verdadero padre. Deseaba saber quién era, cuál era su propio apellido y hallar una calidez que, intuía, Dan iba a negarle en esa casa. Debía empezar a investigar en hospitales y sanatorios y encontrar a alguien que hubiera conocido a su madre y que pudiera darle alguna pista a la que agarrarse.

Tenía que aprovechar el tiempo libre del que dispusiera y decidió empezar aquella tarde. Salió de su habitación y se dirigió a la planta baja. La criada le dijo que el señor Nordholme estaba descansando, así que le dejó recado de que había ido a interesarse por el tobillo de la señorita Snodgrass.

Pero no se dirigió hacia el hotel Santa Catalina, sino que tomó el camino que llevaba al arrecife del Puerto de la Luz, donde había oído que se encontraba el Queen Victoria Hospital. Si no sabía llegar, preguntaría.

No llevaba ni medio minuto caminando cuando vio que el hijo del señor Nordholme venía en dirección contraria y, de pronto, se sintió apurada y sin saber cómo reaccionar. Parecía como si a él le ocurriera lo mismo, porque dudó cuando ella lo saludó con un tímido ademán de cabeza. Natalia pensó que su gesto no iba a ser correspondido porque él se limitaba a mirarla ceñudo y atónito y, ante ese signo de animosidad, ella giró el rostro. Sin embargo, cuando ya creía que iba a pasar de largo, él se detuvo y la agarró de un brazo, obligándola a mirarlo directamente a los ojos.

—Deme alguna explicación que me impida pensar que se casa usted con mi padre por dinero —le exigió arrogante.

—No considero que le deba ninguna explicación —protestó ella, molesta por su afrenta—. Si su padre ha decidido convertirme en su esposa, ese no es asunto suyo —lo desafió.

—¡Por supuesto que lo es! ¡Se trata de mi padre! ¿Cree que voy a consentir que una cara bonita se aproveche de él?

—Está usted prejuzgando mis motivos.

—¿Y cuáles son sus motivos? ¿Va a contarme que está locamente enamorada de mi padre, quien, por cierto, le dobla la edad? ¿O piensa relatar una historia dramática sobre su infancia y decirme que no tiene más opción que este matrimonio?

—¡Suélteme! —exigió ella ofendida.

Él la observó durante un instante, mientras aún la mantenía agarrada y, finalmente, como si en esos momentos fuera consciente de su violencia, la soltó.

—Tiene razón, señorita Fairley, la he prejuzgado —comentó en un tono insolente—. Me había hecho otra imagen de usted. Pensé que era distinta a las otras, pero eso es un error.

Sus ojos tenían un brillo furioso y su expresión demostraba que en esos instantes no poseía el dominio sobre sí mismo. Natalia se sintió intimidada y retrocedió un paso.

—Sepa que haré todo lo posible para proteger a mi padre de personas como usted.

—¡Si presume de buen hijo, deje en paz a su padre! —exclamó ella viéndose acorralada.

—¡Es usted la que tiene que dejarlo en paz! —le gritó Dan.

Natalia no respondió. Prefirió dar por finalizado el lamentable encuentro, le giró la cara y empezó a alejarse para retomar su camino, pero no por ello recobró la tranquilidad.

Dan aún se quedó allí unos momentos, nervioso y fuera de sí, hasta que también comenzó a caminar con ansias de mantener una conversación ineludible con su padre.

Capítulo 9

Cuando Dan entró en su residencia, el ama de llaves lo notó alterado.
—¿Todo bien?
—¡No! —respondió con brusquedad—. ¿Dónde está mi padre?
—Descansando. A su edad, los descansos son cada vez más largos.
—¡A su edad! ¡A su edad todavía hace muchas tonterías!
—¿No irá a interrumpirlo? —preguntó alarmada al ver que comenzaba a subir la escalera.
Pero no recibió respuesta. Dan continuó su ascenso y recorrió el pasillo hasta llegar a la puertas de las estancias de su padre. Golpeó con los nudillos, pero no esperó a recibir ninguna invitación a entrar. Con decisión, abrió y volvió a cerrar después de pasar. Su padre ya se había levantado y se estaba abotonando la camisa en esos momentos.
—¡Dan! —exclamó sorprendido por su osadía, pero como no era hombre malpensado, enseguida preguntó—: ¿Ya has resuelto esos asuntos tan urgentes?
—No, he venido a hacerlo ahora.
—¿Te ocurre algo?

—¿A mí? ¡Es usted quien tiene extrañas ocurrencias! ¿Se ha fijado en la edad de esa joven? –le preguntó a modo de reproche mientras caminaba de un lado para otro.

—¿Te refieres a Lou? –inquirió empezando a comprender.

—¡Por supuesto que me refiero a la señorita Fairley! –Su expresión reflejaba sorpresa por la candidez de su padre–. ¿En serio piensa casarse con ella?

—¿Qué hay de malo? Antes me ha parecido que no te oponías a la idea de mi matrimonio.

—Antes no sabía con quién pensaba casarse.

—¿No te ha parecido encantadora?

—¡Encantadora! ¡Sí, sin duda es encantadora! –Dan comenzaba a exasperarse por la naturalidad con que su padre afrontaba la situación–: ¿Es que no ve la diferencia de edad?

—¡Claro que la veo! Ya sé que es joven, pero ¿acaso me consideras tan viejo? Tengo cincuenta y nueve años, aún no soy un anciano.

—¿Cuántos tiene ella? ¿Veintitrés… veinticuatro?

—Creo que ya ha cumplido los veinticinco. No es ninguna niña.

—No; en este caso, el niño parece usted. ¿Cómo puede ser tan ingenuo? ¿Es que no comprende qué es lo que busca ella?

—¿Qué quieres decir? –preguntó sin llegar a ofenderse del todo.

—¿No es obvio? ¿Acaso cree que está enamorada?

—No, no está enamorada, pero creo que soy de su agrado como ella lo es del mío –refutó molesto–. No entiendo tus reticencias.

—¡Reticencias! ¡Le estoy previniendo, padre! ¡Esa mujer solo quiere su fortuna! –le dijo de modo severo y acusador.

—¡Ah! —pareció comprender el señor Nordholme y, más tranquilamente, añadió—: ¿Es tu herencia lo que te preocupa? ¿Temes que tenga otros hijos con ella?

Dan hizo una mueca de repulsión ante la mera imagen que apareció en su mente y, por unos momentos, no supo decir nada. Su padre aprovechó para añadir:

—Solo busco alguien a mi lado. —Trató de hacerle entender—. Rebecca y Rachel están casadas, tú lo harás en breve... ¿Tan difícil es entender que no llevo bien la soledad?

—¿Y tiene que ser con ella?

—¿Qué objeciones tienes contra ella... aparte de la edad? ¡No le has dado ninguna oportunidad! ¡Te has marchado del almuerzo ofendiendo a Phillipa y a Lou! —le reprochó.

—¡Me he marchado porque la situación me parecía absurda! ¡Porque no sé fingir una simpatía que no siento!

—Lou es bonita, culta, educada...

—¿Y todo eso no le extraña? —le requirió con sarcasmo.

—Me agrada, más que extrañarme —respondió inocentemente.

—Quiero decir... ¿no le parece raro que, con tales virtudes, no haya encontrado otro marido... más joven?

—¡Pareces empeñado en llamarme viejo!

—¿Dónde la ha conocido? ¿Qué referencias tiene de ella?

—Solía salir con mi grupo de amigos en Southampton y todos la respetaban. No entiendo por qué tú te resistes a hacerlo —dijo ocultándole lo que sabía de ella.

—¿Sabe quién es su familia, sus relaciones...?

—¡Oh! ¡Ahora me vas a salir con ideas conservadoras! ¡Me sorprendes! ¡Siempre me acusas de ello y va a resultar que eres peor que yo! —se quejó.

—Sabe muy bien que no se trata de eso, padre.

—¿Y por eso me preguntas si es de buena familia?

—Es demasiado bonita para permanecer soltera. Si fuera una mujer respetable, habría tenido mil propuestas más interesantes que la de usted, padre.

—Dan, no te entiendo —dijo por fin preocupado por la actitud de su hijo—. No comprendo si la estás difamando a ella o, por el contrario, me estás menospreciando a mí. Pero te suplico que abandones esa actitud y le des una oportunidad.

—Entonces, ¿está decidido? ¿No va a reconsiderar la conveniencia de este matrimonio?

—No —afirmó con decisión—. Y creo que, en lugar de preocuparte por mi felicidad, deberías hacerlo por la tuya. ¿Cuánto más vas a esperar para hacer tu petición a Phillipa?

Dan se removió, nervioso, pero no respondió.

—Y no quiero que veas en esta pregunta una intromisión. Sabes que yo, al igual que Rachel, era partidario de que te inclinaras por Amanda. Creo que es más apropiada para ti. Pero no has hecho caso a nuestro consejo y tu hermana ya me ha informado de que has escogido a Phillipa.

—¡Amanda es una mujer superficial y caprichosa!

—Puede ser, y efectivamente su hermana no tiene esos defectos. Phillipa es, como bien has dicho tú en otras ocasiones, una mujer que no interferirá en los asuntos de su marido y no exigirá grandes atenciones. Si eso es lo que quieres, adelante. Pero tienes treinta y dos años y ya va siendo hora de que los Nordholme tengan un heredero. ¿Cuánto más piensas hacerla esperar?

Dan contempló a su padre como si no diera crédito a sus palabras. Sin añadir nada más, dio media vuelta y salió de la habitación. A continuación se dirigió a la planta inferior y, al final de la escalera, se encontró al ama de llaves, que lo miraba expectante.

—¿Ha conseguido algo? —le preguntó como si fuera consciente de cuál era el tema que disgustaba a Dan.

—No, Agustina, mi padre está obcecado —dijo al tiempo que la miraba sin sorprenderse por el comentario. Más bien, en sus ojos había una súplica de complicidad.

—No se preocupe. El señor quiere que Rebecca asista a la boda. Eso nos da un margen de varios meses para hacerlo recapacitar.

—¿Usted piensa lo mismo?

—Su padre es una buena persona, Dan, pero no es un hombre inteligente ni posee mayores atractivos que la fortuna que heredó de su esposa. Sin duda, esa mujer no se ha fijado en otra cosa.

—Eso mismo pienso yo.

—Ya lo imaginaba. Usted es muy distinto a su padre.

—Me alegra saber que hay alguien cabal en esta casa —respondió en señal de agradecimiento—. Ahora, si me permite, voy a intentar descubrir qué nos oculta la señorita Fairley.

—¿Puedo preguntarle cómo?

—Tengo amigos bien relacionados en Inglaterra. Quiero averiguar todo cuanto puedan decirme sobre ella.

El ama de llaves sonrió, y Dan se dirigió al gabinete.

—Si preguntan por mí, estoy ocupado.

—Por supuesto.

Dan cerró la puerta y se dirigió al escritorio. Cogió papel y estilográfica y comenzó a escribir:

Apreciado amigo Connor:
Confío en que estés bien, el hecho de que no sepa nada de ti desde hace meses me lo confirma. Las malas noticias se propagan con rapidez. Te sorprenderás por el contenido de esta carta, sabes que no es común en mí entrometerme en asuntos ajenos, pero creo que en este caso un amigo muy querido corre grave peligro. Entenderás que no dé su nombre, es algo innecesario para el caso que me ocupa. Este amigo anónimo ha estado última-

mente en Inglaterra, concretamente en Southampton, y allí ha conocido a una mujer con la que se ha prometido y con quien ha viajado a Las Palmas. El nombre de la dama en cuestión es Louise Fairley y procede de la capital. Hasta el momento, y en eso he sido sincero, nunca he admirado tu profesión, pero hoy me felicito por tener un amigo en el mundo del periodismo. Te estaré muy agradecido si puedes facilitarme noticias sobre esta dama, y sabes que me refiero a su honorabilidad, relaciones, fortuna... o cualquier otro aspecto que pueda prevenir a mi amigo. Espero que no haya muchas Louise Fairley en Londres y la tarea que te encomiendo no te reporte gran dificultad.

En compensación por tu ayuda, prometo leer tu reportaje sobre la coronación de Eduardo VII cuando recibamos aquí tu periódico.

Aprovecho estas letras para saludar a tu esposa y recordaros que, si decidís regresar a la isla, seréis bien recibidos. Guardaremos un poco de sol para vosotros.

Cordiales saludos,
Daniel Nordholme

A continuación releyó lo escrito, dio su aprobación y colocó la cuartilla en un sobre. Escribió una dirección en él e, inmediatamente, salió del gabinete en busca del ama de llaves.

—Agustina, haga enviar esta carta enseguida. Es urgente.

Capítulo 10

Natalia avanzaba deprisa. El breve encuentro con Dan la había sulfurado y necesitaba ejercitarse para recobrar la calma. En estos momentos no pensaba en averiguar quién era su padre, sino que revivía el desprecio en los ojos de su nuevo enemigo. Y ese ultraje lo colmaba todo. Recordaba las insinuaciones sobre su honorabilidad, la palabra no dicha de cazafortunas, su tono censor, su mirada inculpadora... ¡Y pensar que aquella mañana ese hombre le había generado simpatías! ¡Qué equivocada había sido su primera impresión! ¡Con qué arrogancia la había tratado ahora! Si se hubiera dirigido a ella con otros modales, posiblemente habría tenido remordimientos por acceder a un matrimonio sin amor y se habría sentido terriblemente mal al hacerse pasar por Louise Fairley. Pero tanta soberbia, la acusación implícita, aquella forma de dirigirse a ella... habían logrado el efecto contrario: quien comparecía era su orgullo.

Ese hombre la juzgaba sin conocer nada de ella, con la soberbia propia de quien ha tenido una vida sin complicaciones, aunque reconocía que, tal vez, años atrás, ella había tenido la misma actitud ante otras personas. Las comodidades a veces hacen que uno se ciegue ante los problemas de los demás, y ese era el caso de Dan Nordholme.

Recordaba sus años con los Lindstrom, cuando soñaba con el amor y nunca se hubiera imaginado que ahora agradecería la oferta del señor Nordholme, pero en esa época jamás habría pensado que tuviera que vagar por las calles de Londres en busca de un portal en el que dormir. Además, se encontraba en la tierra de su verdadero padre, y esa era para ella una manera de sentirse cercana a unas raíces que desconocía.

De acuerdo, era cierto que ocultaba su nombre y que era una bastarda, pero esa era una mentira menor y el señor Nordholme, aunque guardaba otros, no tenía los mismos prejuicios que el hijo a la hora de aceptar a alguien que había tenido que ganarse la vida como dama de compañía.

Se sentía ofendida, enfadada y dolida. Sí, dolida. Las palabras de Dan le habían causado una pena que se negaba a reconocer, disfrazando su malestar de orgullo herido. Incluso ahora hacía esfuerzos para olvidar la sonrisa que había nacido en su interior cuando lo había conocido; sus temblores, sus nervios, esas cosquillas incontrolables que habían recorrido su cuerpo hasta rozar sus mejillas y sonrosarlas.

Con esta indignación, continuó caminando hasta abandonar las casas de carácter inglés y avanzar hacia una extensión de arenales. Para evitarlos, prosiguió hasta el mar y, una vez allí, se dirigió hacia la zona portuaria. No había sospechado que la distancia fuera tan larga, pero lo agradeció, porque poco a poco consiguió calmar sus ánimos y volvió a centrarse en la búsqueda de su padre. De pronto se detuvo porque se dio cuenta de que no sabía dónde se encontraba. Se cruzó con una pareja que pensó que eran británicos, aunque enseguida percibió que se trataba de alemanes que, afortunadamente, hablaban inglés. Les preguntó por la dirección que buscaba y le respondieron con bastante precisión. Luego siguió sus instrucciones y llegó a la zona este del istmo de Guanarteme y vio, cerca del arrecife del Puerto de la Luz, el Queen Victoria Hospital.

Entró sin vacilar y se dirigió a la recepción. Allí había una mujer vestida de enfermera que enseguida le dedicó una sonrisa. De pronto Natalia comprendió que había aprendido a mentir con facilidad, porque, sin pensarlo antes, dijo:

—Buenas tardes. Soy escritora y estoy investigando el rastro de una persona que pasó una larga estancia en Las Palmas en el año 1876 debido a una enfermedad pulmonar. Se trata de Emilie Battle. ¿Podría hacer el favor de mirar en los antiguos registros a ver si estuvo ingresada aquí?

—Lo lamento mucho, señorita...

—Smith —mintió de nuevo.

—Señorita Smith, el Queen Victoria Hospital fue inaugurado en 1891. Con anterioridad, la señorita Hudson, una enfermera, había acogido en su casa a enfermos británicos, sobre todo marineros, porque el idioma suponía una barrera en los hospitales canarios. Pero eso fue a partir de la década de 1880. Hasta aquel momento no había ningún hospital en la isla que no fuera autóctono. Lamento mucho no poder darle ninguna información sobre su personaje. ¿Puedo preguntarle si se trata de una biografía o de una novela de amor?

—Ehhh... es sobre la historia de una familia, pero con elementos de ficción. Por supuesto, tengo previsto incluir alguna trama amorosa —improvisó—. Disculpe que la moleste de nuevo, pero, según el libro de Olivia Stone, muchos ingleses se hospedaban en balnearios. ¿Sabe si sería posible averiguar si ya existían en 1876?

—El de los Berrazales, en Agaete, y el de Teror, seguro que no. Espere un momento, voy a preguntar si saben cuándo se inauguró el balneario de Azuaje, que es el más antiguo.

La enfermera desapareció después de traspasar una puerta. Natalia esperó dos minutos, en los que cruzó los dedos con el deseo de tener suerte. Lo que había averiguado hasta el momento resultaba desalentador, y tampoco se sintió animada al ver que la enfermera regresaba con un gesto de pesar.

—El balneario de Azuaje, en Firgas, fue edificado en 1868. Sin embargo, los beneficios del agua de sus fuentes eran conocidos mucho antes. Si no estuvo allí, es posible que la señorita Battle alquilara una casa en alguno de aquellos pueblos. Pero lo más probable, en aquellos años, es que se hubiera hospedado en la residencia de alguna amistad aquí en la capital. ¿Sabe si conocía a alguien aquí la señorita Battle?

—No, no lo sé. Me consta que vino acompañada de sus padres, es la única información comprobada.

—Procure hablar con alguna familia inglesa que residiera en la isla ya en aquella época. Hay muchos británicos que se instalaron aquí a lo largo del siglo XIX.

Al ver que Natalia se había sentido decepcionada con su respuesta, añadió:

—Yo de usted miraría también en el registro de las fondas canarias, aunque no sé si los españoles son muy diligentes en esas cosas. Los hoteles importantes nacieron al amparo de la construcción del Puerto de la Luz y las primeras obras de ampliación del muelle de San Telmo.

—Entonces, ¿usted cree que una persona que visitó la isla por motivos de salud en 1876 tuvo que hospedarse en alguna fonda o fue acogida por alguna familia?

—Es lo más probable, señorita Smith. También es posible que estuviera en un hospital español, el de San Martín o el de San Lázaro, pero lo dudo mucho. Eso no era habitual.

Natalia bajó los ojos y mostró un gesto de pesar. La recepcionista, procurando animarla, añadió:

—¿Por qué no escribe a los Battle y se lo pregunta usted misma? Seguramente haya algún familiar vivo o algún descendiente.

No, no los había. La hija de Emilie Battle era ella, y no sabía de la existencia de ningún otro.

Salió del hospital afligida y ensimismada y no se dio cuenta de que se cruzaba con el doctor Perdomo hasta que este la saludó:

—¡Señorita Fairley, qué sorpresa! —exclamó y, al reparar en su expresión preocupada, inquirió—: ¿Tiene a alguien ingresado? ¿Le ha ocurrido algo al señor Nordholme?

—No, el señor Nordholme se encuentra perfectamente, gracias. —Y, como se vio obligada a dar alguna explicación de su presencia allí, añadió—: Quería saber si la señorita Snodgrass estaba aquí. Esta mañana ha tenido un pequeño accidente al bajar del tranvía y se ha dañado un tobillo. He pasado por el hotel y no estaba, así que he supuesto que habría venido al hospital. Pero si ha salido a dar un paseo, seguro que ya se encuentra mejor.

—Esperemos que así sea.

El doctor Perdomo iba a añadir algo más, pero se vio obligado a despedirse cuando una enfermera le dijo que lo necesitaban.

Natalia se sintió aliviada, no deseaba que nadie conociera su interés por encontrar el rastro de Emilie Battle. Sin embargo, al cabo de un momento, su estado de ánimo volvió a flojear. No había esperado que le costara tanto averiguar algo sobre el paradero de su madre y, si era así, mucho más difícil resultaría dar con alguna pista de quién podía ser su padre. La recepcionista le había recomendado hablar con alguna familia británica que llevara muchos años asentada en la isla, así que su próximo propósito sería averiguar qué familias eran esas y si había algún modo de relacionarse con ellas. También pasaría por los hospitales españoles que le había mencionado.

Otra opción era escribir a la que siempre había creído su abuela, la señora Lindstrom, y hacerse pasar de nuevo por una escritora que buscaba información sobre ingleses en Las Palmas antes del comienzo del turismo masivo. Sabía que, si escribía con su propio nombre, no recibiría ninguna aclaración, pues cuando se lo preguntó en persona el día que la echó, se negó a decir palabra, como si todo lo referente a Emilie Battle fuera un episodio que olvidar cuanto antes.

Sí, tenía que volver a usurpar una identidad, pero había un problema. No tenía una dirección en la que recibir la respuesta, dado que era obvio que no podía poner en el remite la residencia de los Nordholme. A no ser que lo hiciera con el nombre de Louise Fairley, pero eso era algo arriesgado, porque la señora Lindstrom y la señorita Fairley tenían amigos comunes y fácilmente podrían averiguar que alguien estaba usando este nombre desde las islas Canarias.

Debía darle vueltas a esa idea y plantearse buscar una dirección en la que recibir respuestas. Le quedaba algo de dinero propio, pero no el suficiente para alquilar una habitación de hotel y pasar por allí cada día hasta que llegara la carta esperada. Aunque optara por enviarle un telegrama, seguro que la señora Lindstrom respondería por correo postal y, como mucho, con sus ahorros podría pagar una semana de hospedaje.

Pensó en la señorita Snodgrass, pero enseguida comprendió que debería darle demasiadas explicaciones si le pidiera ese favor. A no ser... A no ser que escribiera a la señora Lindstrom como si fuera la propia Flora Snodgrass. En ese caso, era probable que, cuando su amiga recibiera tan extraña información desde Inglaterra, se lo comentara sorprendida por lo insólito de la anécdota. Y, sin embargo, no sospechara nada.

Mientras pensaba todo esto se dirigía hacia el hotel

Santa Catalina para visitar a su amiga, pues ese era el pretexto que le había dado al señor Nordholme para salir y debía regresar con noticias sobre su tobillo por muy cansada que se encontrara.

Los pensamientos se arremolinaban en ella: la identidad de su padre, la nueva estrategia para averiguar dónde residió su madre, la ofensa de Dan Nordholme, aún presente a pesar de las últimas novedades...

Llegó al hotel y encontró a la señorita Snodgrass tumbada en una hamaca de la terraza y tomando un cóctel de zumos. Estaba acompañada de otra mujer más joven y una niña de unos cuatro años.

Se acercó a ellas, saludó e inmediatamente preguntó por su tobillo. La señorita Snodgrass señaló el bastón que tenía a su lado y añadió:

–El doctor me ha hecho unas friegas, pero aún necesito el bastón. Aunque ya puedo dar paseos cortos. Por cierto, le presento a la señora Harbison y a su hijita Nicole. –Y luego, dirigiéndose ahora a la señora Harbison, añadió–: Ella es Louise Fairley.

Las dos desconocidas se saludaron y la niña hizo una graciosa reverencia. Natalia dudó entre sentarse con ellas o regresar a la residencia de los Nordholme, pero la señora Harbison se levantó y le ofreció su asiento.

–Nosotras ya nos marchamos –dijo al tiempo que cogía a su hija de la mano–. Mi marido nos está esperando. Le agradezco mucho su oferta de hacerle un retrato a Nicole –comentó dirigiéndose ahora a la señorita Snodgrass–. Pero dudo de que sepa estarse quieta.

–Tengo mucha paciencia, señora Harbison –respondió la señorita Snodgrass.

Natalia también se despidió, y a continuación ocupó el asiento de la señora Harbison.

–Veo que estrena vestido –observó su amiga.

–Sí, el lino es más adecuado para esta temperatura. –Sonrió, pero no se sintió cómoda ante la mirada escrutadora de la señorita Snodgrass. A veces le daba la sensación de que aquella mujer lograba leerle el pensamiento.

De repente supo que debía contarle que el caballero que las había ayudado aquella mañana era el hijo del señor Nordholme, información que ella habría preferido obviar, pero no mencionarlo resultaría sospechoso cuando su amiga lo descubriera.

–Tenía usted razón, no es médico –le dijo mientras se encendía un cigarrillo.

–¿Quién no es médico, querida?

–El hombre que la ha ayudado a usted esta mañana. ¡Y tampoco es agradable ni amable como nos ha parecido en una primera impresión! –exclamó reviviendo su excitación.

–¿En serio? –fingió sorprenderse la cincuentona.

–No se lo va a creer, es el hijo del señor Nordholme y, ¿sabe lo que me ha dicho?

–¿Qué le ha dicho, Lou? –preguntó dramatizando su preocupación.

–Que yo quería casarme con su padre por dinero y que él iba a impedirlo.

–¿Eso ha dicho?

–¡Y con muy malos modales! ¡Ha resultado insultante! Si usted supiera lo que ha insinuado…

–Debe recordar que yo también se lo pregunté durante la travesía y usted no se sintió insultada.

–¡No es lo mismo! ¡Usted se preocupaba por mí, él solo se preocupa por el dinero del señor Nordholme!

–Entonces, ¿no son amigos? Debería procurarse su amistad, es el hijo de su futuro marido.

–¡No la merece! –dijo sorprendida por el tono tranquilo de su amiga.

–¿Y con cuántas personas somos amables que no se

lo merecen? Debe usted ser sensata y ganarse su beneplácito.

—¿Habla usted en serio? ¡Debería haberlo oído! No puedo creer que...

—Buenas tardes, señorita Snodgrass —las interrumpió un caballero entrado en años—. Veo que ha seguido mi consejo. El cóctel de frutas es delicioso.

—Señor Spencer, ¡qué pronto ha regresado! Le presento a mi amiga, la señorita Fairley.

—Encantado, señorita Fairley.

El señor Spencer acercó una silla y se sentó junto a ellas, por lo que la conversación que mantenían no fue retomada. Natalia permaneció allí un rato más, mientras el caballero le explicaba a la señorita Snodgrass las particularidades del cementerio guanche que se encontraba en La Isleta. Se quejaba de que los lugareños no cuidaran un tesoro arqueológico como aquel y ponía ejemplos de otros lugares donde los británicos habían sido clave para conservar monumentos que de otra forma habrían desaparecido. La señorita Snodgrass le hizo ver que también gracias a los británicos muchas obras de arte habían sido alejadas de sus lugares de origen y llevadas al Museo Británico o exhibidas como trofeos de sus éxitos coloniales. Como entraron en una disputa que no llevaba visos de acabar, Natalia decidió que mejor era marcharse y se despidió.

—No quiero retrasarme, el señor Nordholme desea que cenemos fuera. Si mañana por la mañana puedo disponer de la tartana, ¿quiere que venga a buscarla para conocer Vegueta?

—¿No seré un estorbo?

—Apenas caminaremos. Además —añadió sin que el señor Spencer la oyera—, de otro modo corro peligro de que la hija del señor Nordholme quiera llevarme al club de tenis con sus amigas. Y lo cierto es que no le simpatizo o, al menos, se muestra muy arrogante conmigo, como si yo fuera una provinciana y ella se codeara con la corte.

–Entonces, de acuerdo. Se lo agradezco mucho, Lou.

–Si surgiera algún inconveniente, le enviaría una nota. Hasta mañana, entonces. Buenas tardes, señor Spencer.

Capítulo 11

En cuanto Natalia entró en la casa, se encontró con la mirada oscura del ama de llaves, que se limitó a un saludo seco y a clavar sus ojos en ella como si la estuviera expulsando de aquel lugar. Dan estaba encerrado en su despacho y Natalia agradeció no cruzarse con él. Por el contrario, el señor Nordholme salió a recibirla y enseguida se interesó por el estado de la señorita Snodgrass.

—Camina con bastón, pero camina. Lo tiene mejor que esta mañana.

—No creo que haya muchos accidentes capaces de dejarla quieta —comentó—. Me gusta tu amistad con Flora Snodgrass, la considero una mujer muy vital para su edad.

—Sí, es una compañía que valoro. Y no es tan vieja...

—Esta noche conocerás a más personas. Espero que te hayan agradado las señoritas Dormer. Amanda es muy alegre y Phillipa... bueno, ya habrás entendido que esperamos que Phillipa se convierta pronto en mi nuera, y también en la tuya, claro.

—Me ha parecido una joven agradable a pesar de su timidez —respondió sin entusiasmo.

—Sí, sí, es muy agradable. Te vas a sentir bien, ya verás. Haré todo lo que esté en mi mano para que no te aburras.

—No creo que pueda aburrirme en un lugar con este clima. Amo pasear. Por cierto, ¿le importaría que mañana por la mañana usara la tartana para que la señorita Snodgrass pueda acompañarme? Tiene muchas ganas de conocer la ciudad vieja.

—¿Aún me tratas con tanta cortesía? Espero que te acostumbres pronto a un trato más familiar, me haces mayor —le reprochó con simpatía y, a continuación, añadió—: Mañana puedes disponer de la tartana como te plazca.

—Gracias, señor Nordholme. Subiré a darme un baño.

—Aquí la costumbre es cenar más tarde que en Inglaterra. Partiremos a las ocho, así que tienes tiempo de sobra para disfrutar de ese baño. Y deja ya eso de señor Nordholme y llámame William.

Natalia forzó una sonrisa y subió a su habitación.

Tuvo tiempo para bañarse y arreglarse y aún le sobró para esperar en una butaca a que fuera la hora de bajar y encontrarse con Dan. Se alegró cuando supo que él no los acompañaba a cenar y partió con el ánimo más calmado.

Fueron en tartana porque el señor Nordholme lo consideraba un acto de distinción, pero el hotel no estaba lejos de su residencia y Natalia hubiera preferido ir caminando.

Comprendía, cada vez más, que los hábitos de los británicos allí eran una reproducción de su modo de vida en Inglaterra, pues todas las edificaciones que frecuentaban eran de estilo colonial, incluso la forma de alinear las calles. La auténtica ciudad de costumbres canarias quedaba a las puertas de la última parada del tranvía y estaba deseando conocerla.

Cuando llegaron, ocuparon una mesa de ocho comensales. Ya se encontraban allí el matrimonio Robertson y el señor Tilman con su hermana, la señora Morton, y cada uno de ellos fue presentado a Natalia siguiendo el protocolo.

—¡Bienvenida, señorita Fairley!

—Desde que nos hemos enterado del compromiso del señor Nordholme, estábamos deseando conocerla.

—¡Qué pillín, señor Nordholme! Nadie lo podrá acusar de mal gusto.

Natalia correspondió a los saludos y tomó asiento entre la señora Morton y el señor Nordholme. Al cabo de cinco minutos, llegaron el señor Wells y el señor Pearce, que era el único que bajaba de los cincuenta años, pero resultaba obvio que ya había sobrepasado los cuarenta. Debía de tener poco pelo, porque llevaba peluquín, y la barba no era igual de espesa en todos los lugares. Sin embargo, sus ojos tenían unas pestañas muy largas, algo que hacía que su rostro tuviera un aire femenino. Afortunadamente, o eso creyó, el señor Pearce quedó sentado frente a ella, así que esperó que la conversación fuera más jovial.

En el restaurante del Metropol no todos eran británicos, aunque sí la mayoría. También había otros extranjeros y varios grupos de canarios. En un par de mesas incluso estos últimos se sentaban con británicos. Entre los españoles se incluía el conde de Vega Grande, al que muchos adulaban.

Después de las felicitaciones y las bromas sobre el próximo matrimonio, pasaron a hablar del viaje a Southampton, y Natalia oyó de nuevo la narración que el señor Nordholme hacía de su estancia allí, en la que repetía las mismas pausas, los mismos comentarios e idénticos chascarrillos que había relatado durante el almuerzo. Aunque en algún momento resultara cargante, Natalia continuaba teniendo una buena opinión de él, sobre todo porque la trataba con ese cariño paternal que tanto echaba de menos. No obstante, entre sus bromas había momentos en los que menospreciaba a los canarios y, también, a ingleses que no eran de su misma condición, y en esos instantes Natalia no sabía qué pensar. Incluso repitió una burla sobre una dama de paternidad dudosa y, en ese punto, él se sorprendió de que ella no compartiera su jocosidad. No había duda de que se creía un hombre ocurrente y gracioso y sus amigos no le hacían pensar lo contrario. Excepto el señor Pearce, que contemplaba a Natalia con una compasiva sonrisa de complicidad.

Sin embargo, las miradas del señor Pearce, que en un principio le parecieron amables, a lo largo de la velada fueron tan insistentes que empezó a pensar que insinuaban algo más. Además, se interesaba mucho por conocer detalles de su pasado en Londres y Natalia procuraba recordar las conversaciones de Louise Fairley con la señora Cunnigham y no caer en incoherencias. Se esforzó por no avivar esa familiaridad no provocada y, en cuanto tuvo ocasión, se dedicó más a complacer con sonrisas los malos chistes del señor Nordholme y a entablar conversación con la señora Morton, que desde que había enviudado se había vuelto taciturna y había que arrancarle las palabras.

Durante la cena fueron interrumpidos en dos ocasiones por otras personas que se acercaron a saludarlos, pero no fue hasta la hora de los postres que un recién llegado llamó la atención de Natalia. No por nada especial en él, sino porque la señora Morton le susurró que se trataba de Thomas Miller Wilson. Se alegró de ser presentada, porque recordaba haber oído que los Miller llevaban mucho tiempo en la isla y que, posiblemente, ellos podrían darle información sobre Emilie Battle.

Aunque su presencia en la mesa no duró más de dos minutos, en cuanto se marchó, su persona fue el nuevo tema de conversación. Natalia procuró disimular su interés, pero averiguó que era comerciante y banquero y que la mayoría de negocios importantes, sobre todo del carbón, pertenecían a su familia.

Durante el resto de la velada nadie más llamó su atención, excepto los señores Blake, que le parecieron muy agradables, pero no interesantes para su búsqueda. Por suerte, el señor Nordholme estaba cansado y no alargaron mucho la sobremesa. La mirada y sonrisas del señor Pearce, que ya empezaba a sentir como impertinentes, le hacían desear dar por finalizada la cena cuanto antes. Además, notaba el cansancio de la caminata de esa tarde, así que se sintió aliviada cuando su prometido, después de cenar comida inglesa en un ambiente inglés, se despidió y se levantó.

Aquella noche le costó conciliar el sueño. Las pesquisas sobre la vida de su madre en Las Palmas, pero, sobre todo, las palabras de reproche de Dan aparecieron en su mente una y otra vez. Sin duda, la animadversión que sentían el uno por el otro, porque ahora ella también había anulado todo sentimiento amable hacia él, no iba a facilitar que su estancia resultara tranquila.

Al día siguiente desayunó con el señor Nordholme, pues Dan había partido temprano y, tal como habían acordado, ella hizo uso de la tartana para ir en busca de la señorita Snodgrass. El señor Nordholme tenía comprometida la mañana en una partida de dados y parecía que eso era algo habitual en su rutina.

—Si no le importa, Brito, antes de dirigirnos al hotel Santa Catalina me gustaría enviar un telegrama a Inglaterra —comentó al cochero delante del señor Nordholme, quien pensó que escribiría a la anciana para la que antiguamente había servido.

Cuando subió a la tartana, víctima de su propia mentira, Natalia tuvo remordimientos por la ambigüedad en la que había dejado a su prometido. Seguro que él pensaba que su telegrama era debido a la amabilidad y no al hecho de estar investigando a sus espaldas. Durante el trayecto se preguntó si debería contarle la verdad, pero recordó las bromas de mal gusto que la noche anterior había dedicado a una joven de pasado incierto y decidió que era mejor callar. Pero cuando llegó a la oficina de Correos y Telégrafos, tomó conciencia de que el telegrama que estaba a punto de enviar solo lograba confundirla aún más sobre su propia conducta.

A pesar de la inseguridad, escribió unas líneas a la señora Lindstrom y firmó como Flora Snodgrass, a lo que añadió en el remite la dirección del hotel Santa Catalina. Pagó en moneda inglesa sin ningún problema y suspiró con los ojos cerrados, consciente de que estaba jugando con fuego.

Cuando media hora después se encontró con la señorita Snodgrass, se hallaba confusa y notaba que sus sentimientos de culpa no cesaban. Como la mujer estaba tomando un té, Natalia se sentó a su mesa y ambas se encendieron un cigarrillo antes de emprender su excursión.

–¿Han arreglado ya sus diferencias? –le preguntó nada más verla.

–¿Se refiere al hijo del señor Nordholme? –inquirió Natalia fingiendo escaso interés.

–¿Tiene diferencias con alguien más? –añadió con sarcasmo la señorita Snodgrass.

Natalia negó con la cabeza.

–Por suerte, no he vuelto a verlo. Parece ser que él está siempre ocupado y yo, la verdad, tampoco tengo ganas de encontrármelo.

–Cuanto antes subsane esa cuestión, antes se quitará un peso de encima. Pero veo que el tema le hace fruncir el ceño, así que mejor le voy a preguntar por la cena de ayer.

–Unas personas muy amables y una comida exquisita. No hay más que contar.

–Si puede resumirlo así, imagino que se divirtió muchísimo –ironizó–. ¿Había alguien menor de sesenta años?

–Creo que la señora Morton no los había cumplido y el señor Pearce tenía menos de cincuenta.

–¡Qué aburrimiento! –Rio.

–Es usted muy mala, Flora. No sé cómo tiene tantos amigos. Me ha extrañado encontrarla sola, ayer me pareció que ya había afianzado usted nuevas relaciones.

–Estoy sola porque he logrado esquivar a los Reegan. ¡Qué pareja más fatigosa!

Ahora fue Natalia quien rio.

–Por cierto, el doctor Perdomo ha venido a visitarme a primera hora de la mañana. Me pregunto cómo habrá sabido lo de mi pequeño accidente.

Natalia notó que la señorita Snodgrass hablaba con cierta mordacidad y se atragantó con el humo del tabaco, lo que le supuso un breve espasmo de tos.

–También me ha dicho que usted me buscaba en el Queen Victoria Hospital, ¿no le parece gracioso?

–En realidad fue la excusa que le puse para que no me preguntara qué hacía allí –confesó, consciente de que en ese punto no podía mentir.

–¿Y qué hacía allí? ¿Se encontraba usted mal?

–Tenía ganas de pasear y llegué hasta allí. Pensé que usted, después del incidente del tobillo, no podría acompañarme.

–¿Y eso es un delito? No veo el motivo por el cual tuvo usted que decirle que yo no me encontraba en el hotel.

Natalia no había esperado que supiera tantos detalles.

–Le había dicho al señor Nordholme que venía a visitarla a usted. Tal vez no le guste que pasee sola y decidí ocultarlo. Resultaba factible que el doctor Perdomo le contara que me había visto y me pareció una excusa oportuna –se justificó.

—Pero, en su lugar, me lo ha contado a mí. Me encanta su sinceridad, querida –comentó nuevamente con sarcasmo. Hizo una pausa para aspirar su cigarrillo y a continuación la contempló detenidamente y añadió–: Así que piensa empezar un matrimonio mintiendo a su marido y enfrentada al hijo de este.

—Está usted exagerando sobre el primer caso y, en el segundo, no es culpa mía.

—Tiene suerte de tener la apariencia de alguien inocente. Eso la ayudará en muchos momentos a lo largo de la vida, sobre todo si se decide a volver a mentir.

Mientras Natalia notaba que la sangre desaparecía de su rostro, la señorita Snodgrass acabó tranquilamente su té, cogió el bastón y agregó:

—Podemos partir, si así lo desea.

Capítulo 12

Dan se sentía inquieto. La imagen de la que iba a ser la nueva esposa de su padre no lo abandonaba. No lograba hacerse a la idea de que aquella joven que lo había impresionado cuando la había conocido en estos momentos se convirtiera en el motivo de su tortura. No quería pensar en ello, en las razones que agudizaban su desazón, pero sabía que debía hacer algo para impedir ese matrimonio.

No lograba centrarse en los planos que tenía extendidos ante él y miraba el dibujo de un muelle como quien ve llover y tiene la cabeza en otro lado. Los ojos oscuros de Louise Fairley se interponían una y otra vez en su trabajo y no podía permitirlo.

Sin ser consciente de que su mal eran los celos, salió de su despacho y se dirigió a la única oficina en la que había instalado un teléfono. La carta que había enviado a Inglaterra aún tardaría en ser respondida y, si las noticias no eran favorables a la reputación de Lou, aún tendría tiempo para evitar la boda, pero algo en su interior lo empujaba a querer saber más de ella sin ninguna demora. Sin darse cuenta de que estaba siendo impertinente, apremió a la secretaria para que le pusiera una conferencia con Londres y, mientras esperaba, observó por la ventana el trajín de los operarios en las calles del puerto. Al cabo de unos minutos, la secretaria le instó a que cogiera el auricular y, ante la solicitud de él, alegó un pretexto para abandonar el despacho.

—¡Buenos días! Al habla Daniel Nordholme. Me gustaría comunicarme con Connor Macgregor, gracias.

Dan esperó un par de minutos y, de nuevo, escuchó una voz al otro lado del hilo telefónico.

—¿Dan? ¿Dan Nordholme?

—El mismo. ¿Cómo estás, Connor?

—Ocupadísimo con el tema de la coronación. Pero eso es una buena noticia: significa que se venderán muchos periódicos. Aunque supongo que no me llamas para alegrarte del éxito de la prensa. ¿Todo bien por tu isla?

—Sí, todo bien si te refieres a aspectos de salud y de trabajo. Pero me gustaría que me hicieras un favor.

—¿Qué tipo de favor?

—Un amigo mío se ha comprometido con una joven de la que no conoce nada. Yo tengo mis sospechas de que ella pueda tener alguna tacha en su pasado. ¿Podrías ayudarme?

—¿Haciendo de detective privado para temas matrimoniales?

—Algo así, pero eres la persona mejor posicionada a la que puedo recurrir.

—Muy amigo tuyo debe ser para que tomes tanto interés. ¿Cómo se llama la dama en cuestión?

—Louise Fairley. Su familia procede de Leicester, aunque ella residía en Londres y mi amigo la conoció en Southampton.

—El nombre me es familiar, pero ahora mismo no podría decirte de quién se trata.

—Y, con todo el ejército que tienes en tu redacción encargándose de asuntos de cotilleo, ¿no podrías averiguarlo?

—Si me has llamado solo para esto, deduzco que es

muy importante para ti. No te preocupes, lo preguntaré inmediatamente y, si no te llamo en breve, ten por seguro que es porque lo estoy averiguando por otros lados. ¿Me puedes hacer una breve descripción de la señorita Fairley?

Dan procuró ser detallista en su explicación.

–Descuida. Si es tan bonita como dices, sin duda no habrá pasado desapercibida.

–Esperaré tu llamada, Connor. Muchas gracias.

Decepcionado al no obtener un resultado inmediato, colgó el auricular y permaneció absorto durante unos momentos. Cuando reaccionó, se dio cuenta de que estaba interrumpiendo el trabajo de la secretaria y salió a buscarla para decirle que el despacho ya estaba libre.

–Si me llama el señor Macgregor, haga el favor de buscarme por todo el edificio. Es importante.

–Sí, señor Nordholme –comentó ella, que no estaba acostumbrada a la sequedad que ahora le mostraba el ingeniero.

Dan regresó a su oficina más nervioso de lo que había salido de ella y se encontró con una visita en un momento en el que no le apetecía hablar con nadie. Y menos con el señor Pearce, quien, en una primera impresión, le pareció un advenedizo de sonrisa hipócrita.

–¡Buenos días, señor Nordholme! –lo saludó el visitante, mientras se frotaba su mano sudorosa con la chaqueta antes de tendérsela en señal de amistad.

Dan se vio obligado a estrecharla, aunque no demostró la misma efusión.

–El señor Nordholme, y me refiero a su padre, me ha recomendado que viniera a hablar directamente con usted antes de enviarle mis ofertas por escrito.

–¿Le manda mi padre?

–Sí, en todo momento se mostró muy amable conmigo, muy dispuesto a brindarme cualquier tipo de ayuda. Me dijo que podía esperar lo mismo de usted.

—¿Y qué tipo de ayuda espera? —preguntó Dan al tiempo que lo invitaba a sentarse, pero sin disimular cierta desconfianza en su mirada.

—Me llamo Douglas Pearce, y supongo que mi nombre le sonará de C.I.C.

—¿CIC?

—Cement Ibbot Company —le aclaró—. Soy el representante de la mejor firma de cementos que existe. Si quiere que sus muelles resistan todas las embestidas de este rugiente océano, use cemento CIC para su hormigón —dijo al tiempo que le guiñaba un ojo.

Dan lo observó de arriba abajo y se dio cuenta de que iba vestido con un traje parecido al que llevaban todos los comerciales. Incluso la mueca en su rostro era tan postiza como la de cualquier otro que deseaba vender algo.

—Lo lamento, pero tengo un contrato con Gurkhe&Hull.

—Gurkhe&Hull se excede en sus precios, yo le ofrezco algo mucho más razonable.

—En construcciones de este tipo, es más importante la calidad que el precio. En Tenerife usaban otra marca y tuvieron que rectificar. Los embates del mar son muy erosivos.

—Y lo primero que yo he mencionado ha sido la calidad. ¿No ha oído nuestro eslogan? «Si quiere triunfar, a CIC debe contratar» —canturreó al tiempo que otra vez le guiñaba un ojo. Dan no supo si se trataba de un tic o era algo que hacía siempre que rezaba un eslogan.

—Lo lamento, señor Pearce, pero me he comprometido con Gurkhe&Hull. Hemos apalabrado un contrato por tres años.

—¿Ya ha firmado el contrato?

—No, pero lo haré en cuanto me lo envíen. Yo no soy un hombre que rompa su palabra.

—Lo que usted llama romper su palabra bien puede verse como recapacitar. Simplemente, estoy mejorando la oferta sin disminuir la calidad. Piense en lo que podría ahorrar. Además, soy de confianza, recuerde la amistad que me une a su padre.

–No insista, señor Pearce. Es un asunto cerrado.

El representante de cemento mostró una expresión de incredulidad ante la testarudez del ingeniero.

–Tal vez piense que lo estoy obligando a tomar una decisión precipitada, pero por supuesto que tiene tiempo para pensárselo.

–Creo que no me ha entendido –añadió Dan con voz firme y contundente–. Tengo un compromiso y eso es algo que, por muchos pensamientos que le dedique, no voy a romper.

–Tal vez si aceptara usted una comisión por nuestras ganancias... –insinuó ahora con sonrisa sibilina el representante.

–¿Está tratando de sobornarme, señor Pearce?

–Me refiero a modo de garantía –trató de recular el otro.

Dan se levantó de su asiento y no disimuló su indignación.

–Haga el favor de marcharse. No quiero ningún trato con usted. No lo quería antes y ahora mucho menos.

Pearce también se levantó, y ahora ya no mostraba ninguna sonrisa edulcorada, más bien un temblor contra el que luchaba. Aun así, buscó en su bolsillo y dejó una tarjeta que depositó sobre la mesa.

–Por si cambia usted de opinión... –añadió mientras se dirigía a la puerta–. Que tenga un buen día.

Afortunadamente para él, salió y cerró la puerta antes de que Dan lo alcanzara. No es que el joven Nordholme tuviera intención de agredirle, pero sí deseaba dejar claro su rechazo a ciertas prácticas, aunque fuera a modo de gesto amenazante.

No era su mejor día. Había logrado controlar su desánimo al comprobar que Connor Macgregor no le había dado la información que deseaba, pero que trataran de presionarlo para faltar a su palabra era excesivo. Y, además, su padre iba a casarse con Lou, la única mujer que había logrado remover su interior.

Se encontraba paseando de un lado a otro de su mesa de despacho cuando llamaron a la puerta. Dan clavó la mirada hacia ella, convencido de que el señor Pearce regresaba para insistir, pero, en cuanto esta se abrió, quien se asomó fue el bedel del edificio.

—¿Puedo pasar, señor Nordholme?

—Adelante, Orlando, ¿qué ocurre?

—Disculpe que interfiera en sus asuntos, pero he visto salir de aquí al señor Pearce. Espero que no sea demasiado tarde.

—¿Demasiado tarde para qué?

—Para prevenirle. Ese hombre no es de fiar.

—Esa es la misma impresión que yo me he llevado.

—Entonces, ¿no ha cerrado ningún trato con él?

—No, ni pienso hacerlo.

—Bien… Entonces, disculpe que le haya interrumpido, ya le dejo —comentó al tiempo que empezaba a retirarse.

—¿Qué sabe de él? —le preguntó Dan antes de que abandonara el despacho.

—No estoy seguro de que sean ciertos, pero he oído rumores. Más de uno y de gente distinta. Y, además, sus modales no me gustan. Se da muchos aires para ser solo un comercial.

—Me ha extrañado que me dijera que se relaciona con mi padre. ¿Qué rumores ha oído?

—Opio.

—¿Opio?

—Parece ser que vende un cemento a un precio muy bajo, pero eso solo es un pretexto para traficar con opio. No todos los sacos llevan lo que asegura.

—Y así es cómo logra enriquecerse...
—Eso es.
—Parece ser que nuestro amigo no tiene ningún tipo de escrúpulos. El opio hace estragos.
—Y guerras —le recordó el canario.
—En ningún momento me ha dado buena espina. Gracias por venir a avisarme.
—Lo he considerado oportuno a pesar de que puede verse como una impertinencia.
—Ha sido pertinente y oportuno, Orlando. Muchas gracias.

A pesar de no haber caído en la trampa, Dan no logró calmarse. Todavía sentía la presencia de aquel hombre en su oficina, o tal vez era la ausencia de noticias sobre Louise Fairley lo que continuaba inquietándolo. Deseaba con toda su alma que Connor Macgregor le llamara en breve para facilitarle algún dato que obligara a su padre a romper su compromiso con ella.

Tampoco Pearce estaba contento. Había llegado convencido de que, gracias a su amistad con el viejo Nordholme, el hijo no pondría pegas a la hora de firmar un contrato con él. Desde que se había enterado de su regreso de Inglaterra, llevaba días llegando puntual al Club británico y jugando a los dados con el señor Nordholme a fin de afianzar una amistad con él que le abriera las puertas a la confianza del hijo. Incluso había logrado cenar con él, pero su estrategia no había dado resultado.

Cuando subió al tranvía en dirección a Vegueta, comenzó a pensar en otra posibilidad. Si no había podido acceder a Daniel Nordholme a través de su padre, tal vez existiera otro modo de conseguir que firmara un contrato con C.I.C.

La idea dibujó de nuevo una sonrisa en su rostro, pero esta vez no la estaba forzando, sino que se trataba de una reacción al recordar a la prometida del señor Nordholme. Sí, eso era. Probaría con ella. Con la falsa Louise Fairley.

Capítulo 13

Natalia agradeció que, una vez en la tartana, su compañera se limitara a hablar del paisaje. Se dirigieron hacia la zona de Triana, donde habían realizado las compras el día anterior, y al pasar cerca del mar el traqueteo del caballo fue acompañado de la música de olas impetuosas. Del mismo modo que el océano, Natalia notaba su interior agitado, aunque poco a poco las suspicacias sobre si la señorita Snodgrass había hablado con segundas se le fueron calmando.

Por el camino se cruzaron con un automóvil, cuyo ruido estrepitoso rompió el sonido rítmico durante unos momentos. El cochero se giró para decirles que era el único de la isla y les preguntó si era verdad que en Londres se estaban acostumbrando a cambiar los caballos por las máquinas. La señorita Snodgrass lo tranquilizó y le aseguró que por el momento tenía garantizado su trabajo, porque, en su opinión, nunca se pondrían de moda unos aparatos tan ruidosos.

Cuando llegaron a la zona del teatro Tirso de Molina, viraron a la derecha y se dispusieron a atravesar el puente de piedra sobre el barranco de Guiniguada. Después de cruzarlo, la señorita Snodgrass observó en voz alta que esa parte estaba más sucia que la zona comercial, a pesar de que las casas eran habitadas por familias pudientes.

—Señoritas, ni se les ocurra dar limosna —les indicó Brito—. El Cabildo prohibió la mendicidad para no espantar al turismo. Solo está permitida durante una semana al año. Si quieren ser generosas, pueden hacer donativos a la beneficencia. Hay varias casas de expósitos, de maternidad, de misericordia, de huérfanos y desamparados...

—No entiendo que haya tanta pobreza en la zona de Los Riscos. Los negocios de los británicos aquí son prósperos. —Se extrañó la señorita Snodgrass.

—La mayor parte de la población es rural y cultivan solo para su propio consumo. El comercio es cosa de ustedes. Igual que las máquinas y todos los ingenios nuevos que han traído. Fíjese en las casas de la loma. Es donde viven la mayoría de las personas con las que se cruzará por aquí. Como ve, no tienen sus lujos —aclaró el cochero.

—En la mayoría de mis viajes he podido notar los mismos síntomas. Los autóctonos no saben aprovechar sus recursos.

—El joven Nordholme dice que hay que educarnos y modernizarnos, pero yo no estoy de acuerdo con él: nosotros reímos más.

La señorita Snodgrass consideró que no era oportuno discutir esa cuestión con un cochero, y se limitó a decir que le gustaría ver la catedral por dentro, pues, aunque no era devota del catolicismo, el estilo neoclásico y la piedra oscura habían llamado su atención. Así que Brito atravesó la plaza de Santa Ana, custodiada por unos canes de hierro, y las dejó a las puertas del edificio religioso.

La señorita Snodgrass descendió ayudada por Natalia y caminó con el bastón. Les sorprendió el estilo gótico del interior del edificio y también el frescor que las acarició en cuanto atravesaron el portal. Las ventanas, que parecían huecos en el muro, eran muy pequeñas en contraste con el cimborrio, que tenía un tambor con grandes ventanales, cúpula y linterna. Los muros estaban enyesados y resaltaba su color blanco con el oscuro de la piedra extraída de la cantera de San Lorenzo.

A la salida las recibió la imperante luz. Antes de subir a la tartana, se cruzaron con un tipo que Natalia enseguida reconoció.

—¡Señorita Fairley, qué sorpresa! —exclamó él, como si verdaderamente se sintiera feliz de esa casualidad.

Mientras él se atusaba el peluquín, como si no diera crédito a su buena suerte, la joven se vio obligada a hacer las presentaciones correspondientes.

—Señorita Snodgrass, le presento al señor Pearce, uno de los caballeros con los que cenamos ayer.

—¿Están haciendo turismo?

—Esa es la intención.

—¿Han visto las tres palmeras en la placita Sancti Spiritus? —preguntó al tiempo que señalaba una esquina detrás de la catedral—. Son las que originalmente dieron nombre a la ciudad: El Real de Las Palmas.

—Muy interesante —comentó la señorita Snodgrass.

—¿Quieren que las acompañe a conocer la iglesia de San Agustín y la Torre de la Audiencia?

—Gracias, pero vamos en la tartana y ya tenemos intención de regresar. Flora se resiente de un tobillo y puede caminar poco —rechazó Natalia, a quien continuaba sin gustarle el modo en que ese hombre la miraba.

—Señorita Fairley, para cualquier cosa que necesite, me ofrezco a ser su cicerone. El señor Nordholme no posee el espíritu aventurero ni la jovialidad que yo puedo ofrecerle —dijo con verdadero interés.

La alusión a la edad del señor Nordholme le molestó, pero cuando se disponía a zanjar ese encuentro, él se dirigió a la señorita Snodgrass y le preguntó:

—¿Usted es la encargada de velar por la señorita Fairley cuando su prometido no está con ella?

—La señorita Fairley y yo somos amigas, aunque le

pueda sorprender que a Lou le agrade la compañía de una persona poco jovial.

El señor Pearce rio.

–No pretendía ofender a nadie con mi comentario. Solo quería saber si puedo esperar encontrarme a la señorita Fairley sin vigilancia –dijo de un modo poco amable–. Me gustaría mantener con ella una conversación que, sin duda, considerará interesante.

–No veo qué podría interesarme –respondió Natalia al percibir cierta grosería en sus palabras.

–Le interesará, se lo aseguro. –Sonrió. Y, viendo que ninguna de las dos parecía dispuesta a relajar su expresión de ofensa, se despidió–: No dejen de visitar el Museo Canario. Hay una colección de cráneos que ya quisieran para sí muchos cazadores.

Si Natalia ya se sentía indispuesta contra él, el comentario de que ella se interesaría por su conversación no mejoró sus ánimos de cordialidad. Agradeció que Brito ayudara a la señorita Snodgrass a subir a la tartana y se despidió con frialdad del señor Pearce.

–¿En serio me quiere hacer creer que se lo pasó bien en la cena de ayer? –preguntó la cincuentona.

–El señor Pearce fue el único que no despertó mis simpatías. El resto, por suerte, no se le parecían en nada.

–¿Y no le ha intrigado lo que quiere decirle?

–¿Intrigarme una grosería?

Siguieron su paseo hacia el Museo Canario, aunque no se detuvieron allí. Continuaron hacia la placita de Sancti Spiritus, que les resultó entrañable, y merodearon durante un buen rato por las estrechas callejuelas llenas de gente autóctona. Quedaron admiradas de los balcones de madera que desde muchas de las casas se asomaban hacia las pequeñas calles y, sobre todo, se sorprendieron de que en las losas de sus tejados crecieran pequeñas tabaibas, como si la vida buscara cualquier lugar para brotar.

Regresaron de nuevo junto al mar y la señorita Snodgrass, como aún era pronto, sugirió al cochero que las acercara a la playa de Las Canteras, y Brito puso rumbo a la bahía del Confital.

Al cabo de un rato de trayecto, se adentraron en la zona portuaria y vieron el espectacular movimiento de productos que salían y arribaban a aquel remoto lugar. Los estibadores, los comerciantes, los pasajeros y los que arribaban en las obras producían un bullicio que llegaba hasta ellas mezclado con el humo y el polvo del ambiente, pero, por fortuna, pronto dejaron atrás aquella agitación. También hormigueaban en aquel lugar los cambulloneros en busca de nuevos trapicheos con los que agenciarse ingresos.

Dejaron atrás el castillo de la Luz y atravesaron el parque de Santa Catalina. Al cabo de cinco minutos se encontraron ante una extensa playa que abrazaba la bahía. En aquel lugar había muy pocas edificaciones, casi todas de carácter inglés, excepto una pequeña caseta que pertenecía al salinero. Cerca del istmo, en la zona de La Puntilla, se veían pequeñas barcas de pescadores que se balanceaban con suavidad sobre las aguas y obligaban a los ojos a moverse con ellas si se miraban fijamente. Entre la luz y ese pequeño arropamiento, uno sentía la zozobra de la embriaguez ante tanto destello de mar. Cuando se regresaba de ese estado de ligero amodorramiento, uno distinguía, sobre los arenales, pequeñas casetas instaladas para que los turistas pudieran ponerse el traje de baño y, algunos de ellos, sobre todo niños, salían de ellas corriendo para remojarse en la orilla por un mar amable.

—Ayer nos olvidamos de comprarle uno —recordó la señorita Snodgrass al ver los trajes de baño—. Y es posible que el mío ya no me venga bien, me gusta demasiado el dulce y me temo que, desde la última vez que me lo probé, pueda haber engordado. Mañana, lo primero que tenemos que hacer es comprar bañadores.

Natalia la miró sonriendo y añadió:

–Pero nada nos impide pisar la arena. ¿Se atreve a acercarse a la orilla?

–Lo cierto es que, a pesar de mi tobillo, desde que he llegado aquí es como si me hubiera abandonado la dichosa artrosis.

La señorita Snodgrass aceptó el reto y de nuevo descendieron de la tartana, pero el paseo fue corto porque el bastón y los pies se incrustaban en la arena y a la mujer le resultaba difícil caminar. A Natalia le hubiera gustado permanecer allí y llenarse de la algarabía de los bañistas y de los destellos de luz.

Cuando regresaron a la tartana, Brito les señaló el arrecife.

–Es la Barra. Con eso aquí no entran tiburones –bromeó.

–Decididamente, ya tengo un sitio para dibujar mi primer paisaje –añadió la señorita Snodgrass–. Por cierto, me he olvidado de bajar su retrato para que lo vea, ya está listo. Cuando se seque, lo enmarcaré y se lo regalaré al señor Nordholme el día de su boda.

Natalia sintió un escalofrío a pesar del calor. Se preguntó si, efectivamente, pensaba que había logrado conocerla, aunque no se atrevió a decir nada. Había momentos en que la señorita Snodgrass le desconcertaba. Sin embargo, sentía esa atracción hacia ella que suelen inspirar las personas independientes y con personalidad.

Durante el regreso atravesaron de nuevo el puerto y, cuando ya lo dejaban atrás, la tartana se detuvo sin que ninguna de las dos mujeres le hubiera dado la orden al cochero.

–El joven Nordholme –les explicó Brito y, cuando miraron hacia donde señalaba, entendieron el motivo de su interrupción.

Dan también las vio, y se sintió obligado a acercarse para preguntar por el tobillo de la señorita Snodgrass. Se limitó a hacer un breve saludo de cabeza a Natalia y, dirigiéndose a la otra mujer, comentó:

—¿La vio un médico?

—Sí, no es grave. Pero suba, suba. Supongo que ya regresa a su casa, cabemos todos.

Natalia la miró contrariada y Dan, tras un instante de sorpresa, se negó a hacerle caso.

—Me gusta pasear y no estoy muy lejos.

—No voy a permitir que usted vaya andando mientras yo uso los servicios de su cochero. Si usted camina, yo también lo haré y, cuando el doctor se enfade, le diré que es culpa suya —comentó al tiempo que se apretaba hacia Natalia.

Incómodo por la situación, pero más aún por las palabras de la señorita Snodgrass, Dan subió a la tartana para no alargar más aquel momento. Ella le dedicó una amplia sonrisa mientras Natalia fingía estar mirando hacia otro lado.

—Hemos paseado por Vegueta y más tarde nos hemos asomado a la playa de Las Canteras. Fue un error imperdonable no haber adquirido ayer un traje de baño para Lou, o varios.

—Si le hace ese comentario a mi padre, seguro que con gusto se ofrecerá a comprarle cuantos sean necesarios —respondió con cierta mordacidad.

—El señor Nordholme es un hombre muy amable. Espero coincidir con él en alguna ocasión. Desde que hemos llegado, no me ha visitado.

—Mi padre es un hombre de rutinas, pero la señorita Fairley se lo recordará, sin duda alguna.

Natalia no respondió.

—Me encantaría conocer a su familia. Durante la travesía habló mucho de la señora Bell. Cuando pueda caminar sin ayuda, les haré una visita.

—Estoy convencido de que Rachel podrá asesorarla sobre las mejores tiendas para adquirir trajes de baño. En eso, es una experta.

—Eso espero. Necesito asesoramiento sobre muchas cosas. En el hotel, la mayoría de las relaciones que uno hace es con turistas.

—¿Piensa quedarse mucho tiempo en la isla?

—Pienso instalarme. Cuando la conozca un poco mejor, me plantearé comprar una casa. No quiero vivir siempre en un hotel —comentó y, tras un silencio, añadió—: Su padre nos contó que usted se estaba construyendo una vivienda.

—Ya está acabada. La semana pasada terminé de amueblarla. Faltan algunos detalles decorativos, pero ya puede ser habitada cómodamente.

—¿Cerca de la de su padre?

—No. Está en Tafira. Queda más lejos de mi trabajo, cierto, pero es un lugar con muchos árboles, aunque para llegar a ellos hay que atravesar unas extensiones de plataneras.

—No conocemos esa zona aún, ¿verdad, Lou?

—No —se limitó a responder esta.

—Pero supongo que este caballero no pondrá objeción en invitarnos.

Dan hubo de asentir y Natalia deseó estrangular a su amiga.

Enseguida llegaron al hotel y Dan ayudó a la señorita Snodgrass a descender.

—Mándele muchos saludos a su padre —se despidió la mujer.

Antes de volver al vehículo, él dudó. Era obvio que quedaba a solas con la joven que le inspiraba desconfianza, pero le pareció ridículo dejarse amedrentar por ese hecho y, al final, subió. Cuando partían, aún oyeron la voz de la señorita Snodgrass, que decía:

–Que tenga un buen día, señor Nordholme. ¡Adiós, Lou! Y, por favor, mañana recuérdeme que le enseñe su retrato.

En cuanto se hubieron alejado lo suficiente para que ella no los oyera, Dan le comentó a Natalia:

–Espero que valore a su amiga. Aquí no va a tener muchas.

–¿Se va a encargar usted de que así sea? –preguntó ella, a quien no le había sorprendido su impertinencia.

–No será necesario –respondió con una sonrisa sardónica, visiblemente más calmado que el día anterior–. Por lo común, personas como usted no son bien recibidas.

–¿Se refiere a personas ambiciosas y sin escrúpulos, señor Nordholme?

–Veo que nos entendemos bien.

–Y las personas suspicaces, desagradables y amantes del agravio ¿encuentran muchos amigos aquí?

Él volvió a sonreír, aunque de nuevo su gesto ofrecía más evidencias de sarcasmo que de felicidad.

–Las suficientes. El tipo de persona que usted describe prefiere pocos amigos, y nobles, a relaciones superficiales con advenedizos.

–Entonces, volvemos a entendernos, señor Nordholme: yo tampoco deseo su amistad.

–Ya que es usted sincera, permítame que le pregunte: ¿ha habido muchos intentos de conseguir un buen matrimonio antes de conocer a mi padre?

Ella volvió a procurar no mostrarse ofendida y, mirándolo a modo de desafío, respondió irónicamente con otra pregunta:

–¿Cuestiona mis virtudes? –Y después de una pausa, añadió–: No, señor Nordholme, su padre no ha sido el primero –dijo recordando al señor Bates, un pretendiente que la cortejaba cuando su nombre aún era Nathalie Lindstrom, pero que nunca logró despertar ningún sentimiento cálido en su corazón–. Y debo reconocer que, al aceptar, influyó saber que vivía aquí. El clima, ya sabe... para cuando tenga edad de preocuparme por la artrosis.

–No cuestiono sus virtudes, señorita Fairley, están muy a la vista –comentó mordaz.

Y, dicho esto, ambos se sintieron vencedores en un primer momento, pero poco a poco empezaron a dudar de su propia victoria. Durante lo poco que duró el trayecto, ninguno volvió a pronunciar palabra.

Capítulo 14

Cuando vio quiénes llegaban juntos, el ama de llaves frunció las cejas y dedicó una mirada intrigada a Dan. Este le correspondió con una expresión que a Natalia le pareció ambigua y que, sin embargo, dejó satisfecha a la otra.

–El señor Nordholme aún no ha regresado de su partida de dados –se limitó a informar ella.

–Gracias, Agustina. Estaré en mi despacho, avíseme cuando llegue.

Natalia, ante esa situación, se dirigió a la biblioteca para buscar entretenimiento antes del almuerzo, pero también para poder estar sola. Necesitaba tranquilizarse y creyó que la lectura lograría aplacar su ansiedad.

Al cabo de dos minutos, el ama de llaves también entró en la biblioteca y, tras observarla un instante mientras ella estaba ante unas estanterías, con un tono de voz impertinente, comentó:

–No los descoloque. El joven Nordholme es muy escrupuloso con el orden.

Natalia, que aún no había tocado ningún libro, se quedó perpleja. Desde que había llegado, la mirada de esa mujer la sugestionaba y, en esos momentos, no sintió ánimos de enfrentarse a ella. Se encontraba agitada y sin fuerzas por el choque dialéctico con Dan, y ahora no tenía paciencia para afrontar otro. El rechazo que el ama de llaves no ocultaba hacia su persona terminó por desmoronar algo en su interior.

Sin mirarla, pasó al lado de la mujer y abandonó la biblioteca. Subió corriendo a su habitación y se tumbó sobre la cama como si no pudiera resistir un peso invisible que empezaba a aplastarla. No lloró. Pero, por dentro, la cascada de emociones la desgarraba.

Y dentro de la confusión que le generaba su malestar, poco a poco fue apareciendo una imagen por encima del resto: la mirada de Dan Nordholme. Tomó conciencia de lo mucho que le afectaba su mala opinión, las palabras recriminatorias y aquellos ojos condenatorios. ¿Por qué sentía más remordimientos ante él que ante su padre, a quien se había presentado con un nombre falso?

Por un momento, se planteó huir de allí y romper un compromiso sin amor, pero no tenía adonde ir. Aún no había conseguido ninguna pista sobre su familia española. Lo ideal, pensó, sería que la señorita Snodgrass la contratara como dama de compañía, pero enseguida desechó esa ocurrencia. Una cosa era que la mujer disfrutara de los paseos con ella y otra muy distinta tener que aguantarla todo el día. Sin contar con que también la estaba engañando a ella. ¿Cómo confesarle que no era Louise Fairley? ¡Imposible! La señorita Snodgrass no se lo perdonaría, de la misma manera que nunca se lo perdonaría Dan Nordholme.

Además, ¿qué idea era esa de abandonar al señor Nordholme, alguien que había sido tan amable con ella? Entonces sí que no tendría perdón, sería como si lo hubiera utilizado para viajar a la isla y su acto aún sería más reprochable. No, no podía publicar ningún anuncio para buscar trabajo o preguntar a las personas a las que iba conociendo si sabían de una plaza para ella, se sentiría una desagradecida. Y debía reconocer que otro elemento también influía en desechar esa idea: no tenía el dinero suficiente para mantenerse mucho tiempo aunque se hospedara en una pensión. Y menos para pagarse un pasaje de regreso y, con ello, olvidarse de buscar a su familia. Además, eso significaría otra traición; en este caso, a sus raíces.

No, no había marcha atrás. Debía mantener su compromiso con el señor Nordholme. Pero... ¿podría soportarlo? ¿Podría resistir la avalancha de censuras y desprecios que recibiría de Dan? ¿Por qué no había pensado en las objeciones de su conciencia cuando decidió embarcarse en este engaño? ¿Por qué no había previsto que se sentiría tan mal? Cuando mintió sobre su nombre, había actuado impulsivamente para no ser reconocida por la señora Millhouse, y eso era algo que de algún modo la justificaba, pero solo en ese punto. Después, al comprometerse con el señor Nordholme, había intentado confesar su nombre, pero él la había interrumpido y ya no había encontrado fuerzas. Y ahora ya era demasiado tarde. No, no tenía otra salida que la de calmarse y procurar que la actitud de Dan no le afectara. Al fin y al cabo, si él no hubiera aparecido, no se habría sentido tan atrapada en una situación que había elegido.

Antes de bajar a almorzar, respiró hondo y se convenció a sí misma de que actuaría con templanza. La presencia de Dan la desasosegaba, pero lograría sobreponerse.

En cuanto entró en el comedor, lamentó que no estuvieran allí la hija del señor Nordholme y su marido o las hermanas Dormer, porque entre ellas podría disimular mejor su desazón. A pesar de que antes había notado que tenía hambre, de repente se le cerró el estómago. El señor Nordholme le brindó una silla y la ayudó a arrimarse cuando ella se hubo sentado. Quedó situada frente a Dan, pero no levantó los ojos. Él tampoco la miró.

El señor Nordholme, por el contrario, se sentía entusiasmado.

—Le he ganado más de veinte libras a Tilman. En la última jugada ha sacado un cuatro y un seis, pero mi tirada ha sido de un cinco y un seis. Deberíais haberle visto la cara.

Dan sonrió de manera forzada, y Natalia solo consiguió que la sonrisa asomara.

—Se la debía. Últimamente alardeaba mucho de su suerte. No me molesta que me ganen si lo hacen con elegancia, pero a Tilman se le está pegando la fanfarronería española.

Su hijo levantó los ojos como temiendo que empezara un tema de conversación en el que solían discutir.

—Hoy el ambiente era extraordinario. En el Club británico habían preparado un desayuno para los integrantes del equipo ciclista y el salón estaba lleno.

Como ninguno de sus dos acompañantes hacía ningún comentario a sus palabras, el señor Nordholme pasó a emplazarlos directamente para que participaran.

—Lou, querida, ¿dónde habéis estado la señorita Snodgrass y tú esta mañana?

—Hemos ido a Vegueta y hemos visitado la catedral. Me ha gustado mucho el tipo de construcción autóctona, pero ha sido una lástima no poder caminar. Por la lesión de la señorita Snodgrass, tampoco hemos entrado en el Museo Canario.

—Así no estarás cansada para el baile de mañana —la consoló el señor Nordholme.

—También nos hemos acercado hasta Las Canteras y la señorita Snodgrass ha lamentado que su traje de baño le quede pequeño.

—Supongo que ayer te comprarías alguno.

—No pensé en ello.

—Pues eso tienes que subsanarlo enseguida. En breve

se irán estas fatigosas nubes de verano. Aunque si quieres ir a la playa antes, podemos planificar una excursión a Maspalomas. Sí, eso haremos la semana que viene. Se lo diré también a mi hija y a mi yerno. Y que vengan las Dormer. ¿Podrás acompañarlos, Dan?

—Lo más probable es que no –se limitó a responder sin levantar la mirada.

—Siempre estás ocupado. No entiendo tu afición a trabajar. Tan joven y tan aburrido… –se burló.

—Sería un detalle, padre, que usted también se incluyera en la excursión y de paso que invitara a la señorita Snodgrass. Su compañía resultará más agradable para algunos que la mía.

—¡Oh, cierto, la señorita Snodgrass! Sí, claro, claro –respondió obviando la ironía–. Una mujer muy simpática. Me parece buena idea. Pero yo, hijo, ya no estoy para caminar sobre un camello por las dunas del sur.

—Si hiciéramos alguna excursión a los volcanes, sé que se apuntaría entusiasmada –añadió Natalia haciendo caso omiso del comentario de Dan–. Tiene mucho interés en conocerlos.

—El domingo podríamos subir a Bandama. No queda muy lejos y, de paso, podemos visitar la casa de mi hijo, que ya está acabada y se encuentra en esa zona. –Se le ocurrió ingenuamente al señor Nordholme.

—No creo que mi futura residencia suscite demasiado interés en la señorita Fairley –replicó Dan.

—¿Señorita Fairley? –ironizó el señor Nordholme–. ¿Qué trato es ese hacia mi futura esposa? ¿A qué tanta distancia? –reprochó a su hijo.

—Entonces, rectificaré. No creo que a Louise le interese visitar casas ajenas –respondió con sarcasmo.

—La señorita Snodgrass ha mostrado curiosidad hace un rato –le recordó ella.

Él la observó un instante, procurando averiguar si pretendía incomodarlo, y el aire desafiante de su mirada le hizo pensar que así era.

—Y supongo que Phillipa también estará deseando conocer esa casa —añadió risueño el señor Nordholme.

Natalia observó la reacción de Dan y comprobó lo que ya sospechaba: no se sentía cómodo ante esa alusión. Pero no dijo palabra.

—Tengo entendido que, antes de la construcción del puerto, ya había familias británicas en la isla —dijo ella para cambiar de tema—. Supongo que serán buenos testigos de los cambios sufridos en las últimas décadas.

—Yo mismo —respondió el señor Nordholme—. La familia de mi primera esposa, los Everdeen, se instalaron aquí en 1856 y yo llegué en 1858. Ya estaban aquí los Miller, que podría decirse que son los dueños, los Barnes, los Harris... Estos últimos son los que tienen la tienda de té en Triana, al lado del local donde compraste los sombreros, querida.

Natalia asintió y, aunque no recordaba la tienda, agradeció saber dónde podría encontrar a alguien que tal vez hubiera conocido a su madre y que no fuera un Nordholme.

—Sí, ha cambiado mucho. Estos canarios... ya lo puedes ver, aún se conforman con cultivar para ellos. Los Miller trajeron aquí el comercio, luego vinieron otros y la construcción del puerto ha permitido que se introduzca la modernidad. Aunque solo entre nosotros. Ellos siguen ignorantes y viviendo según sus costumbres.

—Eso no es del todo cierto —objetó Dan—. Hay canarios que han recibido una buena educación y las obras del puerto se lograron gracias a uno de ellos. Sin León y Castillo, los británicos no aprovecharíamos sus recursos de un modo tan eficaz.

—¡Sus recursos! Si ellos no tienen ni idea de cómo aprovecharlos. ¡Son unos desagradecidos! ¿Puedes creerte, Lou, que incluso se manifiestan contra el tranvía?

–Reconocerá, padre, que un tranvía de carbón genera mucha suciedad en las calles. Lo que piden es que pase a funcionar con electricidad, no que lo quiten.

–¡Claro que quieren quitarlo! He oído que pretenden sustituirlo por el autoómnibus.

–No invente, padre. Según me contó Domingo, la idea del autoómnibus no está reñida con el tranvía.

–¿Domingo Rivero? ¿Uno de tus amigos poetas? ¡Ya sabemos en qué piensan los poetas!

Natalia, sorprendida, notó que simpatizaba con la defensa que Dan hacía de los canarios frente al desprecio que no ocultaba el señor Nordholme. Por unos momentos, lo miró con otros ojos y escuchó atenta su argumentación.

–Me niego a seguir manteniendo esta discusión con usted, padre. Ambos tenemos la experiencia de que nunca llegamos a un acuerdo.

Pero el señor Nordholme insistió:

–Los canarios ni siquiera son capaces de defender su propia patria. Imagínate, querida –le dijo a Natalia–, que durante la guerra de Cuba preferían que la isla lograra la independencia a que continuara siendo una colonia española.

–Para ellos, aquello fue un fratricidio, padre –le recordó Dan verdaderamente molesto.

–Entonces nos venían detrás. Pedían nuestra ayuda y deseaban ser una colonia del imperio británico.

–Simplifica usted las cosas de tal modo que lo convierte en una versión muy injusta –insistió Dan, pero enseguida recapacitó y esta vez sí decidió cambiar de tema–. ¿No le gusta el pescado, señorita Fairley? Está usted comiendo muy poco.

Y, dicho esto, la conversación versó sobre la comida y no volvió a salir ningún tema social que incitara a la controversia.

Cuando después de almorzar Dan regresó a las obras

del puerto y el señor Nordholme subió a descansar, ella salió a la terraza, se sentó en una butaca y recordó su primer encuentro. Las sensaciones que le había producido aquella vez habían sido muy distintas a las que guardaba durante sus discusiones de ahora, y se planteó si la señorita Snodgrass tendría razón y le convendría reconciliarse con él. Pero entonces comprendió otro peligro: ese hombre no le resultaba indiferente, y no era precisamente por su hostilidad. Y si algo no podía permitirse, sin duda, era enamorarse, y mucho menos de él.

La agitación regresó a su espíritu aumentada tras este instante de lucidez. Se levantó de su asiento y caminó de un lugar a otro entre las plantas, deteniéndose solamente algún momento para mirar al horizonte, como si el paisaje pudiera sugerirle alguna idea brillante que la salvara de esa situación.

Por un instante se sintió atrapada por la luz y se dejó evadir hacia la lejanía. Fue un minuto de paz, como si la tierra la llamara y la acogiera en su seno. Sus ojos se instalaron en la luminosidad de las nubes y pronto empezaron a desenfocarse los campos de plataneras y el mar, y solo quedó ante la vista el cielo blanco. Se perdió en esa sensación durante un breve lapso de tiempo y le pareció que se vaciaba de sí misma y se disolvía en la visión nebulosa y pálida. Pensó que había encontrado lo que tanto buscaba, el arraigo, aunque fuera un arraigo fugaz.

Porque cuando el ama de llaves se asomó a la terraza, ella se sintió nuevamente turbada y se rompió el fugaz encanto. La mujer no salió, solo permaneció unos segundos allí como si buscara algo y luego se marchó.

Pero fue suficiente para que regresaran todos los males y Natalia se introdujera en una sensación de vértigo y desasosiego y se sintiera aplastada y con falta de aire. Los ojos de Dan, un reproche oscuro en forma de mirada, la atravesaron. Y, al cabo de un momento, se desmayó.

Capítulo 15

La encontró María del Pino poco después y su voz de alarma despertó al señor Nordholme. La subieron a su habitación y enseguida mandaron a Brito a que fuera a buscar al médico.

El señor Nordholme estaba muy nervioso y rezaba una y otra vez para que no se tratara de nada grave. Se sintió aliviado cuando Natalia volvió en sí, aunque estaba aturdida y no recordaba haberse desmayado.

Cuando el doctor Seeber llegó, el señor Nordholme le apresuró a que entrara en la habitación de su prometida.

–Tiene mal color –dijo en cuanto la vio, y pidió a los demás que esperaran afuera.

Al cabo de diez minutos salió de los aposentos y trató de tranquilizar al dueño de la casa.

–No es nada grave. Las pulsaciones son correctas y respira bien.

–¿Tiene fiebre?

–No, su temperatura es normal. Es posible que esté nerviosa. Todo esto es nuevo para ella y pronto va a casarse, ¿conoce a alguna mujer que no se excite ante un próximo matrimonio?

–A ninguna, ciertamente.

–Procure que descanse. Si tenían planes para hoy, es mejor que los anule. Y vigile su alimentación.

–Durante el almuerzo, ha comido poco.

–No permita que eso vuelva a pasar. Sírvale ahora alguna fruta y asegúrese de que cene bien.

–Muchas gracias, doctor Seeber.

–No tiene por qué dármelas. Limítese a hacer lo que le he dicho. Buenas tardes.

–Buenas tardes.

El señor Nordholme fue celoso en su cuidado y no permitió que Natalia saliera de su habitación. Ordenó que en todo momento hubiera alguien con ella y así fue. Para disgusto de la joven, constantemente había una criada en su habitación preocupada por su estado y Natalia no pudo estar sola tal como deseaba.

Pero finalmente resultó mejor, porque María del Pino mostraba hacia ella una actitud muy distinta a la del ama de llaves. Era joven y alegre y le gustaba conversar. Si bien al principio hubo cierta reserva por tratarse de una relación entre criada y señora, el carácter extrovertido de la canaria se impuso y procuró entretenerla durante toda la tarde sin demostrar ninguna antipatía hacia ella.

En un mal español, Natalia aprovechó para preguntarle dónde solían hospedarse los ingleses enfermos antes de que abrieran el Queen Victoria Hospital.

–Aquí y allá –respondió ella ignorante.

Cierto que era joven y que ella ya se había criado con el hospital británico abierto, pero Natalia pensó que su familia probablemente pudiera tener mayor información sobre el tema, así que, resuelta a mentir de nuevo, le dijo:

–Hay un periódico en Inglaterra que busca historias sobre ingleses que hubieran viajado a la isla para curar sus enfermedades antes del hospital. Si les gustan, pagan alguna guinea por ello.

—Mi familia dice que el dinero inglés vale más que el español. Pero yo no sé escribir.

—Usted me las puede contar y yo las puedo escribir. Si ganáramos algo con ellas, el dinero sería suyo.

—¿Haría esto por mí?

—Me agradaría hacerlo.

—Señorita Fairley, le aseguro que en mi primer día libre voy a interrogar a todos mis mayores –le prometió la criada–. No es que el señor Nordholme me pague mal, pero tengo más hermanos y quiero ayudar a mi madre.

Natalia sonrió satisfecha. Aparte de los nombres que durante el almuerzo le había dado el señor Nordholme, los relatos de esta joven podrían ayudarla a encontrar el rastro de su madre.

A la hora de cenar le subieron una sopa y un trozo de carne de cerdo y, como había recuperado el hambre, comió muy a gusto. El señor Nordholme se asomó en varias ocasiones para ver cómo se encontraba y otras tantas preguntó por ella a María del Pino. Dan no se dignó visitarla ni una sola vez. Esta falta de deferencia hizo que se enojara y se entristeciera y, confusa como estaba, no distinguió bien cuál era su sensación.

Gracias a una tisana, durmió bien y sin interrupciones y, al día siguiente, se despertó completamente recuperada. Tras asearse y vestirse, bajó a desayunar con el señor Nordholme y vio que Dan ya se había ido.

Poco después llegó el doctor Seeber, que volvió a examinarla y, satisfecho, no vio ningún impedimento en que hiciera vida normal.

—Tiene mi autorización para disfrutar de cada momento como usted guste –comentó.

El señor Nordholme mostró una expresión agradecida y Natalia sonrió.

Cuando llegó Rachel, visiblemente animada, hacía apenas unos minutos que acababa de marcharse el médico.

–He decidido que ya es hora de que visite el club de tenis –le dijo a Natalia–. No sabe cuánta gente pregunta por usted. Todos los ingleses de esta isla desean conocerla. Padre –añadió ahora dirigiéndose al señor Nordholme–, ha levantado usted muchas envidias entre los nuestros.

–Gracias –respondió Natalia–, pero he quedado con la señorita Snodgrass.

–Entonces, que venga también la señorita Snodgrass. Anímese, las hermanas Dormer pasarán a buscarnos en breve –le dijo, como si se sintiera importante por poder codearse con ella en sociedad.

–Prefiero que hoy vayas al club de tenis que a pasear con la señorita Snodgrass –le comentó el señor Nordholme–. Si volvieras a encontrarte mal, allí siempre hay un médico.

–Pero he quedado con la señorita Snodgrass para comprar un traje de baño –objetó Natalia–. Además, ella no puede caminar mucho rato.

–Envíale una nota.

–¿Debemos partir ya? –preguntó Natalia a la señora Bell.

–Cuando lleguen Amanda y Phillipa. Supongo que no tardarán.

–En ese caso, si no les importa, pasen a buscarme a mí por el hotel Santa Catalina. Así puedo excusarme personalmente ante la señorita Snodgrass y, de paso, interesarme por su tobillo.

El señor Nordholme fue reticente a que saliera sola, pero finalmente aceptó.

Natalia se encaminó al hotel lamentando no poder disponer de la mañana para ella. Había pensado en argumentar algún pretexto a la señorita Snodgrass tras comprarse los trajes de baño y, después, visitar la tienda de té de los Harris, que era lo que realmente le interesaba. Pero, de este modo, se veía obligada a pasar la mañana en el club de tenis, así que deseó con todas sus fuerzas que los Barnes acudieran al baile que aquella noche se celebraba en el Club náutico para poder indagar sobre su madre.

Cuando llegó al hotel Santa Catalina, encontró a la señorita Snodgrass en la terraza principal acompañada de una anciana. Antes de que Natalia tuviera tiempo para decirle que esa mañana tenían que suspender sus compras, la señorita Snodgrass le presentó a la mujer:

–Lou, esta es la señora Todd. Coincidí con su hijo en Egipto hará unos diez años. Todo un caballero, y su esposa también era una dama. Por entonces tenían dos niños, pero acabo de enterarme de que ya han incorporado tres miembros más a la familia.

–Espero que todos se encuentren bien –comentó Natalia mientras sonreía a la anciana.

–Ayer recibí carta de ellos y estaban todos perfectamente. Tengo seis hijos más y, en total, veintinueve nietos.

En ese momento un miembro del servicio del hotel se acercó a su mesa y se dirigió a la señorita Snodgrass:

–Tiene una conferencia telefónica desde Londres. Es la misma persona que la llamó ayer, cuando usted no estaba: la señora Lindstrom.

La señora Todd se despidió, la señorita Snodgrass acudió a la zona donde tenían el único teléfono y Natalia comenzó a temblar. En cuanto oyó el nombre de la que en otra época había considerado su abuela, notó que su rostro mudaba de color, pero no supo si palideció o enrojeció. Le flaquearon las piernas y, primero, se agarró al respaldo de una butaca y, tras un momento de duda, se dejó caer sobre el asiento. Sabía que esa llamada tenía que ver con el telegrama que ella le había enviado el día anterior, pero nunca sospechó que la señora Lindstrom respondiera con una conferencia.

Estaba ansiosa y temerosa a un tiempo. Anhelaba averiguar alguna pista fiable sobre la estancia canaria de su madre y también deseaba desaparecer por si la señorita Snodgrass la notaba temblorosa y sospechaba de ella. Pero no tomó ninguna decisión. Se dedicó a permanecer a la espera, como si fuera incapaz de moverse si no era empujada por algo ajeno a su voluntad. Al cabo de poco, vio pasar al doctor Perdomo y este se detuvo a saludarla.

–He venido a hacer mi visita diaria al viejo coronel –le comentó–. Espero que el señor Nordholme y su familia se encuentren bien.

–Sí, gracias...

Pero no pudo acabar. La señorita Snodgrass irrumpió en la terraza verdaderamente enojada y gritó haciendo espasmos.

–¡Será maleducada!

–¿Qué le ocurre? –preguntó el doctor Perdomo al tiempo que le ofrecía un asiento.

–¿Que qué me ocurre? ¡Oh! –Suspiró–. Me ha llamado desde Inglaterra una mujer que no conozco de nada y, en cuanto le he dicho buenos días, ha empezado a llenarme de reproches y acusaciones que no entendía.

–Se habrá tratado de un error –comentó el médico.

–Supongo que sí. Porque, desde luego, yo no conozco a ninguna Emilie Battle.

–¿Emilie Battle? –preguntó el doctor Perdomo.

–Sí, la señora Lindstrom, que es quien hablaba al otro lado del cable telefónico, me ha dicho que Emilie Battle lleva mucho tiempo muerta y que deje de remover las tumbas. Me he sentido insultada, verdaderamente insultada. ¡Como si a mí me importara algo esa Emilie Battle!

–Es curioso porque... ahora que menciona ese nombre, la recepcionista del Queen Victoria Hospital me dijo que hace dos días una joven había preguntado precisamente por una tal Emilie Battle. En ese momento no le di importancia, pero esto que acaba de ocurrir me parece una notable casualidad.

La señorita Snodgrass miró inmediatamente a Natalia y esta abrió los ojos espantada y enseguida los dirigió hacia otro lugar, aunque fue consciente de que en aquel instante no sabía disimular.

–¡En fin! ¡Misterios sin resolver hay muchos! Tranquilícese y no le dé más vueltas –añadió el doctor Perdomo–. Lo más probable es que esa señora no la vuelva a llamar. Si me disculpan, tengo que ir a atender al coronel. ¡Que pasen un buen día!

El médico se fue y la señorita Snodgrass se sentó al lado de Natalia. Lentamente acercó su cara a la de ella y, como si se tratara de una confidencia, le dijo:

–No sé por qué, creo que usted puede ayudarme a encontrar una explicación a este asunto.

–¿Yo? –trató de fingir sorpresa Natalia.

Pero de pronto se sintió traspasada por esa mirada punzante que esperaba una respuesta y, sin saber qué inventar para salir del apuro, finalmente se mordió los labios y a continuación con expresión suplicante, comentó:

–Debo confesarle algo. En realidad, debo confesárselo a todos cuantos me conocen.

Capítulo 16

Como la señorita Snodgrass continuaba observándola sin decir nada y Natalia no distinguía si en su expectación había exigencia o un punto de divertimiento, añadió:
–En realidad no me llamo Louise Fairley.

Tragó saliva un momento y buscó fuerzas para continuar, pero la interrupción de la señorita Snodgrass la dejó perpleja.

–Espero que no vaya a decirme solo esa obviedad.
–¿Obviedad? –preguntó Natalia.
–Por supuesto. Al menos para mí. Desde el primer momento sé que usted no es Louise Fairley, querida. Resulta que la señorita Fairley era vecina de mi hermana. Nos cruzábamos a menudo cuando yo estaba en Londres.

Natalia no daba crédito a lo que oía. ¿En serio la señorita Snodgrass sabía que ella era una farsante y se lo había callado todo este tiempo?

–¿Por qué no me ha delatado? –preguntó estupefacta, pero también curiosa.

–¿Delatarla? Eso no habría sido divertido –respondió sin inmutarse–. Le aseguro, querida, que por nada del mundo me hubiera perdido este momento. Debería verse la cara. Aún está pálida.

—Supongo que la he defraudado... —se lamentó avergonzada.

—Todavía no. Estoy deseando escuchar su historia. Una vez oída, ya le diré si me he sentido defraudada. Supongo que tendrá usted nombre y apellido.

—Solo nombre.

La señorita Snodgrass la contempló interrogante.

—Me llamo Natalia, no Nathalie, Natalia. Y mi apellido no lo conozco. Hasta los veintiún años crecí con el de Lindstrom. Consideré mi abuela a la persona con la que usted ha hablado, pero, cuando el que tampoco era mi padre murió, supe que no era así. Entonces fue cuando ella me echó de casa.

—¿Y qué tiene usted que ver con Emilie Battle? —preguntó acomodándose.

—Era mi madre.

—Esto empieza a ponerse interesante —bromeó y, con ese gesto, continuó aumentando la perplejidad de Natalia—. Pero hay una cosa que no entiendo. La señora Lindstrom, la que no es su abuela, me ha dicho que Emilie Battle lleva muchos años... fallecida.

—Así es. Mi madre murió cuando yo tenía diez años. Vivíamos en Londres, pero sé que antes de tenerme a mí, pasó una estancia en la isla recuperándose de una enfermedad pulmonar. —En este punto, ya había decidido confesarlo todo, incluso su tacha de nacimiento—. Conoció a alguien de aquí y luego se casó con John Lindstrom para tapar la deshonra. Mi madre no lo engañó. El señor Lindstrom sabía desde el primer momento que esperaba un bebé de otra persona. De un español.

—Sus ojos son españoles. Y su piel. Usted no se quemó durante la travesía.

—Ya sabe la historia: soy una bastarda y mi padre es canario. Ignoro su apellido, no sé si está vivo o muerto, tampoco tengo ni idea de si él sabía que yo estaba en camino. Por eso telegrafié a la señora Lindstrom en su nombre. Sabía que, si ella se ponía en contacto con usted, yo acabaría enterándome del contenido de esa conversación. No lo hice con el mío porque no quiere saber nada de mí y yo necesito averiguar dónde se alojó mi madre y con quién se relacionó para poder encontrar alguna pista sobre mi padre.

–Su historia está incompleta, querida –comentó verdaderamente interesada–, ¿qué hizo usted cuando la señora Lindstrom la echó de casa? ¿Viajó a Southampton de inmediato?

–No. Conseguí un empleo como dama de compañía de la señora Cunnigham. Antes de eso no tenía adonde ir, unas ancianas me cuidaron cuando me encontraron enferma en su portal, siempre las recordaré con cariño.

–¿Y ahorró algo en ese tiempo que pasó con la señora Cunnigham?

–Muy poco. La mayor parte del sueldo era mi manutención. Pero la señora Cunnigham me hizo un regalo cuando se fue a vivir con su hija y entonces decidí trasladarme a Southampton para buscar trabajo allí. –Bajó la cabeza al recordar el momento en que mintió y le contó a la señorita Snodgrass cómo se había presentado al señor Nordholme el día que la descubrió en la agencia de colocación. Luego, añadió–: El nombre de Louise Fairley fue el primero que se me vino a la cabeza. Supongo que porque ella visitaba a menudo a la señora Cunnigham. Yo solía estar presente en sus encuentros y, de este modo, conocía muchos datos de su vida, aunque sin intención de usarlos ni de suplantarla, pero, sin embargo, lo he hecho. Y le aseguro que me arrepiento de ello y esta misma tarde se lo contaré todo al señor Nordholme.

–¿Se arrepiente?

–No piense mal, señorita Snodgrass. Le aseguro que en esos momentos yo ni siquiera imaginaba que el señor

Nordholme me iba a hacer después una proposición de matrimonio. Ya le he dicho que fue la vergüenza la que me empujó a dar otro nombre, no la intención de engañar. Mi idea era encontrar un puesto de institutriz o dama de compañía de alguna familia inglesa que residiera aquí para poder trasladarme sin necesidad de pagar el pasaje. Recuerde que el tema de las institutrices y las damas de compañía lo propicié en distintas ocasiones –le comentó como si necesitara aportar pruebas de lo que estaba contando–. Le juro una y mil veces que en ningún momento oculté mi nombre como ardid para atrapar al señor Nordholme.

–¿Atrapar? Querida, más bien parece usted la atrapada.

–Sí, es cierto. Acabo de ser atrapada en mi mentira. Ahora no me creerá si le digo que ha habido varias ocasiones en las que he estado a punto de confesarle la verdad, tanto a usted como al señor Nordholme –comentó al tiempo que su expresión demostraba que algo se derrumbaba por dentro–. Pero ya es hora de que me libere de mis propias cadenas.

–¿Qué quiere decir?

–Que hoy mismo hablaré con el señor Nordholme y le contaré que no soy Louise Fairley.

–¡Ni se le ocurra hacer eso!

–¿Cómo dice? –preguntó Natalia asombrada.

–¿Qué ganaría con ello? ¿Qué nuevo nombre le daría? ¿No ha dicho usted que desconoce su apellido?

–Sí, pero eso no es excusa para seguir ocultándole cuáles son mis circunstancias.

–Ha dicho que se llama Natalia ¿verdad?

–Sí.

–Natalia, haga el favor de ser sincera. Puedo entender por qué mintió al decir que se llamaba Louise Fairley cuando aquella mujer amiga de la señora Lindstrom estaba a sus espaldas, pero usted ha tenido tiempo para contarle la verdad al señor Nordholme. Dígame, ¿por qué no lo ha hecho?

–No he sido capaz –admitió–. Siempre me lo ha impedido algún miedo.

–¿Qué tipo de miedo?

–Me temo que el señor Nordholme rompería el compromiso conmigo. Hay momentos en los que me parece que da suma importancia a las circunstancias del nacimiento.

–Y así es. Yo también le he oído hacer algún comentario que no me ha gustado. ¡Como si la gente tuviera la culpa de su cuna!

–Pero yo no puedo casarme con él bajo ese engaño. En Las Palmas hay una delegación del Tribunal de Facultades y Dispensas y en algún momento deberé decir mi verdadero nombre para obtener la licencia matrimonial.

–Puede decir que ha perdido sus documentos. Conozco muchos casos en que eso ha servido. Si yo le contara... En fin, lo que quiero decirle, querida, es que usted sigue siendo la misma persona se llame como se llame. Sé que no la convenceré si le pido que engañe al señor Nordholme, pero, al menos, concédame un favor: no se lo diga ahora.

–¿Por qué debería demorarlo más?

–Confíe en mí. Creo que le conviene esperar.

–No lo entiendo, ¿en qué está pensando?

–¿Y si antes de casarse averiguara quién es su verdadero padre? Tal vez él no sepa que tenga una hija y la acepte en su seno. En ese caso, no tendría la necesidad de casarse con el señor Nordholme.

–Aunque encontrara a mi padre, no abandonaría al señor Nordholme, ha sido muy bueno conmigo.

La señorita Snodgrass la miró de arriba abajo con notable insatisfacción. Tras pensar un momento, cambió de argumentación.

–Pero entonces podría casarse con su verdadero apellido.

–Continuaría siendo una bastarda... Es posible que el señor Nordholme me rechazara.

–Pero con un padre dispuesto a reconocerla. Y si el señor Nordholme la abandona por ese motivo, dese por satisfecha. Sin duda, será una demostración más de que no la merece.

Natalia suspiró al pensar que un padre verdadero la abrazaba, pero de inmediato percibió el retintín de la señorita Snodgrass y repitió:

–¿Una demostración más?

La señorita Snodgrass hizo caso omiso a ese matiz y cambió de tema.

–Yo continuaré llamándola Lou para no levantar sospechas –dijo dando por hecho que la había convencido–. Y, por su parte, más vale que cambie la expresión de su cara, porque por allí viene la hija de Nordholme.

–¿Y usted va a seguir encubriéndome? –preguntó Natalia, que había mantenido esa duda durante toda la conversación.

–¡Oh! ¡Ni por un momento se me ha ocurrido lo contrario! Sin embargo, cuando tengamos ocasión, me gustaría continuar hablando con usted sobre este tema. Hay cosas que no me gustan.

–Me sorprende que le guste algo.

–¡Lou! ¡Yuhú!

Rachel la llamó al tiempo que hacía aspavientos.

Natalia miró agradecida a la señorita Snodgrass y, antes de girarse a devolver el saludo, procuró sonreír.

La hija del señor Nordholme venía acompañada de las hermanas Dormer, y Natalia aprovechó para presentárselas a la señorita Snodgrass.

—Lamento suspender la compra de trajes de baño. Me han invitado al club de tenis, ¿le gustaría acompañarnos?
—¿Han venido en carruaje?
—No, señorita Snodgrass —respondió Rachel—. Pero el club está muy cerca de aquí.
—Las obligaría a caminar muy despacio. Prefiero quedarme aquí a ser una molestia.
—No tenemos prisa —añadió Amanda.
—Gracias, pero no disfruto viendo jugar al tenis.
—¡Oh! Nosotras no jugamos. Pero nos reunimos allí cada mañana, en la terraza del Metropol. Hoy viene la señora D'Este a dar una conferencia, que es miembro de la Asociación de Amigos de los Animales —añadió la mayor de los Dormer.
—Los canarios maltratan a los pobres animales. Alfred L. Jones se vio obligado a crear esta asociación para denunciar la crueldad y obligar a las autoridades a multar a los maltratadores —explicó Rachel para convencerla. Pensaba que, si además de presentarse en el club con la prometida de su padre, lo hacía también con su amiga, las atenciones hacia ella crecerían. Según le había contado su padre, esa mujer era muy excéntrica.
—Entonces, seguro que se dedica a pedir donativos. En serio, gracias por el ofrecimiento, pero será mejor que las acompañe otro día —zanjó el tema la señorita Snodgrass.
Natalia tomó una mano de su amiga y se la apretó en un gesto de gratitud.
—Espero que no se aburra. Le deseo un buen día.
—¿Aburrirme? Estoy con una historia muy entretenida.
—¿Qué libro lee? —preguntó Phillipa, que abrió la boca por primera vez.
—¿Libro? No, no he dicho libro, he dicho historia, querida —respondió sonriente, pero no explicó más—. Disfruten en el club de tenis.

Natalia arqueó las cejas ante la respuesta de la señorita Snodgrass y, en ese momento, Rachel la agarró de un brazo y dijo:

–Entonces, vámonos. No me gusta llegar tarde.

Y las cuatro jóvenes partieron, aunque, una de ellas, con el corazón intranquilo y avergonzada de sí misma. Por muy sorprendida que la hubiera dejado la reacción de la señorita Snodgrass, Natalia sabía que, ahora, su amiga estaba siendo testigo de su farsa y se sentía juzgada por ella.

A esta inquietud se le sumaba la decepción ante la ausencia de información sobre su madre. No había esperado que la señora Lindstrom usara el artefacto telefónico para comunicarse con la señorita Snodgrass, y la impresión por la sorpresa aún le duraba. Había imaginado que respondería por carta o telegrama y tenía depositadas muchas esperanzas en esa misiva que ahora se habían desvanecido. Abstraída en sus propios pensamientos, los comentarios de sus compañeras se acabaron convirtiendo en un rumor de fondo y enrojeció cuando la mayor de las Dormer le preguntó directamente:

–¿No está de acuerdo, señorita Fairley?

Por supuesto, ella no se había enterado de con qué debía estar o no de acuerdo y Rachel añadió como si se burlara:

–Es la modorra.

–¿Modorra? –preguntó Natalia, que no entendía esa palabra.

–Es una palabra española; *modorra* viene a ser una especie de aturdimiento –le explicó la hija del señor Nordholme–. Es habitual aquí, con este clima, que una se ensimisme.

–Lo siento –se disculpó Natalia.

En esos momentos, Phillipa recordó que se había dejado su pañuelo en la terraza del hotel Santa Catalina.

—Regresaré a buscarlo, no me esperen. Yo las alcanzaré o nos veremos en breve en el club.

Su hermana la regañó por el olvido y le recordó que ya llegaban tarde. Pero Phillipa sonrió, obviando sus comentarios, e insistió en que no tardaría, así que las otras prosiguieron su camino.

Cuando entraron en el club, Natalia fue presentada a otras mujeres, la mayoría británicas, que también acudían con asiduidad a aquellas reuniones matinales. En esta ocasión también había numerosos caballeros, puesto que habían acudido el señor Lewis-Jones y el señor Ramos, y ambos gozaban de gran poder de convocatoria. Lo último que le apetecía en esos momentos a Natalia era corresponder a las felicitaciones que recibía por su compromiso con el señor Nordholme y agradeció poder sentarse en una de las sillas colocadas para la conferencia de la señora D'Este.

Al principio no escuchaba, sino que continuaba aturdida por lo ocurrido, pero enseguida las palabras de la conferenciante lograron conmoverla. Pronto dejó de dudar sobre si debía confesar sus verdades al señor Nordholme o hacer caso a la señorita Snodgrass, porque quedó atrapada en la denuncia de otras desgracias. La mujer que hablaba criticaba el estado en que se veían algunos caballos bajo las varas de las tartanas que esperaban a ser alquiladas o de las mulas famélicas con el cuello lleno de horribles marcas que cojeaban día tras día por las carreteras de arena y piedras. También puso énfasis en censurar la costumbre de pinchar con púas de cactus a los burros ensillados cuando ya estos estaban agotados y mencionó que incluso algunos usaban cuchillos para ello. Todo esto escandalizó a Natalia y se sintió conmovida y con deseos de disponer de independencia económica para poder ayudar.

Sin embargo, después de la conferencia, vio que sus compañeras retomaban su charla risueña sobre los vestidos que se pondrían para el baile de esa noche y que habían olvidado todo lo que se había dicho en la disertación con el mismo entusiasmo con el que habían fingido escuchar. También vio a Phillipa, que había permanecido sentada en una de las filas de atrás, y lo cierto es que Natalia había estado tan interesada en la conferencia que no se había dado cuenta de cuándo había llegado.

Al principio se vio arrastrada a una partida de *whist* con Rachel y Amanda, pero como notó que Phillipa optaba por apartarse a leer un libro, pronto puso una excusa y se acercó a ella. Tenía mucha curiosidad por conocer mejor a la que, según decían, pronto sería la esposa de Dan. Si bien no tenía ni idea de cuáles eran los sentimientos del hijo del señor Nordholme, sí albergaba la sospecha de que Phillipa no estaba enamorada.

Leía *De sultán a sultán*, de May Sheldon, libro en el que la autora había volcado sus experiencias tras convivir con distintas tribus africanas, y eso sorprendió a Natalia, que le pareció que Phillipa escondía una personalidad que no aparentaba.

—¿Ha encontrado el pañuelo? —le preguntó Natalia cuando se acercó hasta ella.

—¿Qué pañuelo? —inquirió mientras la miraba como si no recordara.

—El que la ha obligado a regresar al hotel Santa Catalina.

—¡Oh! ¡Sí, sí, lo he encontrado! —respondió, ahora con exagerado entusiasmo, lo cual sorprendió a su interlocutora—. Gracias por interesarse.

Natalia le dedicó una sonrisa amable y Phillipa la miró a los ojos fijamente y le preguntó:

—¿No se siente usted enjaulada en esta isla? El mundo es tan grande que me gustaría tener alas para poder volar.

Capítulo 17

Durante el regreso, Natalia continuaba fijándose en Phillipa. Hubiera deseado hablar más con ella, pero en el club de tenis las habían interrumpido enseguida y ahora Rachel la agarraba del brazo y no le permitía libertad. Tal vez no se tratara de una joven enfermiza, como le había parecido en un principio, sino de alguien triste. No había duda, por sus palabras, de que se sentía constreñida y Natalia no acertaba a adivinar si era por la insularidad, como había comentado, o por la presión que su hermana y su amiga ejercían sobre ella. Había confirmado su opinión de que la joven no soñaba con el matrimonio, pero ignoraba por qué acompañaba a las otras dos a todos lados.

Cuando llegaron a casa del señor Nordholme, Natalia sintió cierto alivio al ver que ninguna de ellas se quedaba a almorzar. No tenía ganas de continuar con la conversación sobre el baile de esa noche, como tampoco le apetecía acudir a él, aunque de esto último no podría librarse.

Por motivos de trabajo, Dan no almorzaba con ellos y eso añadía por el momento cierta tranquilidad. El señor Nordholme, en cuanto la vio, comenzó a hablarle de asuntos banales, y ella hubo de fingir interés otra vez. Luego tuvo el detalle de preguntarle por la señorita Snodgrass y Natalia comentó que habían pospuesto la compra de trajes de baño para el día siguiente.

–He estado pensando en lo que dijiste de los volcanes y he alquilado caballos para subir este domingo a Bandama. Llevaremos comida y haremos un picnic allí.

–Gracias, señor Nordholme, pero no tiene que concederme tantos caprichos.

–¿Todavía señor Nordholme? Parece como si fueras incapaz de pronunciar William. Me envejeces, querida.

–Disculpe, William. Es que no me acostumbro.

–Espero que eso cambie cuando estemos casados. Por cierto, ya que menciono nuestra boda, supongo que sabes que los españoles son papistas, pero no te preocupes por eso, no deberemos volver a Inglaterra: las islas están incluidas en la diócesis británica de Sierra Leona. Tenemos nuestra iglesia, pero no casa parroquial porque el sacerdote no vive permanentemente aquí. Sin embargo, nos visita con frecuencia y he sabido que llegará a mediados de noviembre y se quedará hasta poco antes de Navidad –le informó–. Podríamos aprovechar esas fechas para fijar el día de nuestra boda. He escrito a Rebecca y le he pedido que me envíe un telegrama para confirmarme cuándo podrían estar aquí.

Natalia intentó sonreír. Nuevamente la sombra sobre su falso nombre se cruzó en su mente, pero había estado reflexionando sobre ello y la señorita Snodgrass llevaba razón: lo mejor era encontrar primero a su padre y, una vez descubierto su apellido, ya le diría al señor Nordholme quién era realmente. Ahora le causaría un daño innecesario. El rostro del señor Nordholme ofrecía una expresión que le recordaba a la del señor Lindstrom, el que la había tratado como si fuera su hija durante veintiún años, y se conmovió de tal modo ante el cariño de esa mirada que temió decepcionarlo.

Tras escoger un libro de la biblioteca, pasó la tarde en su habitación, pero no consiguió centrarse en la lectura.

Eran ya muchos los motivos por los que se sentía abrumada. En aquellos momentos hubiera deseado volver al hotel de la señorita Snodgrass y hablar con ella largamente para pedirle ideas para encontrar a su padre. Necesitaba el consejo de una mujer experimentada.

También esperó a que María del Pino entrara en sus aposentos con alguna noticia para el supuesto periódico londinense, pero la joven criada no apareció.

Cuando ya fue la hora, se bañó y se preparó para acudir a la cena y el baile del Club náutico, deseosa, antes de llegar, de que ya acabara. Se puso un vestido con un corpiño azul marino y la parte de abajo con tules celestes, conjuntado con una chaqueta corta del mismo color que las faldas. En la garganta lució el colgante turquesa de su abuela.

Bajó al salón y, antes de que el señor Nordholme la mirara, los ojos de Dan ya se habían clavado en ella. Natalia procuró aguantar la mirada, pero se sintió cohibida y enseguida retiró la suya. El señor Nordholme también la vio y no escondió su sorpresa:

–¡Estás preciosa! Sin duda, voy a ser la envidia de mis paisanos, ¿no crees, Dan?

–Ya llevamos retraso –respondió este al tiempo que recogía su chaqueta con una expresión de molestia.

Hicieron el trayecto en la tartana, ya que el lugar se encontraba en la zona portuaria y, afortunadamente para ella, Natalia se sentó en una esquina y, Dan, en otra. Inquieta frente a la idea de la vida social que se vería obligada a hacer durante la velada, se propuso sacarle partido y tratar de conocer mejor a las familias que llevaban ya décadas en la isla, pero no por ello no iba a encontrar tiempo para observar el modo en que se relacionaban Phillipa y Dan. Deseaba, se dijo, que se comprometiesen cuanto antes, así ella dejaría de pensar en él en el sentido en que estaba empezando a afectarle. Sin embargo, la imagen que apareció en su mente no le satisfizo como esperaba, así que la apartó de un manotazo, procurando centrar su pensamiento en su verdadero padre.

Llegaron al club después de pasar por los edificios Miller y Elder y atravesar el parque de Santa Catalina. Luego Brito llevó la tartana a un lugar habilitado para los vehículos. El edificio de dos pisos estaba construido en madera, que lucía recién pintada de blanco. Tenía muchos ventanales y dos grandes terrazas asomaban al mar. Recordaba a algunas construcciones victorianas de la costa sur de Inglaterra, pero en ellas no se escuchaba el golpeteo de las olas como aquí.

Nada más entrar los condujeron a una mesa del piso de arriba en la que se encontraban los señores Bell, el señor Dormer y sus dos hijas y los señores Roberston, con los que había cenado dos días atrás. Les habían guardado tres asientos seguidos y el señor Nordholme brindó a Natalia la silla de en medio, por lo que se vio abocada a sentarse junto a Dan.

Ninguno de los dos demostró mucho entusiasmo por relacionarse con el otro, por lo que la conversación de Natalia se vio limitada a Amanda, a quien tenía enfrente; a la señora Robertson, que estaba al lado de la otra; y al señor Nordholme, que quedaba a su derecha.

Por el contrario, Dan se relacionó con su hermana y su cuñado, con el señor Robertson, que fue con quien más habló durante la cena, y con Phillipa, que se limitó a responderle con monosílabos las pocas ocasiones en las que él le dirigió la palabra.

Entre Natalia y Dan hubo las frases de cortesía a la hora de pasarse las patatas o servir el vino y, si bien no se dijeron mucho más, cada uno estuvo pendiente de la conversación del otro. Natalia fue más discreta a la hora de disimularlo, pero el hijo del señor Nordholme no demostró la misma capacidad a la hora de esconder su interés. O, al menos, esa fue la sensación que tuvo, que se pasó la cena incomodada por las ocasiones en las que lo notó atento a lo que ella decía. Si bien al principio se amedrentó, durante el segundo plato ya había aprendido a expresarse de tal forma que él siempre pudiera sobreentender alguna indirecta hacia su conducta. A ello la ayudó el vino, al que convirtió en enemigo de sus nervios.

«Según mi opinión, y hay personas interesadas en ella…», «es mi parecer que, por si concierne a alguien que me escuche…», «aunque no ataña a todos los presentes, les agradará saber que…» fueron fórmulas que repitió en distintas ocasiones. También aprovechó para expresar su antipatía hacia la extrema seriedad, los prejuicios, la arbitrariedad, las suspicacias y ciertos convencionalismos que consideraba arcaicos en gente joven, opiniones con las que Amanda estuvo de acuerdo sin saber a quién iban dirigidas. Sin embargo, por un par de miradas que le dedicó Phillipa, le pareció detectar que ella sí era consciente de sus velados ataques. Y, si efectivamente era así, lo único que encontraba en ella era complicidad, no censura.

Pero no solo habló Natalia. Amanda continuó insistiendo en su tema favorito: la vida social en Las Palmas, sobre la que se explayó. La señora Roberston le rectificó en un par de ocasiones, diciendo que exageraba, y matizó las palabras de su compañera. En cambio le habló de ciertas excursiones que ofrecía la isla, lo que a Natalia le pareció mil veces más interesante que todo lo referido hasta el momento.

Por su parte, Dan respondía a las preguntas de su cuñado y del señor Roberston sobre las obras del puerto y añadía a su explicación detalles técnicos que Natalia no entendía. Su hermana le preguntó por su casa en Tafira, aunque conocía perfectamente que la construcción ya estaba acabada y amueblada, por lo que podía deducirse que, en realidad, su intención era otra.

—Supongo que cuando la des por finalizada, ya no tendrás excusa para no buscar una esposa.

—Pienso instalarme soltero, Rachel. De hecho, pienso comenzar a residir pronto allí, antes del matrimonio de nuestro padre.

—¡Oh! Yo pensé que la habías construido con la intención de formar una familia —se quejó su hermana.

—La construcción de una casa puede elegirse, si se dispone de medios para ello. Pero, para una familia, hace falta algo más… De lo que puedes estar convencida, querida hermana, es de que no voy a convivir con una pareja de recién casados —comentó malhumorado y señalando a Natalia con los ojos.

—Odio tu trabajo, y estoy convencida de que todas las jóvenes solteras de esta isla también lo odian. Eres ceñudo y obsesivo con las cosas del puerto, pero te estás haciendo mayor. El día que quieras casarte, ya no encontrarás quien te quiera —le recriminó su hermana, que se sentía desairada.

Natalia se fijó en la reacción de Phillipa, pero la notó ensimismada contemplando una patata, como si dudara entre comérsela o seguir observándola clavada en el tenedor.

—Los hombres con fortuna, aunque envejezcan, pueden comprar esposas, querida hermana —respondió Dan.

Natalia supo que se refería a ella, aunque esta vez no hiciera ningún gesto que la implicara, pero se negó a ofenderse. Las dos copas de vino que había probado la habían puesto de buen humor.

La cena terminó sin incidentes y los camareros sirvieron champán francés al tiempo que empezaba a sonar una pianola. Después de brindar por la salud y el amor, con guiños hacia el señor Nordholme, el señor Roberston sacó a bailar a su esposa y Rachel instó a su marido a que hiciera lo mismo con ella. El señor Nordholme invitó a

Natalia y, cuando ambos bailaban, vio que un caballero se acercaba a solicitar a Amanda, y a Dan no le quedó otro remedio que hacer lo propio con Phillipa.

El buen humor de Natalia terminó cuando se cruzó con otra pareja que los saludó al pasar. No conocía a la joven, pero él era el señor Pearce y no le gustó la sonrisa que le dedicó.

Para alejarse de ellos, dirigió al señor Nordholme hacia la zona de las mesas y, cuando terminó la primera pieza, comentó que le apetecía más champán. Lejos de adivinar que ella le estaba pidiendo que se sentaran, el señor Nordholme le llevó la copa y, cuando vio que Dan y Phillipa regresaban, indicó a su hijo que hiciera el honor de bailar con Natalia.

Dan mostró un rostro severo, y Natalia sintió un escalofrío ante la sola idea de que su mano le rozara la cintura. Por la rudeza de la expresión de él, pensó que iba a negarse y notó cierto alivio, pero cuando Dan aceptó, su corazón aceleró sus palpitaciones.

Dejó de oír la música y perdió la noción del tiempo en cuanto él la agarró y comenzaron a bailar. Al principio bajó los ojos, pero enseguida trató de sacar fuerzas y enfrentó su mirada, que no había suavizado un ápice su dureza. Ella agradeció que fuera así, porque si la hubiera contemplado con dulzura, se habría perdido en las contradictorias sensaciones que le producía saberse en sus brazos. Notaba que no tenía el control sobre sí misma, que el nerviosismo la aprisionaba, pero también sentía el deseo de que la acercara hacia él y la apretara más vigorosamente. Aun así, la mano de Dan sostenía enérgica la de ella y, si bien no había suavidad en ese gesto, sí notaba un ansia de posesión.

La mirada de Dan, penetrante e inquisidora, se debatía entre la animadversión y la vehemencia, como si él se mantuviera en lucha consigo mismo para no dejarse llevar por cualquiera que fuera su sentimiento.

Natalia supo que tenía que romper ese silencio si no quería ser víctima de la pasión que trataba de negarse.

—Estoy esperando un comentario mordaz por su parte, señor Nordholme.

—Miente, señorita Fairley —pronunció Dan sin ocultar su cinismo—. Usted solo espera halagos.

—Me juzga mal. Sé moverme mejor en la adversidad que en la ventaja, así que no calle por delicadeza hacia mí.

—¿Tan adverso ha sido su pasado? Da la impresión de haber recibido una buena educación. Al menos, en cuanto a formas —comentó con interés fingido y levantando una ceja al hacerlo.

—No he hablado de mi pasado, sino de mi habilidad. ¿Cuál es la suya?

—Sé reconocer la falsedad —contestó al principio con una sonrisa, pero luego añadió muy serio—: ¿le parece adecuada?

—Y, sin embargo, yo diría que convive con la falsedad —añadió en referencia al ambiente inglés de aquel lugar—. Me pregunto si la reconoce para huir de ella o porque le seduce.

En los ojos de Dan apareció la sorpresa por un instante. No supo si con esas palabras estaba atacando a su mundo o si, muy al contrario, había sido un intento de flirteo. Emitió una de sus medias sonrisas que ella nunca distinguía bien si escondían un ataque o eran una defensa.

—Es obvio que compartimos una habilidad: yo también confío en impresionar con mis palabras. Pero, en mi caso, le puedo asegurar que es por motivos de carácter, no por algo pasajero como unos ojos bonitos.

—Veo que ahora quiere atacarme por donde he confesado que me siento incómoda. Las adulaciones, señor Nordholme, guárdelas para otra, yo no suelo apreciarlas.

—Me ha entendido usted mal si ha pensado que la estaba adulando —se burló él.

—Y usted no ha entendido mi ironía. Tal vez los dos tengamos en común una carencia en cuanto a comprender al otro.

Capítulo 18

–Yo no he dudado de la habilidad al elegir sus palabras. El embaucamiento no se le da mal.
–Usted es ejemplo de que no es así.
–Entonces, me comprende más de lo que usted ha afirmado –dijo él sonriendo de forma burlona.
Esta vez fue Natalia la que sonrió de forma forzada. Tras esta afirmación, sintió una ligera desilusión, pero procuró no dejarse afectar por ella. Sin embargo, aunque trató de replicar, no encontró palabras lo suficientemente ingeniosas para su gusto y hubo de permanecer en silencio. Él pareció complacido de su pequeña ventaja.
Cuando terminó la música regresaron a la mesa. Amanda, sin preguntar, agarró una mano de Dan y lo empujó a bailar con ella con una sonrisa algo falsa. Natalia se apresuró a sacar un cigarrillo de su bolso.
–Salgo un momento a que me dé el aire, si no le importa –le dijo al señor Nordholme.
Cogió su chaqueta y se dirigió a la terraza. El cielo se estaba despejando y las nubes dejaban claros en los que podían verse las primeras estrellas. El mar chocaba de forma apasionada contra los pilones que sostenían la terraza y, con el mismo ímpetu, Natalia aspiraba su cigarrillo, como si con ello pudiera calmar las convulsiones

de su espíritu. Reconocía que no había salido indemne de la confrontación con Dan y recordó las palabras de la señorita Snodgrass: «Procure ganarse su amistad». En esos momentos deseó tenerla. Su alma anhelaba que el baile hubiera transcurrido de otro modo. Las reacciones de su cuerpo habían desentonado respecto a las hirientes palabras recibidas y cierta amargura la había inundado por dentro. Su mente voló otra vez a su primer encuentro, cuando la amabilidad había gobernado sus miradas y sus sonrisas habían sido sinceras. Y envidió aquel momento, porque supo que ya no podría regresar. A su pesar, debía reconocer que se sentía atraída irremediablemente hacia él y no sabía cómo luchar contra esos sentimientos tan impropios, tan inoportunos. No podía enamorarse de él, no debía. Era el hijo del señor Nordholme.

Abrumada por esa contradicción, tardó en recordar que debía averiguar si se encontraban allí los Harris o los Barnes, y procurar hablar con ellos, que su objetivo no era enamorarse, sino buscar a su padre y, a pesar de la temperatura agradable, sintió un escalofrío que le recorrió el cuerpo y el alma.

Apagó el cigarrillo y, desganada, regresó al salón. Amanda ya había vuelto a la mesa y estaban casi todos menos los Bell y Dan. Antes de que Natalia llegara a sentarse, el señor Roberston se levantó y la invitó a bailar. El señor Nordholme la saludó complacido cuando ella se acercó a su silla a dejar la chaqueta y continuó charlando con el señor Tilman y la señora Morton, que se habían unido al grupo. Aunque lo buscó con la mirada, no vio a Dan.

Natalia bailó con tres caballeros, pero ninguno se apellidaba Barnes o Harris, y más tarde fue solicitada también por Pearce, a quien estuvo tentada de rechazar, pero después pensó que no tenía motivos sólidos para el desaire.

Sin embargo, tampoco consideró correcta la fuerza con la que él le presionó al principio la cintura ni, luego, el movimiento de su mano como si tratara de acariciarla. Le dedicó una mirada de censura y estuvo a punto de decirle algo, pero él se anticipó:

—Recuerde que tenemos una conversación pendiente, *señorita Fairley*. Me la debe.

Y ella oyó mencionar de tal modo su falso nombre que de repente tembló. La sonrisa gelatinosa que él le destinó no la ayudó a tranquilizarse.

—No sé a qué se refiere, señor Pearce. Mis únicos deberes son hacia el señor Nordholme.

—Se conocieron en Southampton, según tengo entendido. El suyo ha sido un flechazo de novela.

Ella no respondió. No quería entrar en terreno pantanoso y menos con ese hombre que, por momentos, sentía más repulsivo.

Él la apretó todavía más hacia sí y ella hizo un intento de apartarse que él abortó.

—Sea buena si quiere que yo también lo sea. Ya sabe a qué me refiero, *señorita Fairley*. —Y, al pronunciar de nuevo aquel apellido, le guiñó un ojo.

Natalia temió que él supiera la verdad, que estuviera al tanto de que ella no era Louise Fairley, y su temblor aumentó. No pudo disimular el miedo en sus ojos y Pearce comentó:

—Pero estoy convencido de que usted es una mujer razonable y podremos llegar a un acuerdo.

—Dígame lo que tenga que decirme y déjese de insinuaciones —respondió ella con severidad.

—Tal vez este no sea el lugar adecuado, ¿le apetece acompañarme a la terraza?

—Preferiría no encontrarme a solas con usted —respondió sin ocultar su desagrado—. ¿Le falla la voz en interiores?

—Me temo que no tendrá más remedio que encontrarse a solas conmigo en otras ocasiones. ¿Por qué demorarlo?

Y diciendo esto la agarró de un brazo y la forzó a salir a la terraza. No es que ella forcejeara para evitarlo, pero sí se notó arrastrada y trastabilló un momento, aunque no llegó a caer.

—¿Necesita usar la violencia para hablar con una mujer? —lo increpó ella en cuanto estuvieron fuera.

—No es mi costumbre, pero reconocerá usted que facilita las cosas cuando alguna se pone rebelde —dijo a la vez que se acercaba hacia Natalia.

—¡No soporto su desfachatez! —exclamó ella indignada y, tras revolverse, trató de volver a entrar.

Pero él la sujetó de nuevo, esta vez de tal modo que le hizo daño en el brazo y, aunque ella se quejó, él no la soltó. Como en aquel momento otra pareja se asomaba a la terraza, Pearce la condujo a estirones hacia una esquina donde no llegaba la luz del interior. Ella estuvo a punto de llamar la atención de los otros, pero él le tapó la boca con una mano mientras que con la otra continuaba sujetándola. La suerte estuvo de parte de él, porque la pareja, al medio minuto de asomarse, regresó al salón.

—Y ahora espero que se porte bien y no me vea obligado a volver a lastimarla —dijo Pearce mientras apartaba la mano de su boca y la deslizaba hacia el cuello.

Natalia notó que él salivaba y vio perversión en sus ojos. Y al ser consciente de la impudicia que él evidenciaba, sintió que la piel se le helaba. Afortunadamente, cuando la mano de Pearce ya se acercaba hacia la comisura de su escote, notó un tirón violento y comprendió que alguien había agarrado a su agresor y lo mantenía cogido bruscamente de las solapas al tiempo que lo estampaba contra la pared de madera. Natalia tardó unos instantes en comprender que se trataba de Dan y temió que el otro dijera algo sobre ella que la delatara.

—¡Malnacido! ¡No se atreva a volver a tocarla! —lo amenazó Dan.

—¡No merece ser defendida! —gritó Pearce con cierto desprecio.

Y eso fue demasiado para el hijo del señor Nordholme, que dejó de controlarse y estampó un puño contra el agresor de Natalia. Pearce chocó contra la pared, se tambaleó un momento y, finalmente, cayó al suelo. Se revolvió con ansias de venganza, pero el gesto de amenaza que vio en Dan se las frenó. Cuando consiguió levantarse, dedicó una última mirada de lascivia y reproche a Natalia y regresó basculando al interior del salón.

Natalia respiraba agitada, pero su sofoco no conmovió a su salvador.

—Y usted debería fijarse mejor con quién coquetea —le reprochó.

Sin embargo, lejos de irse, sacó un cigarrillo de su pitillera y se quedó apoyado en una baranda contemplando el mar. Natalia se sintió, por una vez, injustamente atacada, y luchó para que unas lágrimas no humedecieran sus mejillas. Trató de respirar más despacio y reponerse de la impresión y a continuación se acercó a Dan y se colocó a su lado.

—Gracias —le dijo sin ironía.

Al principio Dan no la miró, pero luego se giró hacia ella y le advirtió:

—No vuelva a acercarse a ese hombre.

Ella notó que ahora, más que reproche, había miedo en su mirada, o tal vez dolor.

—Pensé que era amigo de su padre —trató de justificarse ella.

—¡Mi padre piensa que cualquiera que juega a los dados con él es su amigo! —se quejó Dan, aunque en este caso la crítica no se dirigía hacia ella.

Natalia observó que él movía la mano sobre la baranda, como si se hubiera lastimado al golpear al otro hombre.

—¿Le duele? —dijo al tiempo que trataba de colocar su mano sobre la de él.

—¿Le importa? —preguntó Dan mientras la rechazaba.

—Sí —respondió sorprendida ante su propio atrevimiento y, sin pensar, de nuevo le cogió la mano y esta vez él sí lo permitió.

Notó que él también temblaba, aunque no se lo había parecido al principio.

—Debería mojarla en agua fría para que no se le inflame.

—¿Y evidenciar ante todos lo que ha ocurrido?

Ella lo soltó y bajó los ojos.

—Aunque no me crea, no ha sido culpa mía. Yo solo acepté bailar y él me trajo hasta aquí a pesar de que le dije que no.

—Lo he visto —respondió al tiempo que tendía hacia ella su cajetilla de cigarrillos.

Esas palabras acababan de sorprenderla y aceptar el cigarrillo le sirvió para disimular su turbación. Mientras él le daba lumbre, ella se preguntaba desde cuándo los estaba observando ¿Lo había visto todo? Entonces, ¿por qué la había acusado de coquetear? Y ¿también habría oído algo? ¿Habían dicho alguna cosa que pudiera inculparla? Trató de recordar, pero no encontró en la conversación mantenida ninguna prueba de su suplantación.

—¿Y acepta mi agradecimiento? Si no hubiera sido por usted, yo…

—No tiene que estarme agradecida, mi obligación es velar por la reputación de cuanto afecte a mi padre —respondió él, recobrando la severidad en su tono de voz.

Natalia no se atrevió a replicar.

Permanecieron en silencio mientras terminaban de fumar. Fueron unos minutos de paz acompañados por el compás agitado del mar y la música de una pianola lejana. El brillo de la luna comenzó a despuntar tras una nube y las aguas marinas quedaron ligeramente iluminadas. Natalia no se atrevió a decir nada para no romper aquel momento de extraña calma en su compañía.

Antes de que ella apagara su cigarrillo, Rachel salió a la terraza y avisó a su marido:

—¡Están aquí! —gritó—. Lou, mi padre estaba preguntando por usted hace unos momentos. Y supongo que las Dormer —añadió dirigiéndose ahora a su hermano— estarán interesadas en que vuelvas.

—Se están marchando las nubes —atinó a decir Natalia como si necesitara justificar su presencia allí—. Desde que he llegado, siempre ha estado nublado.

—¡Oh, querida! Las echará de menos a partir de mañana, ya lo verá.

Natalia abandonó la barandilla y regresó al interior. La señora Bell agarró a su hermano y lo indujo a hacer lo mismo, pero no lo devolvió a la mesa, sino que lo acercó al lugar donde se encontraban las Dormer charlando con otras damas. El señor Bell, en cambio, siguió a Natalia.

En cuanto la vio, el señor Nordholme le pidió que se acercara. Ella se sentó a su lado y él aproximó su rostro para susurrarle:

—Espero que te estés divirtiendo, querida. Me gustaría demostrar a todos que sé hacerte feliz.

El comentario le pareció inapropiado y, su aliento, desagradable. Los ojos del señor Nordholme chispeaban y su entonación demostraba que había bebido demasiado.

—Algunos creen que soy demasiado viejo para ti, pero solo hablan por envidia.

Natalia agradeció que en esos momentos la señora Morton le hiciera una pregunta sobre Inglaterra y se entretuvo un rato charlando con ella. Mientras, el señor Nordholme continuaba bebiendo y, por suerte, Pearce no volvió a aparecer durante el resto de la noche. Lo más probable era que se hubiera marchado después del incidente.

Tras bailar primero con una de las hermanas Dormer y luego con la otra, Dan regresó a la mesa y alegó el pretexto de que al día siguiente debía madrugar. Se despidió cordialmente y abandonó el Club náutico antes que los demás. Natalia sospechó que, previamente, había confirmado la ausencia de Pearce.

Una hora después, regresaban también ella y el señor Nordholme en la tartana, a la que a este último le costó subir. Estaba borracho y caminaba patoso e incluso tropezó con un escalón cuando llegaron a su casa.

Antes de acostarse, Natalia se asomó a la ventana para fumar un último cigarrillo. Ahora la noche estaba más estrellada y continuaba sintiendo el aroma a mar. Pero, aunque lo intentó, no supo recrear las sensaciones que la habían embargado en compañía de Dan.

Capítulo 19

Aquella mañana el señor Nordholme no se levantó a la hora del desayuno. Una indigestión, probablemente acuciada por la ingesta de alcohol, lo había mantenido despierto gran parte de la noche y, cuando Natalia llegó al comedor, el ama de llaves le comunicó que ya habían avisado al doctor Seeber.

Tampoco se hallaba en el comedor Dan, que había madrugado para ir a las obras del puerto, y Natalia desayunó sola y esperó hasta que llegó el médico.

—Estará indispuesto al menos durante todo el fin de semana —le contó este después de examinarlo—. Debe comer cosas suaves y tomar infusiones. Y cuiden de que beba mucha agua, zumos... Conviene que no se deshidrate.

—Lo tendremos en cuenta, doctor Seeber —convino Natalia.

—A su edad, no debería cometer estos excesos. Nunca ha sido un hombre prudente, pero espero que usted sepa enmendarlo —añadió mientras hacía un gesto cariñoso a Natalia.

—Subiré a verlo.

—No, déjelo descansar. Le he dado una tisana y, teniendo en cuenta la mala noche que ha pasado, el sueño le vendrá bien.

–De acuerdo. Muchas gracias por todo.

–No hay de qué, señorita Fairley.

Cuando el médico se marchó, Natalia subió a su habitación a arreglarse para salir. La luz se filtraba por las persianas y las abrió de par en par. En un primer momento se cegó. El sol aún estaba bajo y lo tenía de frente, pero su cuerpo lo celebró al comenzar a sentir el calor. Sol español, sol africano, sol canario. Los canarios eran pobres respecto al dinero y a la capacidad para aprovechar sus recursos, pero eran tremendamente ricos en sol. El clima, pensó mientras sentía esa calidez, es un privilegio. Luego cogió la sombrilla y, aunque no estaba segura de tener motivos, sonrió.

Antes de salir, cuando ya había llegado al recibidor, se topó con el ama de llaves, que la miró como si estuviera cometiendo una grave falta.

–El señor Nordholme está en cama y ¿usted piensa marcharse?

–Tengo un compromiso con la señorita Snodgrass – respondió Natalia con la misma sequedad con la que había sido inquirida la pregunta.

–Su primer compromiso es con el señor Nordholme. ¿O se cree que está aquí de vacaciones? –le reprochó–. Usted tiene obligaciones respecto a su futuro marido. ¡Muy pronto empieza a incumplirlas!

–¿Y sabe usted cuáles son las obligaciones de una criada? –le recordó, cansada de sentir que aquella mujer se extralimitaba en el modo de tratarla.

Decidida a seguir su criterio y obviar esa impertinencia, salió al exterior. Olvidó el desaire del ama de llaves en cuanto sintió nuevamente el sol sobre su piel. Caminó disfrutando del paseo y contemplando el paisaje con otra luz, pero igual de mágica que los días nublados. Sentía que ese sol la renovaba.

Llegó al hotel Santa Catalina y no vio a la señorita Snodgrass en la terraza, tal como esperaba. Entró a preguntar y le comentaron que aún se encontraba desayunando en el comedor y, cuando se dirigía hacia él, se cruzó con su amiga.

—¿Y el bastón? —le preguntó la joven sorprendida.

—¿Bastón? ¿Cree que me he aficionado a él por gusto? ¿No ve que ya puedo caminar sin ayuda?

—Una noticia estupenda, Flora. Me alegro por usted.

—Si ha venido con la tartana, ya puede despedirla. Me apetece caminar.

—No, he venido andando. El cochero ha ido a acompañar al médico, que nos ha visitado esta mañana.

—¿Otro vahído?

—No, no tenía nada que ver conmigo. El señor Nordholme se excedió ayer con la bebida, y parece ser que también con la comida.

—Su señor Nordholme parece aficionado a los excesos. Ayer oí varios comentarios sobre él, claro que la persona que los efectuó no sabía de nuestra amistad.

—¿Quiere agarrarse a mí? —se ofreció Natalia antes de bajar las escaleras para salir del hotel.

—No, ya le pediré ayuda si la necesito. Gracias.

—¿Y puedo saber qué tipo de comentarios oyó?

—¡Oh! Lo habitual en un hombre que no ha conocido el esfuerzo: afición al juego, a las bebidas espirituosas, a la vida ociosa…

—Según lo dibuja, ya estaría arruinado.

—Estuvo cerca. El señor Nordholme era un comerciante sin éxito que tuvo la suerte de conocer a la señorita Everdeen, de familia adinerada y con grandes plantaciones en la isla. Gracias a su matrimonio, su situación cambió, pero su carácter hizo que la herencia fuera menguando poco a poco.

—Yo no diría que su fortuna actual sea escasa.

—No, pero eso fue por el esfuerzo del hijo.

—¿Qué quiere decir?

—Aunque ahora pueda dedicarse a su vocación de ingeniero, Daniel Nordholme tuvo que ocuparse de las plantaciones de la familia desde muy joven, dada la negligencia de su padre. Si hoy la fortuna vuelve a sonreírles, es gracias a él.

—¿Y quién se ocupa ahora de esas plantaciones?

—Su yerno, el señor Bell, aunque la propiedad continúa siendo del señor Nordholme. —Hizo una pausa y, con ironía, añadió—: Veo, querida, que conoce muy bien a su futura familia.

—Ya he podido darme cuenta de que usted no simpatiza con la idea de mi matrimonio. Sin embargo, yo sigo pensando que el señor Nordholme es una buena persona. —Luego hizo una pausa y, con más humildad, añadió—: Le estoy muy agradecida. Me recogió en un momento de incertidumbre para mí.

—Su gratitud podría volverse en su contra, querida. Si le he contado todo esto sobre William Nordholme, espero que no caiga en saco roto.

—¿A qué se refiere?

—Él no se casó enamorado. Si la señorita Everdeen no hubiese sido una interesante heredera, no la habría cortejado. Podemos deducir que la utilizó.

—Ese comentario es muy irrespetuoso por su parte, Flora, sabe que yo tampoco me caso enamorada.

—Pero usted siente que no tiene opción. Las mujeres han sido utilizadas a lo largo de la historia en beneficio de los hombres. No hemos tenido voz y aún no tenemos voto, excepto en Nueva Zelanda y ahora en Australia. Hasta hace poco hemos pasado de la autoridad de nuestro padre a la de nuestro marido. La independencia, en una mujer, es cara. Con este panorama, ¿va usted a censurar a las mujeres que se han casado para asegurarse un hogar? ¿Qué otra opción tenían?

–No acabo de entender si me está alentando o me lo está reprochando. Tal vez deba pensar que cuando me instigó a continuar con mi falsa identidad se estaba burlando de mí. –Natalia observó a la señorita Snodgrass con verdadera inquietud, pero solo vio en ella una sonrisa de burla–. ¡No doy crédito a su falta de seriedad!

–¿Fue justo que la señora Lindstrom la echara de casa contra el deseo de su propio hijo? –le preguntó la mujer mirándola fijamente a los ojos.

–Supongo que no, pero ¿por qué me pregunta eso ahora?

–Se lo pregunto, querida, porque su condición de bastarda solo le acarreará nuevas injusticias.

–Es lo que soy.

–¿La señora Cunnigham conocía las condiciones de su nacimiento?

–No –admitió Natalia.

–Entonces, reconoce que ella no la habría contratado si hubiese sabido que usted desconoce su propio origen. Y ¿acaso tienen la culpa de la condena social todos los bastardos del mundo?

Esta pregunta quedó sin respuesta y se hizo un silencio mientras se detenían a esperar que llegara el tranvía. Un hombre mayor saludó a la señorita Snodgrass a la vez que se quitaba el sombrero.

–¡Buenos días! Siempre la encuentro acompañada de muchachas jóvenes. Ya desearía yo estar en su lugar –comentó.

–¡Adiós, señor Blackeny! –respondió la dama.

–¿Ha conocido a alguna mujer de mi edad en el hotel? –le preguntó Natalia.

La señorita Snodgrass sonrió.

–Esta mañana he recibido una visita inesperada. –Y, aunque la joven le preguntó de quién se trataba, no respondió.

En ese momento llegó el tranvía y, como la cincuentona no dijo nada más, Natalia no volvió a preguntar. Cuando subieron y estuvieron sentadas, prefirió retomar la conversación anterior y en voz baja le dijo:

—Ni siquiera sé si soy hija de un gran amor y mi madre fue separada de mi padre por la familia o si, por el contrario, ella era una mujer de moral laxa.

—Y si se tratara del último caso, ¿sería usted culpable?

—Si se trata del último caso, tendría la sangre sucia y eso condicionaría mi carácter.

—Querida, ¿puedo preguntarle si conoce varón?

Natalia la miró como si el mero hecho de que le hiciera esa pregunta ya la hubiera escandalizado y la estupefacción le impidió contestar.

—Deseche ya esas ideas deterministas. La perversión no se hereda —insistió la señorita Snodgrass.

—Pero yo, de alguna manera, ya estoy actuando de forma perversa.

—Me aburre, querida. Si tan grande es su peso, regrese y confiésese ante el gran William Nordholme, caballero honorable sin mácula alguna —se burló.

Natalia miró por la ventanilla, fijó sus ojos sobre los arenales y suspiró.

—Hay otra cosa —añadió—. Creo que el señor Pearce sabe que no soy la señorita Fairley. Siempre menciona el apellido con tono sardónico y…

Y a continuación le refirió el encuentro de la noche anterior y lo que sucedió después.

—¿Dan Nordholme le arreó un puñetazo?

—Él mismo confesó que lo hizo para defender la reputación de su padre.

—Por lo visto, ese hombre se ha pasado la vida defendiendo los asuntos de su padre. —Rio la señorita Snodgrass.

—Yo no le veo la gracia. El señor Pearce me causa repugnancia.

—Si sabe algo, no la delató. Y podría haberlo hecho si hubiera querido, pero, por lo visto, o no sabe nada o piensa usar esa información. Yo me inclino por la primera de las opciones, pero me temo que usted está sugestionada con la segunda. De todas formas, es un grosero. Apártese de él.

—Lo procuraré. Cuando sepa que vamos a coincidir en un evento, me sentiré terriblemente indispuesta.

—Querida, déjese de remordimientos y siga buscando a su padre. Y si en algún momento decide romper su compromiso con él, sepa que el señor Nordholme no sufrirá un desengaño tan grande como imagina. En todo momento, y recuerde que hemos compartido travesía, lo he visto más halagado con la idea de tenerla como esposa que enamorado. Y los golpes a la vanidad no son tan duros como los del corazón.

—¡No voy a romper mi compromiso!

—¿Conoce la última moda en trajes de baño? Hace ya mucho tiempo que no tomo baños de mar.

—No.

—Entonces, tenga la mente abierta y déjese asesorar por quienes tienen más experiencia que usted.

Natalia sospechó que la señorita Snodgrass no se refería a los trajes de baño, pero ni protestó ni volvió a hablar hasta que llegaron a su destino. Se apearon en la parada de Triana y ayudó a bajar a su amiga para que no tropezara.

—Después de comprar el traje de baño, si no le importa, me gustaría pasar por la tienda de té de los Harris.

—Pensé que desde su llegada a la isla se había aficionado al café.

—Los Harris llevan décadas aquí, y tal vez conocieran a mi madre.

La señorita Snodgrass reflexionó un momento sobre aquella información.

–Mejor iremos primero a esa tienda –respondió entusiasmada por la idea de convertirse en detective–. Pero recuerde que la experta en té soy yo. Usted, si sabe contenerse, no abrirá la boca.

A continuación detuvo a un caballero al que preguntó por la tienda de té y, tras las explicaciones recibidas, hizo una seña a Natalia para que la siguiera.

Entraron en el comercio y se entretuvieron mirando la variedad de infusiones hasta que las dos señoras que estaban comprando se despidieron y abandonaron el lugar. La señorita Snodgrass pidió si tenían té verde y, mientras la señora Harris la atendía, le comentó:

–Creo que hace más de veinticinco años residió en la isla una familia apellidada Battle, ¿le suena?

–¿Battle? Es posible.

–Por entonces, no había aquí tantos ingleses como ahora.

–Yo soy de Tenerife. No llegué aquí hasta que me casé con mi marido. Por tanto, hace veinte años que me trasladé a Gran Canaria, pero es posible que mi esposo recuerde a esas personas que usted menciona. Bruno tiene buena memoria.

–¿Está en la trastienda?

–No, él suele venir por las tardes. Abre de nuevo la tienda a partir de las tres.

La señorita Snodgrass agradeció la información. Pagó la bolsa de té que había comprado y ella y Natalia salieron. Una vez fuera, esta última se lamentó:

–Esta tarde no podré venir. Tengo que cuidar al señor Nordholme.

–No se preocupe –dijo la señorita Snodgrass–, yo no tengo nada que hacer.

Luego se dirigieron a comprar los trajes de baño.

Capítulo 20

Dan entró en el edificio Elder y, en cuanto lo vio, una empleada le dijo que había recibido una conferencia de Londres.

–¿Connor Macgregor? –preguntó interesado.

–Sí, ha dicho que volvería a llamar.

Pero Dan no tenía paciencia y se dirigió directamente al recinto donde se encontraba el teléfono del edificio.

–Póngame una conferencia con Londres –le dijo a la secretaria al mismo tiempo que le pasaba un papel escrito.

Ella descolgó el auricular y dictó los datos a una telefonista que le contestó al otro lado de la línea. Mientras esperaba, contempló un momento a Dan y nuevamente lo vio nervioso y distinto de su estado habitual. Notó que abría y cerraba la mano en un puño una y otra vez, como si la impaciencia lo carcomiera. Cuando obtuvo respuesta y le pasó el auricular, él lo agarró precipitadamente.

–Buenos días, soy Dan Nordholme. Me gustaría hablar con Connor Macgregor si está en la redacción en estos momentos.

Tras una pausa, añadió:

–Sí, espero.

Al cabo de un par de minutos, en los que no paró de moverse y mirar al techo, volvió a decir:

—Bien, esa hora me va bien. Haga el favor de dejarle el recado y que me llame al edificio Elder. Si tiene que demorar su té, que lo haga. Es urgente... Muy bien, gracias.

Luego se dirigió a la secretaria:

—A las cinco de la tarde espero una llamada. Yo llegaré unos minutos antes. Se trata de algo personal, espero que lo entienda.

—En cuanto suene el teléfono, encontraré algo que hacer en otro lugar —se brindó a colaborar la aludida con una sonrisa comprensiva.

—Gracias.

Luego salió, se dirigió a su despacho y revisó unos planos del proyecto al que se estaba dedicando. Pronto abandonó el lugar para supervisar directamente las obras del puerto. Pasó primero por la zona en la que trabajaban los encofradores y habló con ellos durante una hora hasta que lograron solucionar el problema que se había planteado. Las operaciones de dragado y las del entronque entre el dique y el muelle le ocuparon el resto de la mañana.

A mediodía se retiró a almorzar a una fonda de españoles, con los que le gustaba conversar. Sin embargo, ese día estuvo callado. Pidió unas papas arrugadas con mojo picón y unos trozos de queso majorero que acompañó con pan y una cerveza. Pero no se los terminó.

Se sentía desganado, algo poco habitual en él, pero también había otras sensaciones nuevas que ahora lo atormentaban. Se había enamorado de una mujer prohibida para él.

A su pesar, su mente estaba en el Club náutico. Recordaba el momento en que había visto a Pearce comportarse indecorosamente con Lou y todavía lamentaba haberse limitado a un único puñetazo. La indignación que aún sentía no estaba exenta de celos, y lo que en un principio había sido una sospecha a la que se negaba a dar crédito, ahora era una evidencia: esa joven lo tenía hechizado.

Jamás una mujer había despertado en él tal arrebato. La amaba. La amaba contra su voluntad, contra el deber filial, contra la prudencia y el buen criterio.

Y se odiaba a sí mismo por ello. Despreciaba esa traición hacia su progenitor del mismo modo que se cuestionaba sus valores por haber sido capaz de dejarse seducir por una advenediza. A veces reflexionaba sobre los motivos que podían haber inducido a la joven a aceptar ese matrimonio y le inventaba un pasado doloroso que justificara esa acción. Si algo sabía, por su estricta observación, es que ella no estaba enamorada de su padre, así que, sin duda, ese era para la señorita Fairley un matrimonio de conveniencia. También dudaba de que los sentimientos de su padre fueran más románticos que caprichosos. Lo notaba más presumido que ilusionado cuando hablaba de ella ante sus amistades.

Y le dolía pensar que ese matrimonio se llevara a cabo. Necesitaba averiguar quién era Louise Fairley, saberlo todo sobre ella y encontrar algo en su pasado que obligara a su padre a romper ese compromiso. Pero también, quería hallar algún motivo que justificara la actitud de ella. Sin embargo, aunque consiguiera salvarla ante sus ojos, ¿debía luchar contra su padre por su cariño? ¿Por qué no podía ser Louise una joven cualquiera desvinculada de su familia? ¿Por qué tenía él que haberse fijado precisamente en ella?

Desde el primer momento en que la vio, cerca de los jardines del hotel Santa Catalina, quedó prendado de su exótica belleza. Tenía la elegancia inglesa y la gracia española. Y los ojos más hermosos que hubiera visto nunca. Ella había llamado su atención desde el inicio y, ahora, su presencia lo turbaba y su ausencia le dejaba un vacío desconocido hasta el momento. Sabía que estaba condenado a sufrir y, aun así, todo lo empujaba hacia ella.

Miró su reloj, un reloj inglés, por supuesto, y vio que aún no eran la una y media. Pidió un café y sacó su pitillera al tiempo que solicitaba la cuenta.

Pasó la tarde en su despacho, revisando presupuestos y haciendo previsión de materiales, pero seguía ojeando su reloj inglés cada veinte minutos. El tiempo le pasó lento y, cuando por fin fueron las cinco menos cuarto, se dirigió al lugar donde estaba el teléfono y la secretaria, que lo contempló de modo benevolente, salió a continuación para dejarle intimidad.

Dan sabía que, por mucho que mirara el teléfono, este no iba a sonar antes, pero no podía evitarlo. Trató de canalizar su inquietud en pensamientos que no tuvieran nada que ver con el asunto, pero resultaba imposible, los ojos de Lou lo perseguían. Cuando al fin oyó el sonido estridente, descolgó de inmediato y esperó a que la telefonista le pasara la conferencia.

—¿Dan? —escuchó decir al otro lado.

—Hola, Connor. ¿Has sabido algo?

—Me encuentro estupendamente, gracias —ironizó

—Sí, disculpa mi falta de amabilidad. Es que este asunto me tiene más inquieto de lo deseable.

—Y tienes motivos para ello. He averiguado lo suficiente como para aconsejar a tu amigo que se replantee su compromiso con la señorita Fairley.

Dan enmudeció durante unos segundos y a continuación añadió:

—Habla sin ocultarme nada, por favor.

—Verás, Dan, esta joven no es nada recomendable. Durante un tiempo fue la amante de *lord* Shrewsbury y, por lo visto, no se tomó muy bien que él la dejara. Montó un par de escándalos y uno de ellos llegó a ser mencionado en una columna de periódico. Ya sabes que yo no las leo, pero he recuperado el ejemplar en cuestión de la hemeroteca. —Ante el silencio que notó, Macgregor prosiguió—: Además, se dice que ahora andaba detrás de Charles Broderick, pero creo que, si ella ha viajado a Canarias, podemos decir que este último está a salvo.

—Por lo que me dices, mi amigo hará bien en alejarse de ella.

—Si es tu amigo, aconséjaselo inmediatamente. La reputación de Louise Fairley deja mucho que desear.

Dan enmudeció un instante, pero enseguida procuró disimular su estupefacción.

—Una cosa más si no te importa. ¿Me puedes enviar esta información por telegrama? Es probable que mi amigo no crea mi palabra.

—Suele pasar cuando se está obsesionado... Pensándolo mejor, te enviaré recortes de periódico. No será tan rápido como un telegrama, pero sí más efectivo. ¿Te importa esperar?

—Me parece buena idea. Gracias, Connor, te debo una.

—Tal vez os haga otra visita cuando tenga vacaciones. Lydia echa de menos los baños de mar.

—Cuando quieras. Gracias por todo.

—A mandar. Me alegro de que estés bien. Un abrazo.

Cuando Dan colgó el teléfono, la decepción y la furia lo embargaban por igual. La imagen de Lou perdió todo ápice de inocencia y solo vio en ella la peor de las perfidias. Sintió rabia, dolor y humillación. Debía salvar a su padre... y debía salvarse él. En cuanto tuviera en sus manos la documentación, ella abandonaría su casa para siempre y, esperaba, que también la isla.

Permaneció en el despacho aún diez minutos más, tratando de asimilar lo que acababa de conocer, mientras notaba cómo se le revolvían las entrañas cada vez más. Golpeó la pared un par de veces y anduvo de aquí para allá maldiciendo en voz baja. El dolor lo acuciaba y, cuando consiguió serenarse, o eso creyó, salió sin saludar a la secretaria, que esperaba a unos metros de la puerta.

Comenzó a caminar a buen paso hacia Las Canteras. Necesitaba estar solo y desgastarse. El sol se convirtió en su aliado porque pronto le hizo sudar y el sabor amargo que resbalaba por su frente le recordaba a la tristeza de las lágrimas.

Pasó por la zona de las salinas y, al notar el crujido de la sal bajo sus zapatos, le pareció que alguien le estaba pisoteando el alma. Siguió hasta la costa, se asomó a la orilla y agradeció el sonido rugiente del mar, que aplacó por unos instantes sus propios gritos interiores.

Caminó y caminó y siguió caminando hasta que se acabó la playa y entonces, por fin, sintió el cansancio. Aún decidió castigarse a sí mismo y se quitó la ropa para meterse en el agua en aquella zona sin resguardo, donde las corrientes llevaban bastante peligro, pero no le importó. Nadó hasta extenuarse y, sin secarse, volvió a vestirse para emprender el camino de regreso.

Llegó a su casa sobre las nueve de la noche y el ama de llaves le contó que su padre se encontraba indispuesto y que la señorita Fairley se hallaba en el salón. Como no se sentía con fuerzas para encontrarse con ella, comentó:

–Cenaré en la cocina.

Dicho esto, subió a ver a su padre. Llamó antes y, cuando obtuvo respuesta, entró.

–¿Has hablado con el doctor Seeber? –le preguntó el señor Nordholme.

–No, acabo de llegar. ¿Es grave?

–¿Grave? Es solo una indigestión. Seguro que algo de lo que cené estaba en mal estado, pero ese médico no hace más que hablar de los excesos a mi edad.

–Si hubiera habido algo en mal estado, más gente se

encontraría indispuesta. Creo que el señor Seeber tiene razón, padre. Usted come siempre en abundancia y, en ocasiones cada vez más frecuentes, bebe demasiado.

—¡Me gusta comer! ¡Y a nadie le hace daño una copa! ¡No sé qué tiene esto que ver con la edad!

—¡Mírese! Si su estado no le alarma, no creo que puedan hacerlo mis palabras.

—Un poco de reposo me viene bien. Solo hay una cosa que me disgusta.

—Me alegro de que algo le disguste —comentó, obligado a retener las ansias de contarle lo que había averiguado sobre el pasado de Lou. Debía esperar a que llegaran los recortes de periódico o su padre no le creería.

—¿Tienes planes para mañana?

—No, me quedaré a cuidarlo, padre. Quiero hablar personalmente con el doctor Seeber.

—No, no te quedarás. Le prometí a Lou que mañana iríamos a Bandama y he alquilado unos caballos. También vendrán Rachel y Richard, pero me temo que tendrás que ocupar mi lugar.

—Preferiría dedicarme a otros asuntos.

—Has dicho que no tenías otros asuntos y yo no puedo anularlo. Ya está organizado.

—Puede aplazarlo al domingo siguiente.

—El próximo domingo estamos invitados a casa de los Roberston. Espero que tus reticencias no tengan nada que ver con Lou. Ya te quedó clara mi decisión de casarme con ella y no he detectado en su conducta nada que me haga pensar mal de mi prometida.

—Tiene usted un alma cándida, padre —respondió sarcástico.

—No permito que te burles de mí. ¿Acaso has observado algo impropio en su conducta desde que ha llegado?

—¡Desde que ha llegado! —Sus ojos miraron al cielo y volvieron a posarse sobre su padre en un instante—.

¿Cuánto sabe de su pasado? –preguntó enojado ante tanta ingenuidad.

–Tus prejuicios son un mayor motivo para que mañana los acompañes a Bandama. Con el trato, te formarás una mejor opinión de ella.

–Pídame otra cosa, padre, no me apetece...

–No te lo pido, Dan, te lo ordeno.

Contra su deseo, hubo de aceptar. Pero guardó una sonrisa resentida que pensaba recuperar cuando llegara la documentación de Londres. Entonces, su padre no tendría excusa para no echar a Louise Fairley.

Capítulo 21

Tras desayunar sola, Natalia subió a la habitación del señor Nordholme. Llamó a la puerta y le abrió María del Pino, que había subido un té y pan con mantequilla al dueño de la casa.

—¿Cómo se encuentra?

—Ha dormido mejor. Y ya resiste la comida, aunque le sirvo poca cantidad cada vez.

—Me matan de hambre —protestó el hombre.

—Tiene que hacer caso al médico —le recordó Natalia.

—Lamento no poder acompañaros a Bandama. Si ayer hubiera comido decentemente, a lo mejor tendría fuerzas para montar, pero así no puedo recuperarme.

—Ayer aún tiraba todo lo que comía —le recordó la criada—. La mejor forma de recuperarse es no protestar tanto y hacer más caso.

—¿Has visto a Dan? —preguntó el señor Nordholme.

—Ha ido a por los caballos —respondió la criada.

En aquel momento, oyeron el sonido de la campanilla de entrada.

—Deben de ser los Bell —comentó Natalia—. Rachel dijo que vendría pronto para que me probara alguno de sus trajes de montar.

–No les hagas esperar –indicó el señor Nordholme a Natalia–. Y disfruta, yo estaré bien.

Natalia bajó a recibir a los recién llegados y, mientras cogía los pantalones y las botas que le entregaba Rachel, también llegó Dan. No lo había visto en todo el día anterior, y se le escapó una sonrisa mientras lo saludaba.

Él ni la miró. Hizo un saludo general, anunció que los caballos estaban listos y, cuando su hermana le dijo que debían esperar a que la señorita Fairley se cambiara, se limitó a hacer un gesto de exasperación y se adentró en el salón.

Natalia quedó defraudada ante esa reacción. Cuando subió a cambiarse, recordaba el momento de complicidad que se había creado entre ellos después del incidente con Pearce y se preguntaba qué había podido ocurrir para que ahora se mostrara tan desagradable. Mientras se colocaba la blusa por dentro y se sujetaba los pantalones con un cinturón porque le venían algo anchos, tuvo la esperanza de que su mal humor no tuviera nada que ver con ella. Pero la duda volvió a nacer cuando se hubo puesto las botas, que por suerte le quedaban bien, y se dispuso a regresar.

Efectivamente, mientras Rachel le decía lo bien que le quedaba su ropa y le reprochaba que no hubiera previsto un equipaje más completo, él la ignoró y se limitó a colocar las alforjas con el almuerzo en los caballos.

Después de montar, Dan se situó en cabeza, aunque enseguida Richard se puso a su lado, y partieron enseguida. Natalia quedó con Rachel y esta comenzó a hablar sobre las maravillas del paisaje, pero hubo de callar porque el paso que imprimía su hermano las obligó a acelerar.

–Ni que lo estuvieran esperando –se quejó Rachel.

Se internaron en la isla y el camino empezó a ascender. Pasaron cerca del castillo de Mata y, ante ellos, se alzaban montañas que iban apareciendo unas tras otras, aumentando su altura en cuanto asomaban. El paisaje árido al principio, solo salpicado de tabaibas, cardones y algún drago solitario, fue cogiendo color gracias a los cultivos de plataneras que había en las laderas y se tornaba más verde a medida que continuaba la ascensión. A lo lejos se veían árboles y mayor frondosidad.

–Aunque llueve poco, en esta zona hay mucha humedad. Las nubes que se quedan enganchadas en la cima se derraman por la ladera. Si fuéramos a la Cumbre o al Roque Nublo, seguramente veríamos un mar de nubes –explicó Rachel.

–Hoy no. Hace mucho sol –apuntilló su marido, que refrenó el paso para descontento de Dan.

Luego le habló a Natalia de los pinares de Tamadaba y los bosques de laurisilva de Moya, más al norte; de los páramos desérticos y lunares de Tejeda, de las casascueva, que no solo servían para guarnecer al ganado, sino que muchas eran habitadas por los propios canarios...

–Si subiéramos hacia el oeste, veríamos el Teide –añadió.

–¿No está en Tenerife?

–Ellos lo tienen, pero nosotros lo vemos.

–Lo dice porque siempre hay nubes en sus laderas y desde la costa de Tenerife rara vez se distingue –le explicó Rachel.

Avanzaron por la zona de Almatriche hasta llegar a Tafira Baja, donde había mejor acceso para cruzar el barranco de Guiniguada. Iban despacio, puesto que la inclinación de la ladera no permitía mayor velocidad a unos caballos que se habían contagiado de la parsimonia canaria. En aquellos momentos el sol ya se había convertido en su enemigo y nadie tenía ganas de hablar.

Mientras subían buscaban la sombra de lentiscos, acebuches e incluso sabinas que habían empezado a aparecer. También había eucaliptus que los ingleses habían importado de Australia junto a otras especies no autóctonas. Antes de llegar a Tafira Alta giraron por un camino a la izquierda que llevaba a una casa colonial de dos pisos y cuyo jardín de flamboyanes se fundía con el bosque natural.

Cuando se detuvieron, Rachel le dijo a Natalia:

–Aquí vivirá Dan cuando se case.

–Procuraré hacerlo mucho antes, querida hermana.

–Cuando hablo de tu matrimonio, pareces divertirte contrariándome.

–Entonces, procura que tus aficiones no tengan nada que ver con mi independencia –la regañó él.

Natalia no dijo nada, pero notó que Dan continuaba evitándole la mirada. Descendió sola porque, mientras Richard ayudaba a bajar a su mujer, Dan abría la puerta de la mansión.

Al entrar, agradecieron el frescor que proporcionaban las gruesas paredes de una casa que sorprendía por acogedora. Richard preguntó al dueño sobre los detalles de la chimenea y, mientras Dan le daba las explicaciones pertinentes, su hermana agarró de una mano a Natalia.

–¡Oh! Ya veo que me toca a mí enseñar la casa de mi hermano. Cuando os ponéis a hablar de cuestiones técnicas…

Las dos pasearon por la casa y Natalia procuró no demostrar su admiración ante el buen gusto del diseño. El mobiliario era más austero que el de la residencia familiar, pero adecuadamente escogido para que no pareciera vacío. La cerámica y la madera estaban recién puestas. Era una casa grande, pero no excesiva, y combinaba el carácter británico con algunos detalles de las construcciones canarias.

–Mi hermano prefiere hacer este trayecto a diario que vivir en la ciudad. Dice que echa de menos el frescor de los árboles –comentó Rachel en cuanto entraron en una biblioteca aún con pocos libros.

—No creo que se puedan echar de menos muchas cosas en esta isla. Tiene de todo.

—Si no fuera por el club de tenis, me aburriría muchísimo. Lo único que agradezco es el clima. No entiendo cómo ha podido dejar Londres para venir aquí. Debe de estar muy enamorada de mi padre.

—La señorita Fairley vive para el amor –añadió una voz mordaz desde el otro lado de la estancia.

Dan acababa de entrar en la biblioteca junto a su cuñado y todos callaron ante el carácter impertinente de su comentario. Rachel estuvo a punto de preguntarle qué había querido decir, pero la severidad de la mirada que detectó en su hermano se lo impidió.

—¿Has visto las vidrieras de la salita de té? –preguntó el señor Bell a su esposa para huir de la incómoda atmósfera que acababa de crearse, y la sacó de la estancia mientras le hablaba de unos ventanales como pretexto para no permanecer allí.

Natalia quedó a unos metros de Dan, quien también hizo un ademán de abandonar la biblioteca, pero ella lo interpeló antes de que él diera un solo paso.

—Debe pensar que la amabilidad no le sienta bien –se burló Natalia, ya repuesta de la impresión que le había causado la grosería y con evidentes ganas de provocarlo–. Por el contrario, el exabrupto va a juego con su expresión avinagrada.

—Al contrario que usted, procuro ser coherente con mis sentimientos, no con lo que favorezca a mi expresión. Es una de las ventajas de no tener que embaucar a los demás para conseguir mis objetivos.

Natalia quedó muda ante ese nuevo ataque. Ahora fue ella la que decidió abandonar la biblioteca, pero cuando pasó por su lado él la detuvo. La agarró de un brazo y la giró hacia sí y, de esta forma, la obligó a enfrentar su mirada.

—Resulta usted muy convincente haciéndose la ofendida —le reprochó.

—Y usted muy obstinado en atacarme.

Él la observó unos instantes y, a continuación, sus ojos se posaron en su boca. Contra su voluntad, se ofuscó al imaginar cuántos la habrían besado. Sintió deseos de ser uno más, pero el orgullo se lo impidió. Ella lo miró temerosa y retadora a un tiempo hasta que no aguantó más y exclamó:

—¡Me hace daño!

Él fue consciente de que canalizaba su rabia apretando su brazo con más fuerza de la debida y enseguida la soltó. Ella aprovechó para marcharse y buscó a los Bell para refugiarse en su compañía. El matrimonio había intuido la discusión, pero simularon normalidad ante ella.

—¿No tiene sed? —le preguntó Rachel sin simpatía y con la intención de alejarla de su hermano para evitar una nueva confrontación—. Las cantimploras están en los caballos, vayamos a buscarlas y aprovechemos para rellenarlas.

Natalia agradeció poder ocuparse en una actividad que la alejara de la presencia de Dan y se mantuvo ocupada hasta que, al poco rato, retomaron el camino.

En Tarifa Alta viraron hacia el sur y de nuevo empezaron a ascender, ahora hacia el punto geodésico de la caldera de Bandama. En aquella zona no había casi forestación, aparte de unos viñedos y arbustos bajos, y el sol volvió a atacarlos con inclemencia. Dan no decía nada y el silencio se extendió por todo el grupo. Tardaron más de media hora en llegar y el dolor por la humillación sufrida se le mezclaba a Natalia con un principio de insolación. Agradeció que se detuvieran en la cima y que de este modo pudiera librarse del tortuoso balanceo del caballo. Respiró hondo y miró hacia el mar. El horizonte brumoso le hizo tomar conciencia de la insularidad, pero no sintió como un peso la soledad de la isla.

Luego se asomó a la caldera y todos los males se le fueron. La contemplación de aquel espectáculo natural le calmó el ánimo. Admiró lo que el paso del tiempo era capaz de hacer sobre un lugar que había sido fuego y azufre y ahora parecía un tapiz amarillo de hierba seca y tabaibas. Los demás se acercaron a ella también para contemplar la vista, excepto Dan, que se quedó a amarrar los caballos mientras continuaba con su gesto agriado.

Natalia recordó el instante en que había creído que él iba a besarla y el fuego del volcán apagado que tenía bajo sus pies renació en ella por unos segundos. Luego se apagó con la misma velocidad con la que había llegado y sintió un escalofrío al rememorar sus ojos de hielo. A pesar del calor, se abrazó a sí misma como si necesitara templarse, pero no encontró consuelo.

Rachel le pidió que la ayudara a preparar el picnic y, gracias a eso, Natalia tuvo algo con lo que despistarse en lugar de estar pendiente de los movimientos de Dan o preocuparse por si él estaba atento a los suyos.

Extendieron una tela sobre el suelo y comenzaron a sacar carne fría, pan, queso, frutas, agua y vino.

–He traído una tarta de manzana. Mi cocinera es una joya –le comentó Rachel para romper un silencio que la incomodaba.

Al cabo de diez minutos almorzaban los cuatro juntos y Dan solo habló para explicarle a su cuñado cómo funcionaban los ingenios que últimamente habían sido mejorados, pero que ya existían desde el siglo XVII en algunos de los pueblos de interior. En esos momentos, Natalia vio que el matrimonio ya había comprendido que entre sus compañeros de excursión existía una antipatía compartida. Ninguno se miraba, cada uno de ellos se dedicaba a observar algún insecto, una piedra o a bostezar cuando el otro hablaba. Rachel procuraba introducir en la conversación temas triviales, a fin de no comprometer más una situación ya de por sí incómoda para todos. Cuando terminaron de comer, se fingió cansada y expresó su deseo de regresar.

No cogieron el camino de Las Arenillas ni llegaron hasta la Atalaya de Santa Brígida, como había sido su primera intención, sino que emprendieron el camino por el que habían llegado. Aunque ahora la pendiente descendía, no avanzaron mucho más deprisa que a la ida para no lastimar las patas de unos caballos poco acostumbrados a paseos tortuosos. Tampoco se detuvieron en la mansión de Dan ni nadie expresó su deseo de hacer una pausa para calmar la sed. Resultaba obvio que todos tenían prisa por llegar.

Todavía no era tarde cuando aparecieron en la casa del señor Nordholme, pero los Bell no quisieron quedarse a tomar el té. En cuanto Natalia se cambió y le devolvió la ropa de montar a Rachel, se despidieron. Dan ni siquiera entró. Fue directamente a devolver los caballos y luego pasó la tarde en el Gabinete literario.

Cuando el señor Nordholme le preguntó a Natalia por la excursión, ella fingió haber quedado tan entusiasmada por la compañía como por el paisaje. Después de ese último acto de dignidad, subió a su habitación y se echó a llorar.

Capítulo 22

La señorita Snodgrass se encontraba en la terraza del hotel tratando de retratar a Nicole, la hija de la señora Harbison, pero la niña estaba inquieta y no se quedaba ni diez segundos en la misma postura. La labor resultaba incómoda y la señorita Snodgrass también estaba perdiendo la concentración.

–Tal vez deberíamos dejarlo para otro día –le comentó la señora Harbison.

–¿Hay días en los que se está quieta? –preguntó con sarcasmo la señorita Snodgrass.

En esos momentos, Dan se acercaba hacia la entrada del hotel y, al verla, se detuvo a saludarla.

–Buenos días –le correspondió ella–. ¿Subieron ayer al volcán?

–Bandama ya no es un volcán, es una caldera. Espero que su amiga no se sintiera decepcionada.

–Aún no la he visto, supongo que dentro de un rato vendrá a buscarme. ¿Ya estaba levantada?

–Cuando he salido, aún dormían todos. Yo suelo madrugar, y más hoy que he quedado con un comerciante para comprar un par de caballos. Se hospeda en este hotel.

–¿Piensa ponerlos a remolcar bloques de cemento en el puerto? –se escandalizó.

—No, en absoluto —negó con una sonrisa—. Pero cuando me mude, necesitaré caballos más briosos que los de aquí. No viviré en la ciudad.

—Es cierto que dijo que iba a mudarse. Yo me he mudado muchas veces: de ciudad, de país... Considero muy incómodas las mudanzas, siempre se pierde algo por el camino. ¿Conoce a la señora Harbison?

La señorita Snodgrass hizo las presentaciones y la señora Harbison dijo estar encantada con el retrato que su amiga estaba haciéndole a su hija.

Dan Nordholme recordó en ese momento una conversación que la señorita Snodgrass había mantenido con Natalia y de pronto se le ocurrió preguntarle:

—Usted hizo un retrato de la señorita Fairley, ¿no es cierto?

—Sí, ya lo tengo acabado. ¿Le gustaría verlo?

—Me gustaría comprárselo.

—¡Oh! Yo pensaba regalárselo a su padre para la boda.

—Entonces, hemos pensado lo mismo.

La señorita Snodgrass, que quería averiguar hasta qué punto llegaba su interés, le preguntó con una sonrisa picarona:

—¿Y cuánto estaría dispuesto a pagar?

—Primero, me gustaría verlo.

La hija de la señora Harbison aprovechó el despiste para salir corriendo y su madre la siguió. La señorita Snodgrass le pidió a Dan que la acompañara a su habitación para enseñarle la lámina. Una vez allí, llegaron a un acuerdo y él se quedó con el retrato y ella con la satisfacción de una mujer que se siente observadora privilegiada de una escena que promete ser divertida.

Cuando media hora después, Natalia llegó a visitarla al hotel, la señorita Snodgrass no le contó que había vendido su retrato, ni siquiera le dijo que Dan Nordholme había estado allí.

—Me alegro mucho de verla, querida, pero me temo que hoy no podré pasear con usted. He quedado con la señora Todd.

—Hace bien independizándose de mí, no soy la mejor influencia.

—No tiene nada que ver con su carácter. Pero la señora Todd quiere alquilar una casa y me ha pedido que la acompañe a ver un par de ellas. Ya sabe que yo tengo interés en conocer cómo está el mercado inmobiliario aquí. Hemos quedado dentro de media hora. Mientras, ¿le apetece un té o uno de esos dichosos cafés?

—Un café, gracias –dijo al tiempo que se sentaba–. Señorita Snodgrass, quería saber si finalmente regresó usted a la tienda de los Harris el otro día.

—Así es, fui en cuanto tuve ocasión.

—¿Y...?

—Al señor Harris no le sonaba el nombre de Emilie Battle, pero me contó varios casos de ingleses que viajaron a la isla para curar sus dolencias respiratorias antes de que existiera el hospital. Que pudiera encajar con su madre, solo había uno. También me habló del Seaman's Institute, pero se fundó en 1890 y solo era para marineros, no nos interesa.

Natalia esperó a que el camarero tomara nota de su café y, luego, miró expectante a su amiga y le pidió que continuara.

—¿A qué edad la tuvo su madre?

—Con diecinueve. Murió antes de cumplir los treinta.

—En ese caso, puede ser ella. La joven de la que hablaba tenía unos dieciocho años en aquel entonces. Venía acompañada de sus padres y se hospedó en casa de unos amigos: los Watson.

—Nunca he oído hablar de los Watson. ¿Todavía están aquí?

—Ellos regresaron, pero uno de sus hijos sigue aquí. Trabaja para la Yeoward Line.

—He oído mencionar ese nombre.

—Es una empresa consignataria. Él se llama Graham Watson, ahora tendrá unos cuarenta años. En aquella época era un mozalbete, pero las cosas de esa edad suelen recordarse.

—¿Cree que debería hablar con él?

—No, de él me ocuparé yo. No conviene que la vean por el puerto preguntando por su madre. Sin embargo, sí creo que es más adecuada usted que yo para hablar con españoles.

De nuevo hicieron una pausa mientras les servían el café, que aprovecharon para encenderse un cigarrillo.

—¿Con qué españoles? Ya sabe que tengo poco léxico y conjugo mal los verbos.

—Pero estos españoles hablan inglés. Se trata de la familia Quintana-Padrón, que se relacionaba con los Watson, según me contó el señor Harris.

—¿Y dónde puedo encontrarlos?

—Jorge Quintana-Padrón trabajaba para *El Liberal*, pero supongo que ya estará retirado. Creo que frecuenta el Gabinete literario.

—El hijo del señor Nordholme suele ir al Gabinete literario, no creo que deba ir a buscarlo allí.

—Tiene razón. Pero el señor Harris me ha dado su dirección. Viven cerca del barranco de Guiniguada. Cuando baje del tranvía, puede preguntar a alguien que le indique dónde está esta calle —le comentó al tiempo que le pasaba un papel escrito.

—¿Y qué le digo?

—¿Ahora va a lamentarse usted de que no tiene inventiva, querida?

—No es lo mismo. Lo de hacerme pasar por Louise

Fairley se me ocurrió por la necesidad, pero en este caso no sabré qué decir.

–Si de verdad quiere encontrar a su padre, tiene que ser más decidida.

–Tiene usted razón –admitió agradecida–. Aprovecharé esta mañana, que el señor Nordholme supone que estoy con usted.

–¿Se encuentra mejor?

–Sí, hoy ha desayunado conmigo, aunque ayer todavía cenó en su habitación.

–Y usted cenó sola con su hijo...

–No, él regresó tarde. En cuanto volvimos de Bandama, se fue. –Natalia alzó la cabeza con cierta soberbia y añadió–: Es obvio que no me soporta. Evita mi presencia cuando puede.

–¿Por qué dice eso? Tal vez se fuera por asuntos importantes.

–Porque sigue pensando que soy una interesada y no se molesta en disimularlo. Hasta los Bell se dieron cuenta de la tensión entre ambos.

La señorita Snodgrass meneó la cabeza en acto de reprobación.

–Ya le dije que procurara buscarse su amistad. No creo que su orgullo sea un buen aliado.

–Mi orgullo no tiene nada que ver. El viernes fue amable conmigo, pero ayer parecía que me odiaba más que nunca.

–Interesante... –dijo al tiempo que se abstrajo durante un momento en el que recordó su interés por el retrato.

–¿Qué tiene de interesante?

–¡Oh! Disculpe, querida. Estaba pensando en otra cosa. Sobre lo que comenta, si no sabe reconciliarse con él, no deje que le afecte.

A Natalia le pareció que su amiga no acababa de ser del todo sincera y añadió:

–Pero su tono acusador se me clava y me produce una contradicción –dijo con intención de conmoverla–. Por un lado, Flora, siento deseos de confesar mi engaño. Por otro, sus desaires me convierten en arrogante, aunque no debería. En el fondo, él tiene razón en el motivo de su censura. Es cierto que me caso con su padre sin amor.

–Querida, no indague ahora sobre sus contradicciones y dedíquese a visitar a los Quintana-Padrón. No debe perder el tiempo –añadió la señorita Snodgrass para restarle importancia a las palabras de Natalia.

–Tiene usted razón. –Se rindió más por presentir que no lograría ningún consejo nuevo de su amiga que por falta de interés–. Muchas gracias por su ayuda. Esperemos que la joven a la que se refería el señor Harris fuera mi madre. Al menos, ya tendría por dónde empezar –dijo al tiempo que apagaba su cigarrillo y se levantaba.

–Mucha suerte.

–Gracias. Por cierto, el señor Nordholme me ha pedido que la invite esta tarde a tomar el té. ¿Le es posible?

–¡Oh! ¡Estupendo! ¿Estará el resto de la familia?

–Creo que vendrá Rachel, pero me parece que su marido no la acompañará.

–No importa. Los hombres no sirven para según qué conversaciones.

Natalia se despidió con una sonrisa. Se dirigió hacia el aparadero del tranvía cercano al muelle de San Telmo y aguardó a que pasara el tren. Al cabo de quince minutos se encontraba en la calle Mendizábal y preguntaba a un viandante para averiguar dónde quedaba la dirección de Jorge Quintana-Padrón.

Cuando se sintió perdida, tuvo que preguntar de nuevo, pero por fin encontró la calle que buscaba. Entró en el portal y subió al segundo piso. Si la familia estaba vinculada a los periódicos, debería ser muy cuidadosa con la información que les daba.

Llamó a la puerta a sabiendas de que no había avisado de su visita, y esperó nerviosa hasta que una criada joven le abrió. Preguntó por el dueño de la casa, pero, según le dijo la muchacha, el señor no llegaría hasta las dos de la tarde.

–¿Sabe dónde puedo encontrarlo antes? –Se interesó, pues a esa hora ya debía estar de regreso en casa del señor Nordholme.

–Si es urgente, lo encontrará en la sastrería. Pero también puede dejar un recado, si es su gusto.

–No, prefiero hablar con él. ¿Qué sastrería?

La muchacha le indicó una dirección de Vegueta y Natalia le dio las gracias.

De nuevo se dedicó un rato a buscar el lugar. Por un momento le pareció que alguien la seguía, así que se detuvo y echó un vistazo alrededor, pero no distinguió a nadie sospechoso. Retomó el camino y enfiló por unas callejuelas estrechas donde la pobreza era más evidente. Salió a una plaza un poco más digna y a continuación giró a la derecha. De pronto volvió a detenerse. Tenía la sensación de que en algún punto se había equivocado al tomar alguna calle. Sacó el abanico del bolso y procuró aliviarse el sofoco.

Miró hacia la pared en busca del nombre de la plaza y, en ello estaba cuando, de repente, notó que alguien la agarraba de un brazo y la introducía en un portal.

Ella procuró zafarse, primero a tientas y, después, aún con mayor intensidad cuando distinguió que quien la estaba reteniendo era Douglas Pearce.

Capítulo 23

–¡Mire a quién tenemos aquí! –exclamó él mientras la sujetaba de las dos muñecas y la retenía contra la pared.
–¡Suélteme! –gritó ella.
–¡Shhhh! –le ordenó–. Si es usted inteligente, preferirá estar calladita.

Ella trató de revolverse de nuevo, pero ante la superioridad física de él, solo lograba dañarse las muñecas. El abanico cayó al suelo. Sentía miedo, no sabía de qué era capaz aquel hombre y pronto comprendió que su única esperanza radicaba en que apareciera alguien más en el portal que pudiera ayudarla.

Sin embargo, aunque él la miraba con lascivia, esta vez no trató de propasarse.

–¡La señorita *Fairley*, *Louise Fairley*! ¡Qué suerte he tenido de que usted haya escogido ese nombre!

Natalia sintió un nudo en la garganta en cuanto se supo descubierta y, aunque procuró buscar alguna excusa, no la encontró.

–Usted y yo podemos hacer negocios juntos –añadió él.
–¡No tengo intención de hacer ningún negocio con usted! –respondió ella con cara de pocos amigos.
–Ya lo creo que la tiene… si no quiere que los Nord-

holme sepan que usted es una farsante. Por cierto, la felicito, su idea ha sido brillante. Si cuenta con mi colaboración, todo saldrá según sus planes.

—No entiendo de qué está usted hablando —mintió ella.

—Me entiende perfectamente, señorita *Fairley*, porque supongo que usted no recordará que bailamos juntos en una de las fiestas que *lord* Shrewsbury suele organizar o que coincidimos en el teatro una noche en que nevaba y la ayudé a que no resbalara mientras subía la escalera.

Natalia bajó los ojos sabiendo que nada podía hacer para negar la evidencia y se sintió perdida.

—No tiene nada que temer de mí. Su secreto está bien guardado, siempre que esté dispuesta a colaborar.

—¿Qué quiere de mí? —preguntó ella con voz entrecortada.

—Usted tiene acceso a Daniel Nordholme y yo necesito que me haga un favor al que él se niega.

—Se equivoca si piensa que tengo influencias sobre él.

—¡Oh! ¡No me engañe! Usted tiene una relación de confianza con él. Puede acceder a su despacho, algo que no está a mi alcance.

Natalia abrió los ojos asustada cuando compendió que estaba siendo sometida a un chantaje.

—¡No pienso entrar en el despacho de Dan!

—Es una lástima porque, si se niega, el señor Nordholme sabrá que usted no es Louise Fairley, cariño —dijo al tiempo que le soltaba una muñeca para colocar la mano sobre su mentón y apretárselo.

Natalia la apartó de un manotazo, pero enseguida se detuvo ante el gesto amenazante de Pearce.

—Le conviene ser colaboradora.

—¡No pienso robar nada!

—No le estoy pidiendo que robe nada, cariño. No tiene que pensar tan mal de mí. Yo puedo ser su amigo —dijo sibilinamente.

–¡Tampoco quiero su amistad! –respondió ella con tono despectivo.

–Claro que sí la quiere, al igual que mi silencio. Y mi silencio tiene un precio, cariño.

–Deje de llamarme cariño –le reprochó.

–Si quiere que la llame señorita Fairley, adopte una actitud más cooperadora –le indicó al tiempo que soltaba su otra muñeca.

Sin embargo, a pesar de no estar ahora físicamente apresada, Natalia no se hallaba libre.

–Si no quiere que robe, no entiendo qué espera de mí.

–Por fin la veo dispuesta a escuchar.

Ella lo contempló impaciente, a la espera de que él le explicara en qué consistiría su cooperación.

–Estoy interesado en traer un barco a este puerto.

–Dan Nordholme no es consignatario.

–No, pero sí decide qué materiales se usan para la ampliación del puerto y de qué proveedores los obtienen.

–¿Y eso qué tiene que ver con un barco?

–Usted no necesita tanta información. Lo único que le pido es que añada un documento a los papeles que Daniel Nordholme le pasa al señor Swanston cada semana.

–¿Acaso cree que no lo descubrirá?

–Si lo descubre, pensaré que usted se ha ido de la lengua. En ese caso, estaré autorizado a irme de la mía –la amenazó.

–¿Qué tipo de documento quiere que introduzca?

–Le he dicho que eso no es asunto suyo. Limítese a hacer lo que le ord... lo que amablemente le pido.

–¡Es usted un chantajista!

–Y usted una farsante, cariño, no creo que esté autorizada a reprocharme nada.

–¿Cómo sabré en qué papeles incluir ese documento? ¿Y si se da cuenta sin que yo se lo diga? ¿Cómo podrá garantizar que eso no sucede? Dan es muy meticuloso.

—Espero que no sea tan ingenua de colocarlo el primero —bromeó con una sonrisa inquietante—. Le daré más instrucciones cuando le pase los papeles, por ahora me considero satisfecho al saber que cuento con su inestimable ayuda.

—¿Me deja otra salida?

—Ciertamente, no veo ninguna, cariño. —Rio él.

Natalia trató de salir del portal, pero antes de que lo consiguiera, Pearce le obstruyó el paso y añadió:

—La espero el jueves que viene en la entrada del cementerio inglés. A las doce.

—¿Dónde está eso?

—En el barrio de San José. Es el cementerio protestante, todos lo conocen.

Ella lo contempló con ansias de irse, pero él aún agregó:

—No falte. O aténgase a las consecuencias.

Sin responder, ella logró esquivarlo y empezó a correr sin saber muy bien dónde se encontraba ni adónde se dirigía. Se había olvidado de la sastrería y de los Quintana-Padrón y solo pensaba en huir de las humillantes sensaciones que la habían atrapado durante los últimos minutos.

Se giró un par de veces para asegurarse de que Douglas Pearce no la seguía y, aunque no lo vio, siguió corriendo para huir de la vergüenza, el miedo y la repulsión que sentía por igual. Llegó hasta el mar y se detuvo cuando notó que le faltaba el aire. Escuchó el rugido de las olas mientras respiraba profundamente. En esos momentos no pensaba tanto en la propuesta que él le había hecho como en desprenderse de sus horribles sensaciones. Se acercó a unas rocas con intención de dejarse salpicar por las olas como si el agua pudiera purificarla, pero solo sintió el poder implacable del sol.

Poco a poco se fue calmando, pero a la vez que su cuerpo reposaba, tomaba conciencia de la conversación que acababa de mantener y empezó a sentir la constricción del chantaje. Valoró la amenaza y estuvo segura de que aquel hombre era capaz de vengarse si no lo ayudaba. Sin embargo, tampoco se sentía capaz de traicionar a Dan y se notó confusa. Pensó en regresar inmediatamente en busca de la señorita Snodgrass para pedirle consejo, pero recordó que ella estaba con la señora Todd y supo que no la encontraría.

Tenía que tomar una decisión y se agobió ante las posibilidades que se le abrían. Se negaba a hacer algo que perjudicara a Dan, pero tampoco quería que la delataran. Pensó que no le quedaba otra opción que confesar por fin, antes de que Pearce se le adelantara. Se imaginó a sí misma ante el señor Nordholme mientras buscaba las palabras apropiadas para contarle que llevaba todo este tiempo ocultándole su tacha de nacimiento y se sobrecogió al pensar en su rostro de decepción. Afortunadamente, unos minutos después recordó que aún le quedaban tres días para la cita a la que había sido emplazada. Pensar que tenía ese plazo logró tranquilizarla un poco y, si tenía suerte y encontraba a su padre, podría confesar al señor Nordholme su apellido real, tal como le aconsejaba la señorita Snodgrass, antes de que Pearce interfiriera.

Salió de su abstracción cuando estuvo a punto de recibir un balonazo de unos niños que jugaban al fútbol cerca de ella y, en esos momentos, decidió actuar. No tenía sentido continuar lamentándose de su situación. Lo único práctico que podía hacer, dadas las circunstancias, era acelerar la búsqueda de los pasos de su madre. Empezó de nuevo a adentrarse en las calles de Vegueta y preguntó otra vez por la dirección de la sastrería.

Vigiló que Pearce no volviera a seguirla y se alejó de los portales con prudencia mientras seguía caminando. Cuando encontró la dirección, se detuvo a unos veinte metros del lugar antes de continuar. Respiró hondamente para hacer acopio de valor , a continuación avanzó hacia la tienda. Se sentía apurada, pero sabía que tenía que enfrentarse a su nuevo papel de mentirosa.

Entró y preguntó por Jorge Quintana-Padrón a un joven que se encontraba en el mostrador. Él la miró extrañado y luego le pidió que esperara un momento antes de desaparecer en la trastienda.

Al cabo de unos minutos apareció un hombre de unos cuarenta y cinco años con mostacho y una calva que parecía recién lustrada. Natalia se sorprendió por la edad, había esperado a un hombre mucho mayor, ya que supuestamente se había jubilado de su trabajo en un periódico. Por su parte, él la contempló como si tratara de reconocerla y, al comprenderlo, ella se presentó.

–Buenos días, soy la señorita Fairley. ¿Le importa si hablo en inglés?

–Buenos días, señorita Fairley. Hablo inglés, aunque sus paisanos ya no son mis clientes. Ahora hay sastres británicos por toda Triana –le dijo a modo de reproche–. ¿En qué puedo ayudarla?

–Supongo que usted no trabajaba para *El Liberal* –dijo ella.

–No, creo que me confunde con mi padre. Yo también me llamo Jorge.

–Sí, me temo que ha habido una confusión cuando me han dicho dónde podía encontrarlo.

–Mi padre suele estar a esta hora en el Gabinete literario. Está en la plaza de Cairasco, al lado de la Alameda de Colón.

–Aun así, tal vez pueda usted ayudarme –añadió Natalia–. ¿Le importa que hablemos en privado?

El señor Quintana-Padrón la invitó a pasar a la trastienda no sin cierto estupor. Natalia olvidó los principios del decoro y lo siguió. Cuando él se lo ofreció, aceptó asiento en una silla de esparto.

—¿Conoce usted a Matilda Betham-Edwards? —le preguntó ella en cuanto se hubo sentado.

—No, ¿debería?

—Es una escritora inglesa. Trabajé unos años para ella.

—¿Tiene alguna relación con mi padre?

—No, no. Pero Matilda está ahora mismo investigando para su próximo libro... Normalmente escribe sobre viajes —le explicó—. Cuando supo que yo iba a viajar aquí, me pidió como favor personal si podía averiguar algo sobre la familia Battle, que residió en la isla hace unos veinticinco o veintiséis años.

—¿La familia Battle? Me suena el apellido. Sí, creo recordar que eran un matrimonio con una hija que tenía problemas respiratorios. ¿Eve? ¿Emma? ¿Emilie? Sí, eso es, la joven se llamaba Emilie. Era muy bonita.

—¿Y podría contarme todo lo que recuerda sobre ellos? —preguntó a la vez que procuraba disimular el entusiasmo que se le había despertado al oír eso.

—No conozco detalles, pero sé que tuvieron que irse precipitadamente. La joven trató de convertirse al catolicismo y la familia se enfadó muchísimo. En realidad, no se trataba tanto de una cuestión de fe como romántica... Mi padre era muy amigo de los Watson, la familia que hospedaba a los Battle. Sí, seguro que él podrá ayudarla. Pregunte por él en el Gabinete literario, estará encantado de atenderla.

Natalia estaba conmovida ante lo que había escuchado. Sintió satisfacción por saber que, por fin, alguien había conocido a su madre y podía hablarle de ella, que a la vez se le mezcló con una enorme pena. Agradeció esa información al sastre y después se dispuso a marcharse. Antes de irse, él le dijo:

—¿Sería usted tan amable de pedirle a su amiga escritora que cite la sastrería en sus agradecimientos? Eso podría venir muy bien para nuestro negocio.

Capítulo 24

En cuanto se hubo alejado de la sastrería y salió a una plaza abierta y llena de gente, se detuvo un momento a encenderse un cigarrillo. Las palabras «una cuestión romántica» se repetían en su interior. Si su madre había querido convertirse al catolicismo por una cuestión romántica, no podía ser por otro motivo que para casarse con su padre, lo que, sin duda, convertía su concepción en un acto de amor, no de libertinaje. Sus padres habían estado enamorados, y eso la hizo feliz por unos momentos.

Ansiosa por saber más, aceleró el paso mientras fumaba con cierta desesperación. Desechó la idea de encontrarse con Dan porque supuso que él estaría en el puerto. Por lo que había oído, solo frecuentaba ese lugar a partir de media tarde. Y el anhelo de conocer mejor la historia de su madre le dio el atrevimiento para entrar en el Gabinete literario.

Mujer e inglesa. Como no podía ser de otra manera, todas las miradas se centraron en ella en cuanto abrió la puerta del local. Natalia tuvo un brote de timidez y, por unos momentos, estuvo a punto de renunciar a su empresa. Pero hizo acopio de valor y se dirigió hacia unos españoles bien vestidos. Con toda la amabilidad que pudo y supo, les preguntó por la persona que buscaba.

Le señalaron a un grupo de otra mesa y uno de ellos tuvo la desfachatez de comentar que sentía envidia del viejo Jorge. Cuando se alejaba, oyó que otro comentaba que era la prometida del señor Nordholme y a esto siguieron unos cuchicheos que ya no entendió. Se estremeció al pensar que seguramente su presencia allí sería conocida en casa de los Nordholme y de nuevo estuvo próxima a salir de aquel lugar. Pero resultaba absurdo: había preguntado por Jorge Quintana-Padrón y, aunque ahora se marchara, su interés ya era evidente. Así que continuó adelante y se acercó al otro grupo. Se disculpó por interrumpirlos y nuevamente preguntó por el viejo periodista.

Todos se giraron para depositar una mirada interrogante sobre un señor que fumaba en pipa.

—Soy yo —respondió este—. ¿En qué puedo ayudarla?

—Me llamo Louise Fairley y me gustaría, si no le importa, hablar con usted en privado.

Natalia había pensado en inventarse otra identidad, pero dado que la habían reconocido, optó por no meterse en más mentiras. Un par de bocas sonrieron ante su solicitud y otra de ellas pronunció:

—Se ve que Nordholme no le da lo que necesita.

Si el señor Quintana-Padrón había dudado, la grosería de su amigo hizo que se levantara y comentara a la joven:

—Podemos sentarnos en aquella mesa. Tendremos privacidad y no escucharemos las tonterías de mis amigos.

Natalia, que se había sonrojado, aceptó la invitación y ambos se dirigieron a una mesa de un rincón solitario de la estancia.

Una vez sentados, Natalia agradeció que pudieran hablar en inglés, y le contó que trabajaba para la escritora Matilda Betham-Edwards. Se alegró cuando él comentó que le sonaba el nombre. A continuación le explicó que ella la estaba ayudando a documentarse sobre la familia Battle.

—El marido se llamaba Samuel y la esposa, Charlotte —le dio los nombres de sus abuelos—. Vinieron aquí por su hija, Emilie, por un asunto de salud.

—Recuerdo a esa familia, pero, como comprenderá, por mucho interés que tenga una escritora, yo no estoy autorizado a hablar sobre la vida de otros.

—No pretendo que me cuente intimidades —se excusó Natalia algo decepcionada—. Pero, si fuera tan amable de decirme cómo vivían, con qué españoles trataban... Matilda está interesada en estudiar la relación entre los ingleses y los autóctonos de las colonias.

—En primer lugar, señorita Fairley, nosotros no somos parte de sus colonias —le reprochó—. En segundo lugar, se hospedaron en casa de unos amigos suyos, los Watson, y alternaron básicamente con otros ingleses, como suelen hacer ustedes. Sin embargo, el viejo Watson era distinto. Mantuvimos una buena amistad. Tal vez pueda contarle más cosas sobre él que sobre los Battle, siempre que no entremos en un terreno que pueda atacar su intimidad.

—Gracias —dijo ella con una sonrisa—, seguramente el señor Watson tuvo una vida muy interesante, pero supongo que no estuvo aquí por motivos de salud. Matilda indaga sobre personas que viajaron a la isla para recuperarse de alguna dolencia.

—¡Qué interés más curioso! ¿Acaso piensa que una persona enferma es más abierta y tolerante hacia los autóctonos que una persona sana? Tal vez la sensación de desahucio nos haga más solidarios, es posible —dijo en un tono en el que Natalia no distinguió si se burlaba o se interesaba.

—No conozco su intención real. Yo le conté que venía aquí y ella simplemente me pidió que, si tenía ocasión, preguntara por Emilie Battle.

—¡Umm! ¿Y está usted segura de que no pretende curiosear en la intimidad de esa joven? —preguntó de un modo suspicaz—. Señorita Fairley, yo he sido periodista y también he inventado pretextos para acceder a ciertas informaciones. No sé si usted está al corriente o no de las intenciones de su amiga escritora, pero le aseguro que su interés no recae en conocer las relaciones de los ingleses enfermos con los canarios.

Natalia procuró disimular sus temores al haber sido descubierta.

–No le estoy preguntando sobre nada más. Solo quiero saber si… –Calló cuando vio el rostro impertérrito de él–. Supongo que usted no está dispuesto a contarme nada.

–Lo siento, pero no quiero ser indiscreto. Hay cosas de familia que deben quedarse en familia.

En esos momentos tuvo unos deseos inmensos de confesar que ella era familia, pero afortunadamente no lo hizo.

–¿Puedo saber, al menos, el nombre del médico que la atendió?

–Eso no supone ningún problema. El doctor Hernández emigró a Cuba hace mucho y murió allá hace unos años.

–¿Hernández?

–Eugenio Hernández, un buen hombre y un buen médico –comentó y, en su mirada, parecía como si callara algo más.

Natalia supo que insistir era inútil y se levantó.

–Muchas gracias y siento haberle molestado.

–No ha sido ninguna molestia y lamento no serle de utilidad. Espero que me comprenda.

–Por supuesto. ¡Ah! Matilda me pidió que fuera discreta con mi investigación. Si es posible, no comente nada sobre esta pequeña conversación…

Él la contempló como si tratara de adivinar qué tipo de mujer era.

–Ya habrá notado que soy discreto en asuntos ajenos cuando no ejerzo de periodista.

–Gracias. Que tenga un buen día.
–Igualmente.

Natalia atravesó la estancia con la conciencia de que nuevamente la observaban y sintió cierto alivio cuando por fin salió. Sin embargo, las ilusiones con las que había acudido acababan de desvanecerse. El señor Quintana-Padrón conocía el estado en que su madre se había marchado de la isla y estaba seguro de que la falsa escritora estaba indagando sobre esa cuestión. Pero era un hombre íntegro y de él no iba a averiguar nada.

El médico que la atendió también tenía que conocer su estado, era una lástima que hubiera muerto tiempo atrás. Y, aunque viviera, Natalia pensó que no habría podido viajar a Cuba para conocerlo.

Por un momento, no supo por qué, se preguntó si la discreción del señor Quintana-Padrón tenía que ver consigo mismo. Él frecuentaba la casa del señor Watson, donde se hospedaba su madre, ¿sería posible que...? ¿Había estado hablando con su padre? Comprendió que se trataba de una posibilidad tan creíble como otra. No podía descartarla, pero eso no significaba que tuviera que darla por segura. Recordó al sastre y buscó en su expresión algún rasgo en común con ella y no lo encontró. Tampoco se reconocía en el viejo periodista, ni sus ojos ni su nariz ni su boca se parecían a los de ella. Además, él ya debía de estar casado cuando su madre estuvo allí y, siendo así, ella no habría tenido ningún interés en convertirse al catolicismo. Así que dio por hecho que no se trataba de su padre.

Llegó a la parada del tranvía y esperó a que llegara mientras comenzaba a depositar nuevas esperanzas en la información que pudiera lograr Flora Snodgrass a través del señor Watson. Ella era una mujer con más recursos y con más experiencia para conducir una conversación al punto al que quisiera llegar. Pero eso no ocurriría hoy.

La señorita Snodgrass tenía la mañana ocupada con la señora Todd y por la tarde acudiría a tomar el té a casa de los Nordholme.

Cuando subió al tren, sus pensamientos se tornaron más oscuros. Recreó el encuentro con Pearce y volvió a sentir el apremio de encontrar a su padre cuanto antes. Ahora tenía la sensación de que estaba cerca. No quería que llegara el próximo jueves, excepto por la curiosidad que sentía por el tipo de documento que iba a serle entregado. Se preguntó hasta qué punto podía perjudicar a Dan y decidió que lo valoraría cuando lo tuviera entre las manos. Si se trataba de algo inocente, tal vez pudiera llevar a cabo lo que Pearce le encomendaba y así quedarse tranquila en ese aspecto. ¿Sería posible?

De pronto se preguntó qué ocurriría si hallaba a su padre. ¿Qué tipo de hombre sería? ¿A qué se dedicaría? ¿Estaría casado? ¿Tendría más hijos? ¿La aceptaría? Imaginó varias posibilidades de cómo podría transformase su vida si encontraba una familia y se planteó si sus nuevos parientes la acogerían como propia. Había pensado en ello en Inglaterra, pero entonces lo había vivido como una posibilidad lejana. Ahora, sentía más factible su esperanza. Lo más probable era que, si encontraba a su familia española, esta no pudiera ofrecerle las comodidades con las que había crecido a través de la tutela de los Lindstrom.

Los británicos no se relacionarían con ella. La tratarían como a una aborigen, a pesar de poseer la mitad de su sangre inglesa y haberse criado y educado en Londres. O, peor aún, la despreciarían. Porque era una bastarda. Y eso resultaba imperdonable para los suyos, si es que eran los suyos.

Cuando bajó en el aparadero cercano al muelle de San Telmo, en su mente nacía otro deseo. De pronto, supo que lo que en realidad deseaba era sentirse independiente. Admiraba y envidaba a Flora Snodgrass, su seguridad en sí misma, su libertad y su capacidad de ser consecuente con sus propios deseos sin tener que dar explicaciones a nadie. Pero la señorita Snodgrass poseía algo más que un carácter: tenía dinero. Y el dinero no solo daba respetabilidad, también libertad.

Ese pensamiento la llevó a recordar los momentos en que había buscado trabajo de institutriz o dama de compañía y las dificultades que algo tan común suponía. Revivió sus momentos de penurias, el consuelo de conocer al señor Nordholme, y supo que todo habría sido muy distinto si ella hubiese tenido dinero. Dinero como el que tenía la señorita Snodgrass, porque aunque hubiera obtenido de nuevo un empleo, estaban tan mal pagados que eso no habría supuesto una liquidez suficiente. Ni libertad. Porque entonces tampoco habría sido libre, como no lo era ahora.

No lo era para disponer de su futuro, ni siquiera para amar. Por voluntad propia, se había atado a un compromiso sin amor para huir de la pobreza, y tal vez, también para encontrar a su padre, y con ello había hipotecado toda libertad. Y el señor Nordholme no merecía ser traicionado. Ni engañado. Por primera vez, Natalia sintió cierto alivio al pensar en la posibilidad de que él rompiera su compromiso con ella si descubría que era una bastarda, a pesar de la decepción que produciría ese hecho en una persona tan buena y tan paternal. Se sintió extraña al imaginarse de nuevo sola, pero fue solo un instante, porque enseguida supo que Dan todavía la odiaría más si hiciera daño a su padre. Y esa idea le dolió. Porque, en el fondo, hubo de reconocer que si quería ser libre, era sobre todo para poder enamorarse de él.

Reaccionó al frío punzante que sintió y comenzó a caminar de forma acelerada hasta que alcanzó, exhausta, el tranvía. Y durante el recorrido de regreso decidió que no podía hacer otra cosa que dejarse llevar por las circunstancias.

Llegó a la residencia de los Nordholme desanimada y el ama de llaves le informó de que el señor de la casa se estaba duchando antes de comer. Era aquel un día especialmente caluroso y a Natalia le tentó hacer lo mismo, aunque ya se hubiera aseado por la mañana.

–¿Qué hora es? –le preguntó al ama de llaves para calcular si le daba tiempo.

–Hay un reloj en el salón y otro en la biblioteca –respondió esta con sequedad y sin ninguna intención de averiguarlo.

–Bien, en ese caso, vaya a verlo y dígame qué hora es –la interpeló Natalia, tal vez con un tono demasiado autoritario, pero estaba molesta y no le gustaba la actitud de Agustina.

–Estoy ocupada en otros menesteres –dijo desafiante el ama de llaves, pero no hizo ademán de moverse hacia ninguna actividad, sino que continuó allí plantada observándola como si la juzgara.

–Desearía que me tratara con más respeto –le reprochó Natalia.

–Y yo desearía que usted fuera más respetable –contestó con altivez.

–¿Qué quiere decir? –preguntó ofendida.

–El señor Nordholme no merece una buscona como usted. Regrese a Londres a arrastrarse ante *lord* Shrewsbury y deje en paz a esta familia.

–¿Cómo se atreve a insultarme? ¿Quién se ha creído que es? –exclamó enojada.

–Simplemente una mujer honrada. ¿Puede usted decir lo mismo?

–¡Por supuesto que puedo, pero no tengo que darle ninguna explicación a una extraña!

–Yo soy extraña para usted, pero no para los Nordholme, a los que quiero como si fueran mi familia. Londres no está tan lejos como usted cree. ¡No puede huir de su pasado! –le advirtió con una sonrisa cruel.

Capítulo 25

Natalia se quedó estupefacta ante la desfachatez de aquella mujer, pero aún fue peor el golpe que sintió ante la mención que acababa de escuchar sobre su pasado. Sin saber qué responder, porque ignoraba la información que el ama de llaves tenía, emprendió la huida hacia su habitación. Arrojó el bolso con furia sobre la cama y se dirigió hacia la ventana para abrirla enseguida.

Quedó allí asomada, apurada por la mirada enigmática y acusadora de la sirvienta que aún sentía sobre ella. ¿Qué sabía esa mujer? ¿Por qué le reprochaba su pasado? Los temores la estaban carcomiendo por dentro, pero poco a poco fue deduciendo que, en el caso de que el ama de llaves conociera su falsa identidad, ya la habría delatado. No, no la había acusado de farsante, sino que había atacado su honradez. Y había mencionado a *lord* Shrewsbury, a quien Natalia no conocía, pero sí se lo había oído nombrar a Pearce esa misma mañana.

¿Le estaba imputando Agustina alguna falta que había cometido la verdadera Louise Fairley? Trató de recordar en qué ocasiones había salido el nombre de *lord* Shrewsbury cuando la señorita Fairley visitaba a la señora Cunnigham y qué habían comentado exactamente sobre él. Su memoria viajó al último año en que había sido dama de compañía y visualizó alguna insinuación de la anciana que bien podría ser interpretada como maliciosa sobre la moral de la otra. Reconoció que era posible que la señorita Fairley hubiese sido amante de *lord* Shrewsbury. El propio Pearce, cuando había aludido a un encuentro en uno de sus bailes, lo había hecho con voz sardónica. Sin embargo, ¿cómo podía una criada española conocer los asuntos privados de una dama inglesa que habitaba a miles de millas de allí? Así como otros sirvientes aprovechaban el día que libraban a la semana para visitar a sus familias, Agustina solo salía para ir a misa. Y en las iglesias católicas solo había españoles. ¿Con quién habría hablado para averiguar algo como eso?

Había notado la confianza que el ama de llaves tenía con Dan y pensó que era posible que él también conociera las relaciones inmorales de la señorita Fairley. Eso justificaría sus prejuicios, el trato despectivo que le dispensaba y el rencor en sus ojos cuando la miraba.

Se sintió avergonzada y humillada cuando comprendió que no podía hacer nada por evitar que la juzgaran por actos que no había cometido, a no ser que confesara su propio engaño. Luego se preguntó por el conocimiento que de aquel asunto pudiera tener el señor Nordholme y dedujo que o bien lo ignoraba, o bien la perdonaba. En principio no supo por cuál de las dos opciones inclinarse, pero lo más probable era que, si el ama de llaves y Dan querían impedir esa boda, ya se lo hubieran hecho saber. Así que creyó que el carácter del señor Nordholme era tolerante y piadoso con sus supuestas acciones, pero también sabía que no la juzgaría de igual forma por su nacimiento. Las palabras de quienes querían verla lejos de allí no habían surtido efecto.

Aunque este pensamiento la tranquilizó, no se sintió plenamente aliviada. La mala opinión que Dan tenía sobre ella la mortificaba por mucho que luchara contra ello.

Desde el primer momento, al presentarse como la prometida de su padre, supo que no tenía ninguna esperanza si se enamoraba de él, pero al menos deseaba su respeto. Cada vez más, sentía que esa era una tarea imposible. Cualquier elección que adoptara solo aumentaría el rencor de él. No le quedaba otra: por difícil que resultara, debía olvidar a Dan y anular la atracción que sentía hacia él.

En aquel momento, María del Pino llamó a su puerta y pidió permiso para pasar. Natalia respiró profundamente y abandonó la ventana antes de que la criada entrara.

–El señor Nordholme ya está listo. El almuerzo estará servido en cinco minutos.

–Gracias.

–Señorita Fairley, respecto a lo que usted me dijo... Ayer fui a Telde a ver a mi familia y me contaron una historia sobre una joven que estuvo aquí hace treinta años. Es una historia triste, la muchacha sufrió mucho antes de morir.

–¿Murió aquí?

–Sí, está enterrada en el cementerio inglés.

Natalia supo que no se trataba de su madre, pero hubo de escuchar la historia que la criada le contó, ya que luego debía transcribirla para enviarla a un supuesto periódico. Fingió que tomaba nota y María del Pino quedó agradecida. Ella se sintió mal por este nuevo engaño y, de algún modo, se defraudó a sí misma.

El almuerzo con el señor Nordholme fue menos pesado de lo que esperaba, pues él estaba de buen humor y, una vez recuperado, daba rienda suelta a su apetito sin prudencia ni comedimiento, al igual que a la charla sobre cuestiones banales.

Después de comer, la joven salió a leer a una butaca de la terraza porque el dueño de la casa roncaba en un sofá e interrumpía su concentración y, sobre las cuatro y media, llegaron la hija del señor Nordholme y Amanda. Informaron de que Phillipa sufría jaqueca y se había quedado a descansar. Todos lamentaron su ausencia y le desearon una rápida recuperación.

—¿Y Dan? ¿No ha tenido el detalle de abandonar un rato el trabajo y reunirse con nosotras? —preguntó Amanda.

—Antes, a veces venía a almorzar, pero ahora no suele llegar hasta la hora de la cena —se lamentó el señor Nordholme—. Y luego no entiende que quiera casarme. Estoy muy solo, señorita Dormer, muy solo.

—¡Oh, padre, no se queje tanto! Usted pasa todas las mañanas con sus amigos en el Club británico. Yo estoy más sola aún, porque mi marido tiene que visitar los cultivos cada dos por tres. Y eso que se supone que es el director de la compañía.

—Pero tú pronto tendrás niños que te llenarán de alegría. Yo ni siquiera veo a mis nietas. Rebecca está tan lejos...

—Si Dan decidiera casarse, seguro que buscaría tiempo para estar con su esposa. Debe animarlo a que dé el paso —agregó Amanda con vivo interés.

—Me niego a discutir más con mi hijo de este tema. Ya le he dicho todo lo que le tenía que decir.

En este punto, sonó la campanilla de la puerta y, al cabo de un minuto, la señorita Snodgrass se sumó a la reunión. El señor Nordholme encargó que sirvieran el té y unas pastas inglesas.

—Creo que Lou prefiere café, ¿no es así, querida? —dijo la señorita Snodgrass.

Todas miraron a la recién aludida con sorpresa por la rapidez con la que se había aficionado a esa bebida.

—Tomaré té. Me gusta el café como lo hacen los españoles, no los ingleses.

—¡Oh! La señora Pérez estará encantada de hacerle un café español —comentó María del Pino, y no hubo nada más que decir sobre este tema.

—A partir de ahora, espero que no te prives de tu café, Lou —la riñó el señor Nordholme—. Me gustaría que te sintieras cómoda en esta casa.

—Estoy muy agradecida por su invitación, señor Nordholme —añadió la señorita Snodgrass—. Siento mucho aprecio por Lou y tenía ganas de conocer esta casa, así como de hacer mayor relación con su familia. Me tiene abandonada desde que hemos llegado a Las Palmas —le recriminó con una sonrisa.

—Tiene usted razón. A partir de ahora, haré todo lo posible para que me disculpe. Sin embargo, debe reconocer que Lou pasa casi todas las mañanas con usted.

—Lou es encantadora. Espero que usted no tenga celos de mí.

Amanda miró por un instante al techo y Natalia comprendió que ni ella ni la señorita Snodgrass le resultaban simpáticas. Para su contrariedad, la hija del señor Nordholme añadió:

—Tiene que venir al club de tenis alguna mañana. Allí se hacen las mejores relaciones si desea conocer a lo mejor de la sociedad canaria. Eso sí —añadió mirando a Natalia—, el café es inglés.

—Lo tengo pendiente. Pero lo que más me apetece es conocer la isla. Quiero subir a la Cumbre y contemplar la realidad geográfica de este lugar.

—No creo que le sea posible hacerlo desde allí. Para subir, hay que atravesar un mar de nubes que suelen abrazar la montaña. Hay que escoger un día con buena visibilidad para subir.

—Seguiré su consejo. También desearía conocer Teror. He leído que es un pueblo muy pintoresco.

Haciendo caso omiso de la señorita Snodgrass, Rachel comentó:

—Lou, habíamos pensado en visitar mañana a una modista para encargar su vestido de novia. Es la misma que confeccionó el de la señora Rowling y causó sensación. Padre, no puede ser usted escrupuloso en los gastos. Una solo se casa una vez.

—En mi caso, ya es la segunda —bromeó él—. Pero, por supuesto, Lou, escoge las mejores telas. Quiero que luzcas preciosa.

Natalia trató de sonreír, pero no se sentía bien escuchando hablar de una boda que ahora ya no anhelaba del mismo modo que el día que la sintió como un consuelo. En realidad, su deseo más apremiante era el de tener intimidad con la señorita Snodgrass para poder contarle todo lo ocurrido durante aquel día: el chantaje de Pearce, la convicción de que el señor Quintana-Padrón conocía muy bien lo que le ocurrió a su madre y las acusaciones que sobre ella pesaban por culpa del pasado de la verdadera Louise Fairley. Sin embargo, hasta el día siguiente no podría conversar a solas con ella y ahora sentía la constricción de fingirse tranquila.

—Mañana tenemos reunión del grupo de lectura en el club de tenis —le recordó Amanda, aunque sonó como una protesta y hubo de justificarse—. Estamos leyendo *Kim de la India,* de Kipling, quiero oír las impresiones de las demás.

—Entonces, si al señor Nordholme le parece bien, Lou y yo aprovecharemos para visitar el cementerio guanche de La Isleta —convino la señorita Snodgrass.

—Los británicos tenemos una extraña afición a las ruinas —añadió el aludido.

A continuación, la señorita Snodgrass se recreó en contar sus primeras impresiones de la isla y la comparó con otros lugares que había conocido. Luego mencionó el clima y la milagrosa desaparición de su artrosis, pero su sorpresa mayor había sido la del tabaco.

—No esperaba encontrar mi marca de cigarrillos también aquí. Los ingleses continuamos con nuestro modo de vida vayamos donde vayamos.

También habló de las personas con las que se había relacionado en el hotel, algunas de ellas conocidas del señor Nordholme, e incluyó alguna anécdota graciosa que hizo que la tarde se pasara rápidamente. Natalia admiraba cada vez más a su amiga y se sentía agradecida por la confianza que había nacido entre ambas. Se preguntó si una mujer tan fuerte había sentido alguna vez el arrebato del amor, pero no supo responderse.

Sobre las seis y media, Amanda arguyó un pretexto para marcharse y Rachel, que comenzaba a mostrarse aburrida, creyó conveniente acompañarla.

–Recuerdos a su hermana. Me pareció una joven muy interesante –añadió con una sonrisa la señorita Snodgrass al despedirse.

A partir de ese momento, el ama de llaves se asomó en varias ocasiones como si mostrara impaciencia por que la señorita Snodgrass también se marchara, pero eso no amedrentó a la dama, que continuó haciendo reír al señor Nordholme con sus ocurrencias.

Hasta pasadas las siete, la señorita Snodgrass no se levantó de su asiento.

–Pronto será la hora de cenar. En el hotel son muy puntuales y no siguen el horario español. Preguntaré si en el Metropol ocurre lo mismo o allí son un poco más flexibles. Tal vez me convenga cambiar de hotel.

Pero justo cuando se despedían en el recibidor, llamaron a la puerta y entró el doctor Perdomo, que saludó a las presentes y rápidamente le preguntó al señor Nordholme por su salud.

–He oído que le sentó mal tanto exceso.

–Fue una indigestión. Algo que debía de estar en mal estado... pero mi estómago ya lo ha superado.

–Me alegro de oírlo. En cambio lamento cuando escucho los rumores de que usted no se cuida.

–¡Habladurías!

–Debería tomarse su salud en serio. Acabo de estar en la residencia de los Huddleston para certificar la muerte de él.

El señor Nordholme contempló al médico con expresión de sorpresa y gravedad.

–¿Ha muerto el señor Huddleston? –preguntó con voz entrecortada.

–Un ataque al corazón. Ha sido algo repentino.

El señor Nordholme no reaccionó. Se quedó contemplando un punto de la pared como si la noticia lo hubiera impresionado, algo que sorprendió al doctor Perdomo, que nunca había oído decir que entre ambos hubiera amistad. Ni siquiera sabía que tuvieran relación.

–Por cierto –dijo el médico, dirigiéndose ahora a la señorita Snodgrass, ya que el señor Nordholme parecía haber olvidado que estaba allí–. ¿Volvió a increparla aquella señora... Lindstrom?

–No, afortunadamente, no he recibido ninguna llamada más –respondió sin esconder un gesto de fastidio al oír el nombre de aquella mujer.

–Entonces, deduzco que no ha averiguado quién es esa Emilie Battle de la que hablaba –insistió el doctor Perdomo.

Mientras la señorita Snodgrass contestaba que no, Natalia escuchó el ruido de un pequeño objeto que caía contra el suelo en la zona del pasillo cercana a la puerta y pudo ver una sombra que se agachaba a recoger algo. Entonces descubrió que el ama de llaves los había estado espiando, puesto que su imagen se reflejó en uno de los espejos de la estancia.

–Me alegro de que todo haya quedado en una desafortunada anécdota –celebró el médico, ajeno al descubrimiento de la joven.

Capítulo 26

Dan estaba sorprendido e intrigado ante lo que le habían contado en el Gabinete literario. Una y otra vez se preguntaba por qué Lou había buscado al viejo Quintana-Padrón. ¿Qué interés tenía en él? ¿Qué los unía? Desde que se lo habían dicho, la duda no lo había dejado en paz y, ahora, había salido pronto del local porque necesitaba aliviar su curiosidad.

Se dirigió a casa del viejo periodista, al que no conocía íntimamente, pero sí se habían saludado en alguna ocasión. Así que se plantó en su puerta con decisión y dio su nombre a la criada que le abrió. Después de anunciar su llegada al dueño de la casa, esta lo invitó a pasar y lo condujo a un pequeño salón.

El señor Quintana-Padrón se levantó y lo saludó.

—¿Una copita de ron miel? —le ofreció.

—No, gracias, no quiero entretenerle.

El viejo periodista sospechaba el motivo de esta visita y le indicó que se sentara.

—Usted dirá.

—Supongo que usted sabe que la señorita Fairley es la prometida de mi padre.

—Sí, lo sé. Y debo decir que su padre tiene muy buen gusto.

Ante esta observación, Dan mostró una expresión de incomodidad y procuró no andarse por las ramas.

–Es posible que usted piense que no es asunto mío, pero me gustaría saber para qué lo buscaba ella esta mañana. Sé que han hablado.

–Sí, es cierto que ha venido al Gabinete literario y hemos hablado, pero no ha sido sobre ningún asunto por el que su padre deba preocuparse. La conducta de la joven ha sido correcta –respondió al principio con cierta ironía, pero cuando notó la preocupación en los ojos de su interlocutor, recobró la seriedad.

–¿La conocía de antes? –preguntó Dan, sorprendido ante esa posibilidad.

–No, solo había oído hablar de ella por el compromiso con su padre.

–Es muy extraño que lo buscara. Ella nunca lo ha mencionado a usted.

–En realidad, no me buscaba a mí. Ella está interesada en una información que yo no puedo darle por una cuestión de confidencialidad, pero me ha parecido que no era en su propio interés, sino que venía de parte de otra persona. Sinceramente, señor Nordholme, la visita de la señorita Fairley no debe preocupar a su padre. Soy viudo, pero tengo mis necesidades cubiertas –bromeó.

–Y ¿puedo saber qué tipo de información buscaba? –Hizo caso omiso a su alusión.

–Disculpe que no le responda. Tampoco le he contado a la señorita Fairley lo que ella quería saber. Son asuntos que pertenecen a otra familia que desde hace muchos años no reside en la isla.

–Lo entiendo. Aunque no tengo ni idea del interés de la señorita Fairley por asuntos de otra familia, tomo su palabra de que no ha hecho nada que ofendiera a mi padre.

–Puede usted estar seguro de ello.

–Lamento que pueda haberse sentido violentado con mi visita.

–Tengo dos hijas. Si tuviera dudas, también me gustaría asegurarme de que son honradas.

–Le agradezco que me entienda –dijo Dan al tiempo que se levantaba.

–¿Irá a la conferencia el próximo jueves sobre la posibilidad de adaptar el esperanto al silbo gomero?

–Me encantará escuchar la argumentación.

–Entonces, nos veremos allí. Ha sido un placer –dijo al tiempo que tendía la mano a Dan. A continuación lo acompañó hasta la puerta.

Cuando Dan salió, la luz de la tarde no le reconfortó. En lugar de coger el tranvía, prefirió caminar, aunque siguió cercano a las vías por si cambiaba de opinión. No había resuelto sus dudas y habían aparecido nuevas sombras. Se preguntaba una y otra vez qué interés podría tener Lou por esa familia o para quién se había molestado en indagar, pero no lograba adivinar ninguna respuesta. Además, el señor Quintana-Padrón había dicho que era un asunto lejano en el tiempo. ¿Se trataba de un interés inocente o Louise Fairley ocultaba algo? ¿O acaso era la señorita Snodgrass la interesada en meter sus narices en asuntos ajenos y usaba a la joven para ello?

Continuó absorto en esos pensamientos y dejó atrás la zona edificada. Se acercó a la costa para sentir la brisa del mar y notar el olor del salitre mojado que llegaba del océano, pero eso no logró sacarle sus pesquisas de la cabeza. Avanzó mientras contemplaba el puerto a lo lejos, pero no se fijó en las obras como siempre solía hacer. Sin apenas darse cuenta del tiempo que había pasado, llegó hasta el muelle de San Telmo y se adentró hacia el Barrio Inglés para volver a la residencia familiar.

Se encontraba cerca cuando adelantó a otro hombre

sin darse cuenta de que era Pearce y ya lo había dejado atrás cuando este lo llamó:

—Señor Nordholme, tal vez pueda usted ahorrarme el viaje.

Dan reconoció su voz, aunque no tuvo intención de detenerse. Sin embargo, frenó en seco y se giró con cara de pocos amigos cuando el otro añadió:

—¿Puede devolverle esto a la señorita Fairley?

La sonrisa cínica de Pearce se le clavó en el alma cuando este le tendió una mano y él distinguió que en ella había un abanico. Dan no contestó. Se quedó observándolo con gesto amenazante y sombrío, pero no exento de sorpresa.

—Se lo ha olvidado en nuestro encuentro de esta mañana. Como comprenderá, no conviene que yo guarde objetos de ella. La gente podría malpensar... —se justificó con una entonación socarrona que insinuaba lo contrario de lo que decía, y Dan se sintió molesto.

Miró con enfado el abanico y se lo arrancó al otro con rabia al tiempo que le reclamaba:

—¿Qué insinúa, cretino?

—Yo no insinúo nada. ¡Y no se atreva a tocarme! —Mientras gritaba esto, Pearce retrocedía varios pasos para alejarse de él—. Debería agradecer mi gesto. Si hubiera querido, podría haber comprometido a la señorita Fairley quedándome el abanico.

—¿Cuándo se han visto? ¿Por qué tiene usted esto? —le interrogó Dan avanzando hacia él cada vez más fuera de sí.

Pearce empezó a retroceder camino a grandes zancadas y, antes de desaparecer, gritó:

—¡La próxima vez no tendré la delicadeza de devolvérselo!

Dan quedó allí plantado, furioso, pasando sucesivamente su mirada del objeto que retenía en su mano al hombre que huía temeroso. La cólera que le inspiraba aquel pusilánime empezó a canalizarse hacia otra persona en cuanto tomó conciencia de que, efectivamente, aquel era el abanico de Lou. El enojo y la rabia fueron creciendo por momentos y empezó a caminar deprisa a fin de tenerla frente a sí cuanto antes.

Entró en el recibidor de su casa y oyó a su padre en el salón dar unas indicaciones a la criada. Agustina se asomó a saludarlo y él, sin corresponder a la cortesía, le preguntó por la señorita Fairley.

–Ha subido hace diez minutos a su habitación.

Ascendió los escalones de dos en dos y, cuando llegó ante la puerta de los aposentos de ella, golpeó varias veces. Natalia, intranquila por el modo de llamar, abrió la puerta con curiosidad y se encontró con Dan, que se atrevió a entrar sin ser invitado y cerró la puerta tras él. Después avanzó hacia ella y, aunque no la rozó, quedó tan próximo que Natalia se estremeció ante esa cercanía en la que pudo sentir el calor de su cuerpo. Lo que vio en sus ojos la atemorizó, y más cuando él la agarró de una muñeca con violencia y colocó sobre su mano un objeto que al principio no reconoció.

–¿Se atreve a darme una explicación sobre esto? –le exigió él.

Ella bajó los ojos y vio su abanico. Quedó pálida al comprender lo que Dan le estaba reprochando, se le hizo un nudo en la garganta y fue incapaz de hablar.

–¿Y luego exige respeto? ¡Debería abofetearla! –gritó rabioso y dolido.

Ella tembló porque por un momento temió que efectivamente fuera a golpearla. Dan estaba nervioso, irritado, furibundo... Apretó los puños y se mordió los labios en un gesto de contención. Natalia aprovechó para decir:

–No es lo que usted cree.

Estas palabras consiguieron indignarlo aún más y la

sujetó de un hombro y la zarandeó hasta postrarla contra la pared.

—¡Miente! ¡Es usted una mentirosa y ese es el calificativo más suave que le puedo dedicar!

—¡Está equivocado! ¡El abanico se me cayó en la calle! —se defendió ella con poca voz.

—¿Y no se detuvo a recogerlo? —se burló él—. ¿Me considera imbécil? ¿Cree que no sé qué tipo de mujer es usted? —volvió a gritarle con rabia—. ¡Toda Inglaterra conoce sus devaneos con *lord* Shrewsbury, pero pensé que sería más prudente ahora que ha logrado el objetivo de un matrimonio que le conviene! —El gesto amenazador no desaparecía de su rostro mientras la increpaba con acusaciones hirientes—. ¿Piensa que voy a permitirle este tipo de conducta con mi padre?

Ella se zafó de su brazo y también levantó la voz al responder:

—¡Mi conducta no ha sido indecorosa! —Y, con voz más grave y severa, añadió—: Me acusa usted sin razón.

—¡Oh! ¡Qué gran actriz! ¡Al verla, casi diría que la estoy ofendiendo sin motivo! —dijo él al tiempo que alzaba un brazo hacia el techo a modo de desaire.

—¡Y lo está haciendo!

—¿Puede negarme que hoy ha estado en el Gabinete literario sola, sin la compañía de la señorita Snodgrass, detrás de un hombre? —volvió a reprocharle él.

—¡Eso no es una falta grave!

—¿Y puede negarme que antes o después ha tenido un encuentro con Douglas Pearce?

—Ha sido un encuentro fortuito.

—¡Sí! ¡Fortuito! ¡Usted sabe cuáles son las intenciones de ese hombre hacia usted! Si hubiera tenido un encuentro fortuito, debería haberse alejado ante su mera presencia.

—Es lo que procuré hacer.

—¿Y cómo ha conseguido él su abanico?

—Se me cayó de la impresión... Yo me marché apurada y él debió de recogerlo —tartamudeó.

En este punto, Dan dudó un momento, pero enseguida retomó su actitud inquisidora.

—¿Y también puede prometerme que no era la amante de *lord* Shrewsbury? —le preguntó él con evidente intención de lastimarla.

—Puedo prometérselo —respondió ella con tono y ojos desafiantes—. Puedo prometerle que jamás he mantenido ese tipo de relación que usted insinúa con ningún hombre, pero mis promesas no servirán de nada porque usted me sentenció desde la primera vez que supo que su padre iba a casarse conmigo.

—¡Su desfachatez no tiene límites! —masculló con desdén a la vez que se apartaba de ella y le dejaba por fin cierto margen de libertad.

Dan dio media vuelta y se dirigió hacia el otro lado de la habitación, se detuvo a mirar por la ventana, pero enseguida volvió a girarse y de nuevo avanzó hacia ella, aunque esta vez mantuvo una distancia decorosa.

—Yo sí le prometo algo: usted no se casará con mi padre. Haré todo lo posible para que así sea. Y en cuanto él sepa qué clase de persona ha escogido como esposa, no querrá volver a saber nada más de usted.

Natalia se estremeció, no supo si por sus palabras amenazantes o por el odio que percibió en la mirada de él.

—Tendrá que buscar usted a otro pelele para sus planes de matrimonio, y no le recomiendo que escoja a Pearce... —Tras una pausa, añadió con evidentes ansias de regodearse en el insulto—: Aunque tal vez eso sería lo justo, ambos son de la misma calaña.

Afectada por una nueva humillación, Natalia, indignada, le arrojó el abanico, que golpeó sobre el rostro de él, y Dan, como si hubiera estado esperando un pretexto, avanzó hacia ella enfurecido, la agarró de ambos hombros con virulencia y la besó. Ella forcejeó para deshacerse de aquel doblegamiento al que sus labios y su espíritu estaban siendo sometidos, pero la fuerza de él le impidió separarse y las bocas continuaron unidas en un acto de pasión, desdén y dolor. Cuando por fin él la soltó, Dan la contempló victoriosamente, sin mostrar ningún cariño, y a continuación se frotó los labios con la mano como si quisiera desprenderse de su sabor. Con latente desprecio, añadió:

–¡No tiene usted tanto que ofrecer!

Dicho esto, abandonó la estancia y un portazo puso fin a aquel encuentro.

Capítulo 27

Incapaz de bajar a cenar sin delatar su ánimo, Natalia alegó que no se encontraba bien y pidió que le sirvieran algo ligero en su habitación. Cuando María del Pino subió con la bandeja, esta se lamentó de que el señor tuviera que cenar solo, ya que el joven Nordholme se había marchado sin dar explicaciones. Al oírlo, Natalia esperó que Dan al menos se sintiera avergonzado ante su padre.

Pasó una mala noche, enfadada, humillada y triste. Se arrepentía de no haber reaccionado después del beso y haberlo abofeteado una y mil veces, tal como golpeaba ahora la almohada. Se sentía profundamente agraviada. Los insultos inmerecidos, el desprecio en su tono, en sus ojos, en sus ademanes... La crueldad de un beso que tan solo pretendía afrentarla y su último gesto de aversión al limpiarse la boca se repetían en la memoria de Natalia una y otra vez. Y aquellas palabras, «no tiene usted tanto que ofrecer», le dolían más que si la hubieran acuchillado en las entrañas...

Al día siguiente se despertó cansada y sin ganas de levantarse, pero sabía que no podía permitirse perder el tiempo. Necesitaba hablar con la señorita Snodgrass con más urgencia que nunca. Resultaba ineludible seguir con las indagaciones sobre su madre y solo su amiga podía ayudarla.

Durante el desayuno, el señor Nordholme se preocupó por sus ojeras y le sugirió que esa mañana guardara reposo, pero Natalia, mientras tomaba su café, trató de convencerle de que el sol y el aire le sentarían bien.

–Como quieras, pero espero que te encuentres dispuesta esta noche. El señor Johns organiza un tenderete en su casa. También habrá asadero.

–¿Qué es un tenderete? –preguntó ella ante esa palabra española.

–Una fiesta canaria. Cantan canciones populares con un instrumento de aquí: el timple. Es una especie de guitarra pequeña, pero que tiene un sonido muy peculiar.

–¿Un inglés organiza una fiesta canaria?

–También habrá canarios, pero no vulgares; yo nunca te relacionaría con según qué tipo de gente. Asistirán los Betancor, una de las familias autóctonas más elegantes, y los Perdomo, a quienes ya conoces.

–No considero que los canarios sean vulgares. Se mantienen anclados en la tradición y, permítame que le diga, son más naturales que nosotros –respondió molesta por el comentario que afectaba a su padre–. Puedo asegurar que, en la elegancia de Londres, sí hay mucha vulgaridad.

El señor Nordholme no respondió, pero de pronto sintió que aquella joven y él tenían poco en común. Aquella mañana no la veía feliz y se preguntó, por primera vez, por qué ella había aceptado su propuesta de matrimonio. Pero enseguida recordó su posición y fortuna y le resultó evidente que una muchacha quisiera asegurar su futuro. Luego se hizo idéntica pregunta a sí mismo, y dudó de si le habría ofrecido su mano si en aquel momento hubiera sabido que la señora Huddleston iba a quedar viuda. Contempló a Natalia unos instantes, en los que volvió a sentirse conmovido por sus circunstancias y le dedicó la sonrisa de un padre. Con intención de que ella no se aburriera, añadió:

—Puedes invitar a la señorita Snodgrass al tenderete, al señor Johns no le importará.

—Gracias. Creo que aceptará encantada.

Después de arreglarse y escoger un sombrero de ala ancha, Natalia salió con prisas hacia el hotel Santa Catalina. Cuando vio que la señorita Snodgrass estaba sola en una mesa, se alegró de la intimidad que podrían tener. En esos momentos se olvidó de invitarla al tenderete y la saludó con un apretón cariñoso en ambas manos.

—Estoy acongojada, Flora —le dijo con ojos de súplica.

—¿Qué ha ocurrido? Ayer la noté ausente durante el té.

—Han ocurrido tantas cosas que no sabría por dónde empezar... Por lo visto, Louise Fairley era amante de *lord* Shrewsbury.

—Sí, *lord* Shrewsbury fue su amante más conocido, pero no el único.

—¡Oh! —exclamó ante la evidencia—. ¿Se imagina lo que pensará de mí?

—¿Quién, querida?

—El señor Nordholme.

—¿El señor Nordholme sabe eso?

La señorita Snodgrass levantó una ceja y quedó expectante a lo que su amiga añadiera.

—Al principio pensé que sí, pero ahora deduzco que no debe de saberlo, porque Dan me dijo que, de ser así, no dudaría en abandonarme. Prometió que haría lo posible para que yo me marchara de la isla.

—¡Oh! Entonces, quien lo sabe es el joven Nordholme.

—Exactamente. Y me atribuye una moral sucia —dijo a punto de sollozar.

—¡Oh, querida! Consuélese. Lo más probable es que el joven Nordholme se lo haya contado a su padre y él no le haya creído.

—Es posible que usted tenga razón —admitió.

—Y si no lo ha hecho y lo hace, lo peor que puede

pasar es que el señor Nordholme rompa su compromiso. En estos momentos, está próxima a encontrar a su padre, tal vez resulte que sea un hombre con dinero y usted no sienta la necesidad de un matrimonio sin amor.

–¡Oh! Es usted demasiado optimista. Pero no quiero hacer daño al señor Nordholme. Si en algún momento me acusa de haber tenido un amante, le confesaré que no soy Louise Fairley –afirmó, sin quedar muy convencida de sus propias palabras.

–En ese caso, la censurará por otro motivo –añadió su amiga–. Querida, sus escrúpulos no la ayudarán. Las mujeres no tenemos muchas opciones, aprovéchelas todas. En realidad el señor Nordholme no me parece un hombre muy inteligente... Tal vez ni siquiera desee romper su compromiso tras conocer su hipotético pasado.

–¿Usted cree?

–No se anticipe a los hechos. De momento, solo es una amenaza, no una realidad.

–Y no es la única amenaza que me atormenta.

–Querida, es usted una caja de sorpresas –exclamó la señorita Snodgrass sonriente–. ¿Qué más ha ocurrido?

–No es nada divertido, se trata del señor Pearce.

–¿El del puñetazo?

–Sí, el mismo. Me sorprendió ayer, cuando buscaba al señor Quintana-Padrón, y me empujó hacia un portal. Pasé mucho miedo.

En este punto, el rostro de la señorita Snodgrass sí mostró un gesto de rabia y desagrado y enseguida preguntó:

–¿Hizo algo que...?

–No. Sus intenciones eran otras. El señor Pearce conoció a Louise Fairley en Londres y sabe que me he apropiado de su identidad. Me ha garantizado su silencio si le hago un favor.

–¿Qué tipo de favor?

—Quiere que añada unos papeles a los documentos de Dan. No sé qué tipo de papeles son.

—¿Y qué respondió usted?

—No respondí. Me citó el jueves para entregármelos.

—¿Piensa acudir?

—No lo sé. Ese hombre es capaz de todo. —A continuación, le contó que durante el forcejeo ella había perdido el abanico y que Pearce, no sabía cómo, se lo había hecho llegar a Dan insinuando cosas perversas—. Estoy segura de que se lo entregó con intención de que yo supiera que no tiene escrúpulos. Si no he encontrado a mi padre antes del jueves, no tendré otra opción que acudir a ese encuentro..

—Pero no piensa hacer lo que le pide...

—Por supuesto que no. Aunque aún no sé de qué se trata. Tal vez sea algo sin importancia. —Dudó—. Como verá, debo encontrar urgentemente a mi padre para poder ser yo la que desvele mi engaño. No quiero verme obligada a hacer algo que no deseo ni que el señor Nordholme conozca mi engaño por boca de otro. ¡Estoy desesperada! El señor Quintana-Padrón sabía más cosas de las que quiso contarme, pero sé que no puedo obtener ninguna información por su parte.

—¿Pudo hablar con él?

—Sí, pero fue muy reservado. Me fingí amiga de una escritora y dije que la estaba ayudando a recopilar información, pero no se lo creyó. Al menos —suspiró—, no me censuró. Y sí conseguí saber algo. Mi madre pensaba casarse con mi padre —dijo por fin con una sonrisa—. Fue precisamente al tratar de hacerse católica cuando mis abuelos se enteraron de sus intenciones y entonces se la llevaron de vuelta a Inglaterra. Señorita Snodgrass, soy hija de un amor sincero, no de un acto de lujuria.

—Eso está muy bien, querida, ¿pero no averiguó nada más que pueda conducirnos hasta su padre?

—Sé que el señor Watson sí se relacionaba con españoles y alguno debió de ir por su casa y conocer a los Battle. Pero, por lo que entendí, mi madre estaba recluida debido a su enfermedad. También supe que fue atendida por el doctor Hernández, pero es imposible dar con él. Emigró a Cuba años después y murió hace poco.

—¿Y dejó familia aquí?

—No lo sé. No mencionó a nadie. Mi mayor esperanza ahora está depositada en el señor Watson.

—Esta tarde haré una visita a la Yeoward Line, a ver si tengo suerte y lo encuentro de buen humor.

—¿Y qué dirá? ¿Con qué pretexto piensa abordar el tema?

—Confíe en mi experiencia. ¿Le apetece que vayamos a conocer el cementerio guanche de La Isleta?

—Por supuesto —dijo Natalia al tiempo que apagaba su cigarro—. Necesito templar mis nervios. Hablando con usted, todo parece relativizarse, pero ayer fue un día terrible.

—Ha actuado de forma inteligente con el señor Pearce y, con suerte, averiguaremos quién fue su padre antes del jueves.

—Los reproches de Dan fueron muy hirientes, eso es algo que no resolveré ni ahora ni el jueves —le comentó Natalia mientras atravesaban el jardín y emprendían el camino hacia La Isleta—. Había en él una evidente ansia de hacerme daño.

—De todo lo que me ha contado, ¿la opinión de ese hombre es lo que más le preocupa?

—¡Fue muy injusto! Yo no merecía ninguno de esos ataques. Es cierto que los estoy engañando a todos, pero soy inocente de unas acusaciones de ese tipo. No soy una mujer inmoral.

La señorita Snodgrass no disimuló una sonrisa burlona.

—¡Y luego está esa horrible ama de llaves! —continuó Natalia—. También lo sabe y se atrevió a insultarme. Está compinchada con el hijo del señor Nordholme para echarme. Es sibilina y estoy convencida de que me espía.
—¿El ama de llaves? ¡Ah, no! ¡Eso no debe consentirlo! ¡El servicio es el servicio! —exclamó la cincuentona que, a pesar de su feminismo e ideas liberales, continuaba siendo inglesa.

Cogieron el tranvía que las llevó hasta la zona de Guanarteme y allí descendieron para dirigirse a La Isleta.

Continuaron hablando mientras pasaban cerca del Castillo de la Luz y cruzaban el istmo arenoso, dejando atrás la playa a un lado y la zona portuaria al otro. Se internaron en unas callejuelas de casas humildes de pescadores y trabajadores del puerto. El bullicio y la suciedad destacaban por igual, pero también nuevamente se oía a gente cantar. Tras atravesar esa última parte de la ciudad, se adentraron en un terreno agreste y salvaje, formado por piedras y rocas volcánicas que hacían difícil la andadura. Natalia tendió su brazo a la señorita Snodgrass para que se sujetara a ella. El paraje de La Isleta les pareció mucho más extenso una vez allí de lo que aparentaba de lejos. Cinco volcanes extintos se elevaban en ella.

A medida que caminaban, les resultaba más difícil mantener el equilibrio y las botas no evitaban que la roca afilada les dañara los pies. El terreno estaba lleno de pequeñas cuevas, como si fueran burbujas secas de lava que se habían desprendido de su techo. Casi tenían que saltar de una piedra a otra para evitar quedar encajadas entre los bloques.

—Tal vez no haya sido una buena idea venir andando —comentó Natalia, que de alguna manera veía en el paisaje una proyección del dolor punzante que sentía en su interior.

–No veo que una tartana sea capaz de transitar por aquí.

Tardaron más de lo previsto en llegar hasta que encontraron la necrópolis. Por fin se hallaron ante unos montículos de distintos tamaños y formas que en la parte más alta estaban coronados por piedras que conformaban una estructura piramidal.

Natalia sentía que el sol la lapidaba a ella del mismo modo, coronando con piedras de luz un insomnio insular, y agradeció que la señorita Snodgrass hubiera tenido la prudencia de traer una cantimplora. Se sentaron un rato a descansar, dejando que la brisa las limpiara del polvo de arena negra que sentían en sus rostros y admiraron en la costa la lava, fuego puesto a secar, que se hundía en el océano.

–Se llamaba Arnold Foster –dijo de pronto la señorita Snodgrass.

–¿Quién se llamaba Arnold Foster? –le preguntó Natalia desconcertada.

–El hombre al que amé. ¿No es esa la pregunta que está deseando hacerme desde hace tiempo?

Natalia bajó la cabeza como si admitiera que así era.

–Era un hombre casado. Yo no lo conocía cuando mi padre me comprometió con Casper.

–¿Estuvo usted comprometida?

–Con Casper Foster, el hermano menor de Arnold.

Natalia la contempló atónita y, luego, se atrevió a preguntar:

–¿Por eso nunca se casó con él? ¿Porque se enamoró de su hermano?

–Era una situación difícil, pero yo siempre he tenido arrojo. Arnold también había accedido a un matrimonio concertado y no estaba enamorado de la remilgada de su esposa. Mi amor fue correspondido. A espaldas de los demás, decidimos fugarnos.

Natalia volvió a mirarla incrédula.

—No me importaba el escándalo, solo el amor —añadió la señorita Snodgrass.

—¿Y qué ocurrió?

—Kirsten, la esposa de Arnold, vino a visitarme un día antes de nuestra fuga. No dijo que supiera nada de lo nuestro, aunque después comprendí que así debía ser. Durante esa visita, me contó que estaba esperando un bebé y que aún no se lo había dicho a Arnold ni a nadie de la familia. Tuve el privilegio de ser la primera en saberlo. Como comprenderá, eso cambió las cosas y no me fugué con su marido.

—¿Y era cierto?

—¿Que esperaba un bebé? Sí, era cierto. Pero no me quedé allí para verlo nacer. Rompí mi compromiso con Casper, me enfrenté a mi familia y me fui a Estados Unidos. Tenía una tía en ese país y me acogió un tiempo, hasta que recibió una carta de mis padres en la que le explicaban lo ocurrido. Pero para entonces yo ya había cumplido la mayoría de edad y disponía de dinero propio. El resto, ya lo sabe: he sido una mujer viajera.

—¿Y nunca más volvió a enamorarse?

—No.

—¿Supo algo más de Arnold Foster?

—No. No tenía ningún sentido. No sé si está vivo o muerto y no me importa. En este tiempo, he aprendido a conocerme a mí misma y creo que no me habría sentido cómoda siendo esposa y madre de niños maleducados.

Tras estas palabras se hizo un silencio. Natalia no solo se conmovió con su historia, sino que además se preguntó si la señorita Snodgrass le estaba enviando algún mensaje con esa confesión. ¿Habría intuido que ella estaba enamorada de Dan?

Permanecieron allí más de veinte minutos. Ninguna dijo nada durante ese tiempo y, al cabo de un rato, emprendieron el camino de regreso más unidas por la confidencia y renovadas por dentro gracias a la espiritualidad del lugar.

Ya en el hotel Santa Catalina, antes de despedirse, Natalia le habló del tenderete de esa noche.

–Asistiré encantada. Y procuraré traerle información de Graham Watson –dijo la señorita Snodgrass–. Usted intente no apurarse tanto.

Mientras regresaba a casa del señor Nordholme, Natalia deseaba que, una vez más, Dan no estuviera presente durante el almuerzo. No sentía fuerzas para enfrentarse a él. Y en este punto tuvo suerte, porque aquel día tampoco acudió; sin embargo, eso no supuso que la comida fuera a desarrollarse de un modo tranquilo. La hija del señor Nordholme había llegado hacía unos minutos y se encontraba en el salón haciendo aspavientos y gritando:

–¡Y parecía una mosquita muerta! ¡Nunca lo habría imaginado! ¡Esa muchacha nos ha tenido engañados a todos!

Capítulo 28

Al oír eso, Natalia se temió lo peor. Estuvo a punto de pasar de largo y subir directamente a su habitación, pero el ama de llaves se asomó desde la puerta de la cocina en ese momento y ella se vio comprometida a ir a enfrentar a los Nordholme. Estaba convencida de que la habían descubierto.

Entró en el salón sigilosamente, avergonzada y tratando de asimilar que toda su farsa había acabado. Procuró avanzar con cierta dignidad, mientras pensaba en cómo justificarse, y levantó los ojos temerosos para contemplar a Rachel.

–¡Oh, querida! –exclamó esta, nada más verla–. ¡Ha ocurrido algo terrible! ¡Ni se lo imagina!

Estas palabras sorprendieron a Natalia, que quedó a la espera de que la otra añadiera algo más.

–Se trata de Phillipa. –Rachel hizo una pausa meditada para crear expectación y luego, explicó–: ¡Se ha fugado!

–Tendré que visitar al señor Dormer para ofrecerle mi ayuda, no me queda otra –se lamentaba el señor Nordholme–. Lo siento, Lou, pero no podremos acudir al tenderete del señor Johns, ya habrá otra ocasión.

–¿Phillipa se ha fugado? –preguntó dudosa Natalia a

la vez que sentía el alivio de que el asunto no fuera con ella.

–No se trata de una aventura romántica ni nada deshonroso en ese sentido. Verá –dijo la hija del señor Nordholme, a la vez que se sentaba e invitaba a Natalia a que hiciera lo mismo–, esta mañana he ido a la reunión del club de tenis, como cada día. Si las Dormer no están allí cuando yo llego, suelen aparecer casi de inmediato. Como sabe, son tan asiduas como yo. Y muy puntuales, nada que ver con los canarios. Pero hoy pasaban los minutos y no aparecían.

Mientras escuchaba a su interlocutora, Natalia rebuscó en su bolso y, al ver que solo le quedaba un cigarrillo, decidió no encendérselo. El señor Nordholme volvió a llenar su copa de oporto y se acomodó en su sillón favorito.

–Yo me he puesto nerviosa. He pensado que Phillipa había empeorado, ya sabe usted que ayer no vino a tomar el té porque tenía jaqueca. Cuando ha pasado una hora y continuaban sin llegar, he decidido ir a su casa para interesarme por el motivo de su ausencia. Y... ¡Oh! ¡El señor Dormer estaba muy disgustado! Intentaba hablar, pero no le salían las palabras. Amanda, al ver que su padre no lograba explicarse, me ha enseñado una carta que Phillipa había dejado sobre su cama. La pobre Amanda tenía los ojos vidriosos, y yo creo que ella tampoco podía hablar.

–Siempre he pensado que esa chica era muy rara. Pero cuando imaginé que podría llegar a ser mi nuera, traté de hacerme a la idea de que solo se trataba de timidez –agregó el señor Nordholme.

–¿Y qué decía la carta? –preguntó Natalia.

–Empezaba con un lamento por el disgusto que, sabía, estaba produciendo a su familia. Este punto me ha parecido muy cínico, porque, si lo lamenta, ¿por qué hace eso? ¡Pobre señor Dormer! –Hizo una pausa dramática antes de continuar–. Luego pedía que la entendieran y decía que se sentía enjaulada en la isla… ¡Oh! ¡Si se hubiera escapado a Londres, comprendería a qué se refiere! Pero… ¿sabe adónde ha ido? Nada más ni nada menos que al corazón de África. ¿Qué tipo de vida social espera encontrar allí?

El señor Nordholme interrumpió a su hija para tratar de explicarlo mejor.

–Por lo visto, Phillipa Dormer se carteaba con unas misioneras de Freetown. El señor Dormer ignora dónde recibía las cartas, porque él nunca fue consciente de que entraran en su casa. Y, a través de esa correspondencia, ella comenzó a ser seducida por la idea de civilizar a los indígenas.

–«¡Abrazar la comunicación entre razas!». «¡Ilustrar a los ignorantes y regalarles el don de nuestra cultura!». ¿Se puede creer que ha usado expresiones así en una carta de despedida? –preguntó de forma retórica Rachel–. ¡Amanda está desolada! Una hermana no puede marcharse a Sierra Leona sin pensar en las consecuencias que esto pueda suponer para la otra. Tanto amor y pena hacia su familia de la que habla y, luego, solo los llena de vergüenza.

–Querer ayudar a los demás no es vergonzoso –trató de hacerle ver Natalia–, y ¿cuándo se ha ido?

–Embarcó ayer por la noche. Según parece, escapó por el balcón. El mayordomo insiste en que cerró la puerta de la entrada, y esta mañana la ha encontrado igual. Phillipa duerme en un primer piso que tiene balcón –le informó Rachel–. Por lo visto, se llevó pocas cosas.

–Si ya es un hecho consumado, solo cabe desearle muy buena suerte a Phillipa y esperar a recibir noticias suyas. Seguro que escribe.

–¿Hecho consumado? El señor Dormer partirá mañana hacia el continente africano para procurar encontrarla antes de que se adentre en la selva. Esperemos que haya suerte. ¡Allí no solo los animales son salvajes!

–El señor Dormer tiene muchos recursos –trató de consolarla su padre.

–He invitado a Amanda a pasar este tiempo con nosotros. No quiero que se sienta sola. Creo, padre, que a partir de ahora debería invitarnos a cenar con más frecuencia.

–Siempre estás invitada, querida –respondió el señor Nordholme.

–Me refiero a que debemos esforzarnos para que Amanda y Dan se encuentren a menudo. Es obvio que él ya no va a casarse con Phillipa.

–No te precipites. Tal vez esta huida despierte en Dan el interés por Phillipa. Cosas más raras he visto. Supongo que él aún no sabe lo que ha ocurrido.

–El señor Dormer quiere llevarlo con discreción. Tiene esperanzas de devolver a Phillipa sin que se sospeche nada. Me ha pedido que diga que está indispuesta.

–¿Y cómo piensa justificar su viaje a Sierra Leona? Él no tiene intereses allí –objetó el señor Nordholme.

–Dirá que viaja a Ciudad del Cabo para valorar la compra de unas tierras.

–Sí, claro, claro. Es una buena idea. De todas formas, Dan debe conocer la verdad. No creo que fuera capaz de perdonar ningún tipo de engaño. No hay nada que condene más que la mentira.

–¿Les importa que me retire a asearme antes de almorzar? –intervino Natalia que, tras oír esto último, sintió un escalofrío–; hemos paseado por La Isleta y hacía mucho calor.

–Por supuesto, querida.

Tras refrescarse, Natalia bajó a almorzar y, como Rachel almorzó con ellos, la conversación continuó versando sobre la escapada y el hasta ahora desconocido carácter de Phillipa.

La hija del señor Nordholme se marchó antes del té y el dueño de la casa decidió ir a visitar al señor Dormer para ofrecerle su ayuda. Natalia pidió a Brito que llevara una nota a la señorita Snodgrass para anular su compromiso de esa noche y, luego, pasó la tarde leyendo en la biblioteca. Estaba nerviosa, pero por motivos distintos a la fuga de Phillipa. Le intrigaba lo que pudiera averiguar la señorita Snodgrass en su entrevista con el señor Watson y, además, acababa de fumarse el último cigarrillo y se había quedado sin tabaco. Sus actividades no lograron ni entretenerla ni calmarla y, a medida que las manecillas del reloj avanzaban, su inquietud aumentaba.

Oyó que el señor Nordholme regresaba y subió a su habitación a prepararse para la cena. Ignoraba si Dan acudiría esa noche y temía el instante de volver a encontrarse con él. Todavía sentía la misma frustración que la había asaltado la noche anterior y los reproches le dolían con la misma intensidad que cuando los había recibido. Se sentía insultada por aquel beso y, aunque no pudo negarse a sí misma un instante de fascinación al notar una boca junto a la otra, desde el primer momento había comprendido que para él solo había supuesto un modo distinto de abofetearla. Besarla con aquella violencia no había sido más que una forma de decirle que la despreciaba.

No muy lejos de allí, él también temía enfrentarla delante de testigos. Conocía sus escasas facultades para fingir y no quería violentar a su padre todavía. No hasta que tuviera pruebas definitivas de la vida disipada de ella que lo obligaran a romper su compromiso. El tiempo que transcurriera hasta la llegada de la carta de Londres se le haría eterno.

Desde que aquella mujer había llegado a su vida, se desconocía a sí mismo y necesitaba recuperar la calma y el control. No se lamentaba de los insultos que le había dedicado, pero se avergonzaba de haberla besado.

La noche anterior se había torturado preguntándose por qué demonios había hecho eso y poco a poco fue comprendiendo que el deseo lo llevaba incubando desde días atrás. Pero el beso se le había vuelto en contra y, aunque arrepentido, había nacido en él un anhelo de besarla de nuevo, una y otra vez, hasta que acabara con toda la rabia que llevaba dentro. Si solo era rabia.

Aquel día había actuado con torpeza en un par de ocasiones durante el trabajo; afortunadamente, nada que no pudiera enmendarse. Había dormido poco y, lejos de sentirse cansado, la tensión de sus sensaciones lo mantenía excitado y despierto.

Comió en la fonda que le gustaba y, después, procuró adelantar asuntos que no eran urgentes con la intención de abandonar el trabajo más tarde de lo habitual. Luego fue hasta el Gabinete literario, pero no se concentró en ninguna conversación, ni siquiera en las de su joven amigo Rafael Romero, y su cabeza estuvo ausente durante casi todo el rato.

Si Dan hubiera sabido que su padre y Louise Fairley se encontraban en casa, habría cenado fuera y paseado hasta que pensara que ya se habían acostado, pero estaba convencido de que acudirían a la fiesta del señor Johns y decidió regresar. Deseaba estar solo y acostarse pronto.

Encontrarlos allí supuso una sorpresa desagradable y, antes de que pudiera alegar que cenaría algo frugal en la cocina y se retiraría enseguida, su padre comenzó a explicarle lo que había ocurrido con Phillipa Dormer y lo llevó hasta la mesa.

Natalia estuvo a punto de atragantarse cuando lo vio, ya se había hecho a la idea de que aquella noche ni se cruzarían, y tuvo que beber agua despacio para no toser. Mantuvo la mirada bajada mientras el señor Nordholme refería con todo lujo de detalles lo que había ocurrido y se sorprendió cuando oyó la respuesta de Dan:

—Si ese era su sueño, solo puedo decir que espero que sea feliz.

—¡Cómo! ¿La defiendes? —se indignó el señor Nordholme.

—No será la primera mujer que se haya aventurado a África. Si de otro modo se sentía desgraciada, solo puedo desearle salud y suerte.

—¡No te entiendo! ¿No ibas a casarte con ella?

—Eso quería Rachel, y usted la apoyaba. Por lo visto, no es muy atinado a la hora de escoger candidatas —se burló Dan.

El señor Nordholme no entendió que el reproche también incluía a su propia prometida y continuó con las alegaciones de que esa conducta solo respondía a una hija desagradecida. En cierto momento de su discurso contra el comportamiento de Phillipa Dormer, buscó el apoyo de Natalia, pero ella se limitó a callar y a tratar de evitarle la mirada.

—Nunca se lo perdonaría a una hija mía.

—Lo que yo considero imperdonable en una mujer son otro tipo de defectos, padre, no que tenga una vocación —replicaba Dan, que necesitaba canalizar de algún modo su propio malestar.

—No puedes negar que Phillipa ha tenido un comportamiento muy egoísta.

—Ni usted puede negar que las convenciones convierten a la mujer en un mero objeto sobre el que gobiernan los hombres.

—Una mujer debe obedecer los deseos de su padre y no afrentar a su familia huyendo como un delincuente. Lo tenía todo a favor para hacer un buen matrimonio.

—Usted condena la libertad en una mujer, mientras yo condeno el conformismo de un matrimonio de conveniencia.

En este punto, Natalia no aguantó más e intervino ofendida:

—Supongo que se refiere a la libertad de las mujeres con independencia económica, porque no logro ver cómo pueden ser libres las que carecen de medios.

—Las que carecen de medios también tienen opciones para llevar una vida digna, señorita Fairley. Parece ser que Phillipa no se ha llevado más que lo justo para el viaje. Claro que, para ello, la mujer ha de valorar la dignidad —le reprochó—. Me consta que hay algunas a las que esa palabra no les dice nada.

—Sea como sea, no estamos discutiendo sobre los derechos de la mujer, ya hay bastantes que dan la tabarra con eso —intervino el señor Nordholme—. Me preocupa que la imprudencia pueda afectar a los Dormer. Por ejemplo, ahora Amanda no lo tendrá tan fácil para casarse.

—Si se casan mujeres de moral cuestionable, no creo que Amanda tenga ningún problema —se burló Dan mientras miraba a Natalia.

Ella, antes de alterarse más, prefirió alegar una disculpa y subió inmediatamente a su habitación con el convencimiento de que sería incapaz de aguantar una nueva noche como aquella.

En cuanto ella se fue, Dan dejó de discutir. Permitió hablar a su padre y, aunque no estaba de acuerdo con sus ideas tradicionales, notó que de pronto había perdido las fuerzas para continuar contradiciéndolo. Después de cenar, se encerró en su despacho con el fin de no tener que soportar durante más rato alegatos rancios sobre la idea del decoro.

No le molestó, sin embargo, que el ama de llaves lo interrumpiera cuando esta pidió permiso para entrar en sus dominios.

—¿Se encuentra bien, mi niño? —le dijo Agustina.

—Sí, gracias.

—Supongo que no está así por la fuga de Phillipa —añadió ella, que no se dejó engañar—. A usted no le importaba esa mujer.

—En este aspecto, siento que me he quitado un peso de encima, a pesar de que le tengo cariño. Y, después de lo que ha hecho, puedo añadir que la admiro.

—¿Puedo ayudarle en algo?

—Gracias, Agustina. No hay nada que usted pueda hacer. No estaré bien hasta que Louise Fairley se vaya de esta casa. Afortunadamente, cada minuto que pasa queda menos para eso.

El ama de llaves lo miró con cierto aire compasivo y, luego, le preguntó:

—¿Ha sabido algo más sobre su pasado?

—No. No necesito nada más para comprender qué tipo de persona es.

Ella se quedó unos momentos dudosa, como si no estuviera segura de hacer la siguiente pregunta, pero al final la formuló:

—¿Usted conoce algún periódico en Londres que busque historias sobre ingleses que estuvieron en la isla hace años?

—No, ¿por qué me pregunta eso? No conozco ninguno, pero tampoco los sigo. Es posible que haya alguno que busque historias de ingleses viajeros, muchas veces publican artículos de lectores. ¿A qué viene su interés?

Dan contempló al ama de llaves en espera de una respuesta.

—María del Pino anda entusiasmada con la idea de ganar algún dinero con eso. La señorita Fairley le ha prometido que ella se encargará de transcribirlo y enviarlo.

—Espero que María del Pino no se encapriche de la señorita Fairley. Como le he dicho, tiene los días contados en esta casa.

El ama de llave estuvo a punto de añadir algo más, pero esta vez calló y decidió dejarlo solo.

De pronto Dan pensó en la posibilidad de que Louise Fairley hubiera estado enamorada de *lord* Shrawbury y su malestar se acrecentó. Volvió a sentirse rabioso y alterado y, por un rato, hubo de dejar los papeles en los que intentaba concentrarse. Le molestaba más pensar que ella hubiese estado enamorada que buscado en esa relación otro tipo de intereses.

Se acostó sin conseguir apartar los celos, que eran como cristales diminutos que se le clavaban por todo el cuerpo. Al día siguiente, no se levantó con mejor ánimo. Desayunó antes de que los demás despertaran y se encaminó hacia el puerto. Visitó varios de los lugares donde había obras y, antes de mediodía, pasó por las oficinas del edificio Elder.

Nada más verlo, la secretaria le dijo que tenía un telegrama y Dan se sorprendió al leer en el remite el nombre de su amigo, el periodista londinense. Cogió el papel y se dirigió a su despacho en busca de intimidad. Con tantas dudas como miedos por lo que pudiera encontrar en él, abrió el telegrama y se sentó, mientras lo retenía entre las manos.

Quedó totalmente perplejo cuando leyó:

Estás equivocado (stop) Tu dama no es Louise Fairley (stop) La verdadera Fairley está en Leicester (stop) Información confirmada (stop) Continúo investigación

Capítulo 29

La señorita Snodgrass paseaba por la zona principal de los jardines del hotel Santa Catalina cuando vio llegar a Natalia con gesto ansioso.

–¡Buenos días! –saludó la joven–. ¿Sabe si en el hotel venden tabaco? Me he quedado sin cigarrillos.

Su amiga abrió el bolso y extrajo una pitillera, que brindó a Natalia.

–Gracias –dijo ella al tiempo que cogía un cigarrillo–, pero, aun así, necesito comprar.

–Si quiere, podemos ir hasta la plaza de las Ranas. Allí hay un estanco y, al lado, un fabricante de timples que deberíamos visitar.

–¿Piensa comprar un timple? ¿Acaso sabe tocarlo? –se burló Natalia.

–No, querida. En mi época nos hacían estudiar piano, aunque le confesaré una cosa que nunca he contado a nadie: a mí me hubiera gustado aprender el saxofón.

–¿El saxofón? Creo que nunca dejará de sorprenderme, Flora.

–Lo escuché por primera vez en Nueva York, en cierta ocasión en que mi familia viajó para visitar a mi tía, y quedé prendada de su sonido. Pero en aquella ocasión yo era una niña y mi padre se negó a pagarme un profesor particular.

—Tal vez todavía esté a tiempo.

—Tal vez... Pero hoy vamos a dedicarnos a ver timples —dijo mientras salían de los jardines del hotel.

—Como usted quiera —asintió Natalia—. Ya sé que pensará que soy una impaciente. Lamento haber anulado la cita de ayer, pero tuvimos un imprevisto.

Como la señorita Snodgrass la contempló interrogante, Natalia le refirió lo que había ocurrido con Phillipa Dormer.

—¿En serio ha sido capaz? Me gusta esa chica —dijo la cincuentona.

—Estoy convencida de ello —admitió Natalia—. Pero, por favor, recuerde que es un asunto confidencial, le ruego que no diga nada a nadie.

—¡Oh! Los secretos se me dan muy bien. Ya lo sabe —bromeó con una sonrisa misteriosa.

—¿Logró hablar ayer con Graham Watson? —preguntó impaciente Natalia.

—Sí, querida, hablé con él.

—Y... ¿le contó algo?

—Graham Watson tenía quince años cuando su madre estuvo aquí, pero en esa época a él lo habían enviado a un internado en Cambridge. Sin embargo, el verano lo pasó en la isla y convivió algo más de un mes con los Battle.

—¿Y le contó algo que nos sea de interés?

—No sabe quién es su padre, si es a eso a lo que se refiere, pero cuando regresó en Navidades conoció el motivo por el cual los Battle se habían marchado precipitadamente. Tenía usted razón. Su madre había iniciado los trámites para convertirse al catolicismo con el fin de casarse con su padre. Esperemos que el señor Barreto pueda aportarnos algo más.

—¿Quién es el señor Barreto?

—El señor Barreto era amigo de los Watson y visitaba

frecuentemente su casa. También hizo amistad con los Battle.

–¿Es posible que él fuera mi padre?

–Es una posibilidad, por eso he pensado que es importante que hablemos con él y veamos si se parece a usted.

–¿Está vivo? ¿Sabe dónde podemos encontrarlo?

–Sí, querida, es fabricante de timples.

–¡Oh! ¿Por eso vamos...?

–¿No habrá pensado que tenía intención de comprarme uno de esos instrumentos?

–No me extrañaría nada tratándose de usted. Por cierto, ya que le gusta dosificar la información, ¿averiguó algo más?

–Conocí el nombre de otras personas que visitaban a los Watson, pero, todos ellos, ingleses y un francés, aparte del doctor Hernández que usted ya mencionó.

–Mi padre no era inglés.

–Unos de los que mencionó fueron los Everdeen.

–¿La familia de la primera esposa del señor Nordholme?

Natalia le dedicó una mirada en la que había cierto reproche por haberse callado algo así hasta aquel momento.

–A veces pienso que se divierte conmigo. –Pero, viendo que ella ni se inmutaba ante su comentario, le preguntó–: ¿Cree que el señor Nordholme se relacionaba con la familia de mi madre?

–Se lo pregunté y me dijo que no. Pero los que fueron sus suegros, sí. Y ahora es mejor que no hablemos de esto dentro del tranvía, querida –dijo la señorita Snodgrass mientras subía al tren en los vagones de primera clase.

Aunque el trayecto no era largo, Natalia lo sufrió con impaciencia. Se sentaron delante de unos caballeros españoles bien vestidos y los oyeron criticar a Sagasta como quien oye llover.

Cuando por fin descendieron y volvieron a gozar de intimidad, Natalia preguntó:

—¿El señor Watson le dio algún nombre más?

—Sí, los Heine, una familia de alemanes que ya no residen aquí. Pero el señor Watson se cartea con ellos cada Navidad y está dispuesto a facilitarme su dirección si lo considero necesario.

—Esperemos que no haga falta y la visita al señor Barreto nos ilumine. Nunca pensé que sería tan difícil averiguar quién era mi padre.

—La plaza de las Ranas está por allí, ¿quiere que nos detengamos a comprar tabaco antes de entrar en la tienda de timples?

—Sí, mejor. Según lo que averigüemos, es posible que luego me olvide del resto del mundo.

Después de comprar unas cajetillas de cigarrillos, las dos se dirigieron a la tienda del señor Barreto, una con más decisión que la otra.

Al entrar vieron a un caballero de unos treinta y cinco años que lijaba un pequeño mástil y fue la señorita Snodgrass la primera en romper el hielo.

—Buenos días, ¿hablan inglés?

—*¡Arrállate un millo!* —respondió el canario en español, pero luego añadió en inglés, mientras miraba a Natalia no sin cierta devoción—: Perderíamos a muchos clientes si no conociéramos su lengua.

—Es usted muy joven —dijo con cierto desdén la señorita Snodgrass al tiempo que lo contemplaba—. ¿Hay otro señor Barreto?

El hombre, que sabía que no era joven, la miró desconcertado y, solo al cabo de unos segundos, contestó:

—Usted pregunta por mi padre. Está en la trastienda, pero me temo que no podrá entenderse con él.

—Hablo algo de español —añadió ella.

—No se trata de eso. Mi padre está sordo.

Tras un momento de desconcierto, la señorita Snodgrass preguntó:

—¿Su padre sabe leer?

—No, nunca supo —admitió, y a continuación dijo a modo de reproche—: Pero ahora tenemos escuelas españolas, no son ustedes los únicos que manejan la pluma. Y hay grandes escritores canarios, ¿conoce a don Benito Pérez Galdós?

—¿Debería? —preguntó la señorita Snodgrass con mordacidad, pero, como enseguida recordó su objetivo al entrar allí, procuró sonreír de forma amable y añadió—: ¿Le importa decirme si existe la señora Barreto?

—¿Pregunta por mi madre o quiere saber si estoy casado? —ironizó el canario—. Las españolas no pierden su apellido al contraer matrimonio, no hay ninguna señora Barreto, pero existe Juani García, mi madre, si es lo que le interesa.

—Usted ya había entendido que lo que le estaba preguntando era si su madre está viva —respondió la cincuentona, que en ese punto había vuelto a perder su amabilidad.

—Vivita y coleando. ¿Por qué no debería estarlo? Tiene usted una extraña curiosidad.

—Algo parecido. Una pregunta más y dejaré de molestarlo. ¿Cuántos años llevan casados sus padres?

—Usted no está interesada en comprar ningún timple, ¿no es cierto?

—Lleva usted razón, pero ¿le importaría contestarme?

—Mire, *missis* —dijo con ironía—. Si está buscando marido, hágalo en otro lugar. Mis padres llevan treinta y siete años casados y no permitiré que nadie venga a meterles ruido en la cabeza. —A continuación miró a Natalia, relajó su semblante arrugado y añadió—: Pero si es su amiga la que tiene el interés, yo sigo soltero.

La señorita Snodgrass agarró a Natalia y salió sin despedirse. Ya en la calle, cuando habían avanzado unos pasos, la más joven comentó:

—¡No hemos averiguado nada!

—Se equivoca, querida

—¿Ah, sí!? ¿Y qué ha sacado usted en claro con tanta simpatía? Podría haber sido un poco más amable.

—El señor Barreto no es su padre. No hubiera podido casarse con su madre porque ya estaba casado en esa época.

Natalia la miró fijamente un instante mientras reconocía que su amiga tenía razón.

—Pero estamos igual. No tenemos ninguna pista nueva.

—¿Y qué hubiéramos conseguido intentando hablar con un sordo que no sabe leer y probablemente no entienda el inglés? ¡No sea ridícula!

—¿Y qué hacemos ahora?

—Tendré que pedirle al señor Watson la dirección de los Heine.

—Perderemos mucho tiempo. No sé cuánto tarda una carta a Europa y, en este caso, habrá que esperar a recibir respuesta.

—Existe el telégrafo, querida.

—¿Y qué escribo con tan pocas palabras? ¿Me ayudará a redactar el telegrama?

—Me encantará ser partícipe de ello. Pero, primero, tendré que averiguar su dirección. Esta tarde estoy comprometida con la señora Todd y, a la vuelta, tengo que acabar el retrato de la hija de la señora Harbison, pero mañana volveré a hablar con el señor Watson. Quería ir a la playa, pero lo dejaremos para el viernes.

—Mañana tengo que encontrarme con el señor Pearce y no hemos avanzado nada.

—¿Está nerviosa?

—Hace mucho que no conozco la tranquilidad, Flora — se lamentó.

Decidieron aprovechar la mañana para visitar el Museo Canario, ya que se encontraban cerca, y cruzaron el puente de piedra que llevaba a Vegueta.

La desaparecida cultura guanche despertó su interés y permanecieron allí casi una hora. Después pasearon por el mercado y se mezclaron con los locales hasta que finalmente decidieron hacer una pausa antes de volver a coger el tranvía. Regresaron a la terraza donde se habían detenido a descansar la semana anterior y fumaron un cigarrillo mientras tomaban algo. La señorita Snodgrass procuró conversar sobre temas que no afligieran a su amiga, así que se dedicó a ironizar sobre sus compañeros de hotel.

Media hora después, se encontraban en el tren a punto de bajar en el aparadero cercano a sus residencias.

—Recuerde que le queda el señor Nordholme para preguntarle por las relaciones de los Everdeen con los Watson —dijo la señorita Snodgrass, que por fin se decidió a retomar el tema de la búsqueda del padre de su amiga.

—Tal vez no sepa nada. Además —dudó—, no sabré qué preguntarle. Me temo que en todo momento sentiré que estoy aumentando mi engaño sobre él.

—¿Otra vez sus escrúpulos? No olvide cuál es su interés, querida. No vaya a echarlo todo a perder porque se siente avergonzada de hacerle un par de preguntas a quien ya ha ocultado su nombre. El sentimentalismo ahora no le servirá de nada.

Natalia no respondió. De nuevo se sintió culpable por su engaño, pero prefirió no volver a exponer sus remordimientos ante la señorita Snodgrass. No tenía ningún sentido lamentarse por algo que continuaba haciendo.

Llegaron en silencio hasta la entrada del hotel Santa Catalina y la señorita Snodgrass le recordó:

–El viernes venga preparada para el baño. Iremos a Las Canteras.

–Quedan dos días para el viernes. No sé en qué punto me encontraré entonces. Mañana podría ser el final de todo.

Su amiga ignoró la queja y empezó a caminar por los jardines. Natalia, a su vez, también emprendió el regreso, pero apenas había avanzado veinte pasos cuando una tartana se detuvo a su lado. La perplejidad debió notarse en sus ojos cuando vio que Dan descendía de ella y le tendía una mano a la vez que decía:

–Suba.

Capítulo 30

Lo dijo con una entonación que parecía más una solicitud que una orden, pero eso no impidió que Natalia temblara. Se atrevió a mirarlo despacio. Esperaba ver en sus ojos el rencor de la noche anterior, sin embargo, él la contemplaba de un modo completamente nuevo y parecía tranquilo.

Un par de horas antes, no estaba igual de calmado. Tras guardarse el telegrama en un bolsillo, a Dan le había costado asumir las palabras que acababa de leer. ¿Louise Fairley se encontraba en Inglaterra? Entonces, ¿quién era la joven que estaba en Las Palmas? ¿Por qué fingía? ¿Qué ocultaba? ¿De qué huía? Su primer impulso había sido el de pedir que le pusieran una conferencia con Londres, pero desistió en cuanto recordó que su amigo no solía estar en la redacción del periódico. Además, en cuanto hubiera novedades, él ya lo avisaría. En el telegrama decía que continuaba investigando.

Su segundo impulso fue buscar a Lou, o como se llamara, para pedirle explicaciones sobre su falsa identidad, pero, mientras pensaba en ello, fue notando paradójicamente cómo sus sentimientos de perplejidad e indignación se iban mezclando a la vez con cierta sensación de alivio. Se sorprendió a sí mismo sonriendo hasta que comprendió que se alegraba de que ella no fuera Louise Fairley, la amante de *lord* Shrewsbury y, entre los celos que se iban disipando apareció la injerencia de una nueva ilusión. Sin embargo, trató de abortarla enseguida, ella continuaba siendo la prometida de su padre y una mentirosa. ¿O no? ¿Acaso ese descubrimiento no lo cambiaba todo? ¿Podría su padre aceptar a una persona que había fingido su identidad? ¿Podría hacerlo él? Porque esa joven era una farsante, una mentirosa y una embaucadora.

Se debatió entre contárselo primero a su padre o reclamarle explicaciones a ella. Salió del edificio Elder con esa duda y pensó que lo decidiría por el camino. La información lo había turbado y la confusión y los interrogantes fueron sus compañeros de trayecto.

Al llegar, no halló a ninguno de los dos. Debía haber supuesto que su padre se encontraría en el Club británico y que Lou, o quien fuera, habría salido a pasear con la señorita Snodgrass. Subió a su habitación para refrescarse, pues los nervios se habían aliado con el sol para convertirlo en víctima de extraños calores.

Al cabo de unos minutos, el ama de llaves llamó a su puerta y Dan abrió con ansias de compartir su descubrimiento.

—Me ha dicho María del Pino que lo ha visto nervioso, y como no es normal que usted esté aquí a estas horas... —se justificó ella por la intrusión.

—He recibido un telegrama de Macgregor. Louise Fairley está en Leicester, así que la mujer que se hospeda en esta casa está suplantando su identidad —le contó él con cierto sarcasmo.

—¿Está seguro? ¿No es posible que haya dos Louise Fairley? —preguntó el ama de llaves, ligeramente turbada.

—Puede haber muchas Louise Fairley, pero no que pertenezcan a la misma familia. Todo lo que nos ha contado esta mujer corresponde a la vida de la que ahora mismo está en Inglaterra.

–¿Piensa contárselo a su padre?

–Hace un rato estaba ansioso por encontrármelos a los dos. Quería desenmascararla delante de él, pero ahora no me parece la opción más inteligente.

El ama de llaves le dedicó una mirada interrogante y él añadió:

–Ella podría volver a mentir y mi padre, que está encaprichado, la creería. En lo que respecta a ella es como si a él, como dicen ustedes, *se le hubiera ido el baifo* –comentó imitando el acento canario.

–El señor Nordholme es muy crédulo.

–Es mejor que ella siga pensando que ignoro su engaño. Si sabe que ha sido descubierta, estará prevenida y podrá inventar cualquier otra cosa. Debe pensar que todo sigue igual.

–Debe evitar que, mientras tanto, ella juegue con esta familia.

–Puedo jugar yo con ella. Si la señorita como se llame desconoce que estoy al corriente del engaño, actuará de forma más confiada. Si sé conducirme con inteligencia, puedo sonsacarle mucho más que si me muestro agresivo.

–Usted no es bueno fingiendo.

Dan la miró sin hacerle caso, como si pensara en otra cosa y, a continuación, exclamó:

–¡El retrato! –recordó–. Compré un retrato que le hizo la señorita Snodgrass.

–¿Un retrato de quién? –preguntó con cierto tono compasivo.

Dan no respondió. Abrió un cajón y sacó la lámina. El ama de llaves se la pidió y, mientras la observaba, un gesto ambiguo apareció en su semblante.

–Es curioso. Hay cosas que un retrato es capaz de extraer sin que en la persona viva podamos apreciarlo.

—¿A qué se refiere? —preguntó Dan, que hubiera jurado que el ama de llaves había palidecido.

—Me recuerda a alguien —comentó como si su mente estuviera en otro lugar.

—¿Quiere decir que ya había estado aquí?

—No. No sé... Tal vez solo quiero decir que aquí parece distinta y, sin embargo, es un retrato muy logrado.

—Entrégueselo a Brito para que lo lleve a la tienda de fotografía del señor Butler. Es necesario que todo se haga con mucha discreción. Luego enviaré la copia a Macgregor para facilitarle la investigación. Tal vez él la reconozca o pueda llevarlo a la policía por si ella está huyendo de algo. Es posible que, si esa mujer cometió algún delito, aprovechara la propuesta de mi padre para abandonar Inglaterra.

—Tal vez no esté huyendo, sino que haya venido a buscar algo —musitó Agustina.

—¿Qué puede buscar?

El ama de llaves fue consciente de que esto último lo había dicho en voz alta y no respondió a la pregunta, pero dijo:

—Solo le pido que sea condescendiente. Nunca conocemos el pasado de las personas. Tal vez tenga buenos motivos para hacer lo que hace.

Agustina, sin decir nada más, abandonó la habitación como si estuviera ausente.

Un rato después, Dan informó a la criada de que ni él ni la señorita Fairley almorzarían hoy en casa. A continuación solicitó la tartana a Brito.

—Conduciré yo. Usted haga el recado que le encargará Agustina.

Consciente de que, antes de regresar, la joven de identidad desconocida acompañaría a su amiga al hotel Santa Catalina, Dan condujo hasta allí la tartana y esperó en un lugar discreto hasta que ella apareciera. Media hora después, la vio llegar con la señorita Snodgrass y se esforzó por mostrarse tranquilo.

Aguardó a que ella se despidiera de su amiga mientras continuaba medio oculto entre la vegetación. En cuanto vio que quedaba sola, indicó al caballo que avanzara y se le acercó. Ella no se dio cuenta de su presencia hasta que él descendió y le tendió su mano al tiempo que le pedía que subiera.

Tras un momento de desconcierto, que no estuvo exento de un ligero temblor, Natalia le devolvió la mirada y respondió con cara de pocos amigos:

–Prefiero caminar. No hay mucha distancia.

–Entiendo que no le apetezca mi compañía, pero mi padre quiere que usted pruebe el pescado de San Cristóbal.

Ella, que había comenzado a andar dos pasos, se detuvo. La alusión al señor Nordholme la hizo dudar.

–¿Eso está muy lejos?

–Es un paseo largo para ir caminando y ya es casi la hora del almuerzo.

Natalia estaba extrañada por el tono de amabilidad de él, pero, aun así, no se atrevió a subir sin preguntar:

–¿El señor Nordholme nos espera allí?

Dan sonrió y, aunque no respondió, ella entendió que así debía de ser. Aún reticente, añadió con mordacidad:

–Hoy hace un buen día y no me apetece que me lo estropeen con insultos que no merezco. Además, no estoy segura de no tener un accidente si voy con usted.

Él le dedicó una mirada condescendiente y suplicante a la vez, que a ella la desarmó.

–Tiene usted razón –dijo para sorpresa de Natalia–. He sido brusco y ofensivo y me he dejado arrastrar por unos prejuicios sin darle siquiera la oportunidad de conocerla. –Tras una breve pausa, añadió–: Admito que no me he portado de forma correcta y entiendo que tema nuevos agravios y me niegue la posibilidad de relacionarme con usted de un modo más amable. Sin embargo, le ruego que sea capaz de olvidar los encuentros que hasta ahora hemos tenido y acepte empezar como si nada hubiera ocurrido.

Natalia escuchó esas palabras con cierto escepticismo, que él trató de borrar al añadir:

–Por respeto a mi padre, ¿podemos ser capaces de imaginar que acabamos de conocernos? Déjeme presentarme: Mi nombre es Daniel Nordholme. –Mientras lo decía, le tendió la mano para de nuevo invitarla a subir a la tartana.

Ella aceptó mecánicamente y se dejó elevar hasta el asiento del conductor. Seguía confusa cuando él se sentó a su lado y comentó:

–Le toca a usted.

–¿Qué me toca?

–Decir «soy Louise Fairley» –explicó al tiempo que la miraba fija y escrutadoramente a los ojos–. Si vamos a empezar de cero, debemos hacerlo de forma completa y sincera. Sin presuposiciones.

Dan advirtió un ligero temor en los ojos de ella al pronunciar la palabra *sincera*. Sin embargo, un parpadeo borró enseguida ese instante de turbación y a continuación Natalia bajó los ojos para levantarlos de nuevo y comentar:

–¿No le parece un poco infantil? –Tras un suspiro, añadió–: Las cosas no se pueden borrar, pero sí estoy dispuesta a aceptar su intención de enmendar su actitud.

–Me daré por satisfecho con esa aceptación. Pero me gustaría que en nuestra nueva relación no hubiera motivos para la desconfianza –dijo al tiempo que animaba al caballo a ponerse en marcha.

–Comprenderá que no consiga confiar en usted desde un primer momento después de todo lo ocurrido.

—Tómese su tiempo —respondió él con una sonrisa comprensiva.

—¿Puedo saber qué le ha hecho cambiar de actitud?

Dan pensó un instante qué responder antes de decir:

—Cuando expresé mi opinión sobre la libertad en una mujer, muy acertadamente usted dijo que esa libertad solo podía ir ligada a una independencia económica. Eso me hizo repensar muchas cosas sobre mis prejuicios y mi conducta.

Lo explicó en un tono creíble, y Natalia relajó su ansiedad.

—¿Eso significa que se retracta usted de todas sus acusaciones?

—Eso significa que el juicio queda suspendido y que no volverá a haber acusaciones si usted no me da motivos para ello. Sin embargo, es cierto que mis recelos se han basado en ciertas cuestiones que me gustaría resolver antes de continuar. Por mi parte, ofrezco lo mismo. Pregúnteme sobre cualquier cosa y seré totalmente franco en mi respuesta.

—¿Va a interrogarme? —se burló Natalia.

—Le voy a dar la oportunidad de que se ría de mí desmintiendo mis ocurrencias.

Lo que podría haber sido entendido como un nuevo acorralamiento fue pronunciado en tal tono de broma que Natalia no temió que disimulara otras intenciones.

—Se arriesga a despertar mi hilaridad.

—¿Sabe? Mi obcecación por no entenderla me llevó a pensar que usted estaba huyendo de Inglaterra tras haber cometido un grave delito.

—No esperaba menos de usted.

Él sonrió y, tras una pausa, preguntó:

—Entonces, ¿no ha matado usted a nadie?

—Es mejor que no me pregunte si he sentido la tentación de hacerlo.

—No sirve contestar con evasivas. Dígame sí o no —la regañó con dulzura.

—No, por supuesto que no he matado a nadie —respondió, mientras dudaba entre ofenderse o reír por la ocurrencia.

—Si tampoco ha robado nada, puedo descartar que huye de la policía.

—¡No soy una ladrona! ¡Ni tampoco huyo de la policía! —protestó ella.

—Debo asegurarme —contestó una vez más en tono humorístico a la vez que le guiñaba un ojo.

Ese gesto disolvió su enfado, pues entendió que él estaba bromeando. Pero, aun así, para asegurarse, le preguntó:

—¿En serio ha llegado a pensar que hice algo tan grave que estoy aquí solo para esconderme de la policía?

—Dado que le he prometido que yo también responderé con sinceridad a sus preguntas: No, confieso que nunca lo he pensado.

—No era una pregunta, era un reproche —dijo ella en tono sarcástico—. De todas formas, tengo mis dudas sobre que crea mis respuestas. Si vuelve a preguntarme si fui amante de *lord* Shrewsbury y le respondo que no, usted no me creerá.

—La creo.

Natalia se sorprendió una vez más. Esta vez había seriedad en sus palabras y no descubrió en sus ojos nada que las desmintiera.

—Me toca —añadió—. Antes de conocer a mi padre, ¿había pensado alguna vez en viajar a esta isla?

—Desde que se publicó *Robinson Crusoe*, ¿quién no ha pensado en habitar en una isla?

—Me refiero a Gran Canaria en concreto. ¿Influyó en algo que mi padre residiera aquí a la hora de aceptar su propuesta de matrimonio?

Capítulo 31

Tras dudar unos segundos, Natalia optó por la ironía.
—¿Y renunciar a la niebla, la lluvia y los cielos grises? ¿Todo por este sol y esta luz?

Él sonrió, pero no le pasó desapercibido que no había querido contestar.

—Es cierto. Esta luz hace sentir la vida de otro modo. Es una forma que tiene el paisaje de arropar con su calor. Gozar de ella es un privilegio.

Natalia pensaba lo mismo y no añadió nada.

En un momento dado, Dan saludó a dos señoras con las que se cruzaron y estas correspondieron con un gesto de cabeza.

—La de la derecha —le explicó a Natalia en cuanto las hubieron dejado atrás— es Candelaria Navarro.

—No la conozco.

—Hace más de diez años, en una reunión de sociedad, ella interpretó la *Danza macabra,* de Camile Saint-Saëns, sin saber que el autor estaba entre el público. Él quedó tan complacido que compuso para ella el *Vals Canariote*, ¿lo ha escuchado?

—No. ¿Saint-Saëns visitó Las Palmas?

—Sí. Le pediré a Rachel que lo interprete para usted. Mi hermana toca bastante bien el piano.

—Me gustaría saber cómo suena un timple. Todavía no he escuchado ninguno.

—Eso tiene fácil solución. Miguel, el de la fonda donde vamos a comer, no necesita que lo estimulen para ponerse a cantar. Es un virtuoso, aunque lo cierto es que todos los canarios cantan bien.

—Usted es el único inglés al que he oído hablar bien de los canarios.

—Me conviene, yo soy canario.

Ella lo miró sorprendida.

—Nací aquí, y me he criado aquí, al igual que mis hermanas, pero ellas siempre se han presentado como británicas. Sin embargo, yo creo que el paisaje hace al hombre, del mismo modo que este mar tiene su propia poética. Escuche.

Detuvo la tartana para deleitarse con los sonidos de los golpes de mar. Permanecieron medio minuto en silencio, para permitir que entraran en ellos el aroma a salitre y el frescor de una brisa luminosa que acariciaba por dentro. Natalia recordó los agravios de dos días atrás que culminaron en un beso violento y pensó que el hombre que ahora estaba a su lado era muy distinto de aquel que la había humillado. Se preguntó si estos momentos suponían una tregua o si a partir de ahora el trato entre ambos sería amable y cordial. Pero enseguida volvió a visualizar el beso y se sintió tan cohibida que no se atrevió a hablar hasta que él dijo:

—«Atlántico sonoro», lo llama un chaval que a veces viene por el Gabinete literario.

—Es cierto. Ahora ya me he habituado, pero al principio siempre me sorprendía al escucharlo. Aquí, el mar es una presencia constante.

—Excepto cuando pasa el tranvía. El estruendo de las máquinas lo invade todo –añadió Dan al tiempo que reanudaba la marcha.

Llegaron a San Cristóbal y, antes de detener la tartana, Dan veía, para su satisfacción, que ella empezaba a sentirse confiada. Las pequeñas barcas, al igual que las casas en aquel lugar, eran de colores, y una arena negra asomaba en ciertas partes de la orilla enterrando y desenterrando cantos rodados. En algunas zonas lisas, había pescado puesto a secar y por todo se esparcían redes y cabos de amarre a los que a veces lamía la marejada. A lo lejos, se extendía un manto de arena negra sobre la playa de La Laja.

Aquel pequeño pueblo de pescadores carecía de lujos, pero el jaleo de los niños jugando y los gritos alegres de sus habitantes no podían negar que reinaba la felicidad.

Se detuvieron ante una pequeña taberna y Dan ayudó a Natalia a descender. Enseguida se asomó el tabernero, que demostró estar familiarizado con el joven Nordholme y lo saludó en español con exceso de confianza. Dan presentó a Miguel y a su esposa a Natalia, aunque advirtió a esta última de que no hablaban inglés:

—¡Ños! ¡Eso sí que es buen gusto! —exclamó el canario al mirar a Natalia.

—Ponnos unas viejas fritas y una sama a la sal, para que la señorita pruebe el pescado de aquí. Nos sentaremos en la terraza.

—¿No quieren probar un caldito de pescado con gofio? Está recién hecho. ¿Y no pretenderá, *mister* Nordholme, que la *missis* se vaya sin probar las papas arrugás?

—Demasiado para un almuerzo. Pero si tienen pella dulce, probaremos el gofio de postre.

—Pella de gofio con higos y miel.

—Perfecto.

—En lugar de ponerle viejas, le serviré un plato variado de viejas y papas, para que ella las pruebe.

Dan aceptó. Antes de irse, Miguel añadió:

—Es una lástima que no tenga anguilas. Si hubieran venido ayer...

—¿Y el señor Nordholme? —preguntó Natalia, que lo buscaba con la mirada mientras se sentaban en una mesa cerca del mar.

—Mi padre no es un buen anfitrión. Aparte del Club británico o alguna cena a la que se vea comprometido, dudo de que la pasee mucho. Y me temo que Rachel tampoco la llevará a otros sitios que no sean el club de tenis.

—Es usted injusto. El domingo pasado su padre estaba dispuesto a subir a Bandama —alegó al tiempo que se sentía engañada y emocionada a la vez por la ausencia del señor Nordholme.

—Juraría que el sábado se emborrachó a propósito para quedar excusado de acompañarla el domingo.

Natalia sonrió y Dan sospechó en ese momento que algo en su plan estaba saliendo mal. Si su objetivo era atraparla, todo estaba ocurriendo al revés. Era él quien se estaba enredando en el magnetismo de la luz de sus ojos cada vez que lo miraba de aquella manera. Estuvo tentado de coger su mano y retenerla en la suya, pero se obligó a imponer la sensatez y se limitó a sacar una pitillera. Le ofreció un cigarrillo a Natalia y le prestó lumbre. Luego se encendió otro para él y le comentó:

—¿Ha probado el tabaco canario?

—No, pero Flora me ha dicho que es muy fuerte y que incluso a ella, que está habituada, le hizo toser.

—Sí, es negro y muy fuerte. Yo fumo alguno de vez en cuando, aunque habitualmente consumo los ingleses. En eso, admito que adquirí la costumbre de mi madre.

—¿Su madre fumaba?

—Sí, decía que le relajaba los nervios. ¿Hace mucho que fuma usted?

—Desde que conocí a la señorita Snodgrass, hace poco más de un mes.

—Pensé que se conocían de antes, se nota mucha familiaridad entre ambas.

—La conocí en Southampton y lo cierto es que, desde un primer momento, sentí afinidad con ella. Es una mujer muy interesante, ha viajado por todo el mundo.

—He leído algún artículo de ella sobre las sufragistas.

—¿Flora escribe? —preguntó sorprendida—. Creo que nunca llegaré a conocerla, es una fuente de sorpresas.

—No es periodista ni columnista ni nada así, pero por lo visto tuvo una temporada en la que le gustaba publicar en la sección de cartas.

—¿Cómo lo sabe?

—Algunos periódicos británicos llegan aquí, y también hay prensa inglesa en la isla. Pero no lo sé por eso, sino porque Phillipa seguía con interés las ideas sufragistas y, cuando conoció a la señorita Snodgrass, me lo mencionó. Creo que su amiga le simpatizó enseguida.

—Supongo que usted habrá lamentado su marcha.

—No si ella está bien.

—Parecía tan tímida, tan incapaz de...

—¿De valerse por sí misma? Se equivoca, Phillipa tiene un carácter fuerte y decidido, pero lamentablemente sus inquietudes no la unían a su hermana ni a la mía, por eso se mostraba más retraída. Y tampoco ella y yo teníamos nada en común —añadió—. Estoy convencido de que ahora se sentirá realizada.

—Un día la vi leyendo a May Sheldon.

—Sí, siempre la ha admirado. Creo que relee el mismo libro una y otra vez. Lo extraño es que el resto se haya sorprendido de su aventura.

El tabernero les sirvió una jarra de vino y un plato grande con viejas y papas arrugadas y ese hecho sirvió para que dieran por cerrado el tema de Phillipa.

—¿Pica? —preguntó Natalia antes de probar una papa con mojo.

—No, mi niña, un poquito nada más —dijo el tabernero.

—Pruébelo —le indicó Dan.

Durante el almuerzo hablaron de la isla. Él empezó a explicarle los distintos tipos de mojo, que en cada lugar cambiaban ingredientes, y de allí pasó a mencionarle la diversidad de paisajes según la zona. En Natalia se despertó la curiosidad por conocer los pueblos canarios que él mencionaba, los roques de Tejeda y los bosques de Moya, pero sobre todo le atrajo la idea de caminar sobre las dunas y los arenales de Maspalomas. Dan se animó y también le habló de la montaña de Tirma, de leyendas guanches como la de Doramas, que se había arrojado desde el monte sagrado para no entregarse a los españoles y, sin pretenderlo, fue confesando su entusiasmo por la cultura de aquel lugar.

Lejos de sonsacarle alguna información provechosa a su acompañante, él se dejó llevar por la dicha que sentía en aquellos instantes y le confesó la magua que lo abrumó durante sus años de estudiante en Inglaterra.

—¿Magua? —preguntó ella.

—Añoranza.

Después del postre, Dan le pidió a Miguel que tocara el timple para ellos, pero el tabernero no se conformó con eso y mandó a uno de sus hijos a que llamara a un par de vecinos. Al cabo de diez minutos, había dos timples y tres guitarras españolas y estuvieron tocando y cantando melodías canarias durante más de una hora.

Incluso la esposa del tabernero se atrevió a cantar un par de isas y una folía mientras unas niñas bailaban.

Natalia notó el ambiente festivo en su ánimo y se sintió regocijada durante el regreso, aunque de pronto percibió que su felicidad era efímera y que el hombre que se hallaba a su lado, del que ya no podía negar que estaba locamente enamorada, continuaba siendo alguien prohibido para ella.

Capítulo 32

−Ahora comprendo que estaba equivocado −dijo él de pronto mientras subían a la tartana sin explicar a qué se refería, pero Natalia no tuvo dudas sobre qué hablaba.

No fue una disculpa sobre lo ocurrido anteriormente, pero Natalia lo entendió así y no volvió a hablar del tema. Deseaba que esta paz entre ambos no volviera a romperse y, dispuesta a que la felicidad alejara todas las nubes negras que la acechaban, contempló el mar, como si las olas alejaran de ella sus dudas.

Media hora después, bajaban de la tartana y Dan se la entregaba a Brito para que la dejara en su sitio y soltara al caballo. Entraron en casa y María del Pino les dijo que el grupo estaba en la terraza y los recién llegados encontraron allí al señor Nordholme tomando el té junto a Rachel y a Amanda, que los miraron extrañados al verlos llegar juntos.

−¿Dónde habéis estado? −preguntó el señor Nordholme.

−Si no recuerdo mal, padre, usted me dijo que cuidara a la señorita Fairley y la he llevado a almorzar a San Cristóbal.

Natalia se sorprendió. Hasta aquel momento había pensado que la idea de que Dan la acompañara había sido del señor Nordholme y, ahora, al comprender que había sido por iniciativa de él, no pudo evitar sonrojarse. Algo que para la señorita Dormer no pasó desapercibido, quien se giró hacia Rachel y le susurró:

—¿No dijiste que se llevaban mal?

—Eso me pareció, pero es mejor para mi padre que no sea así —respondió la otra, también en voz baja.

El señor Nordholme hubiera estado encantado con el gesto amable que había tenido su hijo con la señorita Fairley si este se hubiera producido en otro momento. Pero ahora su cabeza estaba en otro lugar, y en otra mujer.

—¿Ya se ha ido su padre? —preguntó Dan a Amanda.

—Sí, hoy a mediodía —respondió ella con cierto aire de dramatismo—. Recemos para que llegue a tiempo.

Dan no respondió. No deseaba que la aventura de Phillipa fuera interceptada, pero tampoco le apetecía discutir. Rachel añadió:

—He pensado que la mejor manera de aparentar naturalidad es continuar haciendo vida normal. Le he dicho a Richard que venga aquí a cenar. Mañana podríamos ir al Metropol.

—¡Oh, sí! Esta mañana he visto al señor Pearce y me ha dicho que mañana cenará en el hotel con unos amigos. Me ha invitado a apuntarnos. Por uno de sus comentarios, creo que le causaste muy buena impresión, Lou.

Natalia mudó de color al oír mencionar a Pearce y se sintió aliviada cuando Dan se apresuró a decir:

—Mañana me resulta imposible, hay una conferencia en el Gabinete literario que no me gustaría perderme. Pero si no le importa, padre, posponerlo para el viernes, yo mismo haré la reserva.

—Pensé que no te gustaban estas cenas —respondió el señor Nordholme.

—Será estupendo que nos acompañe, Dan. Si usted

se compromete, estoy dispuesta a postergar mi capricho para el viernes –añadió Amanda mientras sonreía al mencionado.

–Decidido entonces –aceptó este–. Ahora, si me disculpan, debo ocuparme de unos asuntos, pero en una media hora me reuniré con ustedes.

–¡Oh! Espero que luego se apunte a una partida de *bridge*. Ya sabe que su padre solo juega a los dados y necesitamos ser cuatro.

Dan sonrió, hizo un gesto de cabeza a modo de despedida y se adentró en la casa. En cuanto el ama de llaves lo vio entrar, lo siguió hasta su despacho. Una vez dentro y tras cerrar la puerta, le preguntó:

–¿Ha averiguado algo?

Él tardó en contestar. Cuando fue consciente de la presencia del ama de llaves y de la pregunta que acababa de formularle, respondió:

–No mucho. Me temo que he hablado más que escuchar. Tenía usted razón: no se me da bien interpretar un papel.

–Comprendo.

–Pero de algo estoy seguro: no me ha mentido. Al menos, no hoy. Cuando le he pedido que nos presentáramos de nuevo, se ha negado a decir que su nombre era Louise Fairley. Y también me ha cambiado de tema cuando le he preguntado si, antes de conocer a mi padre, tenía intención de viajar a Las Palmas. Sin embargo, sí ha sido capaz de negar que estuviera huyendo de la policía –dijo al tiempo que se sentaba.

Agustina se acercó a una estantería, movió un libro y pasó un dedo sobre la madera. A continuación comentó:

–María del Pino solo limpia lo que está a la vista. Es incapaz de levantar un libro para pasar el plumero debajo. Tendré que regañarla otra vez.

Dan la contempló con una expresión infantil a modo

de reproche por no hacerle caso y, ante ese gesto, Agustina añadió:

—Entonces, ¿cree que vino buscando algo?

—No lo sé. Tal vez solo sea una mujer de pocos recursos que aprovechó la ocasión para hacerse pasar por Louise Fairley y conseguir un matrimonio conveniente. A lo mejor solo se trata de eso y estamos imaginando más de lo que hay.

—He aprovechado su ausencia para registrar su habitación. No he encontrado cartas ni diarios... nada sospechoso. Excepto un libro sobre las Islas Canarias, de una tal Olivia Stone.

—Es posible que lo comprara en Southampton después de conocer a mi padre.

—El sello pone que fue adquirido hace tres años en una librería de Londres.

—¿Tres años? —comentó poco convencido.

Al entrecruzar miradas, los dos supieron que estaban pensando lo mismo.

—¿Qué puede buscar aquí? —preguntó Dan.

El ama de llaves bajó los ojos y no respondió. Él se levantó de su asiento y dijo:

—Hace un par de días buscó al señor Quintana-Padrón para preguntarle por una familia que ya no reside aquí. No me dijo el apellido. Yo pensé que no era ella la interesada, sino que indagaba enviada por la señorita Snodgrass. Pero si guarda ese libro desde hace tres años...

—Así es.

—Creo que me conviene visitar a la señorita Snodgrass.

Agustina asintió con un gesto y preguntó:

—¿Ahora?

—Si tengo la suerte de encontrarla en el hotel, ¿por qué no? ¡Necesito resolver tantas dudas! ¡Me duele el alma por no saber quién es ella ni cómo se llama! —dijo al tiempo que se levantaba y cogía su sombrero.

El ama de llaves calló y lo siguió con la mirada.

Diez minutos después, Dan llegó al hotel y, como le dijeron que la señorita Snodgrass estaba descansando, se sentó en la terraza y pidió un oporto dispuesto a esperar.

Fue en aquellos momentos en los que pensó que el libro de Lou, o como se llamara, podría habérselo prestado su amiga, así que ya sabía por dónde podía empezar la conversación si quería aclarar dudas.

Durante la media hora que esperó a que la señorita Snodgrass bajara de su habitación, mil pensamientos ocuparon su mente. Lejos de ayudarlo a calmarse, se sintió más confundido, sobre todo cuando entre ellos se filtraba la sonrisa de la joven e iluminaba su alma con la fuerza de la luz del sol canario. En este punto, ya no pudo negarse que estaba enamorado y que, por mucho que luchara para ahogar sus sentimientos, estos ya no tenían vuelta atrás. Sintió una extraña mezcla de felicidad y dolor, que enseguida fue dejando paso a los remordimientos hacia su padre. Supo que debía renunciar a ella y, aunque continuara investigando sobre su identidad, tenía que evitar su contacto y no volver a exponerse como había ocurrido hoy. Su cercanía solo lograba intensificar sus sentimientos.

Atormentado por estas reflexiones, vio aparecer a la señorita Snodgrass en la puerta de la terraza y se levantó para saludarla. Ella sonrió enseguida y aceptó encantada sentarse con él. Luego pidió un té.

—Una mujer de mi edad ya no suele recibir visitas de caballeros como usted —bromeó.

—Permítame que lo ponga en duda —contravino él.

—¡Qué amable! Sin embargo, no creo que su visita se deba solamente a que desea mi compañía.

—Tiene usted razón. He venido en nombre de mi padre a invitarla a cenar el próximo viernes, si no está usted comprometida.

—¿En casa del señor Nordholme?

—En el hotel Metropol. También vendrán mi hermana y mi cuñado y la señorita Dormer.
—¿Solo una?
Dan la observó un momento para averiguar si ella sabía algo sobre la fuga de Phillipa, pero no logró descubrirlo.
—Parece ser que solo una.
—No tengo ningún plan para el viernes por la noche. Espero no coger ninguna insolación por la mañana. Lou y yo tenemos pensado darnos unos baños de mar.
—¿Se conocen hace mucho tiempo la señorita Fairley y usted?
—La conocí el mismo día que al señor Nordholme. En aquel momento no podía ni sospechar que acabarían comprometidos. ¿No le sorprendió a usted que su padre regresara de Inglaterra con ella? —preguntó con un tono poco natural.
—Mi padre puede ser tan predecible como sorprendente.
Un camarero los interrumpió para servir el té de la señorita Snodgrass y Dan aprovechó para cambiar el tema de la conversación.
—Muchos ingleses vienen aquí tras haber leído el libro de Olivia Stone, ¿lo conoce?
—Por supuesto. Lo tengo en mi mesita de noche. Ahora mismo estaba leyendo el fragmento que habla sobre el balneario de Azuaje. Creo que más adelante pasaré unos días en él.
—Las señoritas Dormer estuvieron hace unos meses. Podrá preguntarle a Amanda lo que desee.
—Sí, siempre es mejor verificar. Ya hace tiempo que Olivia Stone estuvo aquí, tal vez muchas de las informaciones que dé en su libro hayan quedado obsoletas. Sin embargo, no estoy segura de que esa joven y yo tengamos los mismos gustos. Tal vez, si se tratara de la señorita Dormer más joven…

Dan se sintió sorprendido a la insinuación de que con Phillipa podría coincidir en gustos, pero hizo caso omiso porque no le apetecía que la conversación tomara ese derrotero.

—Mi padre también estuvo, pero ya hace muchos años.

La señorita Snodgrass le dedicó una enigmática sonrisa.

—¿Ha enmarcado ya el retrato de Lou?

—Así es. Pero espero que no le haya dicho nada a ella. Debe ser una sorpresa para ambos.

—Tal vez debería pasarme una fotografía de su padre para poder dibujarlo también a él. Así podrán colgar los dos juntos.

—Es usted una buena vendedora de sí misma —bromeó él. A continuación tomó un sorbo de su copa de oporto y le ofreció un cigarrillo a la dama, que ella aceptó—. Usted, que la conoce mejor, ¿cree que la señorita Fairley estará a gusto aquí? Quiero decir, este matrimonio le supone renunciar a muchas cosas: su familia, sus relaciones…

—¿Me da a mí la impresión o usted no ve con muy buenos ojos este compromiso?

Dan aspiró con fuerza una calada de su cigarrillo.

—No estoy seguro de que ni mi padre ni ella estén acertando.

—¿Le preocupa la felicidad de su padre o la de la señorita Fairley?

—Hay mucha diferencia de edad.

—Eso siempre ha sido muy común. Los padres han dispuesto de nosotras según la conveniencia de sus negocios. Cuando yo tenía dieciocho años, a una buena amiga la casaron con un hombre de sesenta y dos.

—No me ha respondido.

—¿A qué pregunta, querido?

—A si cree que la señorita Fairley estará a gusto aquí. Esta isla está tan lejos de todo lo que ella ha conocido hasta el momento…

—Hay muchas líneas con Inglaterra. Salen barcos cada día.

—Eso no parece una opinión.

—Señor Nordholme, creo que no estoy autorizada a juzgar las acciones de Lou —respondió mirándolo fijamente, como si ahora fuera ella la que lo escrutara.

—Sin embargo, ustedes se tienen mucha confianza, ¿no es cierto?

—¡Oh! Le puedo asegurar que la amistad de Lou es de las que más valoro. Hacía tiempo que no disfrutaba tanto de la compañía de alguien —convino con una sonrisa inescrutable.

—Es una joven agradable —admitió—. ¿Le habla mucho de Leicester?

—No, no habla de Leicester. Además, ella residía en Londres.

—¿Tienen amigos en común en Inglaterra?

—Creo haberme encontrado alguna vez con la señora Cunnigham, aunque ahora no la recuerdo bien, que es una conocida de Lou. ¿A qué debe su interés, joven?

—Simplemente, temo lo que ya le he dicho: que ella no se encuentre a gusto aquí.

—Entonces, trate de que se sienta bien. Tal vez su actitud hacia ella no haya sido la acertada.

Dan la miró interrogante y la señorita Snodgrass añadió:

—No debe hacer caso a los rumores que llegan de Londres. La mayor parte de las veces son malintencionados y le puedo asegurar que la joven que reside en su casa no tiene nada que ver con ellos.

—Yo también creo que esos rumores le son ajenos. Ninguna cosa que escuchemos decir sobre Louise Fairley logrará afectarnos, ¿no es cierto, señorita Snodgrass?

Capítulo 33

Aunque después la señorita Snodgrass le había preguntado por las obras del puerto y no habían vuelto a hablar de la joven en cuestión, Dan salió del hotel con la sospecha de que aquella mujer no estaba engañada respecto a la identidad de Lou. Y si efectivamente era así, él no conseguiría sonsacarle nada, puesto que ella se habría convertido en una encubridora.

En aquel momento recordó, de nuevo, lo que le había contado Quintana-Padrón sobre su interés por una familia que había residido en la isla años atrás, probablemente inglesa, y lamentó que no le hubiera dado su nombre. Sin embargo, supo que ese era el punto sobre el cual debía indagar. Se preguntó si la señorita Snodgrass había estado antes en la isla o si la enviaba alguien para averiguar esa información y, a su vez, ella contaba con la ayuda de la falsa Louise Fairley. Quizá no se había limitado a escribir cartas a periódicos, tal vez ella también fuera periodista; ahora había mujeres que se dedicaban a profesiones que antes solo admitían hombres. Pero luego recordó que, según la fecha de compra del libro, la falsa Louise llevaba al menos tres años interesada en las islas, así que se inclinó por pensar que se trataba de una cuestión personal y no actuaba para nadie. El señor Quintana-Padrón le había dicho que asistiría hoy al gabinete literario, y se preguntó si podría aprovechar la ocasión para volver a indagar sobre el asunto.

Regresó a la casa familiar y la mayor de las hermanas Dormer lo interceptó nada más entrar:

–Pensaba que estaba usted descansando y resulta que nos había abandonado –le reprochó.

–Ha sido una urgencia –comentó él sin detenerse. Temía que, ahora que había desaparecido Phillipa, Amanda renovara su interés en él y por eso procuró no animarla–. ¿Sabe dónde está Agustina?

–No. Pero imagino que estará haciendo magia negra. Esa mujer siempre me ha parecido muy oscura.

–Agustina no tiene nada de oscura –rechazó él mientras se adentraba en el pasillo con la finalidad de buscar al ama de llaves.

Al oír su nombre, Agustina se asomó desde el piso superior y Dan subió inmediatamente y le indicó que lo siguiera hasta sus aposentos.

–¿Le ha sonsacado algo importante? –preguntó ansiosa el ama de llaves.

–No, pero es obvio que la señorita Snodgrass sabe que ella no es Louise Fairley.

–¿Se ha atrevido usted a preguntárselo directamente?

–Por supuesto que no, pero por la forma de referirse a ella ha sido evidente. De todas formas, lo importante no es esto, sino algo que he recordado.

Agustina abrió los ojos como si lo empujara a decir algo más.

–El otro día la falsa Louise Fairley visitó al viejo periodista, Quintana-Padrón, en busca de información sobre cierta familia que residió aquí hace años.

El ama de llaves se estremeció.

–¿Qué familia? –preguntó.

–No quiso decírmelo, pero supongo que era británica.

–¿Tiene usted alguna sospecha? –dijo con cierta cautela.

Dan la miró desconcertado y, algo abatido, la interrogó:

–¿Cree que pueda tener algo que ver con la mía, con los Nordholme? ¿Cree que es por eso que se ha prometido a mi padre? ¿Conoce usted algún asunto turbulento de mi familia, algo que pueda dar pie a una venganza, a la reposición de una falta...? ¡Agustina, por favor! Si conoce usted algo así, no me lo oculte.

Con cierto aire de ternura, el ama de llaves contestó:

–No, mi niño. No conozco nada en su familia que sea relevante.

–¿Está segura? ¿Cuánto tiempo hace que trabaja para nosotros?

–Veinte años. Y le prometo que no recuerdo nada.

–¡Veinte! El señor Quintana-Padrón no me dijo cuántos hacía de eso, pero ¿y si fueran más? ¿Sabe quién trabajaba en su puesto antes que usted?

–Mi niño –dijo tratando de tranquilizarlo–, la señora Amador ya murió.

Dan bajó los ojos impotente, pero volvió a levantarlos al recordar lo que le había contado Agustina.

–¿No dijo usted que María del Pino estaba entusiasmada porque ella se había interesado por historias de británicos que vinieron aquí a curar sus enfermedades tiempo atrás?

–¿Cree que tenga relación? –preguntó el ama de llaves asustada.

–Lo más seguro. Sí, de eso se trata. Mañana averiguaré si algún periódico inglés busca ese tipo de historias. Lo más probable es que no sea así.

–¡Dan! ¡Daniel!

Oyeron fuera la voz del señor Nordholme, el cual venía a buscar a su hijo, y este salió de la habitación antes de que él entrara.

—Me ha dicho Amanda que te habías marchado y que ya has vuelto. ¿No vas a unirte a nosotros? Quieren jugar al *bridge* y ya sabes que a mí no me gusta.

—Por supuesto, padre –respondió, y ambos comenzaron a descender las escaleras.

Dan no tuvo más remedio que verse inmerso en una partida de cartas y formar pareja con Amanda y el señor Nordholme aprovechó la circunstancia para tumbarse en un sofá del salón y dormir una siesta.

Natalia se puso nerviosa cuando lo vio llegar. Eran estos unos nervios distintos a los que habitualmente la apresaban, pues cierta ilusión se filtraba en ellos. El paseo en tartana, el almuerzo junto al mar, las canciones canarias y, sobre todo, la cortesía y las atenciones de él durante aquellas horas recién pasadas todavía la emocionaban y no podía evitar dirigirle la mirada de vez en cuando. También él la miraba y, cuando sus ojos se encontraban, algo en la expresión de ambos sonreía. Sin embargo, Natalia procuraba disimular sus sensaciones y se esforzaba por no caer subyugada ante el encanto que ahora descubría en él.

Por su parte, Dan aparcaba sus dudas ante la presencia de ella, que era como si lo llenara todo y, aunque procuraba evitarlo, mostró más atenciones hacia aquella desconocida que hacia su hermana y Amanda.

A la señorita Dormer no le pasó inadvertida la furtiva simpatía entre ambos y, mientras repartía las cartas, comenzó a hacer preguntas a Dan sobre cómo iban las obras del puerto para llamar su atención. Pero su amiga Rachel protestó porque no quería que en un momento de ocio se hablara de trabajo. Amanda no tardó en encontrar otro tema para reclamarlo y, en la siguiente ronda, preguntó por el nombre del teatro:

—¿Han conseguido ya que el ayuntamiento respalde el cambio de nombre del Tirso de Molina?

Para disgusto de Amanda, Dan se dirigió hacia Natalia cuando contestó:

—No tiene ningún sentido que el teatro de aquí se llame Tirso de Molina, un autor que no tiene ningún vínculo con Canarias. Desde el Gabinete literario se está trabajando para cambiarlo por el de Benito Pérez Galdós.

—¡Oh! Ese hombre es muy polémico —protestó Rachel.

—Sí, el estreno de *Electra* en Madrid levantó ampollas por su crítica hacia las instituciones religiosas —explicó Dan—, sobre todo porque poco tiempo antes había estallado el caso Ubao, en el que la Iglesia había manipulado a una joven heredera para que ingresara en un convento y le cediera todo su legado.

—Se refiere a la Iglesia católica —aclaró Amanda, ansiosa por intervenir.

—Pero aquí fue una obra muy aplaudida. Se estrenó en abril del año pasado y, desde entonces, se está formulando la petición del cambio de nombre del teatro —añadió Dan, que continuaba hablando para Natalia.

—¿Benito Pérez Galdós es un dramaturgo? —preguntó esta.

—Ha escrito obras de teatro, pero es más conocido en su faceta de novelista. Cuando amplíe usted su vocabulario español, estaré gustoso de prestarle alguno de sus libros.

—Gracias, creo que aún falta mucho para eso.

—En el club de lectura preferimos autores británicos —añadió Amanda, y a continuación trató de acaparar la charla citando algunas de las obras que habían leído.

Pero como no le brindaron la atención que reclamaba, regresó al tema del teatro.

—Yo creo que también influye en lo del nombre lo poco patriotas que son los canarios —dijo al tiempo que recogía las cartas y celebraba haber ganado aquella mano.

—Depende de lo que uno entienda por patria —apuntó Dan.

—Yo prefiero ser inglesa que española –intervino Amanda–. No es necesario justificarlo. Basta ver cómo viven ellos y cómo vivimos nosotros.

—Tal vez esta descompensación tampoco sea de su agrado –le hizo ver Dan, que empezaba a sentirse incómodo por la frivolidad de Amanda.

La conversación se vio interrumpida por el señor Nordholme, que en aquellos momentos regresaba de su larga siesta y se unía a ellos, por lo que tuvieron que dejar la partida de bridge.

La tertulia se trivializó y ahora versó sobre el recurrido tema del tiempo en la isla. Natalia supo que rara vez llovía en la costa, aunque a medida que se aumentaba en altura solían ser más frecuentes las nubes y a veces la leve llovizna se confundía con el descenso hasta la tierra de estas. Y, aunque casi nunca había tormentas, cuando alguna vez ocurría, ocasionaba desastres en los cultivos por la facilidad con que el agua provocaba riadas y desprendimientos en las zonas montañosas. Supo que algunos inviernos nevaba en las cumbres altas y sonrió cuando oyó mencionar el Pico de las Nieves.

—El clima es más variado de lo que se piensa en Inglaterra.

—No se puede hablar de los lugares sin conocerlos.

Cuando llegó el yerno del señor Nordholme, María del Pino los avisó de que la cena estaba lista y, en esta ocasión, fue Richard quien refirió a su suegro cómo iban los asuntos de la plantación.

Aunque estuvieron sentados en sitios opuestos y no les resultaba fácil hablar, Natalia sintió que Dan la miraba durante cena, pero no se atrevió a corresponderle. Estaba azorada, feliz y nerviosa y temía el momento en que despertara de esa sensación. Solo al final, antes de que los Bell y la señorita Dormer se marcharan, Dan pidió a su hermana que interpretara las piezas que Saint-

Saëns había compuesto para Canarias y se sentó junto a Natalia para observar su reacción.

Rachel cogió asiento ante el piano y tocó el *Vals canariote* y a continuación interpretó la partitura de *Les cloches de Las Palmas*. En aquel momento la silla de Dan estaba tan cerca a la de Natalia que, si ella hubiera dejado caer el brazo, habría sido probable que sus manos rozaran, así que procuró sostener la suya sobre la pierna a pesar de la tentación.

Aquella noche, se acostó con el corazón henchido hasta que recordó que Pearce la esperaba al día siguiente para someterla a un chantaje.

Capítulo 34

Antes de que la luz asomara detrás de las ventanas, Dan se despertó con un propósito entre ceja y ceja. En cuanto llegó a las oficinas, pidió a la secretaria que le prestara el teléfono, puesto que necesitaba hablar urgentemente con Londres, y esta aprovechó para salir a por un té.

Cuando Dan consiguió que la operadora le diera línea con la redacción del periódico tuvo suerte, ya que su amigo se encontraba allí.

—Connor —le dijo—, disculpa que te moleste otra vez.

—Estimado Dan, muy íntimo debe de ser tu amigo o muy hermosa la mujer para tu manifiesto interés. Supongo que recibiste el telegrama.

—Sí, por eso te llamo. ¿Has sabido algo nuevo? Yo también he estado indagando.

—¿Y qué has averiguado? Yo he estado liado y aún no tengo ninguna pista de quién pueda ser ella.

—Te he mandado por carta la fotografía de un retrato, pero me temo que tardarás en recibirla. Lo único que puedo decirte es que yo empezaría a indagar entre las amistades de la señora Cunnigham. Sé que se conocen.

—¿La señora Cunnigham? Sí, a ella la conozco. Y además me suena haber oído mencionar su nombre recientemente, cosa que me extraña, porque no es una mujer dada a los escándalos. ¿Puedes esperar una hora a que haga unas averiguaciones y luego te llamo?

–Tengo que pasar por las obras del puerto, pero sobre la una sí puedo estar aquí.

–Espera mi llamada para entonces.

–Una cosa más. Si tienes tiempo, averíguame si algún periódico inglés busca historias de británicos que viajaran a las islas por motivos de salud antes de la apertura del Queen Hospital Victoria, en 1891.

–Eso me resultará más fácil.

–Gracias.

Tras colgar, Dan cogió unos planos y se dirigió a los muelles. Habló con operarios de distintos trabajos, pero cada rato sacaba el reloj para ver qué hora era. Estaba impaciente y no lograba concentrarse en sus actividades.

Cuando por fin se acercaba la hora acordada, regresó a las oficinas y esperó mientras paseaba de un lado a otro a lo largo de su despacho. La llamada se retrasó más de lo que su paciencia aguantaba y, cuando sonó el teléfono, se precipitó a contestar.

–Ya sé por qué me sonaba haber oído hablar recientemente de la señora Cunnigham. Cada día publicamos un anuncio de ella: busca a una joven llamada Nathalie Battle.

–¿Nathalie Battle? –Se sorprendió Dan.

–Su antigua dama de compañía. Por lo visto, la mujer está enferma y le gustaría volver a contratarla para que se encargue de su cuidado.

–¿Y cuál es la relevancia de esa información?

–Verás, Dan, he visitado a la señora Cunnigham. No solo la descripción de su dama de compañía se corresponde a la que tú me referiste sobre tu señorita Fairley, sino que, además, la verdadera señorita Fairley visitaba frecuentemente a la señora Cunnigham. De ahí que, si fuera ella, esa joven pueda tener tanta información para suplantar su identidad sin levantar sospechas.

—¿Y cuánto hace que Nathalie Battle dejó de trabajar para esa dama? —preguntó al tiempo que ataba cabos.

—Un mes, aproximadamente. La señora Cunnigham la despidió porque fue acogida por su hija, que acababa de quedar viuda. Pero ahora, al enfermar, echa de menos sus cuidados.

—¿Estás seguro de eso?

—Completamente. Creo que ya tienes a la mujer que buscas: se llama Nathalie Battle.

—Nathalie...

—Estoy ansioso por recibir ese retrato. Me has dejado muy intrigado con esa joven. Por cierto, ningún periódico busca artículos sobre ingleses enfermos en Canarias ni antes ni después de 1891.

—Gracias, Connor. Cuando necesites...

—Sí, lo sé. Oye, te dejo, que ando muy liado con un incidente que ha habido a unas calles de aquí.

Dan colgó el auricular y repitió:

—Nathalie...

Antes de que esto ocurriera, Natalia se había levantado tarde y demorado en el baño y el desayuno, puesto que aquel día no tenía necesidad de salir pronto. Los nervios por la cita pendiente habían borrado de su espíritu la felicidad del día anterior. Lo último que le apetecía era encontrarse con Douglas Pearce, pero no hacerlo supondría graves consecuencias.

Sobre las diez y media abandonó la casa familiar de los Nordholme y, antes de tomar el tranvía, se detuvo en el hotel de la señorita Snodgrass para saludarla y dejarse infundir ánimos por sus palabras. Pero le dijeron que esta ya había salido y sintió un estremecimiento al saber que ya no podría hablar con ella hasta el día siguiente. Se había acostumbrado demasiado a sus consejos.

Subió al tranvía, se acomodó en un asiento y pegó su rostro a la ventanilla. Igual que su cuerpo, sintió que su alma se dejaba llevar por un mecanismo ajeno a ella. Bajó en la estación de Mendizábal y se halló en Vegueta con el corazón acelerado por el temor que le inspiraba pensar en el hombre con quien se había citado.

Cuando llevaba diez minutos andando, se detuvo a preguntar a unos niños que jugaban. Con la mano, le indicaron que continuara recto y más adelante girara a la derecha y entendió que uno de ellos decía:

—Aléjese del mar.

Siguió las indicaciones, pero se vio obligada a volver a pedir ayuda y detuvo a una mujer indudablemente canaria. La señora la miró con ternura y, en español, comentó:

—Yo la llevaré.

Y a continuación la agarró de la mano y comenzó a caminar con ella. Natalia se conmovió por la amabilidad y, aunque al principio se sintió incómoda, enseguida agradeció sentirse menos sola en un momento como aquel. La mujer comenzó a hablarle en un español muy cerrado y, por la entonación, se notaba que le estaba preguntando algo, pero ella no entendía nada, así que se limitaba a sonreír.

Al final la canaria dejó de insistir en la supuesta pregunta y pasó a entonar una canción con aire fúnebre. Natalia pensó que la mujer imaginaba que ella tenía un familiar enterrado allí y la acompañaba en el sentimiento.

La mujer se detuvo en cuanto vio unas tapias y una puerta con un arco de medio punto abierto sobre otro arco ojival esculpido en la valla. Soltó la mano de Natalia y se santiguó. Le señaló la entrada y a continuación dio media vuelta y la dejó sola.

Natalia la llamó para darle unas monedas, pero la mujer rechazó la propina y continuó su camino.

No debían de ser las doce porque no vio a Pearce. Por

la puerta del cementerio salió lo que parecía un matrimonio. El hombre abrazaba a una mujer que lloraba desconsolada y escondía el rostro tras un pañuelo usado. Natalia se dirigió hacia allí y los saludó con un gesto de cabeza que solo fue correspondido por el marido. Luego, cruzó el umbral y se adentró en el lugar sagrado.

Había tumbas antiguas y algunas que parecían recientes sobre una hierba mustia de tanto sol. Una cruz de madera desentonaba entre el mármol y el hierro que sembraban el lugar y un par de lagartos o roedores se movieron precipitadamente al notar la presencia de Natalia. El silencio regresó de inmediato y solo se escuchaba el sonido de algún grillo en la distancia. Ni rastro de Pearce.

Natalia volvió a salir de aquel lugar y entonces vio la sombra del hombre al que detestaba acercarse hacia ella. La sonrisa cínica y desagradable mostró unos dientes irregulares que la hicieron temblar.

—Sabía que vendría —le dijo entre alegre e imperioso.

—No hace falta que se acerque. Podemos hablar a unos pasos.

—No se haga la remilgada, señorita —dijo él mientras avanzaba una zancada más.

Aun así, había una distancia prudencial entre ambos, pero si Natalia echaba a correr, él la alcanzaría enseguida.

Él la miró de arriba abajo complacido y añadió:

—Me alegra tenerla de mi parte.

—Dígame qué quiere que haga y acabemos con esto cuanto antes. No puedo garantizarle que esté en mi disposición llevar a cabo lo que usted desea.

—¡Oh! Lo está, claro que lo está. Hace un rato he vuelto a ver a su futuro marido en el Club británico y me ha dicho que han anulado la cena de hoy, pero que mañana sí irán al Metropol.

—¿Hasta cuándo piensa atosigarme?

—Hasta garantizarme de que ha cumplido con su parte.

Le tendió una carpeta que Natalia observó dudosa un instante y luego cogió.

—¿Qué es?

—Ya se lo dije. Es una autorización de compra. Dan Nordholme se encarga de hacer la provisión de materiales que necesitan para las obras del puerto. Simplemente, el cemento me lo comprará a mí en lugar de a Gurkhe&Hull.

—¿Y cómo voy a conseguir que lo firme?

—Ya está firmado. Ha sido muy fácil imitar su rúbrica. Lo único que usted debe hacer es introducirse en su despacho y cambiar el contrato con Gurkhe&Hull por este otro. No es tan difícil, ¿verdad?

—Si Dan Nordholme ha decidido comprar su cemento a otra empresa, sus motivos tendrá.

—No es inteligente por su parte. Mi oferta es más barata.

—¿Puede decir lo mismo de la calidad de su cemento?

—No hemos tenido ninguna queja por el momento.

—De todas formas, pienso que si él ha decidido apostar por otro cemento será porque...

—Señorita Fairley, se lo diré de otra manera. Si mañana por la tarde no he recibido una propuesta de compra por parte de la compañía de Daniel Nordholme, durante la cena del Metropol su prometido se va a sorprender cuando le cuente que usted es una farsante.

—¡No será capaz!

—¡Póngame a prueba!

—No me da demasiado tiempo. Tal vez hoy no tenga ocasión.

—Ingénieselas —apuntó con cierta lascivia—. Las mujeres como usted tienen muchos recursos para conseguir sus propósitos —dijo mientras contemplaba sus pechos con descaro.

Natalia sintió nuevamente repulsión hacia ese hombre y supo que lo mejor que podía hacer era abandonar su compañía cuanto antes.

—¿No podría darme de plazo hasta el lunes? —preguntó antes de irse.

—El lunes será demasiado tarde, preciosa —dijo él siguiendo sus pasos—. No hace falta que vaya tan deprisa. Los dos llevamos el mismo camino.

Aun así, Natalia aceleró, pero él también avanzó el paso y se colocó a su lado.

—Y dígame: ¿es complaciente con usted el viejo Nordholme? Una mujer tan joven tal vez necesite más cariño del que él pueda darle.

—Déjeme en paz. Sus insinuaciones me resultan muy molestas.

—No puede ser tan digna cuando oculta su identidad.

—Ya ha conseguido lo que quería. No necesita insultarme —respondió Natalia y, esta vez sí, echó a correr.

Entre la ansiedad y las preocupaciones, no había visto que ciertas damas se acercaban al cementerio cuando ella hablaba con Pearce y siguió corriendo hasta que se sintió más segura en la zona edificada.

Llegó hasta las casas sin que él la siguiera, pero la carpeta que llevaba bajo el brazo le recordó que, por mucho que huyera de aquel hombre, no podía huir de su mentira. Y que no le quedaba otra opción que descubrirse o traicionar a Dan.

Mientras, una de las dos mujeres que se encaminaban hacia el cementerio, tras superar un momento de asombro, sonreía con cierta satisfacción.

—¿Ocurre algo, señorita Dormer? —le preguntó a su acompañante la señora Hubbard.

—¡Oh! ¡Disculpe! Por un momento había recordado una anécdota graciosa, pero sé que he sido muy inoportuna —respondió Amanda.

Aunque, en realidad, le hubiera gustado responder: «Sí, sí que ocurre algo, pero no estoy segura de que Dan Nordholme vaya a considerarlo gracioso».

Capítulo 35

Cuando Natalia subía hacia su habitación, se estremeció al oír que Dan llegaba antes del almuerzo y, temerosa de que él la viera con la carpeta de Pearce, se apresuró escalera arriba para ponerse a resguardo de su mirada. Mientras entraba en sus aposentos sintió que tenía mala suerte, pues normalmente él no regresaba a esta hora y, si se encontraba allí, sería casi imposible intercambiar los documentos. Pero luego recordó que habían cambiado la cena en el Metropol porque él quería acudir durante el día de hoy a una conferencia al Gabinete literario, así que se agarró a esa idea para sentirse un poco más aliviada.

Una vez protegida en la intimidad de la estancia, se sentó sobre la cama y sacó los papeles de la carpeta. Se dedicó a leerlos minuciosamente para asegurarse de que Pearce no la hubiera engañado y vio que efectivamente se trataba de una autorización de compra de cemento en la que aparecía una falsa firma con el nombre de Daniel Nordholme. Meditó durante unos instantes hasta qué punto su traición podría perjudicar a Dan y quiso convencerse de que el asunto no era tan grave.

Le preocupaba tener que actuar tan rápidamente. Si hubiera podido ganar tiempo... Pero esa pequeña deslealtad era la única opción que tenía de seguir protegiendo su falsa identidad, dado que aún no sabía cuál era su verdadero apellido.

Escondió el documento entre unas sábanas limpias que estaban en la cajonera del armario y luego se arregló para bajar. Procuró tranquilizarse antes de entrar en el salón, donde ya se encontraban el señor Nordholme y su hijo, y se cruzó con el ama de llaves, que salía de la estancia en aquel momento.

–¡Ah! ¡Ya estás aquí! –comentó el señor Nordholme nada más verla–. Entonces, ya podemos pasar al comedor. Estoy hambriento.

–Mi padre siempre está hambriento, como habrá podido comprobar –se burló Dan.

Pero no era cierto, el señor Nordholme había comido menos de lo habitual desde que se había enterado de la muerte del señor Huddleston. También su carácter hablador se había calmado y últimamente parecía más taciturno.

Durante el almuerzo Natalia se sintió más traidora que nunca. Dan continuaba siendo amable con ella y, en ocasiones, le parecía que la miraba de un modo nuevo, como si procurara leerle el alma. Y, cuando eso sucedía, ella bajaba los ojos para que no adivinara sus felonías.

Efectivamente, Dan la miraba y buscaba en ella a Nathalie, su verdadero nombre, su verdadero ser. Quería saber quién era, qué anhelos guardaba y por qué estaba fingiendo la identidad de Louise Fairley. Había especulado sobre todo tipo de cuestiones. Se había preguntado si mentían ella y la señorita Snodgrass y, al contrario de lo que ambas habían contado, en realidad ya se conocían desde antes. Y también se preguntaba si Nathalie solo era un peón de esta que seguía sus órdenes. ¿Quién buscaba algo, la señorita Snodgrass o ella? ¿Quién ayudaba a quién? No tenía ninguna duda de que el asunto estaba relacionado con una familia que había habitado en Las

Palmas muchos años atrás y que tenía que ver con alguna enfermedad. Se preguntaba si el enfermo habría muerto o sobrevivido y, si había fallecido, se planteó la posibilidad de que estuvieran investigando si se había tratado de un asesinato. De ser así, lo más probable es que la cuestión tuviera que ver con la señorita Snodgrass y se preguntó si Flora Snodgrass era el nombre real de la cincuentona o también se había presentado con una identidad falsa. Volvió a mirar a Nathalie en busca de alguna respuesta a sus pesquisas.

Pero observarla y penetrar en sus ojos no lograba revelarle nada de lo que perseguía. Se sentía atrapado en ellos, en su ahora tímida sonrisa y en el leve rubor que nacía en sus mejillas cuando notaba que él mantenía por más tiempo del habitual su mirada posada en ella.

Y cierta zozobra desazonadora lo invadía cuando su padre trataba a Nathalie con un cariño que a él no le estaba permitido. Le pareció patético sentir celos de su propio progenitor y, sin embargo, debía admitir que así era. Y empezó a entender que no podría soportar esa situación durante mucho más tiempo.

Por eso no tomó el té con ellos y se encerró en su despacho con la excusa de preparar unos contratos. Natalia agradeció dejar de verlo, pero sobre todo le satisfizo comprobar que se dedicaba ahora a los documentos en los que después ella intervendría, así habría menos probabilidades de que él descubriera su cambio.

Sobre las seis y media, Natalia se encontraba asomada a la ventana de su habitación y vio que Dan ensillaba su caballo para disponerse a marchar. Unos instantes después, ella rescataba los documentos del cajón y se asomaba al pasillo. No oyó a nadie. Bajó y se asomó al salón. El señor Nordholme dormitaba en un sillón con un libro caído en su regazo. Se oía la voz de María del Pino en las cocinas y no vio ni rastro del ama de llaves. Con sigilo y casi de puntillas, se dirigió al despacho de Dan. Abrió con cuidado y cerró la puerta tras ella. Se acercó a la mesa en la que había varias carpetas y abrió una al azar. Revolvió un poco los papeles, vio que solo eran facturas y, tras volver a colocarlos, cerró de nuevo la carpeta. Abrió otra. En este caso sí había autorizaciones de compra de material y rebuscó hasta encontrar una en la que se hablaba de cemento. La sustituyó por los papeles que le había entregado Pearce y a continuación dobló el documento que había quitado. Lo escondió en un bolsillo y respiró profundamente.

Antes de salir, se aseguró de no oír ningún ruido en el exterior. Abrió con cuidado y se asomó levemente. Nada. Salió despacio y volvió a cerrar. En aquel momento se estremeció. Notó como si por un instante la luz se hubiese nublado, como si una sombra furtiva hubiera atravesado en algún lugar, pero, por mucho que miró, no vio nada. Se apresuró a alejarse de allí y se dirigió al salón fingiendo que acababa de bajar de la habitación.

Esta vez el señor Nordholme se despertó y, cuando la vio, le propuso una partida de damas. Todavía no tenían colocadas las piezas sobre el tablero cuando, inesperadamente, regresó Dan. Natalia suspiró aliviada. Afortunadamente, eso no había ocurrido cinco minutos atrás. Notó que los papeles le quemaban en el bolsillo y, mientras Dan explicaba que se había dejado un libro que le había pedido el señor Rivero, Natalia se disculpó y subió a su habitación a por un abanico.

–El aire no se mueve –dijo para excusarse. Y era cierto que se sentía asfixiada a pesar de que las ventanas estaban abiertas.

De nuevo escondió los documentos en el cajón de las sábanas, aunque esta vez no eran los mismos, y luego recogió su abanico y regresó al salón. Antes de entrar, oyó que Dan decía a su padre:

—¿De verdad no entiende por qué me niego a hacer negocios con Pearce? Debe ser usted el único que ignora a qué se dedica ese hombre.

Natalia retrocedió un par de pasos y se quedó quieta para escuchar lo que decían.

—Es un fabricante de cemento, no sé qué hay de malo en ello —protestó el señor Nordholme.

—El cemento solo es una tapadera. Pregunte a sus amigos de Madeira y le contarán —replicó Dan en un tono que no ocultaba su enfado—. El único motivo por el que a Pearce le interesa que compren su cemento es porque él mismo se encarga del transporte. Y esos barcos, padre, los aprovecha para introducir opio. ¿Quiere convertir Canarias en una nueva China?

El señor Nordholme no contestó y Dan añadió:

—Entonces, haga el favor de no interceder por él. Ni yo ni otros tenemos ningún interés en sus negocios.

—No sabía yo eso. Si es así, procuraré no relacionarme tanto con él.

—Es así. Y ahora, si me lo permite, debo irme. No quiero llegar con retraso.

Natalia, ante la inminencia de ser descubierta, fingió que en aquel momento llegaba al salón. De nuevo se despidió de Dan y, a continuación, se sentó a la mesa en la que aguardaba el tablero de damas.

El señor Nordholme y ella quedaron solos, pero Natalia no podía concentrarse en la partida. Lo que había escuchado sobre los turbios negocios de Pearce la habían convencido de su error. Enseguida supo que tenía que enmendarlo, pero el señor Nordholme la entretuvo hasta la hora de la cena y no pudo escapar de allí.

Antes de cenar, pudo subir un momento a su habitación y recuperar los papeles, que volvió a meter en sus bolsillos, pero no encontró ocasión para regresar al despacho a devolverlos a su lugar y quitar los que ella había puesto.

Cenaron los dos solos y Natalia se limitó a responder con monosílabos a la conversación de él. Su cabeza estaba en otro lado. Imaginarse que el opio entraba en la isla por su culpa y afectaba a los canarios la atormentaba. Le urgía rectificar.

Afortunadamente, mientras el señor Nordholme tomaba su vaso de oporto, tal como solía hacer después de cenar, derramó algo de licor sobre su camisa y tuvo que subir a cambiarse. Natalia aprovechó el momento para dirigirse al despacho.

La urgencia era tal que tomó menos cuidado que la vez anterior y, al principio, se equivocó de carpeta. Pero enseguida rectificó y, por fin, pudo cambiar otra vez los documentos, restaurando así los originales y enmendando su intromisión.

Cuando cerró la carpeta y se disponía a salir, palideció al ver entrar allí a Dan. Sintió la mirada asombrada de él sobre su rostro y, aunque trató de buscar una excusa que justificara su presencia en aquel despacho, no se le ocurrió ninguna.

–¿Qué hace aquí? –preguntó él, más sorprendido que inquisidor, aunque ella no lo interpretó así.

Lejos de responder, pues tenía un nudo en la garganta, agarró con más fuerza el contrato que le había entregado Pearce y eso hizo que Dan se fijara en los papeles que tenía en su mano.

–¿Puedo saber qué ha cogido? –inquirió de nuevo Dan.

Natalia sintió que estaba a punto de echarse a llorar cuando también entró en el despacho el ama de llaves y dijo:

–Son las recetas, ¿verdad?

A continuación miró a Dan y le explicó:

–He estado hablando con la señorita Fairley de tartas de queso y se ha ofrecido a darme la receta de algunas que ella conoce. No le importa que la haya hecho pasar a su despacho para anotarlas, ¿verdad? Sabía que aquí encontraría papel y estilográfica.

Lo dijo con tal naturalidad que Natalia no supo qué pensar. Estaba tan estupefacta que ni siquiera se resistió cuando Agustina cogió el documento de su mano, lo ojeó y luego, con una sonrisa, añadió:

—No sé si podremos encontrar todos los ingredientes, pero lo intentaremos.

—Si necesita alguno, ya sabe que yo tengo influencia con muchos capitanes. —Se ofreció Dan alegremente, que no había dudado de la palabra del ama de llaves—. Puedo encargar lo que usted y la señorita Fairley deseen.

Natalia seguía sin color. Tardó en entender que el ama de llaves se había portado como su alidada y la había salvado de ser descubierta por Dan, pero luego pensó que tal vez se estuviera guardando un as en la manga para aprovecharse de la situación.

—Siento haber usado el despacho —dijo tímidamente a Dan.

—No lo sienta, le aseguro que es el sillón más cómodo que encontrará para escribir. Discúlpeme usted si he sido un poco rudo al principio, pero me ha sorprendido hallarla aquí.

Natalia bajó los ojos. El ama de llaves desapareció y ella dio unos primeros pasos para salir, pero no se atrevía a pasar tan cerca de Dan.

—No lo esperábamos tan pronto... —procuró explicar su turbación.

—Han cancelado la conferencia. Por lo visto, el que la impartía perdió el barco de la Gomera a Tenerife y no ha llegado a tiempo a Las Palmas. Pero me he quedado a tomar algo con un amigo que había bajado de Guía.

Poco a poco, al ver que él no sospechaba nada, Natalia fue recobrando el control sobre sí misma y se atrevió a enfrentarle la mirada.

–Espero que haya disfrutado de la conversación.

Y luego pasó a su lado y salió del despacho. Dan quedó solo, bajó los ojos y aspiró fuerte, como si así pudiera librarse de sus contradicciones.

En el Gabinete literario había encontrado al señor Quintana-Padrón y, tras saludarlo e intercambiar unas frases de cortesía, le había comentado:

–Entonces, ¿usted no le contó nada a la señorita Fairley sobre la familia Battle?

–Ya le dije que cualquier cosa referente a los Battle, debe quedar entre los Battle.

El señor Quintana-Padrón había caído en su trampa. No había recordado que, en su primera entrevista con Dan, no había dado el nombre de esa familia. Sin embargo, ahora, al confirmar que Nathalie había preguntado por los Battle, Dan supo que lo que ella indagaba tenía que ver con su propia familia, aunque seguía ignorando de qué se trataba.

Capítulo 36

Natalia se sentía abrumada por lo que al día siguiente Pearce pudiera contar de ella, ahora que había decidido desobedecerlo, así que aún no había pasado ni media hora después de la cena cuando deseó las buenas noches y se retiró a su habitación. Antes de dormirse, anheló con todas sus fuerzas encontrar a su padre antes de que su secreto saliera a la luz.

Dan esperó un par de minutos, llenó la copa de oporto a su padre y se sirvió una para él.

–Tenemos que hablar –dijo mientras dedicaba una mirada muy seria a su progenitor.

El señor Nordholme levantó los ojos, dejó de toquetear la copa y comentó:

–¿Por qué no me suenan bien tus palabras, hijo? Cuando empleas ese tono tan solemne pienso que me vas a regañar como si fuera un niño. Y soy tu padre. Me parece tramposo servirme licor y, a continuación, acusarme de que bebo demasiado.

–No lo voy a regañar, padre. Y no pienso llevarle la cuenta de cuánto bebe.

–Es un detalle por tu parte –ironizó–. ¿De qué se trata entonces? Espero que no tenga nada que ver con Lou. Me ha parecido que ya no te disgusta su presencia y te estoy agradecido por el detalle que tuviste con ella de llevarla a San Cristóbal. –Luego, como si fingiera un suspiro, añadió–: Si yo fuera más joven, también me ocuparía de pasearla.

–Tiene que ver conmigo, padre.

–Supongo que no vas a decirme que te has comprometido.

–No, no voy a decírselo –respondió con acento severo, y eso hizo que su padre olvidara las ganas de bromear–. Este fin de semana voy a dedicarme a trasladar mis cosas a Tafira. Mañana tengo entrevistas para contratar personal, así que, si todo sale según mis planes, el mismo domingo ya dormiré en mi casa.

–¿Quieres decir que te vas? ¿Que ya no vivirás aquí?

–Exactamente, padre.

–Ahora sí que me has sorprendido. Pensé que esa casa estaba destinada a ser estrenada con tu esposa. Que no te irías allí hasta el día en que te casaras.

–Pero el que va a casarse es usted, padre. Y yo estoy aquí de más.

–¡Tonterías! Eres mi hijo y te aseguro que no he recibido ninguna queja de Lou de tu presencia aquí.

–Tengo treinta y dos años, estoy seguro de que usted puede comprender que yo desee mi independencia. Ahora ya tendrá quien lo cuide.

–Ya entiendo. Tiene que ver con la fuga de Phillipa... –comentó el señor Nordholme mientras Dan alzaba las cejas en señal de incomprensión–. Te has sentido decepcionado con su marcha, pero debo decir que en parte te lo has buscado. Estabas tardando mucho en declararte.

–No tiene nada que ver con Phillipa, padre. Esa joven me inspira cariño y le deseo lo mejor, pero no a mi lado –dijo con voz dura, incómodo por la incapacidad de entendimiento de su padre.

–Yo siempre he pensado que es más bonita Amanda.

—Padre, desvincule ya mi interés de cualquier Dormer. Se trata de otra cosa. Se trata de mí, solo de mí.

El señor Nordholme vaciló un momento antes de proponer:

—¿Y tiene que ser este domingo? ¿No puedes esperar a que Lou y yo nos casemos? Había pensado que..., sí ya sé que puede parecer una estupidez, pero había pensado que nos acompañaras en el viaje a La Palma después de la boda.

—¿Acompañarlo en un viaje de boda? —Se sorprendió Dan.

—Bueno, Lou es joven y quiere subir al Teneguía, y visitar el bosque de tilos... Ya me conoces, yo prefiero la vida de salón. Había pensado que si tú nos acompañabas, tal vez yo podría evitar tener que ir a todas esas excursiones.

—¡Padre! ¿Usted se oye? —exclamó Dan, enderezándose en su asiento—. O, mejor dicho, ¿usted se entiende? ¿Qué cree que pensará ella?

—¡Oh! Ella hace aquí lo mismo con la señorita Snodgrass. Al principio pensé que esa mujer era muy engreída, pero ahora le tengo una gran estima. Me ahorra muchas caminatas.

—¿Usted la ama? —preguntó Dan clavándole su mirada.

—¿A la señorita Snodgrass? —Iba a reírse de la ocurrencia, pero la severidad de su hijo lo hizo percatarse de su error.

Además, recordó a la señora Huddleston y se le congeló la mirada. Su mente viajó más de cuarenta años atrás, cuando ella todavía era la señorita Green y su sonrisa iluminaba las mañanas en la modesta panadería que regentaban sus padres, cerca de la pequeña tienda de los Nordholme. A veces la oía cantar, al igual que hacían los españoles, y su voz se filtraba en su piel con un cosquilleo que lo hacía estremecer. Era joven todavía y su corazón se inflamaba con facilidad con la llama de la mirada transparente de ella. Soñaba con esos ojos, con su boca, con su canción, y sabía que ella lo miraba de un modo distinto a los otros, con una picardía que le hacía enaltecer el orgullo. Pero también la ambición crecía en él y la dejó pasar, como pasaba el agua por el desfiladero de Guiniguada cuando llovía demasiado. La señorita Everdeen jamás despertó en él las mismas sensaciones, pero su cuantiosa dote hizo que se decantara por pedir su mano. Por entonces pensaba que la señorita Green nunca se casaría, no sabía por qué, como si ella tuviera la obligación de serle fiel a un hombre que jamás se atrevió a dar el primer paso porque la tentación de prosperar fue mayor. Pero un día la hija de los panaderos se convirtió en la señora Huddleston y el señor Nordholme sintió que algo se rompía en su interior. Desde aquel día, procuró no coincidir con los Huddleston y, durante años, se cercioró de que ellos no asistieran a los eventos que decidía acudir.

En cuarenta años, solo la había visto en cinco ocasiones, y ahora llevaba un par de días dudando sobre si debía visitarla para darle el pésame.

—¿Padre?

La pregunta de Dan lo hizo reaccionar.

—Te refieres a si estoy enamorado de Lou, claro, claro. Esa joven me conmovió desde el primer momento, hijo. No solo porque es hermosa, sino porque su mirada me inspiró ternura. ¿Sabes lo que me dijo el señor Wells? Me dijo: «William, eres un pillín. Cualquiera de los que está en este salón se cambiaría por ti ahora mismo».

—¿Y por eso quiere a Lou? ¿Para generar la envidia de los demás? —Se indignó Dan—. Le he preguntado si la ama.

—¡Oh! Si te refieres a ese amor de pasiones y desvelos, por supuesto que no. Pero tengo una edad en la cual la compañía es necesaria, muy necesaria, sí —dijo como si se compadeciera de sí mismo—. Pronto tendré achaques y querré que alguien me cuide. Rebecca y Rachel están casadas, tú te irás… tú te vas y yo me quedaría muy solo si no la tuviera a ella –de nuevo hizo una pausa en la que volvió a pensar en la señora Huddleston–, además, le he ofrecido mi mano, ¿no esperarás que la retire por tu obstinación? ¿En qué estado quedaría Lou?

Dan se levantó de su asiento, avanzó unos pasos, callado, y luego retrocedió. Se quedó parado ante su padre y le reprochó:

–¿No está siendo muy egoísta?

–¿Y tú hablas de egoísmo? ¡Pensabas irte este domingo sin consultármelo!

–Pienso irme –remarcó con rabia la forma presente del verbo–. Y por supuesto que no le estoy consultando. Es una decisión tomada –dijo enfrentándolo y, tras unos segundos de silencio, en voz más suave, añadió–: Lamento que no le guste.

El señor Nordholme mostró una expresión de disgusto que no retuvo a Dan.

–Buenas noches –se despidió de su padre, y salió sin girarse del salón.

Mientras Dan ascendía por la escalera, el ama de llaves se apresuró a seguirlo y lo detuvo antes de alcanzar el primer piso.

–¿Qué ha ocurrido? Los he oído discutir.

–Nada grave, Agustina. Le he dicho que este fin de semana me mudaré a Tafira y no lo ha visto con buenos ojos. Eso es todo –comentó sin más ganas de hablar, pero ella lo agarró por el brazo y lo miró fijamente a los ojos.

Dan quedó expectante, pero como el ama de llaves no añadió nada más, él se soltó sin brusquedad y continuó subiendo.

Agustina no lo siguió, y regresó al piso de abajo. Se disponía a retirarse cuando, de pronto, retrocedió y optó por entrar en el salón. Allí encontró al señor Nordholme, contrariado y sirviéndose más oporto.

En cuanto vio a Agustina, el hombre comentó:

—¿Se ha enterado?

Ella asintió con un gesto.

—Mi hijo siempre ha tenido ideas propias. Y es muy tozudo en sus asuntos, creo que no conseguiré convencerlo de que se quede.

—Algún día tenía que ocurrir.

—¡Ayúdeme, Agustina! —imploró el hombre ya con ojos achispados—. Él siempre se ha sentido muy vinculado a usted. Casi diría que aprecia más su opinión que la mía. Pídale que se quede.

—No puedo hacer eso, señor Nordholme.

—¿Le ha pedido que vaya a servir a su casa? ¿Piensa llevársela? —preguntó preocupado al ver que ella no se ponía de su parte.

—No. Él nunca le haría eso a usted. Dios sabe que quiero a sus hijos como si fueran míos, pero Dan nunca me pediría que dejara esta casa.

—No. Es cierto. —Se relajó, pero, aprovechando que tenía oyente, volvió a dejar que la dramatización se apoderara de sus gestos—. Me abandonan, Agustina. Primero Rebecca, que me ha dado nietos a miles y miles de millas de aquí. Luego Rachel...

—Rachel lo visita a menudo.

El señor Nordholme obvió la apreciación.

—Y ahora mi hijo... —añadió, bajando los ojos y sintiendo una evidente pena de sí mismo—. Usted entiende que quiera casarme, ¿verdad? —Pero como ella no contestó, cambió la pregunta—: ¿O también me juzga porque Lou es mucho más joven que yo?

—Yo no lo juzgo, señor Nordholme, pero me parece mentira que usted esté tan ciego.

—¿Ciego? ¿A qué se refiere? ¿Acaso la diferencia de edad...?

—Lo tiene delante y no lo ve —lo interrumpió ella.

—¿A qué se refiere?

—Me refiero a su hijo. Nunca había visto a Dan sufrir así. Ni siquiera cuando murió la señora Nordholme.

—¿Cree que es por eso? ¿Cree que mi hijo tiene celos de que sustituya a su madre?

—Dan está enamorado de la señorita Fairley, señor Nordholme. Por eso debe marcharse –sentenció Agustina con severidad.

El señor Nordholme quedó perplejo ante esa manifestación y tardó unos instantes en reaccionar.

—¿Se lo ha dicho él?

—Claro que no. Él nunca confesaría algo así, y menos teniendo en cuenta el perjuicio que puede ocasionarle a un padre –comentó como si lo regañara–. Pero usted no puede exigirle que sea testigo de su matrimonio con la mujer que ama.

—¡Tonterías! ¡Dan no puede estar enamorado... —Se detuvo en seco cuando volvió a plantearse esa posibilidad–. ¿Cómo puede saberlo?

—Que haya permanecido soltera no significa que no sepa nada de lo que es el amor. Y le aseguro que su hijo está sufriendo, señor Nordholme.

—¿Por qué no me lo ha dicho?

—Por lealtad.

—¿Y Lou? ¿Ella lo sabe?

—Dan nunca daría un paso que pudiera ofenderlo, señor Nordholme.

—No, claro que no –admitió y, tras dejar la copa sobre una mesita, comenzó a sentir que se derrumbaba.

—Con su permiso –dijo Agustina con intención de retirarse.

El señor Nordholme quedó solo. Y, tal vez, sintió esa soledad más acuciante que nunca cuando comenzó a asumir la revelación que había hecho el ama de llaves.

Capítulo 37

Aquella noche Natalia durmió mal. Le costó conciliar el sueño y luego despertó en varias ocasiones. La desvelaban las amenazas de Pearce y las consecuencias que tendría el no haber cedido a su chantaje, aunque también se reafirmaba en su propia rectificación, sobre todo después de haber oído que era un contrabandista de opio.

Además de esta, otra sombra atravesaba su sueño: la actitud del ama de llaves. Cuando se había sentido descubierta por Dan, Agustina la había ayudado a salvar la situación. Y esa intervención la había sorprendido y aliviado en unos primeros momentos, pero después, cuando ya se sentía a salvo, se había convertido en un nuevo peso. Ya en su habitación, Natalia empezó a tomar conciencia de que Agustina tenía en su poder el contrato de Pearce y, de ese modo, podía chantajearla a su antojo. Y teniendo en cuenta que la misma ama de llaves le había pedido que se alejara de los Nordholme, bien podía imaginar qué iba a exigirle a cambio de no revelar su secreto.

Uno de ellos. El otro lo iba a descubrir Pearce la próxima noche, durante la cena en el Metropol.

Se le ocurrió que podía fingirse enferma y evitar así la cena, pero eso no la consoló, porque enseguida entendió que solo significaría demorar lo inevitable. Igual que

Pearce le había devuelto su abanico a Dan para recordarle a ella su amenaza, sería capaz de presentarse en la residencia de los Nordholme con la finalidad de desmantelar su farsa.

Natalia se sentía acechada por todos lados, y lo peor le llegó cuando reconoció que nada de lo que le ocurría era injusto. Ella había engañado a los Nordholme y procurado manipular a Pearce, así que poco derecho tenía a lamentarse.

Pensó en huir. Con sus ahorros y los precios de las islas, podría permitirse pagar durante unas semanas una habitación en alguna pensión humilde y seguir buscando a su padre.

Pero eso, aunque ahora lo viera como una salida, no evitaría que en algún momento tuviera que enfrentar los reproches de los Nordholme. Porque estaba destinada a decepcionarlos. Una y otra vez sentía la mirada de Dan clavada en ella y daba vueltas en la cama sin lograr siquiera cerrar los ojos. Era una estupidez haberse ilusionado con lo vivido el día anterior, en el que, por fin, solo se habían cruzado palabras amables, porque nunca volvería a escucharlas. No de su boca. Cuando descubriera que había engañado a su padre, él solo podría odiarla.

La presión la venció y se echó a llorar. Pero por mucho que diera rienda suelta a los llantos, no lograba extirpar sus males.

Se durmió tarde y entre lágrimas y al día siguiente se despertó cansada y con dolor de cabeza.

Continuaba sin encontrar ninguna solución más que la propia revelación de sus engaños, pero esa idea la acongojaba. Era capaz de mentir, pero no de confesar: no podría soportar la mirada de decepción del señor Nordholme. Si decidía dar ese paso, lo mejor sería escribirle una carta. Se asomó a la ventana y vio que el sol estaba más alto de lo habitual y se dejó inundar por la luz, pero no logró despejar sus sombras. Sintió el temor de que aquella fuera su última madrugada allí, en la calidez de un hogar.

Después de asearse y vestirse, abrió despacio la puerta, como si dudara entre salir o quedarse, como si no supiera qué hacer, como si tuviera miedo al mundo. Automáticamente cerró con cautela y se encontró con el ama de llaves, que la miraba fijamente desde el final del pasillo. Natalia tembló. Y a continuación la contempló preparada para recibir sus reproches. Pero Agustina no dijo nada.

Angustiada por la incertidumbre, finalmente Natalia se atrevió a preguntar:

—¿Qué me va a pedir a cambio?

—¿A cambio de qué?

—De su silencio —la provocó—. Porque dudo mucho de que me ayudara desinteresadamente.

—Simplemente pensé que usted ya había rectificado. No tenía por qué asumir una culpa por una falta que solo estuvo a punto de cometer.

Natalia se sorprendió, más que por la declaración, por el tono amistoso con el que fue pronunciada. Tardó unos instantes en reaccionar y el ama de llaves aprovechó para dar media vuelta y marcharse. Natalia estuvo a punto de llamarla, pero no lo hizo. Hubiera querido hablar más con ella, despejar sus dudas, pero la ternura que le había parecido ver en sus ojos la paralizó. Sin embargo, no dio crédito a que su actitud hacia ella hubiera cambiado radicalmente.

Intranquila, pues dudaba de la sinceridad de la ayuda de esa mujer, se dejó llevar escalera abajo y, algo mareada por la falta de sueño, entró en el comedor.

El señor Nordholme ya se había marchado y desayunó sola. Cuando María del Pino le sirvió el café, le comentó:

—El señor Nordholme la ha estado esperando un buen rato, pero como usted no bajaba, ha dicho que le diera un recado.

—¿Qué recado? —Se asustó Natalia.

—Le pide que hoy haga el favor de regresar antes del almuerzo porque debe hablar con usted de algo importante.

—¿Le ha dicho sobre qué tema? —preguntó mientras se ponía dos azucarillos, temerosa de que Pearce ya hubiera estado allí.

—No, pero parecía nervioso. Buscaba su sombrero sin darse cuenta de que lo tenía en la mano.

—Me temo que tendré que dejar que la señorita Snodgrass vaya a la playa sola.

—Señorita Fairley —se atrevió a decir la criada—, ¿mandó mi historia al periódico?

—Sí, claro —mintió, aunque enseguida bajó los ojos porque se sintió asustada ante su propia capacidad de engaño—. Claro que estas cosas siempre tardan...

—Si me pagan algo, le compraré a mi madre unas lentes —dijo ilusionada—. Ella saca algún dinerillo cosiendo, pero últimamente no ve bien de cerca.

—¿Se lo ha dicho al señor Nordholme? Es un hombre muy generoso, seguramente él le dará dinero para que le compre unas lentes a su madre.

—Prefiero esperar a ver si soy seleccionada. Me hace ilusión regalárselas yo. ¿Sabe cuándo se publicará?

—No. Pero no se emocione, mucha gente envía sus historias —comentó Natalia, aunque luego se arrepintió de minar ahora sus esperanzas después de habérselas creado.

—Pero seguro que usted escribe muy bien y ha sabido adornarlo para que merezca aparecer en el periódico —añadió María del Pino optimista.

Eso hizo que nuevamente Natalia se sintiera mal y agradeció el alivio que le produjo el sonido de la campanilla que en esos momentos sonó. María del Pino se dirigió a abrir la puerta y, por fortuna, no pudo ver su expresión.

Desde el comedor, oyó la voz de la señorita Snodgrass que decía:

—¡Lou, querida! ¿Se ha olvidado de mí?

Natalia apuró su café, y se disponía a levantarse para recibirla cuando su amiga entró en el comedor.

—Hace más de media hora que la espero. Y me pone muy nerviosa esperar. Por eso he decidido venir. He pensado que si usted se dirigía hacia el hotel, nos cruzaríamos por el camino.

—Lo siento, Flora.

—¿Todavía no está lista?

—Me temo que no voy a poder disfrutar de un día de playa con usted. Me he levantado muy tarde.

—¡Oh! ¿Se encuentra bien?

—Sí, no se preocupe, no es ningún tema de salud —dijo al tiempo que procuraba sonreír, pero fue aquella una sonrisa triste—. Si no le importa esperar a que suba a por mi pamela y el bolso, la acompañaré de regreso.

—Coja un parasol, el sol es tremendo —le recomendó—. ¿Le han salido otros planes?

Natalia le hizo un gesto para indicarle que prefería no contarle nada mientras continuaran en esa casa y la señorita Snodgrass la esperó, dedicándose a observar los tres grandes jarrones que había en el recibidor.

Al cabo de cinco minutos, las dos se encontraban a cierta distancia prudencial de la casa de los Nordholme.

—¡Cuénteme! —pidió la señorita Snodgrass.

Y Natalia le refirió el episodio del intercambio de documentos, la conversación que escuchó sobre las actividades ilícitas de Pearce y su posterior rectificación en el despacho.

—¿Y dice que el ama de llaves la ayudó?

—Yo también estoy sorprendida, pero, aunque hoy me ha parecido amable, no me fío de ella.

—No, no lo haga. Y averigüe qué quiere.

–¿Y qué importa ya, Flora? –preguntó de forma desesperada–. ¡Si no me delata ella, me delatará Pearce! ¿No ve que no tengo salida?

–Si, como dice, Pearce es un contrabandista de opio, ¿no se le puede denunciar?

–¿Con qué pruebas? Si no lo ha denunciado Dan, ¿qué oportunidad tengo yo? Ni siquiera cuento ya con el papel que me entregó para acusarlo de falsificar una firma.

–Tal vez el ama de llaves se lo haya quedado para actuar contra él, no contra usted.

–¿Y qué cambia eso? De todas formas, mi nombre saldrá a relucir. Y se descubrirán todas mis mentiras. ¡Los Nordholme no podrán perdonarme!

–¿No estará pensando en confesar? Todavía no ha encontrado a su padre.

–¿Y qué otra cosa puedo hacer? Tengo dinero para pagar un par de semanas en alguna pensión barata. Los precios de las habitaciones españolas son más económicos que las de un hotel. Y ayer, cuando me dirigía al cementerio, vi un anuncio en una pastelería en la que buscaban a una persona que hablara inglés.

–Sí, recuerdo haberlo visto cuando fuimos al Museo Canario. ¿Y tiene dinero para regresar a Inglaterra si no encuentra a su padre? ¿Acaso ha pensado en volver como dama de compañía con la señora Cunnigham?

–No he pensado tanto, Flora. O mejor dicho, no he pensado más allá de mi asfixia de ahora porque, lo que es pensar, le aseguro que lo he hecho. Pero sin lucidez ni un razonamiento cabal. Y no, no tengo el suficiente dinero ni para un pasaje en tercera clase. Además, la señora Cunnigham me despidió, ya no necesitaba una dama de compañía. Pero lo que es obvio es que no puedo seguir engañando al señor Nordholme, ya no. Y ahora que lo conozco mejor, sé que no podría casarse con una bastarda. Debo irme, señorita Snodgrass.

La señorita Snodgrass la contempló de un modo irónico y compasivo a la vez.

—No quería irme sin despedirme de usted —añadió Natalia con una expresión desesperada.

—Usted da por hecho cosas que aún no han sucedido. Espere a ver qué ocurre con el señor Pearce. Si lo piensa bien, él no sale ganando nada al descubrirla a usted. Más le conviene guardar silencio y buscar chantajearla de otra manera. Tal vez no pueda conseguir que usted asegure la venta de su cemento, pero tenerla infiltrada en casa de los Nordholme es algo de lo que puede beneficiarse.

—Entonces, ¿usted cree que no me delatará?

—No puedo asegurárselo. Pero le aconsejo que no se precipite. Si yo estuviera en su lugar, esperaría a ver qué sucede.

—¿Esperar? Querrá decir desesperar, más bien. No, no puedo dejar pasar más tiempo. Escribiré una nota al señor Nordholme y me marcharé.

—No sé si esto puede ayudarla, pero el señor Watson vino a cenar ayer al hotel Santa Catalina.

—¿Habló con él? ¿Recordaba algo más? —preguntó ligeramente esperanzada.

—No coincidimos más que cinco minutos y sin intimidad. Él estaba acompañado de otras personas y, cuando fui a saludarlo, estaban burlándose de algunos de los topónimos de las islas.

—Muy británico.

—Uno de los lugares que mencionaron fue Tías que, según contaban, se había llamado con anterioridad Tías de Fajardo. Es un pueblo de la isla de Lanzarote.

Como Natalia no entendía la burla, su amiga le explicó que Fajardo era un apellido y le tradujo el significado de «tías».

—Pues a mí me parece un nombre entrañable para un pueblo, pero ¿cuál es el interés de todo esto?

–Después de mencionarlo, el señor Watson me miró a mí y, tras acercarse, añadió: «En ese pueblo vive una de las hermanas del médico que atendió a la señorita Battle».

–¿Una hermana del doctor Hernández?

–Exactamente. Yo no pude preguntarle más, pero luego pensé que si se trasladó a otra isla, probablemente estará casada con algún nativo de allí. El pueblo, según me dijo, tiene muy pocos habitantes.

–¿Y no le dio su dirección?

–No, la situación no lo permitía. También me comentó que otra hermana del médico residía aquí, pero me temo, Lou, que el apellido Hernández es muy común en este lugar.

–¿Podría averiguar la dirección de alguna de ellas? Tal vez deberíamos visitar a la de aquí o escribir una carta a la de Lanzarote.

La señorita Snodgrass asintió, pero como en aquel momento se encontraban ya en los jardines del hotel y la señora Harbison se dirigía hacia ellas, no añadió nada más.

Capítulo 38

Aquella mañana, antes de dirigirse al club de tenis, Amanda Dormer pensó que sería buena idea pasar por el edificio Elder a saludar a Dan. No le habían gustado las miradas que él y la señorita Fairley se habían cruzado la última vez que coincidió con ellos y, sabiendo que él era un hombre de principios y moral recta, pensó que le convendría estar informado de ciertas aventuras de ella.

Sin meditarlo en profundidad, se dirigió al puerto y se adentró en las oficinas, pero se llevó una pequeña decepción cuando le dijeron que Dan se encontraba en los muelles. Aun así, se recuperó enseguida y decidió pasear por donde la actividad de los estibadores era mayor.

El sol comenzaba a calentar y la señorita Dormer empezó a caminar con su parasol dorado y la cabeza altiva entre gentes de camisas polvorientas. No pasaron ni diez minutos cuando divisó a Dan, que hablaba con otro hombre trajeado.

Decidida, se acercó hacia él y permitió que fuera primero el hijo del señor Nordholme quien la saludara.

—Buenos días, ¿ha venido a recibir a alguien? —preguntó él, señalando con la mirada un barco que acababa de atracar.

—No, solo estoy paseando. Hace una mañana agradable —respondió, y acompañó esas palabras de una sonrisa exagerada.

—Agradable y, en esta parte, ruidosa. Yo de usted, habría elegido la zona de las Alcaravaneras. Es más tranquila.

—Me apetecía un paseo más largo —dijo sin evidenciar que no le había gustado su respuesta—. Dentro de un rato, su hermana me espera en el club de tenis, y ya sabe que allí pasamos casi todo el rato sentadas.

Dan sonrió, pensando en la paradoja de un club deportivo y, como Amanda lo miraba como si esperara que añadiera algo más, se vio en la tesitura de presentarle a su compañero.

—Leo, ella es la señorita Dormer. Amanda, le presento al señor Blake.

Tras los saludos pertinentes, Amanda volvió a dirigirse a Dan y le comentó:

—Debería recomendarle a la señorita Fairley que viniera más a menudo con nosotras. Sería una forma de que su reputación estuviera menos expuesta.

Dan frunció el ceño y le preguntó:

—¿Qué quiere decir?

—Ayer a mediodía acompañé a la señora Hubbard al cementerio para depositar flores en la tumba de su padre. Hacía dos años de su fallecimiento —dijo mientras procuraba hacerse la interesante—. Le sorprenderá saber a quiénes vi allí, como si se tratara de un encuentro clandestino.

Dan la miró interrogante y ella, con una expresiva sonrisa, agregó:

—El señor Pearce y la señorita Fairley parecían viejos conocidos. No quiero pensar mal, pero lo cierto es que me extrañó mucho que se citaran allí.

—¿Está usted segura de eso?

—Completamente. Ella estaba en la puerta del cementerio como si lo esperara y, en cuanto lo vio, se dirigió hacia él.

Dan sintió un nudo en la garganta y, aunque procuró no demostrar su indignación, el apuro lo mantuvo callado unos instantes. Luego comentó:

—La señorita Fairley no está obligada a mantener amistad solamente con nuestra familia. Es libre para tener sus propias relaciones.

Molesta porque él aún la defendiera, Amanda añadió:

—Pensé que el señor Pearce no era de su agrado.

Sin ganas de entrar en su provocación, Dan le deseó un feliz paseo y retomó la conversación con su compañero. Sin embargo, a los cinco minutos, cuando ya había perdido de vista Amanda, puso un pretexto a Blake para poder estar solo.

Notaba que le ardía el pecho y se sentía rabioso. Si el propósito de Amanda había sido molestarlo, lo había logrado.

Sin pensar en lo que estaba haciendo, se dirigió hacia el hotel Metropol. Sabía que Pearce se hospedaba allí y deseaba exigirle que se alejara de Nathalie. Durante el camino, nuevamente los celos lo torturaron y se preguntaba si ella era inocente o si efectivamente se había citado con él. Aunque al principio interpretó que, nuevamente, Pearce la había increpado de forma atropellada, poco a poco nació la duda en él sobre la conducta de ella. ¿Qué hacía en el cementerio?

Quiso pensar que, en su búsqueda de la familia Battle, Nathalie había acudido a revisar los nombres de las lápidas. Sí, eso era probable. Y coherente.

Sin embargo, una duda incómoda sobre su respetabilidad lo aguijoneaba. Fuera como fuera, pensaba averiguarlo enseguida. En el Metropol le dijeron que Pearce aún se hallaba en su habitación y, después de que le informaran de cuál era, subió al primer piso y llamó a su puerta.

Sin sospechar de quién pudiera tratarse, Pearce abrió alegremente y se quedó paralizado al ver el rostro enfurecido del hombre que tenía delante. Antes de que pudiera reaccionar, Dan lo empujó hacia dentro, olvidándose de cerrar la puerta, y lo increpó:

—¡Le dije que la dejara en paz!

Pearce, pensando que ella lo había traicionado, respondió:

—¡Esa pequeña zorra!

Sin pensarlo ni un instante, Dan le propinó un puñetazo que lo tumbó en el suelo. Luego se agachó sobre él y lo agarró de las solapas.

—¿Qué le hizo? Porque le juro que si la tocó, no vivirá para contarlo.

—¡Se está volviendo loco! ¡Suélteme! ¡Esa mujer no vale sus desvelos!

Dan, lejos de detenerse, volvió a amenazarlo con un gesto.

—¡No, no la toqué! No toqué a su falsa señorita Fairley, señor Nordholme. Se toma usted demasiadas molestias por una farsante.

Dan se detuvo un momento al comprender que él sabía que Nathalie no era la señorita Fairley y Pearce aprovechó sus dudas para continuar:

—Esa joven les está tomando el pelo a usted y a toda su familia. ¡No se llama Louise Fairley! ¿Va a ensuciar sus manos por ella? ¿Por una zorra?

—¡No voy a consentir que la insulte!

Dan volvió a golpearlo y Pearce comenzó a gritar al tiempo que procuraba revolverse.

Se ensartaron en una pelea de la que Dan salió con varias magulladuras, pero Pearce acabó casi sin conocimiento. Solo se detuvieron cuando unos hombres entraron en la habitación y los separaron.

El escándalo no pudo evitarse y al cabo de un rato la policía, previamente avisada por un botones, se presentó en el hotel.

Cuando Natalia dejó a la señorita Snodgrass en el hotel, caminó decidida a no continuar ocultando que había mentido. En su cabeza comenzaron a aparecer distintos modos de empezar una carta de confesión y se preguntó si habría algún modo de suavizar la decepción que iba a producir en el señor Nordholme y la indignación en Dan. Sabía que no podía soportar por más tiempo la contradicción interna que se había repetido en ella cada día y, además, reconocía que no podía casarse con el padre del hombre del que se había enamorado.

Sin querer, unas lágrimas mojaron sus mejillas y, cuando cogió el pañuelo para limpiarse los ojos, decidió que no tenía ningún sentido continuar lamentándose por una situación y un odio que su conducta merecía desencadenar.

Volvió a pensar en su verdadero padre.

Las pesquisas sobre su identidad no avanzaban y solo le quedaban dos posibilidades a las que agarrarse: alguna de las hermanas del doctor Hernández, aunque parecía más fácil localizar a la que vivía en Lanzarote, y los Heine, que residían en Alemania. Aunque escribiera a ambos, aún tardaría en obtener respuesta, sobre todo de Europa, y la paciencia no era su mejor virtud. Y menos ahora, que sentía el acecho en cualquier rincón a cada paso que avanzaba.

Por inercia, llegó hasta la parada del tranvía y, cuando el sonido de la máquina de vapor la sacó de su abstracción, subió al tren y se dirigió hacia Vegueta. Una vez allí, descendió fijándose en los carteles de las tiendas y caminó hasta encontrar la pastelería española en la que había visto colgado un papel en el que buscaban a una mujer que supiera desenvolverse en inglés.

Respiró hondo antes de seguir y, luego, se atrevió, no sin cierta timidez, a entrar. En mal español inquirió si la plaza continuaba vacante y la mujer canaria, ilusionada al ver que una inglesa tan bonita se estaba ofreciendo para el puesto, respondió con voz cantarina:

—Sí, y si lo quiere, el empleo es suyo. Nos gustaría que empezara mañana mismo. Hasta ahora solo me entiendo con señales. Los ingleses residentes comprenden el español, pero los turistas no hacen ningún esfuerzo...

Natalia le preguntó a qué hora debía presentarse al día siguiente y la mujer le dijo que hiciera el favor de llegar antes de las siete. Luego hablaron del sueldo y, aunque escaso, la joven lo consideró correcto.

Salió de allí con cierta tranquilidad, sabiendo que, a pesar de la vergüenza, no iba a quedarse en la calle. No subió al tranvía en esa parada, sino que decidió caminar un rato más antes de hacerlo en otro aparadero, pero, sin darse cuenta, siguió caminando hasta llegar a la zona de San Telmo. Apresuró el paso al final del trayecto, cuando recordó que el señor Nordholme la estaba esperando para hablar con ella, y decidió afrontar la conversación con cierta valentía. Ignoraba qué tendría que decirle él, pero sabía que ella ya no podía demorar por más tiempo su confesión.

El paseo y la seguridad de un puesto de trabajo lograron tranquilizar sus nervios y regresó más sosegada a casa de los Nordholme media hora antes del almuerzo.

En cuanto entró, María del Pino la recibió en un estado de exaltación que la sorprendió.

—¡Chacho, chacho, chacho! ¡Han detenido al joven Nordholme! —exclamó alterada la criada.

—¿Cómo dice? ¿Qué ha ocurrido? —Se preocupó enseguida.

—El joven Nordholme y el señor Pearce han tenido una contienda en el Metropol y la policía los ha detenido a los dos. Por lo visto –añadió haciendo una pausa para respirar y procurar tranquilizarse–, el asunto tiene que ver con usted.

Natalia se estremeció y notó que las piernas le temblaban mientras la criada continuaba su explicación:

—El señor Nordholme ya ha ido para allá. Y también Agustina, que aseguraba tener un documento falsificado por el señor Pearce.

Desencajada y temblorosa, Natalia corrió hacia su habitación mientras María del Pino continuaba deshaciéndose en lamentos. Sin que mediara reflexión alguna, agarró algo de ropa interior y una muda que colocó en la valija más pequeña de las que tenía. Luego hizo un recuento de sus ahorros y calculó que tendría suficiente para sus intenciones.

A los cinco minutos, con ya todo listo, se dejó caer sobre la cama a detenerse a pensar. Sacó un cigarrillo, pero no se lo encendió porque las ansias de escapar eran mayores que las de fumar. Pensó en escribir una carta, pero el tiempo se le echaba encima y decidió hacerlo cuando ya hubiera encontrado una pensión. Volvió a levantarse, agarró la valija y bajó al recibidor.

María del Pino continuaba allí y quedó sorprendida cuando la vio con la maleta.

—Le llevo unas mudas al joven Nordholme –mintió–. ¿Le importaría envolverme en un papel un pan y medio queso por si no le dan de comer?

La criada se apresuró hacia la cocina y volvió a los dos minutos con lo que la joven le había encargado.

—Gracias –se limitó a decir Natalia y, aunque le hubiera gustado abrazar a María del Pino, se contentó con dedicarle una mirada lacrimosa.

Pero antes de marcharse, se quitó su colgante turquesa y se lo entregó.

—Es para usted, para que lo empeñe y le compre unas lentes a su madre.

—¿Por qué hace eso? —le preguntó la criada, sorprendida por ese gesto.

Pero ella no respondió. Salió a toda prisa de la residencia de los Nordholme y se detuvo al poco para girarse y contemplarla, probablemente, por última vez.

Fue consciente de que estaba comenzando su huida cuando pasó cerca del hotel Santa Catalina y no se detuvo a despedirse de la señorita Snodgrass. Le escribiría, pensó, igual que escribiría a Dan para pedirle perdón por todas sus mentiras. Y al señor Nordholme, pero sobre todo a Dan.

Sufría al imaginarlo detenido, y tal vez hubiera debido dirigirse a la comisaría de policía a preocuparse por él, pero sabía que su presencia no le serviría de ayuda y que las consecuencias por una pelea no eran graves, así que no desvió su camino.

Avanzó deprisa hacia el mar y luego siguió hacia el norte con su maleta temblando por la prisa, igual que temblaba su alma por otros motivos.

No se dirigía a Vegueta a buscar una pensión ni pensaba aceptar el empleo en la panadería. Seguro que allí la encontrarían tarde o temprano y no quería volver a enfrentarse a los reproches de Dan. No, tenía que abandonar la isla.

Cuando llegó al muelle de San Telmo y se vio inmersa entre viajeros y estibadores, detuvo a varias personas hasta que una de ellas supo responder a su pregunta.

—¿Ve aquel barco de allá? En menos de una hora zarpa hacia Lanzarote.

Capítulo 39

María del Pino era un manojo de nervios cuando vio llegar a los Nordholme y a Agustina. Pegó un brinco tras la ventana, corrió hacia la puerta, empujó a Brito en su afán de curiosidad y salió sin comedimiento hacia los que venían.

–¡Oh! –exclamó al ver que Dan tenía sangre reseca en el labio–. ¿Se encuentra bien? ¿Quiere que prepare un vendaje?

–¿Un vendaje en el labio? –preguntó Agustina de modo recriminatorio–. Prepara unas tisanas y algo de comer.

–Sí, señora. Pero…. ¿Todo ha ido bien? ¿Ya no tiene que volver a la comisaría? ¿Cómo se ha hecho eso? ¿Lo ha visto un médico? –Y, como los demás no hacían caso de su exaltación, añadió–: ¿No me van a contar nada…? –Y en aquel momento se percató de que faltaba alguien–. ¿La señorita Fairley está con ustedes?

–¿Quiere decir que no está aquí? –dijo Dan preocupado.

–No, señor, vino a la hora del almuerzo para buscarle unas mudas y dijo que se iba hacia la comisaría para entregárselas –respondió mientras apretaba con fuerzas el colgante que tenía en un bolsillo y dudaba sobre si confesar que se lo había regalado.

Dan cruzó la mirada con Agustina y a continuación inquirió:

—¿Hace mucho?

—Sobre la hora del almuerzo aproximadamente. Ya hace un buen rato.

—¿Un buen rato? ¡Hace casi cuatro horas! —exclamó y, mientras entraban en la casa, buscó a Brito y ordenó—: Vaya a la comisaría a buscarla, tal vez se haya entretenido... Pase antes por el hotel Santa Catalina, quizá esté con la señorita Snodgrass. —A la vez que lo decía, esta idea lo tranquilizó.

El señor Nordholme se sentía abatido y, nada más entrar en el salón, se dejó caer sobre un sofá. En la comisaría había descubierto que Louise Fairley era en realidad otra persona y creía que había sido utilizado por esa joven para huir de Inglaterra. María del Pino quería saber más, pero Agustina le indicó de nuevo, con una mirada que no daba pie a objeciones, que preparara las tisanas y a continuación agarró de un brazo a Dan y le hizo una seña para que la acompañara.

Este la siguió automáticamente, aunque le pidió que no lo entretuviera mucho:

—Me gustaría darme un baño.

Agustina se dirigió hacia el despacho de Dan y ambos entraron. Tras cerrar la puerta, el ama de llaves dejó de reprimirse y sus ojos se llenaron de lágrimas.

—Hay algo que debo decirle —comentó con cierto aire de culpabilidad—. Hace un tiempo que vengo sospechándolo y... cuando vi su retrato... ¡Se parece tanto!

—¿De qué habla, Agustina?

—De Nathalie... Usted no me había dicho que se apellidara Battle...

—¿A quién se parece? ¡Por favor, hable! —la increpó impaciente.

—Mi madre se llamaba Natalia. Emilie le puso el mismo nombre que mi madre. Me hubiera gustado que Eugenio no muriera sin saberlo –dijo empezando a sollozar.

–¿Su hermano? –preguntó sin dar crédito.

–Sí –admitió entre lágrimas, y a continuación lo miró fijamente y añadió–: Nathalie es mi sobrina. Es la hija que Eugenio jamás conoció. Los Battle se llevaron a Emilie antes de que ellos pudieran casarse.

–Empiece por el principio, por favor. Y siéntese. Está usted seriamente afectada –dijo al tiempo que le ofrecía una silla y luego un pañuelo.

–Por eso ella buscaba historias sobre ingleses –trató de explicarse el ama de llaves–. Los Battle vinieron aquí para que Emilie se repusiera de una neumonía. Se hospedaron en casa de los Watson y mi hermano era su médico. –Quedó absorta un momento, como si se introdujera en el pasado–. Eugenio había acabado la carrera hacía un par de años… tenía un espíritu joven y se enamoró perdidamente. Pero era español y católico, y todos los ahorros de la familia habían sido invertidos en sus estudios.

Dan la escuchaba sorprendido por aquella historia, pero también por el sufrimiento que percibía en ella y que se había visto obligado a disimular hasta aquel momento.

–La familia se opuso y ellos procuraron casarse a escondidas. Pero los problemas que puso la Iglesia por ser ella protestante llegaron a oídos de los Battle. Y se la llevaron de vuelta a Inglaterra. Ellos no sabían que Emilie estaba esperando un bebé.

–¿Nathalie?

–Nathalie.

–¿Desde cuándo lo sabe, Agustina? ¿Por qué no me dijo nada?

–Solo era una sospecha, mi niño –se justificó–. Un día oí al doctor Perdomo mencionar algo sobre una conferencia a la señorita Snodgrass de la señora Lindstrom en la que mencionaban a Emilie Battle, pero entonces no pensé que tuviera nada que ver con Natalia.

—¿Quién es la señora Lindstrom?

—Los Battle casaron a su hija con el señor Lindstrom. Eugenio viajó a Inglaterra, pero llegó demasiado tarde. El matrimonio ya se había efectuado. Después, vivió siempre esperando, como si creyera que ella iba a volver... Hasta que supo de su muerte. Fue entonces cuando decidió marchar a Cuba. Decía que aquí había demasiados recuerdos.

—Entonces, esa señora Lindstrom debía ser pariente de Nathalie...

—La abuela adoptiva. Pero entonces no lo pensé. Sin embargo, cuando usted dijo que no era Louise Fairley y, luego, vi el retrato que había hecho la señorita Snodgrass... Distinguí algo en él que no había percibido antes. La expresión, la mirada, no sé... algo que me recordó a mi madre. Ahí empecé a sospechar... Y cuando usted dijo el otro día que su verdadero nombre era Nathalie Battle...

—En realidad, debe de ser Nathalie Lindstrom. Debió de cambiarse el apellido para poder encontrar a su padre...

Agustina rompió a llorar, ahora sin ninguna mesura.

Dan se acercó hacia ella y se agachó. Le cogió sus manos y las apretó con las suyas.

—No llore, por favor. Ha encontrado a su sobrina.

—Sí —sollozó ella—, es mi sobrina. Y su verdadero nombre debería ser Natalia Hernández.

—Por eso la defendió cuando la encontré en mi despacho, ¿no es cierto?

—Sí... No, no fue solo por eso. Ella finalmente no cometió ninguna falta. Tal vez estuvo tentada, pero no lo hizo.

—Es cierto. Y gracias a que Pearce falsificó mi firma

hemos podido denunciarlo. Estoy convencido de que él la chantajeaba con descubrirla si no accedía a sus planes.

—Es una buena chica.

—Sí..., pero nos ha engañado a todos.

—Tiene que entenderla —suplicó el ama de llaves.

En aquel momento oyeron voces en el salón y Dan se incorporó.

—Debe ser ella —dijo, y luego añadió—: Quédese aquí y repóngase. ¿Quiere que la haga entrar?

—¿Ahora?

—En algún momento debe hablar con ella. Tienen muchas cosas que decirse. —Le sonrió con amabilidad.

—Ahora no me siento preparada. Déjeme unos minutos.

—De acuerdo —respondió al tiempo que abría la puerta y salía del despacho.

En cuanto llegó al salón descubrió, para su decepción, que no era ella la que había regresado.

—¡Dan! —exclamó Rachel nada más ver a su hermano y dirigiéndose a él—. ¿Es cierto lo que dice padre? ¿Esa mujer es una impostora? ¡Debemos echarla de aquí! ¡No es justo que haya jugado así con padre!

—Rachel, no dramatices —le pidió Dan al tiempo que tendía la mano a su cuñado.

—¡Qué vergüenza! La fuga de Phillipa no va a ser nada al lado de este escándalo —continuó quejándose Rachel.

—¿No ha vuelto Brito? —preguntó Dan mientras miraba a su padre.

Este se limitó a negar con la cabeza.

—¡Oh, Dan! ¿No se te ocurre nada para ocultar todo esto? Podríamos embarcarla sin que nadie lo supiera y decir que padre ha decidido mantener su independencia.

—Rachel, no es tan simple como te crees —respondió Dan, que no deseaba que su hermana empezara a concebir ideas impropias—. Nathalie no es tan mala persona.

—¿La defiendes?

—No he dicho eso. Pero no te precipites. Hay cosas que aún no sabes —comentó al tiempo que se dirigía a una mesa para servirse una copa de vino.

Mientras, el señor Nordholme explicaba a su yerno el asunto de la pelea con Pearce y cómo Dan había terminado en el calabozo. Como el protagonista del episodio no mostraba interés en añadir nada más, Rachel también se dedicó a escuchar las explicaciones de su padre y a lamentarse porque aquel incidente los obligaba a suspender la cena en el Metropol.

Al cabo de diez minutos, llamaron a la puerta.

—¡Seguro que es la intrusa! —exclamó Rachel—. Yo de usted no le permitiría la entrada, padre.

Pero quienes llegaron fueron Brito y la señorita Snodgrass y Dan se apresuró a dirigirse a esta última.

—¿Ella no está con usted?

—¿Lou? —Se fingió sorprendida la cincuentona—. El cochero me ha dicho que no la encuentran, ¿por qué iba a estar conmigo?

—No, Lou, no; Nathalie —la increpó Dan, y clavó su mirada escrutadora en ella para observar su reacción.

La señorita Snodgrass, lejos de amedrentarse, lo regañó:

—Si ya lo sabe, llámela Natalia, que es como ella prefiere —dijo altiva.

—¿Sabe dónde está? —preguntó Dan, que olvidó enseguida el desafío de esa mujer porque estaba comenzando a preocuparse seriamente por Natalia.

Mientras, Rachel miraba atónita a aquella mujer por su desfachatez.

—No, pero tal vez pueda tener una idea. Cuénteme lo que ha pasado y por qué tiene el labio partido. He oído en el hotel que ahora practica el boxeo.

Dan obvió el sarcasmo y la invitó a sentarse. Señaló

a la mesa con distintos platos por si le apetecía comer algo, pero ella rehusó. Él tenía el estómago vacío, así que se llenó un plato y se acomodó en una silla cerca de la señorita Snodgrass, pero lo cierto es que la preocupación apenas lo dejó comer. Entre todos le contaron a la mujer lo que había ocurrido, pero Dan se calló el hecho de que Natalia fuera la sobrina de Agustina, quien continuaba sin aparecer.

Tras escuchar todo lo dicho, sobre todo por parte de María del Pino, la señorita Snodgrass comentó:

—En una pastelería de Vegueta buscaban a una señorita que hablara inglés. Natalia, que sentía muchos escrúpulos con el señor Nordholme, quería trabajar para no depender de ustedes si él la rechazaba por ser una bastarda. Lo más seguro es que haya ido a ver si todavía no estaba cubierta la vacante y, por lo que dice la criada de que se ha llevado una maleta pequeña, lo más probable es que en estos momentos se haya hospedado en alguna pensión. Decía que las habitaciones españolas eran más baratas que las inglesas.

—Richard, acompáñame —pidió Dan a su cuñado—. Buscaremos en todas las pensiones y confirmaremos lo de la pastelería. ¿Recuerda la dirección exacta, señorita Snodgrass?

—Probablemente ya esté cerrada. Es casi la hora de cenar. Yo de usted me preocuparía ahora de las pensiones. Mañana, yo misma puedo acompañarlo a la pastelería.

—Gracias. Cogeré un caballo. ¿Te importaría hacer lo mismo? —le pidió a su cuñado.

—Claro. Nos repartiremos por zonas. Y tal vez lo mejor sería comunicárselo a la policía. Puedo ir yo a la comisaría si a ti no te tienen por fiable —bromeó.

Capítulo 40

En solo unas horas, Dan pasó de la esperanza al vértigo.

Durante toda la noche recorrió los hostales, pensiones y hoteles de la zona española de la ciudad sin conseguir ningún éxito en su búsqueda. A las cuatro de la mañana, después de reencontrarse con su cuñado y confirmar que él tampoco había dado con su paradero en la zona inglesa y que la policía no tenía ninguna información sobre Natalia, comenzó a temerse lo peor. Las sospechas de que pudiera haberle ocurrido algo empezaron a atormentarlo. Por fortuna, Pearce continuaba en una celda, así que al menos él no podía haberla increpado. Pero eso no lo consolaba.

Acudió a distintos hospitales y a casas de beneficencia, pero tampoco tuvo fortuna en ellos y, lejos de tranquilizarse, cada vez sentía más temores.

Llegó a la casa familiar de los Nordholme antes de las siete de la mañana y, aunque se tumbó un rato en la cama, no pudo dormir. Pronto decidió darse un baño sin dejar de estar pendiente de su reloj inglés, ansioso de que amaneciera.

Comió algo de manera frugal y, antes de que abrieran los comercios, ya se encontraba en el hotel Santa Catalina, a la espera de que la señorita Snodgrass bajara a desayunar y lo acompañara a la pastelería de Vegueta donde buscaban una empleada. Paseó de un lado a otro del pasillo durante más de veinte minutos, hasta que la dama en cuestión apareció por la escalera con una mirada que expresó sorpresa al verlo allí desencajado y ojeroso.

Dan se apresuró a contarle que continuaban sin noticias de Natalia y le pidió la dirección exacta de la pastelería. La señorita Snodgrass manifestó su interés en acompañarlo, pero él le dijo que se daría más prisa si iba solo y le aseguró que regresaría con noticias, así que ella se quedó en la sala de desayunos mientras él volvía a cabalgar hacia la zona del Museo Canario.

Habiendo depositado todas sus esperanzas en la pastelería, Dan se sintió descorazonado cuando le informaron de que todavía no habían logrado cubrir la vacante, a pesar de que el día anterior una joven se había mostrado interesada. Les dio sus datos y les suplicó que lo avisaran en cuanto se presentara Natalia y luego regresó al hotel donde, impaciente, lo aguardaba la señorita Snodgrass.

La expresión preocupada y los ademanes nerviosos hicieron comprender a la dama que la búsqueda había resultado infructuosa y, compartiendo su angustia, le comentó:

—Hay una cosa que he recordado mientras esperaba, pero no creo que haya sido capaz...

—¿De qué se trata? —preguntó él, recobrando por un instante la esperanza.

—Durante las pesquisas que ha estado llevando a cabo estos días —al decirlo, la señorita Snodgrass procuró no incluirse en ellas—, supo que el médico que atendió a su madre se apellidaba Hernández y, aunque él murió en Cuba, dejó una hermana en Lanzarote. Pero... ya le digo, no creo que Natalia haya sido capaz de viajar a otra isla.

Dan, con ojos de sorpresa, preguntó:

—¿Supo de Josefa y no de Agustina? ¿Cómo es posible?
—¿Las conoce usted?
—A una de ellas le tengo gran estima. Y, por cierto, usted también la conoce: es nuestra ama de llaves, que en estos momentos está tan desesperada como yo, puesto que Natalia es su sobrina.

La señorita Snodgrass lo contempló asombrada, sin saber si alegrarse por conocer por fin la identidad del padre de Natalia o lamentarse porque, después de todo, estaba muerto.

—Entonces, ¿el doctor Hernández era su padre?

Dan le contó apresuradamente todo lo que sabía, porque estaba ansioso de preguntarle:

—¿En serio cree que puede haberse marchado a Lanzarote?

—Si como contó María del Pino, cogió una pequeña maleta y algo de comida... es muy probable que se haya atrevido.

Dan coincidió en el razonamiento, se disculpó, prometió que en la medida de lo posible la tendría informada y se despidió de ella.

Regresó a la casa familiar nuevamente exaltado e informó a su padre, que se encontraba en el salón sin saber qué hacer, de sus nuevas intenciones. Agustina, que se había incorporado a la conversación, comentó:

—Me gustaría ir con usted.

—¿Se lo ha contado a mi padre? —preguntó al ver que el señor Nordholme no se sorprendía por la solicitud.

—Sí, sí me lo ha contado —contestó el aludido y luego, mirando a Agustina, añadió—: Por supuesto que puede ir si así lo desea. No seré yo quien le impida ir en busca de su sobrina.

Dan abrazó a Agustina, que estaba temblando por el temor de haberla perdido tras el descubrimiento de su vínculo sanguíneo.

—La encontraremos —le comentó—. No se aflija antes de tiempo.

Luego miró a su padre y añadió:

—¿Usted también desearía venir?

—Iréis más rápido sin mí. En este caso, supondría un estorbo.

—Como quiera, padre. Agustina, prepare un par de mudas que quiera llevarse. No tarde, por favor. Con suerte, podemos coger el barco de mediodía.

El ama de llaves asintió y se retiró inmediatamente. Antes de que Dan pudiera hacer lo mismo, su padre lo retuvo.

—Hijo, no voy a entretenerte, pero ¿te importaría que habláramos un momento? —le dijo al tiempo que le señalaba un sillón.

Dan tomó asiento, aunque no pudo evitar que se notara su impaciencia.

—Lo que quiero decirte no tiene nada que ver con lo ocurrido. Es una decisión que tomé después de nuestra última charla. Verás —continuó el señor Nordholme—, antes de todo esto yo ya había reconsiderado mi decisión de continuar adelante con la boda.

Intrigado, Dan dejó por unos momentos de repiquetear con los dedos sobre un brazo del sillón.

—¿Qué quiere decir? —preguntó.

—Que tenías razón... Que mis sentimientos hacia Lou...

—Natalia —le corrigió.

— ... hacia Natalia —rectificó— no son románticos. Le tengo mucho cariño, cierto, pero no difiere del que siento por Rachel o Rebecca, incluso no lo alcanza en intensidad.

Dan estuvo a punto de intervenir, pero esperó a que continuara y se recolocó en el asiento.

—La muerte del señor Huddleston me ha hecho replantearme muchas cosas.

—¿Qué tiene que ver el señor Huddleston con Natalia?

—Nada, pero de joven, antes de conocer a tu madre, estuve enamorado de la señorita Green; ahora, viuda de Huddleston.

Dan lo contempló estupefacto y el señor Nordholme contó que, en todo momento, su compromiso con Natalia había tenido que ver más con la compasión y la ternura que con el amor. Le refirió cómo la había conocido y lo que ella le había contado cuando él le ofreció su mano.

—Como ves, me ha engañado en su nombre, pero no en su condición. Aunque lo cierto es que su pequeña mentira me da un pretexto para romper mi compromiso. No sabía cómo decírselo a ella, ni qué hacer en este caso. Pensé preguntarle a la señora Morton con qué cantidad es normal indemnizar a alguien en un caso así... Quiero decir, que ya no es necesario romper el compromiso, supongo que es algo que se da por hecho después de lo que ha pasado. Y yo me siento libre para acercarme de nuevo a la señora Huddleston. ¿Pondrás alguna objeción si la cortejo, hijo? No ahora, claro, que recién ha enviudado, sino más adelante.

—Ninguna —respondió asombrado—. Disculpe, padre, por no haberme detenido a preguntarle en ningún momento cómo se sentía usted.

—¿Sentirme? —El señor Nordholme sonrió—. Supongo que me siento algo ridículo, he creído que podía casarme con una jovencita y he presumido de ello, ¿no es así? Sin embargo, ahora soy consciente de que había algo grotesco en mi actitud. He aludido a la ternura y la compasión, pero es cierto que también ha existido por mi parte mucha vanidad. Me sentía orgulloso de presumir de su compañía delante de nuestras amistades. Pero en realidad no tenemos nada en común. Tú mismo me lo hiciste ver en varias ocasiones.

Dan también sonrió.

–Aunque debo decir que me siento algo molesto porque ni tú ni Agustina me hayáis comentado vuestras sospechas en ningún momento.

–Usted hubiera pensado que tratábamos de interferir.

–Hijo, tratabais de interferir –lo regañó con cariño–, pero ya no tiene sentido hablar de ello.

Intranquilo, Dan no pudo evitar preguntarle:

–Padre, ¿piensa mal de Natalia? Quiero decir, ¿la culpa de lo ocurrido?

–¿De engañarme? –preguntó y, luego, se quedó pensando un momento antes de responder–: De eso es culpable y tú también debes reconocerlo. –Se calló un instante mientras Dan bajaba la mirada y aspiraba profundamente–. Pero debo admitir que lo entiendo. Las circunstancias de su nacimiento que yo he condenado en otras personas en su presencia… Lo que contó la señorita Snodgrass sobre el comportamiento de la señora Lindstrom… Supongo que para ella tampoco ha sido fácil. Además, la señorita Snodgrass ha insistido mucho en los remordimientos que ella sentía.

Ante la inquietud que su hijo mostraba al escucharlo, el señor Nordholme añadió:

–Pero lo que yo quería decirte es que, aunque Natalia fuera Louise Fairley y no me hubiera engañado en ningún aspecto, aun así, yo ya había decidido renunciar a casarme con ella.

Dan procuró no demostrar que aquellas palabras lo reconfortaban.

–Entonces, si no tiene nada más que añadir, disculpe que me apresure a hacer el equipaje y a partir hacia el puerto. No sé el tiempo que estaremos fuera, tal vez dos o tres días. Procuraré enviarle algún recado en el caso de que tengamos que demorarnos –dijo a la vez que se levantaba.

Se encontraba ya en la puerta cuando volvió a escuchar la voz de su padre.
—¡Hijo!
—Dígame.
—Todo esto que he contado sobre no casarme con Natalia... Bueno, sobre todo tiene que ver con mi edad, pero también con mis sentimientos. Sin embargo, si yo fuera joven y me sintiera atraído por la muchacha, no me lo pensaría dos veces. A pesar de todo lo que ha pasado, es una joven a la que me gustaría querer como a una hija.

La media sonrisa con la que pronunció estas últimas palabras hicieron pensar a Dan que su padre sospechaba de sus sentimientos y le estaba dando permiso para acercarse a ella, por lo que él tampoco pudo evitar sonreír y, en señal de agradecimiento, respondió:
—Gracias, padre.

Capítulo 41

Natalia había subido al velero junto a gente autóctona y enseguida notó que era la nota discordante del grupo de pasajeros. El barco no ofrecía ningún lujo, ni siquiera tenía caldera y su singladura dependía del viento. Optó por quedarse en cubierta, agarrando en todo momento sus pocas pertenencias y tratando de alejar sus fantasmas interiores.

Cuando el barco zarpó, sintió que algo se le desgarraba por dentro al comprobar la distancia que comenzaba a separarla de aquella tierra. Y, sin embargo, esa había sido su intención: abandonar la isla. Porque ahora sabía que ese viaje tenía que ver más con la huida que con la búsqueda. El hecho de que el doctor Hernández tuviera una hermana en Lanzarote no había pesado tanto en su decisión de embarcar como la vergüenza de enfrentarse a los Nordholme cuando conocieran la verdad. Temía los reproches de todos aquellos a quienes había engañado, pero sobre todo sabía que se echaría a llorar si Dan la miraba otra vez con menosprecio.

No, no lo soportaría.

Asomada a la borda, con la mano libre sujetaba la pamela para evitar que se la llevara el viento. Procuraba no mirar al resto de viajeros porque temía que la vieran como a una intrusa. Se sentía desplazada, como aquella vez que la señora Lindstrom la echó de la que, pensaba, era su casa. O como cuando empezó a servir el té a la señora Cunnigham y entendió el significado de pertenecer a otra escala social. Pero, sobre todo, como cuando había viajado a Southampton primero y, luego, se había introducido en la vida de los Nordholme disfrazada con un nombre ajeno. Por eso le resultaba extraña la sensación que la apresaba ahora. En lugar de saborear la libertad de ser ella misma, nuevamente sentía el desarraigo.

Cuando dejó de divisar la isla, buscó un rincón para sentarse cerca de la baranda, pero enseguida se levantó al notar que la madera estaba mojada. Fue de un sitio a otro en busca de un lugar en el que descansar hasta que una mujer con mantilla se acercó a ella y, en español, le preguntó si tenía sed. Natalia respondió afirmativamente, más que por afán de beber, por tener la oportunidad de hablar con alguien. La mujer pidió a su marido que sacara la cantimplora de una saca y, a continuación, se la brindó a la joven.

A partir de ahí, intercambiaron primero unas palabras de cortesía y, poco después, se unió a la conversación el marido, que hablaba algo de inglés. Le dijeron que eran de Fuerteventura y entonces Natalia se enteró de que el barco, antes de llegar a Lanzarote, haría escala en aquella otra isla y que la travesía sería más larga de lo esperado. Se sintió agradecida por el calor de la compañía, a pesar de que había palabras que no entendía, y desde aquel momento ya supo que, de Fuerteventura a Lanzarote, echaría de menos a los Umpiérrez. Compartió con ellos su pan y el medio queso que había cogido de casa de los Nordholme, y ellos a su vez sacaron un zurrón y le ofrecieron un trozo de queque y una morcilla dulce hecha con batata, pasas y almendras.

Merendaron mientras bordeaban la península de Jandía y, cuando al anochecer se acercaban a Puerto de Cabras, Natalia ya sentía la familiaridad que al principio había echado de menos.

Sorprendida por la blancura de la costa y por la cantidad de montañas volcánicas que ofrecían un paisaje que se iba amarilleando a la vez que descendía el sol, Natalia sentía como si un desierto hubiera emergido del mar. Se veían pocas casas y mucha tierra arenosa y pensaba que, contradictoriamente, el carácter de esa gente no los encerraba en sí mismos, sino que los abría para ofrecer al extraño todo el calor que recogían en ese paraíso de sol. ¡Qué diferentes de los ingleses!

Estaba oscureciendo cuando arribaban a puerto y Natalia se preparó para despedirse de aquel afable matrimonio majorero y afrontar sin ellos la última parte del trayecto en la soledad de la noche. Ya se divisaban los pequeños muelles de lo que supuestamente era un puerto.

El velero se acercaba a tierra cuando, primero un grito y luego un golpe seco, que incluyó un balanceo inesperado, la sacaron de su abstracción. Se escuchó un chapoteo y vino acompañado de unos insultos que hicieron que Natalia tomara conciencia de que había ocurrido un accidente. El señor Umpiérrez fue quien dijo que una barquichuela había chocado por la parte de popa y pronto supieron, por las dificultades al atracar, que el barco se había averiado. Un marinero le confirmó al majorero que una de las bisagras submarinas del timón se había partido.

En un primer momento los obligaron a desembarcar a todos, incluso a los que se dirigían a Lanzarote, y los señores Umpiérrez se quedaron aguardando noticias para saber qué ocurría con Natalia. Cuando supieron que los pasajeros cuyo destino no era Fuerteventura estaban obligados a regresar al barco y a aguardar en él hasta que este quedara arreglado o lo sustituyeran por otro, se despidieron de ella deseándole la mejor de las suertes.

Natalia se sintió nuevamente sola. Con la puesta de sol había llegado una humedad que calaba en el cuerpo y el viento era más pronunciado en la costa que en altamar. Sintió frío, algo que no le había ocurrido desde que había llegado a las islas, y mucho más a medida que avanzó la noche.

Buscó un lugar donde dormir, apoyada contra la baranda, pero la madera estaba dura y continuaba húmeda, y no logró sentirse lo suficientemente acomodada como para alcanzar el sueño.

Durante esas horas muchos pensamientos acudieron a su mente. No sabía muy bien qué haría si descubría que en Lanzarote no había ni rastro de la señora Hernández. ¿Adónde iría? Los recuerdos de los días lluviosos vagando por las calles de Londres regresaron a ella. La conciencia de que no pertenecía a un lugar volvió a punzar su interior hasta que logró arrancarle unas lágrimas. Primero lloró por sí misma, por la incertidumbre de su futuro y el hambre y el frío que la acompañaban. Sollozaba silenciosamente hasta que de nuevo pensó en Dan. Imaginó sus ojos llenos de reproche y acusaciones por todas sus falacias y, en esos momentos, ya no pudo evitar que las lágrimas brotaran de forma densa mientras su boca emitía pequeños hipos.

Sin embargo, en algún instante debió de ser vencida por la fatiga, porque al final, ya avanzada la medianoche, se quedó dormida. Aún no había amanecido cuando se despertó y se abrazó a sí misma para protegerse del frío. Se levantó para desentumecerse y procuró no despertar a otros que aún dormían tumbados sobre sus bártulos o la cubierta. Avanzó hasta la otra baranda y se asomó por estribor, atraída por la luz brillante y aún no cegadora que llegaba de África. Volvió a sentir que tiritaba y deseó que el sol tomara fuerza y ascendiera pronto, pues ya no sabía qué hacer para guarecerse de tanto frío.

También tenía sed y se notaba la boca pastosa. Sacó de su bolsa la poca agua que le quedaba y se la bebió. Y después quedó sumida en una especie de ensoñación mientras miraba al horizonte y se dejaba llevar por la somnolencia del amanecer.

Eran las diez de la mañana cuando los hicieron volver a bajar al puerto para luego hacerlos subir a una pequeña embarcación de pescadores habilitada para el tránsito. En cuanto estuvo en cubierta, Natalia vio cómo quitaban las amarras del muelle de Puerto de Cabras al tiempo que sentía que su alma iba a la deriva. Con un sol imperioso ahora, sus ojos buscaban nuevamente el mar desde cubierta, aunque sentía que aún llevaba la noche a cuestas.

Se notaba cansada, tal vez de sí misma, tal vez de no saber quién era. Y la libertad que había ansiado, lejos de procurarle cierta liviandad, le pesaba. Por fin, sobre las once de la mañana, el barco zarpó.

Sobre las tres bordearon la Isla de Lobos y contempló con cierta nostalgia cómo la isla blanca se alejaba hacia el sur. Y ella se dejaba llevar, refugiada en sí misma en un desamparo de salitre.

Antes de las ocho de la noche atracaron en Arrecife y, nuevamente, sintió el vértigo de tener que emprender una búsqueda en un lugar desconocido.

La arena, aquí, era más negra que en Fuerteventura, y el paisaje oscuro estaba salpicado de casitas blancas, por lo que decidió emularlo y buscar también en sí misma brotes de luz que la animaran. Nada más pisar el muelle, empezó a preguntar por el pueblo de Tías y entonces supo que no era un pueblo, sino unas pocas casas dispersas en torno a la Iglesia de la Candelaria y que, aunque no lejano, tampoco se hallaba lo suficientemente cerca como para trasladarse andando.

Comprendió que necesitaba un vehículo. Como Arrecife no tenía presencia inglesa, no se alquilaban tartanas ni caballos para turistas, así que Natalia pensó que lo mejor sería buscar a algún lugareño que tuviera un carromato. Preguntó en un par de lugares y a varias personas con las que se iba cruzando hasta que alguien le dijo que Pedro Cabrera Ramírez estaba a punto de emprender el camino hacia Yaiza y que Tías se encontraba de paso.

Natalia preguntó por Pedro Cabrera Ramírez y le señalaron a un hombre bajito y jorobado que se hallaba al lado de un carromato al que habían subido algunos pasajeros que habían coincidido con ella en el viaje.

Corrió antes de que se llenara y preguntó el precio del trayecto. No supo a cuánto salía el cambio y le preguntó si se lo podía decir en moneda inglesa. El viejo se alegró al oír hablar de chelines y peniques y se conformó con el suelto que la joven inglesa depositó en su mano.

Natalia pensó que no había previsto el tema de la moneda y se propuso que lo primero que haría sería buscar algún lugar donde cambiar. Pero luego recordó que en Las Palmas la mayoría de bancos eran ingleses y que en Arrecife no había visto ninguno.

Subió al carro con su maleta y se sentó junto a una joven ciega que mostraba más seguridad que ella. Y lo cierto es que la joven sabía adónde se dirigía, mientras que Natalia no tenía ni idea de lo que iba a encontrar en Tías.

Durante el trayecto tuvo tiempo para pensar en cómo actuar, porque hasta el momento sus pensamientos habían estado anclados en el pasado, sobre todo en los ojos rencorosos de Dan.

Sin duda, lo mejor era abordar directamente a la primera persona que encontrara en el lugar y preguntarle por una mujer apellidada Hernández originaria de Gran Canaria. Si efectivamente aquel pueblo era tan pequeño, no debería tener demasiados problemas para encontrarla antes de anochecer. O eso esperaba. Porque lo más seguro era que no hallara ningún hospedaje en aquel lugar.

Mientras avanzaban comenzó a levantarse un viento incómodo que llevaba con él partículas de arena y el cielo fue enrojeciéndose y amarilleándose a causa de la cercana puesta de sol y la arenilla sostenida.

Oyó que era el siroco y tuvo que coger un pañuelo y ponérselo en la boca para poder respirar, al igual que habían hecho la muchacha ciega y otras dos personas que la acompañaban mientras un hombre no dejaba de toser.

El trayecto fue incómodo y, al cabo de media hora, el cochero se detuvo y gritó:

—¡Tías!

Natalia vio a lo lejos unas casas y supo que tenía que bajar. Cogió su maleta y descendió con ella y sus miedos. Cuando pisó el suelo arenoso se sintió atenazada por la incertidumbre y quedó allí parada unos instantes, mientras el carromato retomaba su viaje.

La arena que flotaba en el ambiente envolvía el paisaje en una especie de niebla amarilla, sin embargo, era tan distinta a la londinense que ni se la recordó. Con poca visibilidad, empezó a dirigirse hacia unas casas con pasos lentos e indecisos mientras el sol comenzaba a ocultarse tras unas montañas volcánicas.

De pronto le pareció ver a lo lejos una figura humana y avanzó más deprisa, pero al momento aquella impresión se disipó entre las sombras brumosas, por lo que Natalia volvió a detenerse. Se frotó los ojos para sacarse el polvillo que los hacía lagrimear y luego retomó el paso con miedo a la derrota.

Se fijó en una casa en la que acababa de encenderse una lumbre y decidió dirigirse hacia ella en busca del calor humano.

Y entonces reapareció la figura, esta vez como si corriera hacia ella, y entre los silbidos de la ventisca le pareció oír su nombre.

—¡Natalia!

Capítulo 42

Dan y Agustina habían zarpado en el *Kidderminster*, un barco de vapor que no hacía escala en Fuerteventura, ni siquiera debería haberla hecho en Lanzarote, ya que su destino era Inglaterra. Pero la compra de vino conejero por un comerciante británico fue determinante para que el *Kidderminster* atracara en el puerto de Arrecife de modo excepcional.

Desembarcaron en la isla canaria de volcanes oscuros el sábado sobre las seis de la tarde y Dan se apresuró a alquilar un pequeño carruaje tirado por un buey a unos particulares, después de una insistencia que se zanjó con más dinero del razonable para tal menester. Llegaron a Tías casi una hora después de la arribada del barco y la decepción de ambos al no encontrar a Natalia en casa de Josefa Hernández fue tan notable como la sorpresa de esta y su marido Antonio al verlos allí.

Agustina y Josefa se abrazaron enseguida y todos pasaron al interior, donde brindaron por el reencuentro con vino de su propio lagar. El ama de llaves de los Nordholme le habló a su hermana de Natalia, mientras ella y su marido escuchaban atónitos la historia de la hija perdida de Eugenio Hernández. Al cabo de un rato llegaron los niños, que andaban jugando con los vecinos, y Dan, nervioso y preocupado, pidió disculpas y salió a dar un paseo para relajarse y pensar sobre sus próximos pasos para encontrar a Natalia.

Aunque luchaba contra ello, el desaliento le había creado un vacío que lo helaba por dentro. Sentía sus esperanzas perdidas en aquel desierto brumoso de calima y arena y avanzaba como una sombra en un atardecer tan hermoso como cruel.

No importaba el paisaje, Dan solo sentía su desolación interior. Acusaba el cansancio y no lograba determinar un nuevo camino a seguir que lo condujera hasta Natalia. Hasta que el ruido de un carromato le sacó de sus desconsolados pensamientos y se quedó escuchando el traqueteo lejano. Miró a lo lejos y no vio nada. El ruido cesó, y él bajó los ojos mientras el aire le azotaba un rostro resignado. Un minuto después el sonido volvió a llegar, ahora cada vez más lejano, y Dan volvió a fijar su mirada en la neblina de arena. De pronto distinguió una figura de mujer que al instante reconoció.

Ella avanzaba despacio, con una mano en la boca para filtrar la arena al respirar y con una maleta pequeña en la otra. De pronto paró, cuando Dan ya corría hacia ella y gritaba su nombre.

Natalia se sintió acongojada al verlo allí. Era la última persona que esperaba encontrar y la vergüenza y los remordimientos la empujaron a dar media vuelta y a caminar en dirección contraria con el corazón acelerado. Sintió un ligero alivio al saberlo fuera del calabozo, pero no lo suficiente como para que el peso de su culpa se aligerara. Él avanzaba deprisa y era inútil escapar, así que se detuvo, dejó caer su maleta y, compungida, bajó la cabeza mientras se mordía los labios para retener sus sentimientos.

Luego notó que Dan se encontraba a su espalda y la volteaba para quedar frente a ella, pero no se atrevió a mirarlo. Él volvió a exclamar, esta vez más suavemente y como si aquel nombre contuviera todo su aliento:

—¡Natalia!

Y solo en esta segunda ocasión, ella comprendió que la estaba llamando por su verdadero nombre y que ya sabía de su impostura. Involuntariamente, la humillación le provocó altivez y con voz retadora comentó:

—Mucha debe de ser su necesidad de insultarme si ha atravesado el mar para ello.

—¿Insultarla? —preguntó él con voz suave a la vez que alzaba la mano para levantarle el mentón—. No sabe el miedo que he pasado al pensar que la había perdido.

Natalia no dijo nada, continuó con la cabeza baja y todo su cuerpo empezó a temblar. Él dio un paso más hacia ella y quedó colocado tan cerca que pudo notar su calor. Tendió la otra mano hacia su mejilla y, con ambas, agarró su rostro como en una caricia y lo acercó hacia su pecho.

—Natalia —volvió a murmurar.

Y quedaron así unos momentos, con la Montaña Blanca a lo lejos como testigo, hasta que Dan notó que una lágrima alcanzaba su mano y, tomando conciencia de las angustias de ella, la obligó a levantar el rostro y enfrentar su mirada.

—La están esperando —le dijo.

—¿El señor Nordholme también está aquí? —preguntó temerosa.

—No, él no ha venido. Pero sí otra persona que está deseando abrazarla.

Dan notó la sorpresa en los ojos desconfiados de ella y la apretó más contra sí.

—Es cierto. Usted no sabe nada.

—¿Qué debo saber? —tartamudeó, pero antes de que él pudiera contestar, se apretó contra su pecho para evitar que él viera que no podía parar de llorar.

Dan la rodeó con un brazo, mientras con otro sacaba un pañuelo de su bolsillo y se lo ofrecía. Natalia lo cogió agradecida y escondió su rostro tras él mientras decía:

–Debe pensar cosas horribles de mí.

–Si ese es su apuro, puede estar tranquila –contestó él con ternura–. Es cierto que he dudado mucho sobre sus intenciones, pero ahora que las conozco, no puedo censurarla. O no soy capaz. Mis ojos no saben ver ninguna tacha en su comportamiento.

Ante esas palabras, Natalia fracasó en su intento de dejar de llorar, aunque en esta ocasión sus lágrimas iban acompañadas de una tímida sonrisa.

Él la abrazó largo rato mientras ella extirpaba sus males y ocultaba sus llantos en el cuerpo de él. Permanecieron así hasta que Natalia fue consciente de lo indecoroso de aquel gesto y trató de incorporarse con la excusa de devolverle el pañuelo, pero enseguida comprendió que no podía dárselo en ese estado y lo escondió en un bolsillo. Cuando con la mano se limpió las últimas lágrimas, él la recogió con la suya y la apretó, al tiempo que la miraba de un modo emotivo.

–Hay algo que debo decirle –murmuró él.

Natalia volvió a temblar.

–Su padre... Su padre era Eugenio Hernández y...

–Hernández... –lo interrumpió ella mientras lo miraba asombrada–. Mi nombre es Natalia Hernández...

–Sí.

–Ya no podré conocerlo... –se lamentó.

–Pero sí a sus tías. –Trató de consolarla–. Josefa no tenía ni idea de su existencia y... –Dudó un momento–. Agustina estaba tan afligida como yo al saber que usted había desaparecido.

–¿Agustina? ¿Se refiere al ama de llaves?

–Sí. –Sonrió Dan–. Me temo que le estoy robando tranquilidad al retenerla a usted conmigo –comentó al tiempo que le soltaba la mano y se agachaba para recoger su maleta.

—¿Agustina es mi tía?

Él volvió a asentir.

Natalia continuaba sorprendida por la noticia. Demasiadas sensaciones en tan poco tiempo no le permitían entender con claridad todo lo ocurrido en los últimos momentos. Mientras caminaba al lado de Dan, le preguntó:

—¿Cómo lo supo?

—¿Su identidad? —Dan sonrió con ternura—. Ha sido un descubrimiento paulatino. Escribí a un amigo de Londres para tener referencias sobre usted. Como ve, ambos tenemos cosas que perdonarnos... —dijo y, después, hizo una pausa—. Más tarde supe que Louise Fairley estaba en Leicester, así que usted y ella no podían ser la misma persona.

Natalia enrojeció al reconocer su engaño. Él prosiguió sin ningún ápice de rencor en sus palabras.

—Fue una mención a la señora Cunnigham que hizo la señorita Snodgrass lo que condujo a mi amigo periodista a indagar sobre su círculo de amistades y descubrimos que Nathalie Battle estaba entre ellas y había desaparecido.

—Durante todo este tiempo usted sabía todo esto... —comentó sorprendida.

—No. Ya le he dicho que ha sido algo progresivo. Agustina, en cambio, comenzó a sospechar cuando vio su retrato. Usted no lo sabe, pero yo se lo compré a la señorita Snodgrass. La expresión que muestra allí le recordó a su madre.

—A mi abuela...

—Sí. Su abuela también se llamaba Natalia.

Ella continuaba sin dar crédito a lo que escuchaba.

—Pero todo esto se lo podrán explicar mejor Agustina y Josefa. Tienen muchas cosas que decirse y mucho tiempo que recuperar.

—Sí —respondió atreviéndose a sonreír—. ¿Cómo es que Agustina vio mi retrato?

Dan no respondió a esa pregunta, pero añadió:

—También conocerá a sus primos. Josefa y su marido tienen dos niños y dos niñas. Si lo desea, podemos quedarnos unos días aquí. Buscaremos un hospedaje decente y escribiré a mi padre para comunicárselo.

Al oír la mención al señor Nordholme, el semblante de Natalia se ensombreció:

—Siento mucho haber engañado a su padre.

—Lo superará, solo tiene lastimado el orgullo. —Pero como notó que Natalia no quedaba satisfecha con esa respuesta, añadió—: Él mismo le dio permiso a Agustina para venir a buscarla.

—Supongo que, ahora que conoce las circunstancias de mi nacimiento, no querrá…

—¿… casarse con usted? —Dan advirtió en su respuesta muda que esa era la pregunta que tenía intención de formular—. No, pero no es por usted. Antes de saber su verdadera identidad, había decidido liberarla de su compromiso. Algo tarde, pero al fin comprendió que el cariño que le profesa no es el que exige un matrimonio. ¿Se siente decepcionada?

—No. Es algo que esperaba. Incluso diría que lo deseaba —se atrevió a confesar—. Su padre es un buen hombre, pero…

Dan cerró los ojos un momento en una demostración de alivio.

—Usted tenía razón. Habría sido un error —admitió ella.

Él no dijo nada, pero sus ojos brillaron como aquel día en que ambos comieron juntos en una taberna de San Cristóbal.

Continuaron caminando y cuando se encontraron en el zaguán de la casa el nerviosismo volvió a apoderarse de Natalia.

Dan abrió la puerta y la invitó a pasar. Enseguida, Agustina corrió hacia ella, tomó sus manos y las besó. Natalia le devolvió el gesto en un abrazo. Josefa también se acercó a conocer a su recién descubierta sobrina y a ella le siguieron unos niños de distintas edades.

En aquel lugar confluyeron tantas emociones que hubo lágrimas y risas por igual. A veces las palabras quedaban retenidas por la propia agitación y, otras, salían como borbotones sin mesura. El marido de Josefa y Dan adoptaron un papel observador, conscientes de que las protagonistas eran otras, mientras estas no dejaban de hacer preguntas y responder de forma fragmentada hasta que, poco a poco, la calma empezó a aparecer.

Natalia supo que su padre había viajado a Inglaterra después de que los Battle se llevaran a su madre pero, cuando por fin la encontró, ella ya estaba casada con el señor Lindstrom y Eugenio nunca se recuperó de aquel desengaño. Años después, cuando supo que Emilie había muerto, dejó de esperar su regreso. Decidió atravesar el Atlántico para instalarse en Cuba, donde se estableció para ejercer de médico y nunca se casó. Murió a manos del ejército español cerca de Bayamo, durante la Guerra de Independencia, pues él se había sumado a la lucha de los cubanos rebeldes.

A pesar de la tristeza por no poder conocer a su padre, Josefa trató de aliviarla y le enseñó una fotografía de él, que había enviado en una de sus cartas, y Agustina le dijo que guardaba otra y que se la regalaría. Natalia pasaba de emoción en emoción agradecida por el acogimiento.

Como era la hora de cenar, Josefa sirvió una cazuela con ropavieja de la que ahora tuvieron que comer más de los esperados, y luego sacó un queso tierno y pan. Prometió un sancocho para el día siguiente, o un escaldón, y de postre frangollo o truchas, indecisa, pues solo tenía ganas de ofrecer. A la vez que celebraba su compañía, se lamentaba de que su hermana y su sobrina no vivieran en Lanzarote y pasaba de la celebración a la queja y de la queja a la celebración.

Aunque Dan hablaba de regresar a Arrecife y alquilar habitaciones en una fonda, Josefa insistió tanto en que se quedaran a pasar la noche que tuvieron que hacer distintos apaños para resolver el tema del hospedaje.

Al día siguiente, Natalia se despertó pronto. El cúmulo de sensaciones la levantó de la cama aún con incredulidad. Enseguida cogió un mantón, se cubrió con él y procuró salir sin hacer ruido para no despertar a los demás.

El aire frío del amanecer arreció sobre su piel, pero ni el frescor ni la calima la empujaron a regresar. La visión de aquel desierto ya no le parecía tan desoladora como cuando llegó. Se acercó hacia un pozo y se detuvo a observar los primeros rayos de sol.

–Veo que tampoco podía dormir –dijo una voz masculina a sus espaldas.

–No –respondió ella afable al reconocerlo.

–¿Se encuentra bien? –le preguntó Dan.

–Muy bien.

Él sonrió y se colocó a su lado para observar el amanecer. Natalia, algo avergonzada, le dijo:

–Aún no le he dado las gracias.

–No es necesario. Tampoco yo le he pedido disculpas.

–Ni yo le he dado explicaciones sobre lo que ocurrió con el documento de Pearce o por qué fingí ser la señorita Fairley.

–No debe explicarme nada. Ya sé que usted no cedió al chantaje a pesar de las amenazas.

–No. Pero no quisiera que pensara que entre él y yo...

–No lo pienso –dijo Dan con seguridad, y Natalia bajó los ojos reconfortada.

Tras unos minutos de silencio, durante los cuales el sol asomó del todo, Natalia le comentó:

–He estado pensando en quedarme en Las Palmas y aceptar un puesto en una pastelería de Vegueta. –Y, como él no contestaba, añadió–: Para poder estar cerca de Agustina.

–Me gustaría que considerara otros planes –dijo finalmente él, al tiempo que cogía su mano y se colocaba frente a ella.

Natalia enmudeció y, de pronto, todo el frío que sentía se convirtió en calor. Notó cómo se sonrojaban sus mejillas y no se atrevió a mirarlo, pero apretó su mano con más fuerza de la que debiera.

En ese momento, él acercó su boca hacia la mano y se la besó.

–No puedo explicar lo que he sentido desde que la conocí. De la fascinación pasé a los celos, a las suspicacias, a la embriaguez... Su llegada a Las Palmas ha desestabilizado mi vida, todo mi ser... –Suspiró–. Mi comportamiento hacia usted tampoco ha sido el deseable, en este punto estamos igual –reconoció–. Pero si me permite resarcirme, le prometo que solo velaré por su felicidad.

Ella hizo un acopio de valentía para levantar los ojos y responder:

–¿No ve que ya lo ha hecho? Soy yo la que solamente le he ocasionado problemas...

–Natalia... –dijo conmovido por las dudas de la joven, y la acercó hasta que su frente quedó pegada a la frente de ella–. ¿Podrá dejar que yo decida sobre mi felicidad? –imploró–. Y le aseguro que no la concibo alejado de usted. –Tras una pausa, en la que la miró fijamente como si quisiera absorber su imagen con la mirada, declaró–: La amo.

Al oír esto, ella sintió un estremecimiento, casi una sacudida, y una corriente de felicidad la atravesó de arriba abajo. Su reacción se vio reflejada en el brillo de sus ojos, como si en ellos destellara la esperanza. Él añadió:

–No sabe el calvario que he sufrido desde que supe que se había marchado hasta que ayer la vi aparecer... No soportaba imaginar que la había perdido.

Natalia volvió a cerrar los ojos y, cuando los abrió de nuevo, él la estaba besando. Ella notó el calor de su boca y permitió que entrara en la suya un apasionado y dulce sabor a sometimiento y rendición. Mientras recibía y se entregaba a aquel beso, sintió el arraigo entre los brazos de Dan y por fin comprendió que el sentimiento de pertenencia no estaba vinculado a un lugar.

Epílogo

Carta 1 (recibida el 8 de septiembre)

Apreciado Daniel:
¿Debo decirte que me ha sorprendido tu telegrama? Como comprenderás, después de tu insistencia en averiguar el pasado de Nathalie Battle, tenía ciertas sospechas sobre el tipo de interés que esa muchacha suscitaba en ti. Por lo visto, estaba equivocado. Sin ninguna duda, tu telegrama con la invitación a tu próxima boda con una tal Natalia Hernández desmiente mis suposiciones.

No tengas ninguna duda de que mi esposa y yo acudiremos a ese enlace. Recibí la carta con la fotografía del retrato y me muero de ganas de comprobar que tu futura esposa no se parece en nada a ella. Me debes, aunque yo me comprometa a no publicarla, una historia que promete ser interesante.

Pero si, después de esto, tú insistes en que Nathalie Battle se marchó a Australia y has perdido su rastro, descuida, amigo, que esa será la versión que haré circular en Londres.

Deseando ya que llegue noviembre, recibe mis cordiales saludos,
Connor Macgregor

Carta (recibida el 22 de septiembre)

Querida Flora:
He recibido su postal de Tenerife y me alegro de que esté disfrutando de sus excursiones. Celebro que por fin haya podido subir al Teide. Tal vez en otro momento hubiera logrado suscitar mi envidia, pero ahora no puedo sentirla. Hace dos días estuvimos en Teror, un pequeño pueblo de la montaña que invita al sosiego y al silencio y que goza de la suerte de poseer un castañar inmenso en Osorio. Es curioso el contraste de palmeras y otros árboles tropicales al lado de los castaños. Esta isla es así, un microcosmos. Le aseguro que soy feliz. Tengo más de lo que nunca había soñado.

Finalmente, mi tía Agustina no ha aceptado venir a vivir con Dan y conmigo cuando nos casemos. Lo lamento en parte, pero por otro lado sé que siempre la tendré cerca. Insiste en continuar al lado del señor Nordholme y, aunque mi futuro suegro le ofrece la posibilidad de quedarse sin ejercer de ama de llaves, ella se niega, afirmando que nunca soportaría ver a otra mujer ocupando su cargo. Pero todo su carácter se convierte en cariño cuando trata conmigo. ¡Qué distinta es ahora de las primeras impresiones que me produjo!

Mi tía Josefa ha confirmado su presencia en nuestra boda, aunque aún no sabe si Antonio podrá acompañarla. Vendrá con los niños unos días antes para poder conocernos mejor y disfrutar del cariño familiar.

Rachel también me trata ahora con más amistad o, al menos, lo intenta, aunque nuestra conversación es más amable que interesante. Por su parte, Amanda Dormer se está planteando la posibilidad de trasladarse a Londres con una tía soltera, donde no se sepa nada de la huida de Phillipa. Como supondrá, porque no le he dicho nada al respecto, los Dormer siguen sin noticias de esta última. Su padre regresó hace dos días de Sierra Leona sin haber podido localizarla.

Por fin el señor Nordholme se atrevió a visitar ayer a la señora Huddleston para expresarle sus condolencias y, por lo visto, la respuesta de ella ha sido más amable de lo que él esperaba. Soñamos con que algún día la señora Huddleston pueda convertirse en la madrastra de mi futuro marido.

Sobre Dan... ¿qué contarle que ya no sepa? Según nuestras palabras, somos como la isla. Él dice que soy como la luz canaria y yo le contesto que él es como esta tierra: adusto por fuera, pero hecho de fuego. Ayer me sorprendió al decirme el destino de nuestro viaje de bodas. ¿Lo adivina? Iremos a Cuba. Y visitaremos los lugares que menciona mi padre en sus cartas a Josefa y Agustina. Estoy deseando encontrar su tumba y colocar flores en ella. ¿Puedo pedir algo más?

La echo de menos, querida Flora, ya estoy deseando que llegue la semana que viene para tenerla de regreso. Por carta no puede ver mi expresión de felicidad y es tanta que solo deseo contagiarla.

Aproveche el tiempo y añóreme, que a su regreso necesitaré su ayuda para organizarlo todo. ¡Muchos besos!
Natalia Hernández

Carta 3 (recibida el 29 de septiembre)

Estimada señorita Snodgrass:
Le debo mi felicidad. Sin su ayuda, lo que estoy viviendo ahora no sería posible. Sus consejos, aquella vez que tuvimos la oportunidad de hablar sin testigos, me han sido muy valiosos. Lamento si he hecho daño o defraudado a alguien. Acabo de escribir una carta a mi familia para explicarles los motivos de mi marcha y con intención de tranquilizarlos por mi salud y seguridad. Por supuesto, no les diré dónde pueden localizarme, eso es algo que solo sabrá usted por si alguna vez necesita comunicarme algo urgente sobre los míos. Es cierto que no me sentí bien cuando les dije que me dirigía a Sierra Leona, en lugar de a El Congo, pero ahora agradezco que usted me lo aconsejara.
Espero que se encuentre bien de salud y usted también sea feliz. ¡Un cordial abrazo!
Phillipa Dormer

Agradecimientos

En primer lugar, quiero agradecer a María Cabal, Marisa Sicilia, Mercedes Alonso, Carla Crespo, María Eugenia Rivera y Elisa Mesa que se hayan fijado en esta novela y la hayan elegido entre casi trescientas. No tengo palabras, pero sí muchos abrazos que en algún momento les daré. Sobre todo conociendo la seriedad con la que se toman todo esto de la escritura y, en muchos casos, la coincidencia en gustos.

Como siempre, no puedo olvidarme de Raquel Marín, Nayra Pérez y Toñi Valdivielso, por todo lo que me apuntan cuando les dejo leer el primer manuscrito, y a Elena Bargues, por las apreciaciones que aún me ha señalado cuando yo ya había dado por zanjada la corrección. También debo mencionar a José Miguel Perera, *el chico del coche de Mallarmé*, que me hizo cambiar "apeadero" por "aparadero", tal como consta en la documentación de la época y que me ayudó con la fecha en que el teatro Tirso de Molina pasó a llamarse teatro Benito Pérez Galdós. Y, por supuesto, a José Saramago, que cuando me acogió en su casa hace casi veinte años, me indicó que Tías se había llamado anteriormente Tías de Fajardo.

Tal vez, si a finales de los noventa, Eugenio Padorno no hubiera organizado un ciclo de conferencias sobre el Modernismo en Gran Canaria y yo no hubiese comprendido la importancia que había supuesto para la Isla la construcción de El Puerto de la Luz, esta novela no habría nacido. Así que también tengo una deuda con aquellos días y con todos los que me iluminaron. Quien me conozca sabrá encontrar entre mis líneas pequeños guiños a Alonso Quesada, Domingo Rivero y al mar sonoro de Tomás Morales, así como otros más personales a quienes me acompañaron en mi singladura.

Y es que esta historia pretende ser un homenaje a una tierra que durante ocho años sentí como propia, y sé que esto es una responsabilidad, así que espero no defraudar a ningún canario y deseo que, como yo, quienes la lean se reconozcan en los esbozos de una época que, aunque desaparecida, dejó su huella en esta tierra de lava y sal. Tal vez porque yo no lo soy, aunque sí comparto la condición isleña, no escogí el punto de vista canario, sino el foráneo, que no podía ser otro que el inglés en un momento en que Gran Canaria y Tenerife parecían ser unas colonias más del Imperio británico. Porque, como decía alguien muy cercano, «hay que alejarse para aprender a ver».

No puedo terminar sin darte las gracias a ti también, que ahora estás leyendo esto, por haberte acercado a estas palabras y haberme brindado la oportunidad de entrar un poco en ti, como la espuma en la arena.

ÚLTIMOS TÍTULOS PUBLICADOS EN HQN

Amor en V.O de Carla Crespo

Siempre en mis sueños de Sarah Morgan

Tú en la sombra de Marisa Sicilia

Enamorada de un extraño de Brenda Novak

El retrato de Alana de Caroline March

Gypsy de Claudia Velasco

Un beso inesperado de Susan Mallery

El huerto de manzanos de Susan Wiggs

El tormento más oscuro de Gena Showalter

Entre puntos suspensivos de Mayte Esteban

Lo que hacen los chicos malos de Victoria Dahl

Último destino: Placer de Megan Hart

Placer prohibido de Julia London

En mi corazón de Brenda Novak

Está sonando nuestra canción de Anna Garcia

Siempre un caballero de Delilah Marvelle

Somos tú y yo de Claudia Velasco

www.ingramcontent.com/pod-product-compliance
Lightning Source LLC
LaVergne TN
LVHW030336070526
838199LV00067B/6300